Alexandra Marinina
Mit verdeckten Karten

Alexandra Marinina

Mit verdeckten Karten

Roman

Aus dem Russischen von
Natascha Wodin

Argon

Die russische Originalausgabe erschien 1995
unter dem Titel »Schesterki umirajut pervymi«
im Verlag ZAO Izdatelstvo EKSMO, Moskau

Gesetzt aus der Sabon
Satz: LVD GmbH, Berlin
Druck und Bindung: Clausen & Bosse, Leck
Printed in Germany
ISBN 3-87024-508-5

MIT VERDECKTEN KARTEN

ERSTES KAPITEL

1

Irina Koroljowa, die eine dicke Mappe mit Papieren an ihre Brust drückte, öffnete ruckartig die Tür zu ihrem Büro in der Protokollabteilung und erstarrte auf der Schwelle. Ihr Schreibtisch, hinter dem sie seit fast fünf Jahren saß und auf dem seit jeher alles seinen festen Platz hatte, die fünfzehn verschiedenen Aktenmappen, die Hefter, die Locher, der Kleber, die Markierstifte und andere Arbeitsutensilien, der Schreibtisch, auf dem sie jedes noch so unbedeutende Papierstück auch mit geschlossenen Augen hätte finden können und auf dem ihre Hand automatisch die richtige Mappe aus dem Stapel hervorzog, weil hier immer unerschütterliche, heilige Ordnung herrschte, dieser Schreibtisch war vollkommen leer. Irina erblickte darauf nur zwei abgetragene Männerschuhe, die auf einer sorgsam untergelegten Zeitung standen.

Sie hob vorsichtig ihren Blick und erkannte zwei Männerbeine, die aus den Schuhen herauswuchsen, einen kurzen, massigen Rumpf, zwei erhobene Arme und schließlich, am oberen Ende des absonderlichen Aufbaus auf ihrem Schreibtisch, zwei Hände, die an dem schönen sechsarmigen Lüster an der Decke herumwischten. Jurij Jefimowitsch Tarassow, der stellvertretende Abteilungsleiter im Staatlichen Zentrum für Internationale Beziehungen, ging seiner Lieblingsbeschäftigung nach. Er sorgte für Sauberkeit.

»Jurij Jefimowitsch!« rief Irina entsetzt aus, »was machen Sie hier?«

»Sie kümmern sich überhaupt nicht um Ihre Gesundheit,

Irotschka«, antwortete Jurij Jefimowitsch, ohne seine hingebungsvolle Beschäftigung zu unterbrechen. »Sehen Sie sich doch nur an, wieviel Staub sich auf dem Lüster angesammelt hat. Hier, mein Lappen ist ganz schwarz. Sie werden noch blind werden. So dürfen Sie nicht mit Ihren Augen umgehen. Jetzt werden Sie wieder helles Licht haben, und das ganze Zimmer sieht freundlicher aus.«

»Wo sind meine Papiere?« stammelte Irina, unfähig, sich von der Stelle zu rühren.

»Gleich, Irotschka, gleich.«

Ungeachtet seines nicht gerade geringen Körpergewichts sprang Tarassow behende vom Schreibtisch und zog Irina mit sich zum großen Wandschrank.

»Hier habe ich ein spezielles Fach eingerichtet und Ihre ganzen Sachen hineingelegt.«

Das Fach war mit sauberem weißem Papier ausgelegt, darauf lagen ordentlich gestapelt die fünfzehn Aktenmappen und daneben die Arbeitsutensilien. Das Unglück bestand nur darin, daß der Schrank ziemlich weit entfernt von Irinas Schreibtisch war.

»Jurij Jefimowitsch, Lieber«, begehrte sie auf, »ich kann doch nicht jedesmal durchs ganze Zimmer gehen, wenn ich irgendwelche Unterlagen brauche. Ich würde überhaupt nicht mehr zum Arbeiten kommen, sondern den ganzen Tag nur noch hin und her laufen.«

Tarassow bedachte seine Untergebene mit einem befremdeten Blick.

»Unsinn, Irotschka. Ihr Schreibtisch muß würdevoll aussehen.«

Würdevoll! Tarassow arbeitete seit ganzen vier Tagen in der Protokollabteilung, und in dieser Zeit hatte er es bereits geschafft, die Angestellten mit seinem »würdevoll« bis an den Rand einer schweren Nervenkrise zu treiben. Gleich am ersten Tag hatte er Irina und ihre Kollegin Swetlana aus der Fassung gebracht, indem er plötzlich begann, sich ausdauernd dem für protokollarische Sitzungen vorgesehenen Blumenschmuck zu widmen. Er schnitt sorgsam die Stiele ab, besprühte die Stengel mit Wasser, warf Aspirin und Zuckerstücke in die mit frischem Wasser gefüllten Vasen.

»Ich werde euch darüber aufklären, wie man mit Blumen umgehen muß, damit die Sträuße würdevoll aussehen ...«, murmelte er, während er den baß erstaunten Frauen treuherzige Blicke zuwarf.

Der zweite Schlag, der die Mitarbeiter der Protokollabteilung traf, war der Großputz, den der neue stellvertretende Abteilungsleiter anzettelte. Er lief mit dem Staubtuch hin und her und wischte alles ab, was ihm unter die Finger kam, bis hin zu den Telefonapparaten und den Blättern der Grünpflanzen, dabei erging er sich in lauten Selbstgesprächen: Die schweren, meterlangen Vorhänge mußten nach seiner Ansicht abgenommen und zur Wäscherei gebracht werden, und am nächsten Tag wollte er ein spezielles Pulver zur Reinigung der Kacheln mitbringen.

»Ich werde euch darüber aufklären, Mädchen, wie man das Bad sauberhalten muß, damit es würdevoll aussieht ...«

Die Protokollabteilung belegte eine große, luxuriöse Hotelsuite, die außer dem Bad auch noch eine Küche besaß. Irina dachte mit Entsetzen daran, daß Tarassow es sich nicht nehmen lassen würde, auch die Küche in den Zustand zu bringen, den er würdevoll nannte.

Am zweiten Tag, als Jurij Jefimowitsch hörte, wie Irina ihren Sohn am Telefon fragte, ob er mit dem Hund draußen gewesen sei, reagierte er prompt:

»Was für einen Hund haben Sie, Irotschka? Ich selbst habe drei Schäferhunde, ich werde Sie darüber aufklären, wie man richtig mit Hunden umgeht.«

Drei Schäferhunde! Nicht schlecht. Gab es überhaupt irgendeinen Bereich des Lebens, in dem Jurij Jefimowitsch sich nicht für einen Experten hielt? Wenn Swetlana niesen mußte, erklärte er ihr weitschweifig, wie man Erkältungen auskuriert, wenn Irina ihren Sohn anrief, belehrte er sie darüber, wie man mit einem Siebzehnjährigen umgehen muß, um ihn im

Zaum zu halten, ohne ihn allzusehr einzuengen, und wenn Igor Sergejewitsch Schulgin, der Abteilungsleiter, sich an den Computer setzte, hatte sein Stellvertreter sofort Ratschläge hinsichtlich der gymnastischen Übungen parat, die man bei sitzender Tätigkeit alle vierzig Minuten ausführen muß.

»Was eßt ihr denn für einen Mist?!« empörte sich Tarassow, wenn er sah, wie die Damen in der Mittagspause Kaffee tranken und Kartoffelchips dazu aßen. »Wir haben doch eine Kochplatte. Ich werde einen Topf mitbringen und Suppen für euch kochen.«

»Jetzt reicht es!« schimpfte Schulgin. »Das geht zu weit. Unangemessene Gerüche erlaube ich nicht in der Protokollabteilung. Wir bekommen den ganzen Tag Besuch von Ausländern. Das Büro muß würdevoll riechen.«

Dieses Argument ließ Tarassow gelten und bemerkte nicht einmal das spöttische Lächeln im Gesicht des Abteilungsleiters.

Den ganzen dritten Tag verbrachte Jurij Jefimowitsch mit dem Sichten und Sortieren der Nationalflaggen, die bei Besprechungen auf dem Tisch aufgestellt wurden. Die Flaggen lagen in einem chaotischen Haufen in dem eigens dafür vorgesehenen Schrank. Eigentlich war es Swetlanas Aufgabe, sie in Ordnung zu halten, doch sie war nicht so ordentlich und pflichtbewußt wie Irina, und in letzter Zeit hatte sie die Flaggen überhaupt vergessen, da ihre Gedanken nur noch darum kreisten, daß ihr Mann sie betrog. Deshalb herrschte in dem Schrank mit den Symbolen für Freundschaft und Zusammenarbeit katastrophale Unordnung.

Heute, am Freitag, dem 24. März 1995, beendete Jurij Jefimowitsch Tarassow seinen vierten Arbeitstag als stellvertretender Abteilungsleiter. Irina war soeben aus der Visa-Abteilung zurückgekehrt, und die Ohnmacht, der sie nahe war, als sie ihren aufgeräumten Schreibtisch erblickte, hätte ihren Arbeitstag, der am Freitag früher als sonst zu Ende ging, zu einem würdevollen Abschluß bringen können.

2

Nastja Kamenskaja verspürte den Druck eines harten Knies in ihrem Rücken.

»Die Hände hinter den Kopf, die Finger im Nacken verschränken«, befahl ihr eine männliche Stimme.

Sie führte den Befehl gehorsam aus. Zwei starke warme Hände umfaßten die ihren.

»Und jetzt sagen Sie bitte ›Mama‹.«

»Ma ... Au!!!«

Der Schmerz durchfuhr sie wie ein Blitz.

»Schon vorbei«, beruhigte sie der Masseur. »Es ist nichts Schlimmes passiert, ich habe Ihnen nur die Wirbel eingerenkt. Jetzt wird es weniger weh tun. Sie können wieder aufstehen.«

Nastja erhob sich von der Liege und begann, sich anzuziehen.

»Und wie lange wird der Erfolg Ihrer Behandlung anhalten?« fragte sie, während sie in ihre Jeans schlüpfte.

»Das kommt auf Sie an«, erwiderte der Masseur mit einem listigen Lächeln. »Sie leiden einerseits an einem verschleppten Wirbelsäulenschaden, und andererseits sitzen Sie zuviel. Den Schaden können wir nicht mehr beheben, dafür ist es zu spät, aber ein erneuter Bandscheibenvorfall läßt sich durch Gymnastik vermeiden.«

»Um Himmels willen!« rief Nastja aus. Allein der Gedanke an gymnastische Übungen brachte sie zum Schwitzen. Sie hatte nie im Leben irgendeinen Sport betrieben und machte noch nicht einmal Frühgymnastik. Dafür war sie viel zu faul.

»Warum denn gleich so abwehrend?« erkundigte sich der Masseur, ein sehniger, nicht allzu großgewachsener Bursche mit einer etwas schiefen Nase und einem fröhlichen Lächeln. »Dafür brauchen Sie gar nicht viel Zeit, ganze fünf bis sieben Minuten, das allerdings mindestens dreimal pro Tag. Das müßte doch zu machen sein, oder?«

»Nein.« Nastja schüttelte entschieden den Kopf. »Ich bin zu faul und würde es ständig vergessen.«

»Dann müssen Sie Ihre Lebensweise ändern«, riet der Masseur, während er sich ihr Patientenblatt ansah. »Sie sind beim operativen Dienst?«

»Hmm.«

»Wieso ist dann von sitzender Tätigkeit die Rede? Ihr Ermittlungsbeamten verdient euer Geld doch mit den Beinen, oder?«

»Ich verdiene mein Geld mit meinem Sitzfleisch«, erwiderte Nastja, »ich sitze den ganzen Tag auf dem Hintern, zeichne Pläne und denke mir allen möglichen Unsinn aus.«

»Moment mal, arbeiten Sie etwa bei Gordejew?«

»Genau bei dem.«

»Dann sind Sie also die berühmte Kamenskaja?«

»Wieso die berühmte?«

»Man sagt von Ihnen, Sie hätten das Gehirn eines Computers. Sie machen Auswertungsarbeit, stimmt's?«

»Stimmt. Weiß darüber etwa bereits die ganze Poliklinik der Hauptverwaltung für Innere Angelegenheiten Bescheid? Ich hätte nie gedacht, daß mich die Kunde von meinem Weltruhm in einer Massagepraxis und in halbnacktem Zustand erreichen würde.«

Der Masseur lachte.

»Nicht böse sein. Wir unterhalten uns hier immer mit unseren ständigen Patienten. Die meisten kommen aus der Kriminalabteilung. Die einen mit einem verletzten Fuß, die anderen mit einer verletzten Hand, manche, genau wie Sie, mit einem kranken Rücken. Darum habe ich schon viel von Ihnen gehört. Wollen Sie auch weiterhin zu mir kommen, oder begnügen Sie sich mit dieser einen Behandlung?«

»Wir werden sehen«, erwiderte Nastja ausweichend. »Sie wissen selbst, daß man bei einer Arbeit wie der unseren nichts im voraus planen kann.«

»Wie Sie meinen.«

Nastja hatte den Eindruck, daß ihre Unschlüssigkeit den Masseur kränkte. Aber an regelmäßige Besuche in der Poliklinik war bei ihr nicht zu denken. Heute hatte sie eine Ausnahme gemacht, und das auch nur deshalb, weil die Rückenschmerzen unerträglich geworden waren und sie ohnehin in der Nähe der Poliklinik zu tun gehabt hatte. Dabei hatte auch eine Rolle gespielt, daß der Masseur, den Jura Korotkow ihr so warm empfohlen hatte, heute Frühdienst hatte und bereits seit acht Uhr in der Klinik war, so daß sie bis zehn Uhr im Büro sein konnte. Die morgendliche Einsatzbesprechung konnte und wollte sie auf keinen Fall verpassen.

Sie trat aus dem Gebäude der Poliklinik und schlug den Weg zu dem Verlag ein, für den sie die Übersetzung eines französischen Krimis übernehmen wollte. Sie würde die Arbeit in ihrem Urlaub in Angriff nehmen, der im Mai begann. Auf den 13. Mai war der Termin ihrer Hochzeit mit Alexej Tschistjakow angesetzt. Danach hatten sie beide Urlaub und wollten zu ihrem eigenen Vergnügen arbeiten. Ljoscha würde sein nächstes schlaues Buch über Mathematik schreiben und sie, Nastja, einen Roman aus dem Französischen übersetzen. Auf diese Weise würde sie sich etwas Geld dazuverdienen und damit die Löcher in ihrem Budget wenigstens notdürftig stopfen.

An diesem Montag morgen, dem 27. März, hatte sie Glück. Beim Masseur hatte sie nicht warten müssen, sondern war gleich drangekommen, der Verlagslektor, mit dem sie zusammenarbeitete, war schon vor neun Uhr in seinem Büro gewesen, und so erreichte Anastasija Kamenskaja rechtzeitig ihre Dienststelle, die Petrowka 38. Damit allerdings endete ihr Glück. Ein paar Minuten vor Beginn der Dienstbesprechung bei Oberst Gordejew, dem Dezernatsleiter, kam der aufgebrachte Nikolaj Selujanow in ihr Büro gestürmt.

»Nastja, Tschernyschew hat dich gesucht. Er hat schon wieder eine Leiche.«

»Wo?«

»Diesmal in Taldomsk. Ein ganz junges Bürschlein, so zwischen achtzehn und zwanzig. Eine Schußwunde im Kopf. Das ist schon der vierte, wenn ich mich nicht irre.«

Selujanow irrte sich nicht. Innerhalb eines Monats hatte man im Moskauer Umland drei Leichen gefunden, jetzt offenbar die vierte. In allen Fällen handelte es sich um junge Männer im Alter von neunzehn bis fünfundzwanzig, alle waren mit der gleichen Schußwunde im Kopf aufgefunden worden. Das Gutachten ergab, daß die Kugeln, die man den Leichen entnommen hatte, alle aus derselben Waffe stammten. Die Waffe befand sich nicht in der Sachfahndung, offenbar war sie, bevor die Morde begangen wurden, noch nicht zu kriminellen Zwecken benutzt worden. Im Grunde gingen diese Verbrechen die Moskauer Kripo nichts an, für die Ermittlungen waren die Beamten der regionalen Kriminalbehörde zuständig. Einer von ihnen war Andrej Tschernyschew, Nastja kannte ihn gut und hatte schon des öfteren mit ihm zusammengearbeitet. Er hatte sie vor kurzem gebeten, sich mal ein paar Gedanken über die Sache zu machen, vielleicht hätte sie ja eine Eingebung. Bis jetzt war Nastja nichts von Bedeutung eingefallen, zwischen den Opfern schien keinerlei Verbindung zu bestehen, sie hatten einander nicht einmal gekannt. Um herauszufinden, ob es möglicherweise doch Gemeinsamkeiten zwischen ihnen gab, waren zeitaufwendige, minutiöse Recherchen notwendig, man mußte herausfinden, wer ihre Schulfreunde und Kommilitonen waren, ihre Kollegen bei der Armee, ihre Haus- und Hofnachbarn, die Wohnorte mußten zurückverfolgt werden bis in die Kindheit. Das einzige, was die Opfer verband, war die Waffe, mit der sie getötet wurden, jedenfalls drei von ihnen. Über das vierte Opfer wußte man noch nichts, aber Nastja war sicher, daß es zur selben »Partie« gehörte. Da Tschernyschew es so eilig gehabt hatte, sie über den Mord zu informieren, war er ganz offensichtlich derselben Meinung.

Die morgendliche Einsatzbesprechung war an diesem Tag schnell beendet, der Chef hörte sich die Berichte der Mitarbeiter über die laufenden Ermittlungen an, zum Abschluß informierte er über das, was die Kollegen unter sich »Neuzugänge« nannten.

»Heute morgen wurde im Staatlichen Zentrum für Internationale Beziehungen die Leiche eines Angestellten der Protokollabteilung entdeckt. Korotkow ist zum Tatort gefahren, er hatte gerade Dienst. Sollten wir dort noch gebraucht werden, wird der Fall übernommen von ... von ...«

Gordejew nahm seine Brille ab, steckte den Bügel in den Mund und musterte seine vor ihm sitzenden Untergebenen mit einem versonnenen Blick. Die grelle Märzsonne führte sich ungehörig auf, indem sie Lichtkringel auf seiner Glatze spielen ließ und offenbar erpicht darauf war, ihm in die Augen zu fahren. Der Oberst kniff unwirsch die Augen zusammen und rutschte fortwährend auf seinem Stuhl hin und her, um dem aufsässigen Lichtstrahl auszuweichen, der ihn blenden wollte.

»Natürlich kommt hier keiner auf die Idee, sich zu erheben und den Vorhang zuzuziehen«, knurrte er und stieß sich abrupt von der Tischkante ab, so daß sein fahrbarer Bürostuhl ihn an eine schattige Stelle rollte.

»Lesnikow, du wirst den Fall übernehmen, falls es einer ist. Und natürlich Anastasija, wie immer.«

Igor Lesnikow wandte sich zu Nastja um und zwinkerte ihr mitfühlend zu. Zwar hatte jeder Mitarbeiter der Abteilung für schwere Gewaltverbrechen ein gutes Dutzend Mordfälle und Vergewaltigungen zu bearbeiten, aber Nastja war das Mädchen für alles, jeder einzelne Fall in der Abteilung war auch der ihre. Gordejew hatte sie als Auswerterin eingesetzt, und sie hätte selbst im Schlaf alle Fälle von Mord und Vergewaltigung aufzählen können, die sich in den letzten acht bis zehn Jahren in Moskau ereignet hatten. Sie wußte genau, wie viele es waren, wie man sie im Stadtgebiet lokalisiert hatte, wie sich die Verbrechensrate in Abhängigkeit von Jahreszeiten, Wochentagen, Feiertagen und sogar Zahltagen veränderte. Welche Motive den Verbrechen zugrunde lagen und mit welchen Mitteln sie ausgeführt wurden. Wie viele von ihnen man aufgeklärt hatte und wie viele nicht, welche typischen Fehler und Versäumnisse sich in der Ermittlungsarbeit wiederholten, welche Beweise bei Gericht nicht anerkannt wurden, wegen welcher Versehen und Fahrlässigkeiten Fälle von den Richtern an die Abteilung zurückgegeben wurden, damit genauer ermittelt werden sollte. Welche Tricks die Täter anwandten, um die Spuren ihres Verbrechens zu beseitigen, und mit welchem Erfolg die Kripo die Methoden ihrer Ermittlungsarbeit verbesserte und vervollkommnete. Es gab nichts, was Nastja Kamenskaja über die Mordfälle von Moskau nicht wußte. Und außerdem half sie den operativen Mitarbeitern ihrer Abteilung bei der Aufklärung jedes Verbrechens. Ihr Denken war nicht eingeschränkt von dem magischen Begriff der Regel, deshalb war es ihr möglich, auf die unwahrscheinlichsten Kombinationen zu kommen. Es existiert nur eine einzige Regel, pflegte sie zu sagen, diese Regel ist das Naturgesetz. Wenn sich ein Ziegel vom Dach löst, so muß er nach dem Prinzip der Schwerkraft nach unten fallen. Und wenn der Ziegel nicht nach unten fällt, werde ich nicht sagen, daß das unmöglich ist, sondern nach dem Grund dafür suchen, warum das so ist. Vielleicht ist er an einem unsichtbaren Faden befestigt. Oder man hat ihn irgendwie mit Metall verbunden und hält ihn gewaltsam in einem Magnetfeld fest. Wenn man ihr sagte, daß ein Mann seine Frau umgebracht hatte, daß er am Tatort, neben dem leblosen Körper, gefaßt wurde und alles gestanden hatte, begann sie sofort, an zwei verschiedenen Versionen zu tüfteln. In der einen Version war der Mörder derjenige, der gestanden hatte, in der anderen war es ein anderer. Vielleicht war das Geständnis erkauft, vielleicht sollte es einen nahestehenden Menschen schützen, vielleicht stand Erpressung dahinter oder eine vorübergehende geistige Verwirrung. Es konnte zig Gründe dafür geben, warum ein Ziegel, der sich vom Dach gelöst hatte, nicht nach unten fiel.

3

Gegen Mittag erschien Jura Korotkow in Nastjas Büro, sein Gesicht war grau vor Müdigkeit nach dem vierundzwanzigstündigen Dienst.

»Womit haben wir nur dieses Pech verdient?« sagte er betrübt. Er saß Nastja am Schreibtisch gegenüber und trank in großen Schlucken starken schwarzen Kaffee.

»Kaum sind wir mit diesem Galaktionow fertig geworden, siehe da, ein neues Geschenk. Das muß ein Aprilscherz sein. Mit diesem Tarassow werden wir lange zu tun haben, das kann ich dir jetzt schon sagen.«

Nastja nickte verständnisvoll. Erst vor zwei Wochen hatten sie den Mordfall Galaktionow abgeschlossen. Der Ermordete war der Direktor der Exim-Bank gewesen, und die Überprüfung aller Personen, die er gekannt hatte, hatte mehr Zeit verschlungen, als selbst die Polizei erlaubte. Schließlich stellte sich heraus, daß der Mörder gar nicht auf der Liste dieser Personen gestanden hatte. Davon, daß Opfer und Täter miteinander bekannt waren, hatte überhaupt niemand gewußt. Sie hatten sich auf einer Zugfahrt kennengelernt, hatten im Abteil fast einen ganzen Tag und eine Nacht lang Preference miteinander gespielt und sich wieder getrennt, nachdem sie ihre Telefonnummern ausgetauscht hatten.

»Im Staatlichen Zentrum für Internationale Beziehungen arbeiten dreitausend Leute. Und damit noch nicht genug. In den Hotels wohnen noch einmal genauso viele Gäste. Und vorher hat Tarassow im Zuständigkeitsbereich des Ministeriums für Maschinenbau gearbeitet, und zwar sehr lange Zeit und in verschiedenen Funktionen. Was ist das für ein Mord? Ein Nachlaß aus Tarassows Vorleben, oder hat er es geschafft, in den fünf Tagen in der Protokollabteilung jemandem auf die Füße zu treten? Ach, Nastja, ich habe keine Kraft mehr, ich sollte bald in Rente gehen. Ach übrigens, dort in der Protokollabteilung, arbeitet eine einstige Studienkollegin von Dir. Du hast dein Juraexamen doch 1982 gemacht, oder?«

»Ja.«

»Sie heißt Irina Koroljowa. Erinnerst du dich an sie?«

»Natürlich erinnere ich mich an Irina. Was machst sie denn? Ist sie Abteilungsleiterin?«

»Wie kommst du denn darauf?« knurrte Korotkow. »Sie ist eine untergeordnete Sachbearbeiterin.«

»Ist das die Möglichkeit?« ereiferte sich Nastja. »Sie war doch so begabt. Wie schade, daß sie keine Karriere gemacht hat. Erinnert sie sich auch an mich?«

»Ich habe sie nicht gefragt.«

»Warum nicht? Aus Vorsicht?«

»Man kann nie wissen«, sagte Korotkow und zuckte mit den Schultern. »Sollte sie irgendwie in der Sache drinstecken, würde sie womöglich bei dir angelaufen kommen und Hilfe oder Rat von dir wollen. Es war übrigens sie, die die Leiche entdeckt hat. Und übrigens gab es dabei keine Zeugen.«

»Übrigens, übrigens«, spöttelte Nastja. »Übrigens läßt sich ein Elefant nicht in einem Sack verstecken. Wenn irgendwas mit ihr nicht stimmt, wird sie alle ihre früheren Kommilitonen auf die Beine bringen, um jemanden zu finden, der bei der Petrowka arbeitet. Hör auf zu unken, erzähl mir lieber, was dort passiert ist. Willst du noch Kaffee?«

»Nein, später vielleicht. Es war so: Deine Freundin Koroljowa ist laut ihrer eigenen Aussage morgens zur Arbeit gekommen, es war fünf vor neun, und zu ihrer großen Überraschung war die Tür zu ihrem Büro bereits aufgeschlossen. Gewöhnlich kommt Swetlana Naumenko als erste ins Büro, und das nie früher als viertel nach neun. Die Koroljowa kommt ebenfalls immer zu spät, meistens erst gegen halb zehn. Die Chefs trudeln dann so gegen zehn ein. Genauer gesagt, so war es, bevor Tarassow auftauchte. Jurij Jefimowitsch war ein sehr korrekter, disziplinierter Mensch, er stellte die Frauen wegen ihres chronischen Zuspätkommens zur Rede. Eine Institution wie die unsere muß sich genau an die offiziellen Öffnungszeiten halten, sagte er. Wenn da steht, geöffnet von neun bis achtzehn Uhr, dann seid bitte so freundlich und seid um neun da. Sonst werden die Ausländer, die uns aufsuchen, uns für unseriös halten. Die Damen stöhnten natürlich auf, sie erklärten, sie könnten aufgrund ihrer naturbedingten Zerfahrenheit nicht garantieren, jeden Morgen pünktlich um neun zu erscheinen. Der demokratische Tarassow war zu einem Kompromiß bereit. Er sei kein Tyrann, sagte er und erlaubte den

Frauen, sich jeden zweiten Tag zu verspäten. Heute die Koroljowa, morgen die Naumenko. Da sollten die Damen sich bitte selbst absprechen. Aber das Büro müsse in jedem Fall ab neun Uhr geöffnet sein für den Publikumsverkehr. Für die Chefs gelte diese Regel natürlich nicht, der Publikumsverkehr sei nicht ihre Sache, dafür seien die Sachbearbeiter da, die alles wüßten und könnten. Die Aufgabe der Chefs sei es, ihre Untergebenen zu führen. An diesem Tag war die Koroljowa an der Reihe, als erste pünktlich um neun Uhr im Büro zu erscheinen. Deshalb war sie nicht darauf gefaßt, daß schon jemand da war, als sie kam. Sie trat ein, aber niemand war zu sehen, völlige Stille. Sie öffnete den Schrank, sah Tarassows Mantel auf dem Bügel hängen und rief nach ihm. Keine Antwort. Sie zog ihren Mantel aus, ging in die Küche, um Teewasser aufzusetzen, und da lag die Leiche. Das ist im Grunde schon alles. Um neun Uhr zehn wußte der Sicherheitsdienst des Zentrums für Internationale Beziehungen Bescheid, um neun Uhr dreizehn erreichte die Meldung den Bereitschaftsdienst der Hauptverwaltung für Innere Angelegenheiten. Der Bereitschaftsdienst war um neun Uhr vierzig am Tatort. Jetzt wird die Leiche zu Ajrumjan zur Obduktion gebracht, aber man sieht auf den ersten Blick, daß der Mann erwürgt wurde.«

»Eine schöne Geschichte«, sagte Nastja nachdenklich. »Irina wird ihn kaum erwürgt haben können, wenn sie noch so ist, wie sie damals war. Klein und mager, die hätte für so was nicht die Kraft. Was denkst du, wird man uns diesen Fall anhängen, oder werden die Bezirksbehörden allein damit fertig?«

»Man hat ihn uns schon angehängt«, erwiderte Korotkow düster. »Dieser Mord gefällt mir nicht, Nastja, er gefällt mir ganz und gar nicht.«

»Hör auf zu jammern! Es ist ganz normal, daß dir der Mord nicht gefällt.«

»Warum ist das normal?«

»Weil einem normalen Menschen ein Mord niemals gefallen kann.«

»Ich meine doch etwas ganz anderes ...«

»Ich weiß, wie du es meinst. Fährst du jetzt nach Hause, um dich auszuschlafen?«

»Schön wär's!« Korotkow winkte resigniert ab. »In einer Stunde kommt mein Junge von der Schule nach Hause, in einem Zimmer hantiert meine Schwiegermutter herum, im anderen er. Da versuch mal zu schlafen! Ich werde bis zum Abend warten müssen. Vielleicht kann ich noch irgendwas Nützliches tun. Du hast mir noch eine Tasse Kaffee versprochen, wenn ich mich nicht irre.«

Nastja stellte erneut den Wasserkocher an und begann, Platz auf ihrem Schreibtisch zu schaffen. Nachdem sie die Papiere und Hefter zur Seite geschoben hatte, breitete sie einige leere Blätter vor sich aus. In kurzer Zeit würden diese Blätter mit Wörtern vollgekritzelt sein, die nur sie selbst verstand, mit Kringeln, Häkchen und Pfeilen. Auf den Blättern würden verschiedene Versionen entstehen, über denen Nastja lange brüten würde, um zu versuchen zu verstehen, warum und von wem Jurij Jefimowitsch Tarassow ermordet wurde.

4

Er saß im Bus und sah mit blicklosen Augen aus dem Fenster. Als er am heutigen Morgen ins Büro gekommen war und als erstes, wie immer, den Lagebericht durchgelesen hatte, hatte er von dem Mord an Tarassow erfahren. Er starrte auf die Zeilen, die der Drucker auswarf, und konnte nicht begreifen, daß es sich nicht um einen Namensvetter von Jurij Jefimowitsch handelte, sondern wirklich um ihn selbst. Die Nachricht brachte ihn aus der Fassung. Er konnte nicht glauben, was er las, stürzte sofort zum Telefon und wählte Tarassows Privatnummer. Aber alles erwies sich als wahr. Er hatte nicht mit Tarassows Frau sprechen wollen, weil er sicher war, daß sie von der Miliz bereits Anweisung erhalten hatte, die Namen aller Anrufer zu notieren, den Grund der Anrufe, die Uhrzeit.

Es hatte genügt, ihre Stimme zu hören, um zu begreifen, daß ein Unglück geschehen war.

Und was soll ich jetzt machen? fragte sich Platonow und schämte sich sofort seines Gedankens. Tarassow war tot, und er dachte nur an seine eigenen Probleme und Schwierigkeiten. Es gab den Menschen nicht mehr, auf den er sich verlassen konnte, dem er grenzenlos vertraute. Es gab den Menschen nicht mehr, ohne dessen Hilfe er nicht auskommen konnte. Wieder war er bei demselben Gedanken angelangt: Wie sollte er ohne Jurij Jefimowitsch zurechtkommen?

Nachdem der erste Anfall von Verzweiflung vorüber war, überrollte ihn eine Welle des Mitleids. Und erst dann, erst an dritter Stelle kam ihm die Frage in den Sinn: *Wer ist es gewesen? Wer hat ihn umgebracht, und warum?*

5

Die Last, die ihm auf der Seele lag, wurde immer drückender. Nach der Arbeit fuhr Platonow nicht nach Hause, sondern zu Lena. Bei ihr erholte und entspannte er sich, in ihrer Nähe wurde er weich wie Wachs. Er kannte Lena seit vielen Jahren, schon seit der Zeit, als sie noch mit einem Ranzen und riesigen Schleifen im Haar zur Schule ging und noch nicht Lena für ihn war, sondern einfach die kleine Schwester seines Freundes und Kollegen Sergej Russanow. Platonow heiratete, hatte zahllose, meist kurze Affären, bis er eines Tages die Schwester seines Freundes wiedersah. Sie war nicht mehr das kleine Mädchen von damals, sondern eine bezaubernde junge Frau. Was dann passierte, war nichts Ungewöhnliches, es kam oft vor. Allerdings wäre die Freundschaft zu Sergej beinah daran zerbrochen.

»Laß das Mädchen in Ruhe!« schrie Russanow ihn an. »Du wirst sie sowieso nicht heiraten. Aber sie wird auf dich warten und dabei alt und grau werden.«

Natürlich hatte Russanow recht. Um Lena heiraten zu können, hätte Platonow sich scheiden lassen müssen. Dafür aber fehlte ihm die moralische Stärke, das wußte nicht nur Sergej, sondern auch er selbst sehr gut. Er war ein sehr offener, kontaktfreudiger Mensch, der über eine große männliche Anziehungskraft verfügte, und er verhielt sich seiner Frau gegenüber genauso wie in den ersten Monaten nach der Hochzeit. Er glaubte mit heiligem Ernst daran, daß das Ende der Verliebtheit die Menschen nicht zu Feinden machte, daß man auch dann, wenn man beim Anblick seiner Ehefrau nicht mehr erzitterte vor Wonne und Leidenschaft, ein zärtlicher Ehemann bleiben konnte, der seine Frau mit Geschenken und anderen Aufmerksamkeiten verwöhnte. Er war mit seiner Ehefrau sehr zufrieden, ebenso wie mit seinen Affären, die ein paar Stunden dauern konnten, ein paar Wochen, gelegentlich sogar ein paar Monate. Und es war ihm unvorstellbar, seine Frau Valentina, mit der er fast täglich schlief, aus heiterem Himmel zu verlassen. Mit Lena allerdings war alles anders. Lena liebte er. Aber er liebte sie nicht genug, um deshalb seiner Frau weh zu tun.

»Ich liebe sie, Serjosha«, sagte er sehr ernst. »Du kannst mich umbringen, aber ich kann nichts dagegen tun. Und sie liebt mich auch. Wenn Lena und ich uns trennen, werden wir beide leiden. Und du willst doch nicht, daß deine Schwester leidet, oder?«

»Du Schweinehund!« brüllte Sergej ihn an. »Warum hast du überhaupt etwas mit ihr angefangen, wenn du gewußt hast, daß du dich sowieso nicht scheiden läßt? Ist sie etwa eine Schlampe, ein Mädchen für eine Nacht? Was hast du dir dabei gedacht?«

Lena weinte und flehte die beiden an, sich nicht zu streiten. Sie liebte Dmitrij, und sie liebte ihren Bruder, jeden auf andere Weise, aber beide gleich stark.

»Ich will gar nicht heiraten«, versuchte sie ihren Bruder zu überzeugen. »Mir ist es recht so, wie es ist. Ich will Dima einfach nur lieben, verstehst du? Ich könnte ohne ihn nicht leben.«

Sergej ging weg, schlug mit den Türen und sprach wochenlang weder mit seiner Schwester noch mit Platonow. Aber nach und nach entspannte sich die Situation, sie wurde zur Gewohnheit, Russanow beruhigte sich. Hauptsache, Lena war glücklich.

Platonow schloß die Tür mit seinem Schlüssel auf und hörte sofort das Geräusch leichter, schneller Schritte. Lena kam auf den Flur herausgelaufen und fiel ihm um den Hals.

»Dima! Liebster! Wie schön, daß du da bist.«

Während Platonow sie umarmte und den bekannten Geruch ihrer Haut und ihres Parfums einatmete, bereute er es fast, daß er heute zu ihr gekommen war. Sie hatte lange auf ihn gewartet und freute sich so, aber er würde ihr nur die Stimmung verderben. Er fühlte sich miserabel und hatte keine Lust auf Gespräche.

»Bleibst du länger?« fragte Lena und sah ihm in die Augen. Jetzt könnte ich noch zurücktreten, dachte Platonow. Nein, nur für einen Moment, könnte ich sagen, ich habe leider sehr viel zu tun. Ich bin zufällig in deiner Gegend und wollte nur schnell mal reinschauen. Mach mir eine Tasse Tee und ein belegtes Brot, dann muß ich wieder weiter. Er kam oft nur auf einen Sprung bei ihr vorbei, wenn die Ermittlungsarbeit ihn in ihre Gegend führte, Lena war das gewohnt und wäre nicht beleidigt gewesen, wenn er auch diesmal nur kurz geblieben wäre. Aber die Vorstellung, jetzt wieder hinauszugehen auf die dunkle, kalte Straße und mit seinem Kummer allein zu bleiben, erschien Platonow so schrecklich, daß er, wie so oft in seinem Leben, klein beigab.

»Wenn du nichts anderes vorhast«, sagte er, sich innerlich verfluchend, »bleibe ich bis morgen.«

Lena sah ihn erstaunt an und sagte nichts. Er blieb immer nur dann über Nacht bei ihr, wenn seine Frau Valentina nicht zu Hause war, wenn sie auf Dienstreise war, im Urlaub oder bei Freunden auf der Datscha. In solchen Fällen sagte er Lena immer vorher Bescheid, sie freuten sich stets auf diese Gelegenheiten und schmiedeten lange im voraus Pläne für die

Abende und Nächte, die sie gemeinsam verbringen konnten. Diesmal hatte er nichts von einer bevorstehenden Reise seiner Frau gesagt, insofern war es verwunderlich, daß er über Nacht von zu Hause wegbleiben wollte.

Platonow setzte sich in einen tiefen, weichen Sessel und schloß die Augen. Er lauschte Lenas Schritten und versuchte sich vorzustellen, was sie gerade machte. Sie ging aus dem Zimmer in die Küche, blieb stehen, öffnete und schloß die Kühlschranktür, zündete ein Streichholz an. Etwas klirrte leicht, und er sah präzise vor sich, wie Lena einen Topf aus dem Kühlschrank geholt, ihn auf den Herd gestellt und den Deckel des Topfes angehoben hatte, um für alle Fälle den Inhalt zu überprüfen. Sie besaß sechs völlig gleiche kleine Töpfe, alle rot mit weißen Punkten, sie liebte diese Töpfe heiß und innig und bewahrte in ihnen alles mögliche auf. Anfangs passierte es ein paarmal, daß sie einen Topf mit Suppe auf den Herd stellte und erst dann bemerkte, daß sie nicht Suppe, sondern Krautsalat aufgewärmt hatte. Jetzt warf Lena vorsichtshalber immer erst einen Blick in den Topf, allerdings tat sie das erst dann, wenn er schon auf der Gasflamme stand. Platonow verstand die Logik ihrer Handlungen nicht, aber er maß ihren Seltsamkeiten keine Bedeutung bei.

Er hörte, wie das Backrohr geöffnet wurde, etwas klapperte, Lena hatte eine Pfanne auf den Herd gestellt. Wieder das Schlagen der Kühlschranktür, das Klappern und Klirren von Küchenutensilien in der Schublade, die mit einer raschen Bewegung geöffnet worden war. Danach vielversprechendes Zischen. Demnach hatte Lena Butter aus dem Kühlschrank und ein Messer aus der Schublade geholt, jetzt briet sie irgendein ungewöhnlich schmackhaftes Stück Fleisch für ihn. Mit geschlossenen Augen stellte er sich vor, wie sie sich zwischen Tisch und Herd hin und her bewegte, ihre weiche, runde Figur in dem weiten Pullover, die kleine Nase, die sie jedesmal kräuselte, wenn sie sich konzentrierte, das lange, schokoladenbraune Haar, das mit einem schlichten Band am Hinterkopf zusammengebunden war. Platonow verfügte über ein außerordentlich gutes Gehör, und diese Art, jemanden zu »belauschen«, bereitete ihm großes Vergnügen, weil so das logische Denken angeregt wurde, das Gedächtnis und die Phantasie.

Während er den Geräuschen aus der Küche lauschte, spürte er, daß ihm etwas leichter wurde. Der Schmerz, den ihm Tarassows Tod bereitete, war unverändert, aber das Gefühl der Aussichtslosigkeit hatte nachgelassen.

Nach dem Abendessen setzte sich Lena neben Platonow auf den Fußboden und legte ihren Kopf auf seine Knie.

»Ich spüre doch, daß du irgendwelche Unannehmlichkeiten hast«, sagte sie leise. »Warum erzählst du mir nie etwas von dir? Hältst du mich immer noch für ein Kind?«

»Nein, darum geht es nicht«, erwiderte er sanft, während er ihr seidiges Haar durch seine Finger gleiten ließ. »Ich will dich einfach nicht damit belasten.«

»Aber warum denn?«

»Wir haben schon tausendmal darüber geredet«, entgegnete Dmitrij geduldig. »Ich arbeite im Hauptkriminalamt zur Bekämpfung des organisierten Verbrechens. Hast du eine Ahnung, was organisiertes Verbrechen ist? Liest du Bücher?«

»Und sogar Zeitungen«, lachte Lena. »Willst du mir Angst einjagen?«

»Ja, das will ich. Denn das alles ist ganz und gar nicht einfach und zudem sehr gefährlich. Und deine Lage ist doppelt problematisch. Ich glaube, über unser Verhältnis weiß ganz Moskau Bescheid, mit Ausnahme meiner Frau. Sollte man mich unter Druck setzen wollen, wird man an erster Stelle auf dich zurückgreifen. Und außer mir nichtsnutzigem Dummkopf ist da noch dein geliebter Bruder, der auch nicht irgendwo arbeitet, sondern im Hauptkriminalamt zur Bekämpfung von Wirtschaftsverbrechen. Sollte es jemand auf ihn abgesehen haben, wärst du auch in diesem Fall ein ideales Druckmittel. Du lebst allein, und mit dir wird man im Handumdrehen fertig.«

»Wo ist da die Logik? Angenommen, du hast mich davon

überzeugt, daß mein Leben in Gefahr ist. Was hat das damit zu tun, daß du mit mir nicht über deine Probleme sprechen willst?«

»Erst einmal will ich wissen, ob du dir darüber im klaren bist, daß du wegen Sergej und mir in ständiger Gefahr schwebst.«

»Es mag sein, daß du recht hast.«

»Nein, nein, so geht es nicht. Bist du dir im klaren oder nicht?«

»Na gut, ich bin mir im klaren.«

»Dann denk einmal über folgendes nach! Wenn schon über dir, einem völlig friedlichen Menschen, einer Musikerin, ein ständiges Damoklesschwert schwebt, in welcher Situation befinden sich dann dein Bruder und ich? Wir leben Tag für Tag auf Messers Schneide, und wenn wir spätabends nach Hause kommen, danken wir still und leise dem Schicksal, daß wir am Leben geblieben sind. Aber Sergej und ich sind starke, erfahrene Männer, die mit allen Wassern gewaschen sind. Wir können unsere Kräfte realistisch einschätzen und wissen, daß man die Gefahr nicht unterschätzen, aber auch nicht überschätzen darf. Aber stell dir vor, was aus deinem Leben werden würde, wenn wir dir alles erzählen würden, was um uns herum vor sich geht. Verstehst du, was ich meine?«

»Nicht ganz.«

»Dann nehmen wir folgendes Beispiel. Eine Mutter bringt ihr Kind, dem ein Zahn gezogen werden muß, zum Zahnarzt. Ich habe keine Angst, sagt das Kind, es wird ja bestimmt nicht weh tun. Der Mutter hat man in der Kindheit auch Milchzähne gezogen, sie erinnert sich genau, daß es ein völlig schmerzloser Vorgang war, aber ihr ist, als setzte sie ihr Kind auf den elektrischen Stuhl. Als stünden ihm unerträgliche Leiden bevor. Kurz, die Prozedur kostet die Mutter hundertmal mehr Aufregung und Nerven als das Kind. Verstehst du jetzt?«

Lena nickte.

»Ja, jetzt verstehe ich«, sagte sie. Ihr Kopf lag immer noch auf Platonows Knien, deshalb erschöpfte sich ihr Nicken darin, daß sie ihre Wange an seinem Hosenbein rieb. »Obwohl du fünfzehn Jahre älter bist als ich, fürchtest du, ich würde dich sehen wie eine Mutter ihr Kind. Glaubst du nicht, daß du etwas übertreibst, Platonow?«

Er lächelte. »Die Frauen sehen uns immer als Kinder. Darüber ist viel geschrieben worden, besonders in der Prosa des neunzehnten Jahrhunderts. Und auch jetzt taucht das Thema ständig auf. Zum Beispiel bei Eduard Topol.«

»Liest du etwa Eduard Topol?« Lena rückte entschieden von ihm weg und funkelte ihn, auf dem Teppich sitzend, mit einem empörten Blick an.

»Warum denn nicht?« fragte Dmitrij mit gespielter Naivität. Natürlich wußte er genau, was sie meinte, aber es gefiel ihm, sie zu ärgern. Sie war äußerst streng in ihren Urteilen und stellte höchste Ansprüche an jede Art von Kunst, ob es Musik war, Literatur, Film oder Malerei.

»Wie kannst du fragen? Ich habe dir doch verboten, Topol zu lesen. Das ist doch Schund, das ist billige Massenware, das ist Pornographie, das ist ...«

Ihr blieb die Luft weg vor Empörung, sie konnte die richtigen Worte nicht finden und drückte ihre Empörung nur mit dem Funkeln ihrer großen dunklen Augen aus.

Dmitrij betrachtete sie gerührt. Sie geht immer noch davon aus, dachte er, daß ein erwachsener Mensch einem anderen etwas verbieten kann, und daß dieser andere sich an das Verbot halten wird. Eine typisch mütterliche Logik. Es gibt nur zwei Arten, wie Menschen auf ein Verbot reagieren. Verbiete mir, was du willst, sagt sich der eine, ich mache sowieso, was ich für richtig halte, und ich denke nicht daran, es vor dir zu verheimlichen. Und derjenige, der sich an das Verbot hält, tut es nur scheinbar, er macht auch, was er will, und versucht nur, es den anderen nicht merken zu lassen. Der Mensch, der aufrichtig bereit ist, sich an ein Verbot zu halten, ist noch nicht geboren.

»Mir gefällt er trotzdem«, sagte er, um Lena noch mehr zu reizen. »Ich halte ihn für einen großartigen Schriftsteller, du solltest aufhören, so über ihn herzufallen.«

»Du ...« Sie begann plötzlich zu lachen. »Du bist ein Schurke, Platonow. Jetzt hast du mich doch noch drangekriegt. Ich ergebe mich, du hast recht. Wenn es mich schon so aufregt, daß wir nicht denselben literarischen Geschmack haben, dann würde ich wirklich den Verstand verlieren, wenn ich wüßte, wie gefährlich du lebst. Was soll ich dir bringen? Willst du etwas trinken?«

Sie erhob sich leichtfüßig und ging zum verglasten Teil der großen Schrankwand, wo die Schnaps- und Weingläser standen.

»Was hast du denn?« wollte Platonow wissen.

»Das, was du selbst mitgebracht hast. Du weißt doch, daß ich nie Alkohol kaufe. Da ist noch ein Rest Wodka, Cognac, Pfirsichlikör und noch irgendein Wein, ich glaube, Madeira. Was soll ich dir einschenken?«

»Ich sollte tatsächlich ein Gläschen trinken«, sagte er. »Und wenn man auf einen Toten trinkt, dann tut man das nur mit Wodka. Gut, gieß mir einen ein, aber nur einen ganz kleinen!«

Lena füllte schweigend ein kleines Glas, brachte aus der Küche einen Teller mit einem schlichten Imbiß und stellte beides auf das kleine Tischchen vor dem Sessel, in dem Platonow saß.

»Ist jemand gestorben?« fragte sie mit halblauter Stimme, fast flüsternd.

»Ja, Liebste. Ein wunderbarer, erstaunlicher Mensch ist gestorben, der Mensch mit dem besten und reinsten Herzen, dem ich je begegnet bin. Friede seiner Seele!«

Er kippte den Wodka hinunter, lehnte sich in den Sessel zurück und schloß die Augen.

»War er ein Freund von dir?« fragte Lena, während sie das leere Glas vom Tischrand wegschob und sich wieder auf den Boden setzte.

»So könnte man es sagen. Aber auch wieder nicht. Eigentlich kann ich ihn nicht meinen Freund nennen.«

»Warum?«

»Weil wir fast gar nichts voneinander wußten. Wenn du mich fragen würdest, wie er seine Frau kennengelernt hat, was er gern gegessen und ob er nachts in Farbe geträumt hat, könnte ich dir darauf keine Antwort geben. Freunde wissen gewöhnlich solche Dinge voneinander, aber ich habe nichts dergleichen von ihm gewußt und er nicht von mir.«

»Was hat euch denn miteinander verbunden?«

»Das ist schwer zu erklären, Lenotschka. Oft haben wir uns monatelang nicht gesehen und nicht einmal telefoniert, aber wenn wir zusammenkamen, hatte ich immer das Gefühl, einem Menschen zu begegnen, der mich niemals verraten würde. Niemals. Was immer geschehen würde. Gewöhnlich denkt man das nur von einem Freund, den man sehr nah und sehr lange kennt. Aber er war nicht mein Freund. Er war einfach nur ... Nein, ich kann dir das nicht erklären. Es tut weh, es fühlt sich an wie eine schmerzende Beule, aber mit Worten kann ich es nicht beschreiben. Ich werde es schwer haben ohne ihn.«

»Aber warum denn?« fragte Lena, die immer auf logischen, endgültigen Aussagen bestand, hartnäckig nach. »In welcher Hinsicht wirst du es schwer haben, wenn ihr euch so selten gesehen habt und keine Freunde wart? Was wird dir fehlen ohne ihn?«

Idiot, schimpfte Platonow sich innerlich. Warum konntest du deine Zunge nicht im Zaum halten? Sentimentaler Esel.

»Achte nicht auf mein Geschwätz!« sagte er ausweichend, beugte sich zu Lena hinab und umarmte sie. »Er war ein guter Mensch, und es tut mir leid, daß er gestorben ist. Das ist alles.«

Er warf einen heimlichen Blick auf die Uhr. Zum Glück war es bereits halb elf, Zeit, ins Bett zu gehen. Er war trotzdem froh, daß er bei Lena geblieben war. Es hatte seiner Seele Luft machen, laut aussprechen müssen, was ihn bedrückte. Und er hatte seines Freundes gedenken müssen. Nicht heimlich, indem er sich zu Hause hinter der Kühlschranktür ein Glas Wodka eingeschenkt und den Mund mit dem Ärmel abgewischt hätte, sondern offen und sichtbar für einen anderen Menschen, er hatte ein paar gute und aufrichtige Worte über den Toten sagen müssen, und diese Worte hatte unbedingt jemand hören müssen. Das war geschehen, und jetzt fühlte er sich tatsächlich erleichtert.

6

Die weiträumigen, feudalen Chefbüros gehörten der Vergangenheit an, jetzt waren kleine, gemütliche Arbeitsräume in Mode. Auf den leichten, schwarzen Ecktischen, die die schweren, verschnörkelten, mit grünem Tuch bespannten Eichenmonster abgelöst hatten, standen Computer, und anstelle der gesammelten Werke der Klassiker des Marxismus-Leninismus drängten sich in den Hängeregalen und Bücherschränken jetzt Fachbücher über Wirtschaft, Finanzwesen und Computer-Technologie. Keinen geringen Raum nahmen auch juristische Nachschlagewerke und fremdsprachliche Bücher ein.

Vitalij Wassiljewitsch Sajnes betrat das Büro, schleuderte seinen Mantel achtlos auf den Besuchersessel, setzte sich, ohne Licht gemacht zu haben, an seinen Schreibtisch und umfaßte den Kopf mit beiden Händen. Er mußte nachdenken, er mußte sich konzentrieren und nachdenken. Was für eine unerwartete Wendung alles genommen hatte!

Tarassow war tot. Das war zweifellos sehr gut. Obwohl Tarassow ihn im Grunde nicht gestört und nicht mehr im Zuständigkeitsbereich des Ministeriums für Maschinenbau gearbeitet hatte. Aber ohne ihn war es trotzdem besser. Er war zu gescheit und kannte sich zu gut mit allem aus, was mit Bunt- und Edelmetallen zusammenhing, deshalb hätte er jeden Moment Lunte riechen können. Aber zum Glück hatte er nichts gerochen. Und jetzt würde er nie mehr etwas riechen.

Ungut war etwas anderes. Tarassow war nicht einfach gestorben, er war ermordet worden. Und jetzt würde die Miliz nach dem Täter suchen. Wer konnte das sein? Wer hatte etwas davon, einen Mann wie Tarassow zu ermorden? Wem konnte dieser romantische Einfaltspinsel im Weg sein, der es nie geschafft hatte, sein außerordentliches, einmaliges Wissen zu seinem eigenen Vorteil zu nutzen? Hatte er den Haß eines eifersüchtigen Ehemannes auf sich gezogen? Lächerlich! Hatte er Schulden bei irgendeinem Mafioso und konnte sie nicht rechtzeitig zurückzahlen? Erst recht lächerlich. Tarassow hatte sich nie im Leben auch nur einen Rubel von jemandem geliehen. Und wenn er zuletzt doch noch Wind von der Sache bekommen hatte? Hatte er womöglich seine Arbeit im Betrieb aufgegeben, um sich die Hände frei zu machen und dann diejenigen zu erpressen, die geblieben waren? Doch wenn man Tarassow aus diesem Grund umgebracht hatte, warum wußte er, Vitalij Wassiljewitsch Sajnes, dann nichts davon? Er wäre der erste gewesen, der es hätte erfahren müssen. Etwas war faul an der Sache. Tarassow hatte mit jemandem Kontakt aufgenommen und Geld für sein Schweigen verlangt. Dieser Jemand hatte ihn dann umgebracht. Doch warum hatte er den anderen nichts von Tarassows Erpressungsversuch gesagt? Normalerweise lief einer in so einem Fall aufgeregt zu seinen Komplizen, um sie einzuweihen, um gemeinsam darüber nachzudenken, wie man sich nun verhalten sollte. Aber daß einer den Erpresser klammheimlich umbrachte, den Mord auf seine Kappe nahm, ohne den anderen etwas zu sagen, ohne Hilfe von ihnen zu verlangen und zu fordern, daß man seinen Anteil erhöhte, da er als derjenige, der sich die Hände schmutzig machte, das größte Risiko von allen auf sich nahm – das konnte nicht sein, das ging Vitalij Wassiljewitsch nicht in den Kopf. Nach seiner Ansicht mußte jemand, der so etwas tat, sehr schwerwiegende, weitreichende Pläne haben. Und an erster Stelle mußte er die Absicht haben, alle diejenigen zu beseitigen, mit denen er teilen mußte.

Je länger Sajnes über die Sache nachdachte, desto mulmiger wurde ihm. Wer konnte sich so ein Spiel ausgedacht haben? Erstens derjenige, der dem Betrieb den Geldhahn abgedreht hatte, so daß die Arbeiter nicht mehr bezahlt werden konnten. Zweitens derjenige, der dem Betrieb im Warenaustausch goldhaltigen Metallverschnitt lieferte. Drittens die Firma, die diesen Metallverschnitt aufkaufte, zu einem Preis, der achtmal niedriger war als der offizielle, aber dafür mit Bargeld bezahlte, so daß man den Arbeitern dennoch ihre Löhne auszahlen konnte. Viertens derjenige, der dieser Firma die Lizenz erteilt hatte, Buntmetalle und goldhaltige Metallverschnitte ins Ausland zu verkaufen. Wer von ihnen also hatte mit Tarassow in Kontakt gestanden? In wessen Auftrag wurde er umgebracht?

ZWEITES KAPITEL

1

Der Duft nach frisch gebrühtem Kaffee kitzelte angenehm die Nasenwände und erzeugte im Büro der Protokollabteilung eine häusliche Atmosphäre. Die alltägliche Arbeit durfte nicht unterbrochen werden, die Reisen der in- und ausländischen Geschäftsleute durften nicht ausfallen, weil jemand aus irgendeinem Grund Jurij Jefimowitsch Tarassow umgebracht hatte. Swetlana Naumenko, Sachbearbeiterin der dritten Gehaltsstufe, empfing Besucher, der Abteilungsleiter Igor Sergejewitsch Schulgin leitete, wie gewöhnlich, die Abteilung, Irina Koroljowa bewirtete ihre einstige Kommilitonin Anastasija Kamenskaja in der Küche mit Kaffee und berichtete ihr von Tarassows kurzem Gastspiel in der Abteilung.

Nastja hörte Irina zu, und vor ihrem geistigen Auge erschien das Bild eines unbeholfenen, aufsässigen und tölpischen Menschen, der nicht begriff, worin seine Aufgabe bestand und was für einen schrecklichen Eindruck er auf seine Umgebung machte.

Gleich am ersten Tag hatte Tarassow begonnen, Ordnung zu schaffen, zuerst auf dem Schreibtisch des Abteilungsleiters. Zu dieser Zeit hatte Schulgin sich zusammen mit dem Generaldirektor in einer Besprechung befunden, Swetlana Naumenko servierte den hohen Herren Kaffee und Getränke, und Irina war zur Visastelle gefahren. Der übereifrige Tarassow hatte sich sofort über die Zimmerecke hinter dem Raumteiler hergemacht, in der sich Schulgins Schreibtisch und sein Computer befanden.

»Igor kam von der Besprechung zurück, sah seinen Schreibtisch und wurde leichenblaß«, berichtete Irina, während sie Kaffee in zierliche kleine Tassen eingoß. »Nimmst du Zucker?«

»Zwei Stück«, erwiderte Nastja. »Und warum ist Schulgin leichenblaß geworden?«

»Weil er in seinem Schreibtisch alles mögliche hat. Kondome, Pornohefte, schmutzige Gläser, Papiere, die sich in Aktenordnern befinden müssen, anstatt wer weiß wo herumzufliegen. Und jetzt stell dir vor, er kommt zurück in sein Büro und findet alles aufgeräumt, säuberlich getrennt voneinander und zu ordentlichen Häufchen geschichtet. Die Kondome, die Pornohefte und obenauf Postkarten mit ähnlichen Sujets. Die Gläser sind abgewaschen, poliert und in die Küche gebracht worden. Die Papiere liegen ordentlich in Mappen. Es ist, als hätte dich jemand durchs Schlüsselloch beim Sex beobachtet und dir hinterher mit unschuldigen Augen Empfehlungen über die richtige Haltung der Beine erteilt. Verstehst du, Nastja, es kam ihm einfach nicht in den Sinn, daß das, was er machte, unanständig sein könnte. Daß es indiskret ist, in den Sachen anderer herumzuwühlen. Daß man Menschen, die seit vielen Jahren zusammenarbeiten und ihre eigenen unausgesprochenen Regeln der Koexistenz erarbeitet haben, nicht seinen Stil aufdrängen kann. Daß man nicht den ganzen Tag herumwirbeln, auf die anderen einreden und sie bei der Arbeit stören kann. Man konnte ihm nicht böse sein, weil er dabei so unschuldig aussah. Aber aushalten konnte man es auch nicht. In meinem Schreibtisch war nichts, wofür ich mich hätte schämen müssen, das kannst du mir glauben, aber ich bin auch leichenblaß geworden, als ich sah, was er mit meinen Sachen gemacht hat. Und dann erst Schulgin, dessen ganze Wirtschaft plötzlich offen vor den Augen der anderen dalag.«

»Und Swetlana? Hat er bei der auch Ordnung gemacht?«

»Und wie! Zuerst hat er ihren ganzen Schreibtisch auseinandergenommen, dann den Schrank mit den Flaggen.«

»Kurz, er hat euch alle drangekriegt«, resümierte Nastja,

während sie ihren Kaffee austrank und die Tasse auf den hübschen kleinen Unterteller zurückstellte.

»Was willst du damit sagen? Daß einer von uns ihn umgebracht hat?«

Nastja holte schweigend eine Schachtel Zigaretten aus ihrer Handtasche und suchte lange nach dem Feuerzeug.

»Hör zu!«

Irina erhob sich und trat ans andere Ende des Zimmers, so, als hätte sie plötzlich Angst davor bekommen, sich in der Nähe ihrer einstigen Studienkollegin zu befinden.

»Ich habe zwar keinen einzigen Tag in meinem Beruf gearbeitet, aber ich erinnere mich noch sehr gut an einiges von dem, was wir an der Uni gelernt haben. Du verdächtigst vor allem mich, weil ich an diesem Tag ungewöhnlich früh ins Büro gekommen bin und Tarassows Leiche entdeckt habe, und weil es dafür keine Zeugen gibt. Stimmt's? Du denkst, daß er in meinem Schreibtisch etwas gefunden hat, irgendein Geheimnis, das auf keinen Fall ans Tageslicht kommen durfte. Das denkst du doch, Anastasija, habe ich recht?«

Nastja schwieg. Ja, Irotschka Koroljowa war eine sehr begabte Studentin gewesen, und obwohl sie in den zwölfeinhalb Jahren seit dem Abschluß der Universität keinen einzigen Tag im Rechtspflegesystem gearbeitet hatte, verfügte sie immer noch über Biß. Jedenfalls hatte sie sich nicht in ein Heimchen am Herd verwandelt, wie so viele Frauen, die zugunsten von Familie und Kindern ihren ursprünglichen Beruf aufgaben.

»Warum sagst du nichts?« bohrte Irina weiter, ihre Stimme klang immer gereizter. »Verdächtigst du mich oder nicht?«

»Ja, ich verdächtige dich«, bekannte Nastja, während sie mit einem tiefen Zug den Rauch ihrer Zigarette inhalierte und wieder ausstieß. »Ich bin gezwungen, dich zu verdächtigen. Dich, Schulgin, die Naumenko und die restlichen dreitausend Mitarbeiter des Staatlichen Zentrums für Internationale Beziehungen. Dazu kommen etwa ebenso viele Hotelgäste des Zentrums und die zig tausend Leute, die für das Ministerium für Maschinenbau arbeiten.«

»Weiche mir nicht aus«, entgegnete die Koroljowa verärgert. »Die anderen interessieren mich nicht. Ich habe dich nach deiner Einstellung mir gegenüber gefragt. Wir waren in einer Studiengruppe, haben zusammen fürs Examen gepaukt und unsere Einser im ›Kosmos‹ und im Café ›Lichter von Moskau‹ gefeiert. Hast du das vergessen?«

»Nein, das habe ich nicht vergessen.«

Nastja strich die lange Säule ihrer Zigarettenasche am Rand des Untertellers ab, nachdem sie vorher die Tasse mit dem schwarzen Kaffeesatz beiseite gestellt hatte. Das Gespräch wurde anstrengend und unangenehm, aber es ließ sich nicht vermeiden. Das hatte sie bereits gewußt, als sie beschlossen hatte, selbst ins Zentrum zu fahren und sich mit den Mitarbeitern der Protokollabteilung zu unterhalten.

Sie sah Irina an und wunderte sich über sich selbst. Sie hatte kaum noch eine Erinnerung an diese Frau. Oder war es einfach so, daß sie sie schlecht gekannt hatte? Jedenfalls saß jetzt vor ihr nicht der Mensch, den zu treffen sie erwartet, den sie in ihren Erinnerungen an die Zeit von vor über zwölf Jahren vor sich gesehen hatte. Irina war im siebten Monat schwanger gewesen, als sie zu studieren angefangen hatte. Sie kam bis zum letzten Tag zu den Vorlesungen, man brachte sie direkt aus dem Vorlesungssaal ins Krankenhaus. Sie nahm keinen Mutterschaftsurlaub, legte zusammen mit den anderen die Prüfungen am Ende des Semesters ab, zum Erstaunen aller mit ausgezeichnetem Erfolg. Wobei die bei der Prüfung Anwesenden schworen, daß sie alle Fragen tatsächlich brillant beantwortet hatte und die Einser nicht etwa ein Mitleidsbonus für eine stillende Mutter waren. Im Laufe von fünf Jahren gelang es Irina Koroljowa, das Studium mit der Erziehung ihres Kindes zu vereinbaren, obwohl niemand wußte, wie sie das machte und was es sie kostete. Es hieß, sie sei mit irgendeinem außergewöhnlichen Mann verheiratet, der genug verdiente, um eine Köchin, eine Putzfrau und eine Kinderfrau zu finanzieren. Andere behaupteten, daß für das alles nicht ihr Ehemann aufkam, sondern ihr hochgestellter Vater. Wiederum andere glaubten zu wissen, daß alles viel einfacher war. Irina hatte ihr Kind bei ihrer Mutter abgegeben, so, wie viele junge Mütter das machten, um studieren zu können, und daß es gar keinen Haushalt und keinen Ehemann gab, für den sie hätte sorgen müssen. Wie es in Wirklichkeit gewesen war, wußte Nastja nicht, weil sie das nicht sonderlich interessiert hatte. Sie hatte Irina nie nach ihrem Sohn oder nach einem etwaigen Ehemann gefragt, die beiden unterhielten sich hauptsächlich über ihre Studienfächer, über ihre Kommilitonen und Professoren, über Bücher und Filme. Sie hatten einander gemocht, aber es hatte nie wirkliche Freundschaft oder Nähe zwischen ihnen gegeben.

Als Nastja Irina Koroljowa jetzt ansah, begriff sie, daß sie sie überhaupt nicht kannte. Was war mit ihr geschehen, wie war es möglich, daß alles, was sie fünf Jahre lang auf sich genommen, wofür sie so gekämpft hatte, im ständigen Spagat zwischen Studium und Familie, schließlich für die Katz gewesen war? Wofür hatte sie all diese Opfer gebracht? Oder hatte es gar keine Opfer gegeben? Das schien ausgeschlossen, da sie nach amtlichen Unterlagen seit 1975 verheiratet war und 1977 ein Kind geboren hatte. Aus denselben Unterlagen ging hervor, daß sowohl ihr Mann als auch ihre Eltern ganz gewöhnliche Leute waren, daß von großem Geld nicht die Rede sein konnte und deshalb auch nicht von Köchinnen, Haushälterinnen und Kinderfrauen. Insofern mußte Irina nicht nur über ausgezeichnete Begabungen verfügen, sondern auch über große Zähigkeit, Energie und Zielstrebigkeit. Was also war geschehen? Warum saß sie nach zwölfeinhalb Jahren auf dem zwar hochbezahlten, aber denkbar langweiligen Posten einer Sachbearbeiterin, der weder ein Studium der Jurisprudenz noch sonst irgendeine höhere Ausbildung erforderte?

»Verstehst du, Irina, ich bin als Kriminalistin hier, und ich habe nicht das Recht, Privates mit Beruflichem zu vermischen. Wenn die Naumenko an deiner Stelle wäre, würde ich an erster Stelle sie verdächtigen. Die Tatsache, daß wir einander kennen, hat in diesem Zusammenhang keine Bedeutung. Es ist mir unangenehm, dir das zu sagen, aber ich muß das tun, damit keine Mißverständnisse zwischen uns entstehen. Die Verdachtsmomente gegen dich sind ziemlich schwerwiegend, aber nicht schwerwiegender als die gegen Swetlana oder Schulgin, und morgen werden da noch hundert andere sein, die wir werden verdächtigen müssen. Ich mache meine normale Arbeit, die in der Überprüfung verschiedener Versionen besteht. Und du darfst darin nichts Beleidigendes für dich sehen. Du glaubst, daß ich, weil ich dich von früher gut kenne, von deiner Unschuld überzeugt sein muß, und es kränkt dich, daß ich dich nicht von der Liste der Verdächtigen streiche. Es tut mir leid, daß dich das kränkt. Aber das müssen wir beide hinnehmen. Die Situation ist wie sie ist, ich kann sie nicht ändern.«

»Du kannst, aber du willst nicht«, widersprach Irina, die nach wie vor an der anderen Zimmerwand stand und nicht zum Tisch zurückkehrte.

»Ich halte es nicht für nötig. Ich halte schon lange nichts mehr von den Weisheiten des Augenblicks, Irotschka. Du kannst mir glauben, daß es wesentlich einfacher für mich wäre, mich dir in die Arme zu werfen und dir zu sagen, daß ich dich seit hundert Jahren kenne und absolut überzeugt bin von deiner Unschuld. Dann wäre ich in deinen Augen eine gute Freundin, und wir würden uns jetzt nicht gegenüberstehen wie zwei unversöhnliche Feinde vor einem Duell, sondern gemütlich nebeneinandersitzen, uns an den Händen halten und mit heißen Köpfen an der Frage herumrätseln, wer denn unseren Jurij Jefimowitsch umgebracht haben könnte. Und wenn mich, Gott bewahre, irgendein Verdacht gegen dich beschleichen sollte, wären mir die Hände gebunden. Ich könnte dir keine einzige Frage stellen, weil ich ständig auf deinen fassungslosen, beleidigten Blick stoßen würde. Verdächtigst du mich etwa, glaubst du mir nicht, würde dieser Blick mich ständig fragen. Und wie sollte ich dir dann sagen, daß ich dich tatsächlich verdächtige, daß ich dir nicht glaube? Soll ich etwa meine Karriere riskieren, nur um es mir nicht mit dir zu verderben? In diesem Moment wäre das einfacher für mich, aber morgen würde ich mir deswegen die Haare raufen. Deshalb will ich an der Situation gar nichts ändern. Soll sie einstweilen so bleiben, wie sie ist. Im Moment fällt es mir schwer, mit dir zu sprechen, du bist mir feindlich gesonnen, du bist gekränkt, aber das werde ich irgendwie überleben. Dafür werde ich dann, wenn ich zweihundertprozentig von deiner Unschuld überzeugt sein werde, wissen, daß meine Überzeugung auf objektiven Fakten basiert und nicht auf blindem Vertrauen in einen Menschen, den ich irgendwann, ich betone, irgendwann vor langer Zeit gekannt habe.«

Es entstand ein ungutes Schweigen im Raum. Nastja zündete sich noch eine Zigarette an und nahm ein paar tiefe Züge.

»Wir können an der Situation nur eines verändern. Wenn es dir unangenehm ist, mit mir zu sprechen, werde ich jetzt gehen, und du wirst mich nicht wiedersehen. Dann wird ein anderer Beamter dir die Fragen stellen. Aber das wird im Grunde nicht viel für dich verändern, weil man dich sowieso verdächtigen wird. Also, was meinst du, Irina? Wollen wir an die Arbeit gehen oder weiterhin auf Emotionen herumreiten?«

Irina kam wieder an den Tisch heran und setzte sich auf einen Hocker.

»Ich koche uns noch einen Kaffee«, sagte sie, ohne Nastja anzusehen, und schüttete gemahlenen Kaffee in die Kaffeemaschine auf dem Tisch. »Du kannst mir deine Fragen stellen.«

»Vielleicht schenkst du mir anstandshalber ein Lächeln«, sagte Nastja scherzend, bemüht, die entstandene Peinlichkeit abzumildern.

»Nein, das nicht gerade. Ich werde deine Fragen gewissenhaft beantworten, das verspreche ich dir, aber mit dem Lächeln wird es nichts.«

»Bist du immer noch beleidigt?«

»Was glaubst du?« Irina hob den Kopf und sah Nastja herausfordernd an. »Wärst du an meiner Stelle etwa nicht beleidigt?«

»Wahrscheinlich schon«, gestand Nastja. »Gut, lassen wir es dabei bewenden. Ich bleibe bei meinem Verdacht und du bei deiner Gekränktheit. Damit müssen wir leben. Fangen wir an! Warum ist Tarassow an jenem Tag so früh ins Büro gekommen?«

»Ich weiß es nicht.«

»Hat er am Freitag erwähnt, daß er am Montag zeitig morgens irgendeinen Termin hat?«

»Nein, er hat nichts dergleichen erwähnt.«

»Hat er am Montag morgen vielleicht irgendeinen Anruf erwartet?«

»Das ist mir nicht bekannt.«

»Mit welchen Mitarbeitern des Zentrums hat er in den vier Tagen, die er bei euch in der Abteilung verbracht hat, Kontakt gehabt?«

»Das ist schwer zu sagen. Hier in der Abteilung ist niemand bei ihm gewesen. Mit wem er Kontakt hatte, wenn er das Büro verließ, weiß ich nicht.«

»Hat er das Büro oft verlassen?«

»Ziemlich oft ...«

2

Das Verhalten von Swetlana Naumenko war bei weitem nicht so kaltblütig wie das von Irina Koroljowa. Sie war sehr nervös, fing immer wieder an zu weinen, nahm Herztropfen und hielt sich ein Taschentuch an die Nase.

Nastja stellte ihr dieselben Fragen wie Irina: Mit wem hatte Jurij Jefimowitsch Tarassow Kontakt, was erzählte er von sich und seinen Bekannten, mit wem führte er Telefonate, warum war er an dem verhängnisvollen Tag früher als sonst zur Arbeit gekommen?

»Vielleicht wollte er die Wände abwaschen«, meinte Swetlana.

»Was wollte er?« Nastja glaubte, sich verhört zu haben.

»Nun ja, wissen Sie, Jurij Jefimowitsch war der Meinung, daß unsere Wände schmutzig sind und daß man sie abwaschen muß. Die Putzfrau macht das nicht, und dazu ist sie auch nicht verpflichtet. Igor Sergejewitsch hat Tarassow kategorisch verboten, sich in der Arbeitszeit mit solchen Dingen zu beschäftigen, weil ja ständig Besucher zu uns kommen, aber Jurij Jefimowitsch bestand darauf, daß die Wände gerade deshalb abgewaschen werden müßten. Vielleicht ...«

Die Naumenko schluchzte auf und führte wieder ihr Taschentuch an die Nase.

»War Igor Sergejewitsch sehr verärgert über Tarassows Putzaktivitäten?«

»Ja, sehr. Sie können sich gar nicht vorstellen, wie. Er hat zwar nichts gesagt und Jurij Jefimowitsch nicht zurechtgewiesen, aber man sah ihm die Verärgerung an. Wissen Sie, Schulgin ist ein so herzensguter Mensch, sogar ein bißchen leichtsinnig, er trinkt gern einen, scherzt und lacht viel. Aber nach Tarassows Aufräumarbeiten in seinem Schreibtisch hatte er sich völlig verändert. Er sah böse aus, sprach mit niemandem mehr und war blaß im Gesicht.«

»Wissen Sie warum? Erraten Sie den Grund?«

»Immerhin hat Jurij Jefimowitsch eine Menge schmutziges Zeug aus seinem Schreibtisch herausgeholt und es vor aller Augen ausgestellt. Wem würde so etwas schon gefallen.«

»Hat Schulgin nicht mit Tarassow gesprochen, hat er ihm nicht gesagt, daß man nicht in fremden Schreibtischen herumwühlt, erst recht nicht in Abwesenheit dessen, dem dieser Schreibtisch gehört?«

»Ich weiß es nicht.« Swetlana zog die Nase hoch. »Ich habe nichts dergleichen gehört.«

»Und Sie, Swetlana? Er hat Ihren Schreibtisch ja auch aufgeräumt. Haben Sie ihn nicht zur Rede gestellt?«

»Nein. Er war immerhin mein Chef.«

»Na und? Darf einer, nur weil er der Chef ist, sich alles erlauben?«

»Ich weiß nicht ...« Die Naumenko begann wieder zu

schluchzen. »Er ... er hat gesagt, daß Rationalisierungsmaßnahmen bevorstehen, daß die Stellen um dreißig Prozent gekürzt werden sollen ... und daß es jeden treffen kann.«

Alles klar, dachte Nastja. In Anbetracht der bevorstehenden Stellenkürzungen hat sie es nicht gewagt, sich ihrem Chef zu widersetzen. Eine primitive, aber eiserne Logik. Wenn dreißig Prozent der Arbeitsplätze wegrationalisiert werden sollen und gleichzeitig der freie Posten des stellvertretenden Abteilungsleiters neu besetzt wird, anstatt diese völlig sinnlose Stelle zu streichen, dann muß der neue Chef eine sehr wichtige Person sein, fast so etwas wie ein gekröntes Haupt oder zumindest der künftige Generaldirektor. Ein einziges Wort gegen ihn, und du bist deine Stelle los.

»Und Irina? Wie hat sie darauf reagiert, daß Tarassow ihren Schreibtisch durchwühlt hat?«

»Sie war natürlich auch wütend. Sie hat sogar eine böse Bemerkung gemacht, aber er hat sie wahrscheinlich nicht verstanden.«

»Und was für eine Bemerkung hat sie gemacht?«

»Etwas in der Art, daß einer, der nicht weiß, was ein Tampon ist, auch keine natürliche Scheu besitzt, in den Sachen einer Frau herumzuwühlen. Ich dachte, Tarassow wird rot, aber er hat nicht einmal mit der Wimper gezuckt, er tat so, als hätte er nichts gehört.«

»Irina hat wohl keine Angst vor den Rationalisierungsmaßnahmen?«

»Doch, natürlich hat sie auch Angst.«

»Warum hat sie es dann gewagt, Tarassow zu widersprechen?«

»Wissen Sie, früher sah der Stellenplan für unsere Abteilung zwei Chef- und fünf Sachbearbeiterposten vor. Als Irina zu uns kam, waren drei der Sachbearbeiterstellen besetzt, man gab ihr die vierte und bat sie, vorübergehend die Arbeit des fehlenden Fünften mitzumachen. Sie erklärte sich dazu bereit, zumal man ihr einen finanziellen Ausgleich für den höheren Arbeitsaufwand versprach. Natürlich hat man dieses Versprechen nie gehalten, im Gegenteil. Als die Rationalisierungsmaßnahmen begannen, hat man den Arbeitsplatz für den fünften Sachbearbeiter einfach gestrichen und dessen Funktionen auf Irina übertragen, ohne ihr Gehalt zu erhöhen. Nun ja, unsere Irotschka hat keine Angst vor Arbeit, sie reißt sich geradezu darum. Als einer unserer Mitarbeiter bei einem Verkehrsunfall ums Leben kam, hat Irina auch seine Arbeit übernommen, und man hat ihre Gehaltsstufe erhöht. Dann folgte die nächste Rationalisierungsmaßnahme, man hat auch die Stelle des umgekommenen Mitarbeiters wegrationalisiert und noch einen anderen Mitarbeiter, einen Trunkenbold, entlassen, natürlich auch im Rahmen der Kürzungen. Und zu Irina hat man gesagt, daß sie nun, da sie in die zweite Gehaltsstufe aufgestiegen sei, auch mehr arbeiten müsse, und hat ihr auch das Arbeitsgebiet des entlassenen Sachbearbeiters aufgebrummt. So kam es, daß Irina inzwischen praktisch vier Arbeitsstellen besetzt, während ich nur Kaffee koche und die Tische mit Flaggen und Blümchen schmücke. Und das könnte Irina zur Not auch noch machen. Sie zu entlassen, ist unmöglich, sie ist unersetzbar. An ihrer Stelle müßte man vier Leute einstellen, und dafür sind die Mittel nicht vorhanden.«

»Alles klar. Jetzt noch einmal zurück zu Schulgin. Warum hat er seinen neuen Stellvertreter nach Ihrer Meinung nicht zur Rede gestellt nach seinem Übergriff und der öffentlichen Zurschaustellung seines Schreibtischinhalts?«

»Aus demselben Grund natürlich. Er hat auch Angst vor Entlassung. Wozu braucht eine Abteilung mit zwei Mitarbeitern zwei Chefs? Das ist doch ein Witz. Natürlich wird man einen der beiden entlassen, und natürlich wird dieser eine nicht derjenige sein, den man eben erst eingestellt hat.«

»Aber wenn das so klar ist, dann hatte Schulgin doch gar nichts zu verlieren. Wenn er ohnehin weiß, daß er auf der Abschußliste steht, dann hätte er sich doch ohne weiteres Luft machen und dem Flegel sagen können, daß er ein Flegel ist.«

»Nein, nein, so einfach ist das nicht.« Swetlana machte eine aufgeregte Bewegung mit den Händen. »Für ihn ist es sehr wichtig, daß er weiterhin hier arbeiten kann, im Zentrum. Hier werden enorme Gehälter bezahlt, und einen Teil davon bekommt man in Valuta. Er hatte immer noch die Chance, aus der Protokollabteilung in eine andere Abteilung versetzt zu werden. Und Jurij Jefimowitsch war der Mann des Generaldirektors, das wußte jeder, mit ihm durfte man es sich nicht verderben.«

Tarassow war also der Mann des Generaldirektors, dachte Nastja, das ist ja schon mal sehr interessant. Zum Generaldirektor werde ich natürlich nicht gehen, da stecke ich meine Nase nicht hinein. Mit dem soll sich Jura Korotkow unterhalten.

»Versuchen Sie bitte, sich an alles zu erinnern, was Tarassow über sich erzählt hat, über seine Familie«, bat Nastja.

»Er hat eigentlich kaum etwas erzählt. Als er uns seine Lektionen über richtige Blumenpflege erteilte, erwähnte er, daß er auf der Datscha Rosen züchtet. Er sagte auch etwas davon, daß er drei Schäferhunde hat, aber ich weiß nicht, ob er sie zu Hause hielt oder auf der Datscha. Die Kinder sind erwachsen, sagte er, schon aus dem Haus, er lebte mit seiner Frau allein. Über seine Enkel erzählte er nichts, jedenfalls habe ich es nicht gehört. Vielleicht hatte er noch keine.«

»Hat er etwas über seine vorherige Stelle gesagt? Was er da gemacht hat, warum er gekündigt hat?«

»Nein, darüber hat er nicht gesprochen. Er erwähnte nur einmal, daß er in der Verwaltung des Ministeriums für Maschinenbau gearbeitet hat. Niemandem wäre es in den Sinn gekommen, ihn zu fragen, warum er diesen Posten verlassen hat. Hier ist die Bezahlung sehr gut ... Wissen Sie«, sagte Swetlana und wurde plötzlich lebhaft, »da gab es etwas Witziges. Als er seine Sachen in den Schreibtisch einräumte, bemerkte ich so ein seltsames Ding, einen kurzen, dicken gläsernen Barren oder so etwas. Ich fragte ihn, was das sei, und er antwortete, daß dieses Ding genau siebenhundertsechsundfünfzig Gramm wiegt und daß dies das Idealgewicht für einen Gegenstand sei, den man dazu benutzt, um die frisch eingeklebten Fotos in den Passierscheinen zu beschweren. Das Maschinenbauministerium ist ja ein geschlossenen System, dort haben alle Leute Passierscheine. Wenn der Gegenstand zu schwer sei, sagte er, würde der Leim unter den Fotos hervorquellen, und wenn er zu leicht sei, würde das Foto schlecht halten und sich höckern.«

»Was würde es tun?« erkundigte sich Nastja verständnislos.

»So hat er sich ausgedrückt, es würde sich höckern. Er meinte wohl, es würde sich wellen oder verziehen. Damit der Passierschein würdevoll aussieht, sagte er, muß das Gewicht des Gegenstandes, mit dem das Foto nach dem Ankleben beschwert wird, genau siebenhundertsechsundfünfzig Gramm betragen. Kein Gramm weniger und kein Gramm mehr. Vielleicht hatte man dieses Ding extra für ihn angefertigt.«

»Irgendein Schwachsinn«, sagte Nastja achselzuckend.

»Ich weiß nicht«, sagte Swetlana und schüttelte den Kopf. »Das sind seine Worte, ich habe mir nichts ausgedacht. Irina kann es bestätigen, sie hat es auch gehört.«

3

Igor Sergejewitsch Schulgin schien nicht gerade davon begeistert zu sein, sich mit Nastja unterhalten zu müssen. Es war bereits Feierabend, er hatte zweifellos bereits ein Gläschen gekippt, und die vorgetäuschte Courage kämpfte in ihm ganz offensichtlich mit dem Unwillen, sich mit einer Kripobeamtin zu unterhalten und so womöglich den Alkoholgehalt in seinem Blut zu offenbaren.

»Igor Sergejewitsch, stimmt es, daß Ihnen hier Stellenkürzungen in Höhe von dreißig Prozent bevorstehen?«

»Davon weiß ich nichts. Ich achte nicht auf Gerüchte und Klatschereien.«

»Aber Sie haben solche Gerüchte gehört?«

»Ich höre nicht auf das Geschwätz von Nichtstuern.«

Nastja betrachtete aufmerksam den vor ihr sitzenden, hochgewachsenen Mann. Obwohl seine Haare sich bereits zu lichten begannen und die ersten überflüssigen Kilos zu sehen waren, verfügte er noch über eine gewisse männliche Anziehungskraft. Dennoch war deutlich zu sehen, daß nicht mehr viel fehlte, und er würde sich in einen beleibten, verschlissenen Pavian verwandeln, in einen Mann, der ein aktives Liebes- und Trinkerleben hinter sich hatte und vor dem ein langes ödes Alter mit Leber- und Prostatabeschwerden lag. Vielleicht wußte er das und war deshalb so mißmutig.

»Igor Sergejewitsch, hat man sich bei der Einstellung Ihres Stellvertreters mit Ihnen beraten und Sie nach Ihrer Meinung gefragt?«

»Selbstverständlich. Ich habe es nie zugelassen, daß in meiner Abteilung jemand eingestellt wurde, den ich nicht kannte.«

So, so, dachte Nastja, wir sind also ganz schön eitel. Dein Stellvertreter, mein Lieber, ist nicht dir unterstellt, sondern dem nächsthöheren Chef. Nicht du entscheidest, wer dich in deiner Abwesenheit vertritt, sondern er.

»Haben Sie Tarassows Bewerbungsunterlagen gesehen?«

Ein schneller Blick zur Seite, ein nervöses Zucken der oberen Wangenhälfte, nur für den Bruchteil einer Sekunde.

»Natürlich habe ich sie gesehen.«

Diesmal klang Schulgins Antwort nicht mehr so überzeugend.

»Igor Sergejewitsch, versuchen Sie sich bitte zu erinnern, was an seiner Bewerbung Sie davon überzeugt hat, daß er der richtige Stellvertreter für Sie ist.«

»Das weiß ich nicht mehr.«

»Aber das liegt doch noch nicht lange zurück, Igor Sergejewitsch. Irina Koroljowa und Swetlana Naumenko arbeiten schon so lange bei Ihnen in der Abteilung, in den letzten Jahren wurde kein einziger neuer Mitarbeiter eingestellt, Irina Koroljowa war die letzte, seither wurden nur Stellen gestrichen. Es kann doch nicht sein, daß Sie sich nicht mehr erinnern, was in den Bewerbungsunterlagen einer Person stand, die Sie zu Ihrem Stellvertreter ausgewählt haben. Es handelt sich doch um die einzige Neueinstellung innerhalb von fünf Jahren.«

»Ich sagte Ihnen doch, ich erinnere mich nicht mehr.«

In Schulgins Stimme wurde ein gereizter Ton hörbar, aber er versuchte sofort, ihn zu unterdrücken.

»Gut, gehen wir weiter«, sagte Nastja leichthin. »Wie haben Sie reagiert, als Sie entdeckten, was Tarassow mit Ihrem Schreibtisch angestellt hat?«

»Wie hätte ich denn reagieren sollen?« entgegnete er, die Frage mit einer Gegenfrage beantwortend.

»Ich weiß es nicht«, sagte Nastja lachend. »Jeder reagiert in so einer Situation anders. Der eine schimpft und tobt vielleicht, der andere bedankt sich dafür, daß sein Schreibtisch endlich in Ordnung gebracht wurde, dem dritten ist es egal. Die einen lachen vielleicht, die andern sind außer sich vor Wut. Wie war es bei Ihnen?«

»Was hat das alles mit dem Mord an Tarassow zu tun?« fragte Schulgin unwirsch. »Sie denken hoffentlich nicht, daß ich ihn umgebracht habe, weil er meinen Schreibtisch durchwühlt hat.«

»Warum eigentlich nicht?« erkundigte sich Nastja unschuldig. Sie hatte bereits die Nase voll von diesem Igor Sergejewitsch mit seiner gespielten Selbstsicherheit und seiner schlecht kaschierten Angst, aus dem Staatlichen Zentrum für Internationale Beziehungen hinauszufliegen und seine Pfründe zu verlieren. Nicht genug, daß man seinen Stellvertreter direkt am Arbeitsplatz umgebracht hatte, jetzt auch noch diese dumme Pute von der Miliz, die hier hereingeschneit kam und in Dingen herumschnüffelte, die sie nichts angingen. Fehlte noch, daß publik würde, was Tarassow in seinem Schreibtisch gefunden hatte.

»Warum sollte ich das nicht denken?« fuhr Nastja fort, so, als würde sie den Haß nicht bemerken, der ihr aus Schulgins Augen entgegenschlug. »Was sollte an diesem Gedanken so abwegig sein?«

»Wie ... wie ... Wie können Sie es wagen?!«

»Warum denn nicht?« wiederholte sie mit müder Stimme. »Ich muß jede Möglichkeit in Betracht ziehen. Ob die Koroljowa, die Naumenko, Sie oder irgendein anderer – jeder könnte Tarassow erwürgt haben. Verstehen Sie doch, Igor Sergejewitsch, wir wissen über den Ermordeten so wenig, daß wir weder Sie noch sonst jemanden einfach so von der Liste der Verdächtigen streichen können. Wenn Sie über ihn mehr wissen als ich, dann helfen Sie mir doch bitte, indem Sie Ihr Wissen mit mir teilen. Vielleicht könnte das dazu beitragen, daß ich den Verdacht gegen Sie und Ihre Mitarbeiterinnen fallen lassen kann. Aber solange Sie so bissig sind und mir mit Ihrer ganzen Mimik und Gestik zeigen, daß ich Ihnen nicht gefalle, wird die Lage nicht besser werden, das kann ich Ihnen versprechen.«

»Sie haben kein Recht, so mit mir zu sprechen«, brauste Schulgin auf. »Wer sind Sie denn, daß Sie mich verdächtigen? Ich bin zwanzig Jahre älter als Sie, und Sie kommen hier herein und wollen mich belehren, eine Rotznase wie Sie. Ihre Aufgabe ist es, den Mörder zu suchen, statt dessen folgen Sie Tarassows Beispiel und versuchen, in der schmutzigen Wäsche und in persönlichen Papieren anderer herumzuwühlen. Ich wünsche nicht, mich noch länger mit Ihnen zu unterhalten. Ich werde meine Aussage nur vor Ihrem Vorgesetzten machen, der hoffentlich, im Gegensatz zu Ihnen, ein anständiger und solider Mensch ist.«

»Ich muß Sie enttäuschen, Igor Sergejewitsch, mit meinem Chef werden Sie erst recht auf keinen grünen Zweig kommen. Er hat einen sehr schwierigen Charakter, gegen ihn bin ich so harmlos wie ein Schmetterling. Und noch eines. Sie sollten den Altersunterschied zwischen uns nicht übertreiben, ich bin viel älter, als Sie glauben.«

Nastja begann, ihre Sachen systematisch einzusammeln, die Zettel mit den Notizen, ihre Zigaretten, das Feuerzeug, sie nahm alles vom Tisch, verstaute es ordentlich in ihrer überdimensionalen Sporttasche und erhob sich.

»Ich werde Ihre Zeit nicht länger in Anspruch nehmen, Igor

Sergejewitsch. Morgen wird Sie mein Chef anrufen, den Sie so gern treffen möchten, und Ihnen sagen, wann und zu welcher Uhrzeit Sie in der Petrowka zu erscheinen haben. Dort wird es Ihnen viel weniger gut gefallen als hier, in Ihrer gemütlichen Büroküche, wo Sie sich auf Ihrem eigenen Terrain befinden und sich benehmen können, wie Sie wollen. Übrigens, ich will nicht, daß Sie eine böse Überraschung erleben, deshalb sage ich es Ihnen gleich: mein Chef, Oberst Gordejew, wird Sie morgen auf jeden Fall fragen, warum kein schriftliches Protokoll über Ihre heutige Aussage erstellt wurde. Was werden Sie ihm darauf antworten?«

»Was geht mich das an?« fauchte Schulgin. »Woher soll ich wissen, warum Sie kein schriftliches Protokoll über meine Aussage angefertigt haben. Warum versuchen Sie, mich einzuschüchtern?«

»Richtig«, sagte Nastja seufzend, »Sie werden meinem Chef sagen müssen, daß Sie nicht wissen, warum es kein Protokoll gibt. Deshalb wird er mich danach fragen. Und ich werde ihm sagen müssen, daß Sie während des Gespräches mit mir nicht nüchtern waren, und Personen, die nicht nüchtern sind, dürfen nicht verhört werden. Wie sich die Dinge dann weiterentwickeln werden, weiß ich nicht. Vielleicht wird der Untersuchungsführer dem Generaldirektor des Zentrums mitteilen, daß Mitarbeiter in leitender Position am Arbeitsplatz trinken und sich nicht einmal davor scheuen, betrunken zu einem Gespräch mit einer Kripobeamtin zu erscheinen, obwohl es um eine so ernste Angelegenheit wie die Untersuchung eines Mordfalles geht. Was diese Mitarbeiter in ihren Schreibtischen aufbewahren – das wird der Gegenstand einer besonderen Unterhaltung sein. Mit Ihrer Erlaubnis werde ich noch eine Zigarette rauchen, und danach werden Sie mir sagen, ob Sie sich mit mir unterhalten wollen oder es vorziehen, morgen zu Oberst Gordejew in die Petrowka zu gehen.«

»Wie können Sie behaupten, daß ich betrunken bin?« Schulgin schäumte immer noch vor Wut. »Das können Sie nicht beweisen.«

»Doch, das kann ich«, erwiderte Nastja in ruhigem Tonfall, steckte sich eine Zigarette an und verstaute das Feuerzeug wieder in ihrer Tasche. »Bei Ihnen im Haus gibt es eine Sanitätsstelle, ich werde den Arzt rufen, und der wird eine Bescheinigung ausstellen, die dem Untersuchungsführer genügen wird. Und ein Wort von ihm wird ausreichen, um Ihre Karriere in diesem Valutaparadies sofort zu beenden. Es ist eine Sache, still und leise zu trinken, so, daß es niemand bemerkt und man dabei sein Gesicht nicht verliert. Etwas ganz anderes ist es, sich selbst dann nicht beherrschen zu können, wenn man weiß, daß ein Gespräch mit der Kripo bevorsteht. Sie haben sich nicht in der Hand und bauen immer mehr ab, und die Tatsache, daß eine Kripobeamtin gezwungen war, einen Arzt zur Beurteilung Ihres Zustandes zu rufen, wird für sich selbst sprechen. Zwei Minuten, Igor Sergejewitsch, noch zwei Minuten, und ich werde gehen. Sofern Sie es sich nicht doch noch anders überlegen.«

Nach zwei Minuten wickelte Anastasija Kamenskaja einen langen warmen Schal um ihren Hals, knöpfte ihre Jacke von oben bis unten zu und ging über den langen, gewundenen Korridor zum Lift. Igor Sergejewitsch Schulgin hatte kein einziges Wort mehr gesagt.

4

Nach sieben Uhr abends war in der Petrowka 38 noch genausoviel los wie tagsüber. Niemand wunderte sich darüber, daß die Kamenskaja um diese Zeit an ihrem Arbeitsplatz auftauchte, das war normal. Ohne Umweg über ihr eigenes Büro ging sie zum Zimmer von Jura Korotkow und Kolja Selujanow. Die beiden saßen an ihren Schreibtischen und erhoben wie auf Kommando ihre Köpfe, als Nastja zur Tür hereinkam.

»Na, hat es geklappt?« fragten sie wie mit einer Stimme.

»Wollen wir es hoffen!« Ohne ihre Jacke abzulegen, ließ sie sich auf einen freien Stuhl fallen und begann nach ihren

Zigaretten zu suchen. »Ich hätte nicht gedacht, daß es so schwierig werden würde. Den halben Tag habe ich die böse Tante Nastja gespielt, damit ihr beiden morgen als die guten Onkels empfangen werdet und die ganze Protokollabteilung sich, aufgelöst in Rotz und Tränen, in eure Arme werfen wird. Da habt ihr mir ja ein schönes Szenario untergeschoben!«

In Wirklichkeit war das Szenario »Böser Polizist – guter Polizist«, das so alt war wie die Welt, diesmal zu einem etwas anderen Zweck eingesetzt worden. Nastja hatte sich nicht die Aufgabe gestellt, Informationen zu sammeln. Sie hatte nur die drei Hauptverdächtigen in Augenschein nehmen wollen, um sich ein Bild über ihren Charakter und ihre Denkweise zu machen. So würde sie das, was Korotkow und Selujanow aus ihnen herausbekommen würden, besser einschätzen können. Und die beiden würden natürlich keine langen, herzergreifenden Gespräche mit den dreien führen, sie hatten ihre eigenen Verhörmethoden und Informationsquellen, auf die sie sich stützen konnten.

Da war also zuerst einmal Irina Koroljowa. Klug, kaltblütig, berechnend. Achtet auf jedes Wort, das sie sagt, verplappert sich nie. Aus irgendeinem Grund sitzt sie auf einem langweiligen, perspektivlosen Posten, obwohl sie eine gute Ausbildung hat und sehr tüchtig ist. Hätte theoretisch alle Möglichkeiten gehabt, Tarassow umzubringen. Das medizinische Gutachten besagt, daß sein Tod gegen 8.45 Uhr eingetreten ist, und zwanzig Minuten später hat die Koroljowa nach ihrer Aussage die Leiche in der Küche entdeckt. Wenn sie die Mörderin ist, hat sie nach der Tat zwanzig Minuten gewartet, bevor sie die Wache anrief. Wäre sie in der Lage, so lange mit einer Leiche allein zu bleiben, besitzt sie dafür die Nerven? Zweifellos. Kann jemand bezeugen, daß sie das Büro wirklich um 8.55 Uhr betrat, wie sie behauptet, oder war es vielleicht zehn, fünfzehn Minuten früher? Nein, das kann niemand bezeugen.

Folgt Swetlana Naumenko. Eine vierzigjährige verblühende Schönheit, die in familiären Schwierigkeiten steckt und fürchtet, ihren Arbeitsplatz zu verlieren. Sie hat schwache Nerven, weint, ihre Hände zittern. Am Tag der Tat kam sie um 9.30 Uhr ins Büro, zu dieser Zeit befanden sich in der Protokollabteilung außer der Koroljowa die herbeigerufenen Mitarbeiter der Wache. Wer könnte beschwören, daß sie nicht bereits eine Stunde vorher schon einmal im Büro gewesen war? Sie lebt getrennt von ihrem Mann, die Tochter hat die Wohnung um halb acht verlassen, um zur Schule zu gehen, und weiß nicht, wann die Mutter aus dem Haus gegangen ist, um dreiviertel acht oder um dreiviertel neun. Sie hat panische Angst davor, entlassen zu werden, besitzt, im Gegensatz zur Koroljowa, keinerlei Ausbildung. Wenn man sie aus dem Zentrum hinauswirft, wird sie nie wieder eine so lukrative Arbeit finden. Wenn eine Frau ohne Ausbildung und ohne Köpfchen Geld verdienen will, muß sie in der Regel zumindest jung und langbeinig sein, dann hat sie vielleicht Hoffnung auf den Posten einer Sekretärin in irgendeiner Firma. Wenn Tarassows Tod die Naumenko vor der unausweichlichen Entlassung bewahren konnte, hatte sie durchaus ein Motiv.

Und schließlich Igor Sergejewitsch Schulgin. Ein unflexibler, starrsinniger Mensch. Mangelnde Auffassungsgabe. Ist nicht bereit zu Kompromissen, nicht aus Prinzip, sondern aus Starrsinn und idiotischer Selbstverliebtheit. Kompromißbereitschaft bedeutet für ihn, klein beizugeben und einen Irrtum einzugestehen, und solche Leute geben nie und unter keinen Umständen einen Irrtum zu. Nastja hatte ihn heute auf die Probe gestellt, indem sie ihm zuerst ein bißchen Angst einjagte und dann einen Ausweg anbot, aber er hatte das Angebot nicht angenommen. Er denkt nicht strategisch, es geht ihm nur darum, sich für den Moment zu behaupten, und morgen, so hofft er, werden die Dinge sich schon irgendwie von allein regeln. Heute wollte er sich nur um jeden Preis vor Anastasija Kamenskaja behaupten, daran, daß ihn morgen ein gewisser Oberst Gordejew durch den Fleischwolf drehen würde (wovor ihn Anastasija Kamenskaja aufrichtig gewarnt hat), mochte er nicht denken. Die typische Psychologie eines

Mörders. Heute beseitige ich den, der mir im Weg steht, morgen werden wir weitersehen. Der Gedanke an die Konsequenz kommt nicht auf.

Zu guter Letzt Jurij Jefimowitsch Tarassow. Sein seltsames, tölpisches Verhalten muß unter zwei Aspekten betrachtet werden.

Annahme eins besteht darin, daß er ein nicht sehr gescheiter und zudem schlecht erzogener Mensch war. Annahme zwei geht davon aus, daß alles, was man über ihn erzählt, erfunden ist. Daß seine drei Kollegen einhellig die Unwahrheit sagen, weil jemand von ihnen ihn umgebracht hat und weil es sich schließlich erwiesen hat, daß das für alle drei von Vorteil ist. Vielleicht wurde der Mord spontan begangen, und dann hat man beschlossen, den Mörder oder die Mörderin zu decken. Vielleicht werden im Zentrum dunkle Geschäfte großen Stils gemacht, und der arglose Jurij Jefimowitsch hat das nicht nur entdeckt, sondern seine Entdeckung auch noch an die große Glocke gehängt. Doch wenn seine Kollegen tatsächlich die Unwahrheit sagen, dann warum ausgerechnet eine Unwahrheit dieser Art? Warum loben sie den Toten nicht über den grünen Klee, beschreiben ihn als großartigen, wunderbaren Menschen, der keine Feinde hatte und über den niemand ein böses Wort sagen kann, warum spielen sie nicht einmütige Trauer vor und raufen sich die Haare? Die Methode ist durchaus üblich und sehr beliebt, so machen es viele. Aber diese drei haben ihren toten Kollegen in den Schmutz gezogen, und sie haben es auf eine so schlaue Weise getan, daß jedem von ihnen ein Motiv für den Mord unterstellt werden kann. Wenn einer von ihnen oder alle drei in den Mord verwickelt sind, dann ist das nicht nur eine sehr raffinierte, sondern auch richtige Taktik. Weil es viel effektiver ist, den Verdacht auf alle drei zu verteilen als von sich abzulenken. Fragt sich nur noch, wer von den dreien so viel Schlauheit besitzt. Ob es Irina ist?

DRITTES KAPITEL

1

Die Märzsonne war blendend hell, wenn man aus dem Fenster in den Himmel blickte, hätte man glauben können, es sei Hochsommer. Ging man allerdings näher an das Fenster heran und sah nach unten, war man sofort desillusioniert. Der Anblick der grauen, schmutzigen Straßen zerstörte alle romantischen Träume und brachte einen auf die sündige Erde zurück.

Vitalij Nikolajewitsch Kabanow, der in bestimmten Kreisen unter dem Spitznamen Lokomotive bekannt war, stand am Fenster und sah nach unten. Er belog sich nie selbst, er blickte der Wahrheit stets ins Auge, wie unangenehm sie auch sein mochte. Offenbar war es diese Eigenschaft, die es ihm erlaubte, alles im Leben Begonnene zu Ende zu führen. Der kleinste Hinweis auf ein mögliches Mißlingen bewog ihn sofort dazu, die Dinge zu überdenken oder radikale Entscheidungen zu treffen, und das bewahrte Kabanow viel sicherer vor Unannehmlichkeiten, als dies Beziehungen, Freundschaften und Geld vermochten. Ein Leck in einem Schiff kommt nicht von ungefähr, pflegte er zu sagen. Entweder hast du nicht bemerkt, daß derjenige, der das Schiff gebaut hat, ein Nichtskönner ist, obwohl du es hättest merken können und müssen, du hast dich dem Schiff anvertraut, ohne seinen technischen Zustand zu überprüfen, oder du hast die drohende Gefahr unterschätzt. In jedem Fall bist du selbst schuld, wenn du ertrinkst. Bis zum heutigen Tag hatte es in Kabanows Schiff noch nie ein Leck gegeben.

Vitalij Nikolajewitschs organisatorische Fähigkeiten zeigten sich schon zu der Zeit, als er noch Schüler war. In der fünften Klasse, als die Kinder in den Pionierzirkel aufgenommen wurden, wählte man ihn zum Brigadeleiter. Am Ende des Schuljahres brachten alle zehn Mitglieder seiner Brigade Zeugnisse nach Hause, in denen der Glanz der Einser höchstens da und dort von einer Zwei getrübt war. Die Eltern freuten sich, die Lehrer staunten, die Mitschüler waren neidisch. Vitalij Kabanow machte aus seinen Methoden kein Geheimnis, bereitwillig erklärte er jedem, daß die Fähigkeiten eines einzelnen stets allen zugute kommen mußten. Der eine in seiner Brigade war besonders gut im Schreiben, er machte nie orthographische Fehler und mußte allen anderen Nachhilfe in Russisch geben. Der andere hatte eine Mutter, die als Übersetzerin arbeitete und den Kindern erklärte, was sie im Deutschunterricht nicht verstanden. Der dritte hatte einen Großvater, der Geschichtsprofessor war und den Kindern bereitwillig vom alten Ägypten erzählte, vom König Tutanchamun und dem Untergang des Römischen Reiches. Kurz, der energische Brigadeleiter hatte alle seine Pioniere und deren Familien in seine Sache eingespannt.

In der achten Klasse, als es Zeit wurde, in den Komsomol einzutreten, war Kabanows Zehnergruppe in aller Munde, damals erlangte Vitalij den Ruf der »Lokomotive, die jeden Zug hinter sich herziehen kann«. An der Hochschule wurde das aktive Komsomolmitglied bei ehrenamtlichen Arbeitseinsätzen an die desolatesten und problematischsten Fronten geschickt. Mit seinem Organisationstalent brachte Kabanow jeden noch so schwerfälligen Mechanismus in Gang, und sobald dieser Mechanismus fehlerfrei zu funktionieren begann, übertrug man ihm eine neue Aufgabe. In dieser Funktion als »Feuerwehr« verbrachte er sein Leben bis zum Alter von achtundvierzig Jahren. Dann verließ er den Staatsdienst und begann, sich seinen eigenen Geschäften zu widmen. Zu dieser Zeit stand er bereits im Ruf eines despotischen, repressiven Anführers, blieb aber weiterhin die Lokomotive, die jeden, der sich an sie anhängte, aus der unheilvollsten Lage herauszog.

Heute wurde Vitalij Nikolajewitsch fünfundfünfzig Jahre alt, und gerade heute kam ihm der Gedanke in den Sinn, daß seine Menschenkenntnis gar nicht so gut war, wie er selbst und andere immer geglaubt hatten.

»Hast du gestern im Fernsehen die neuesten Meldungen aus dem Polizeibericht gesehen?« fragte er, ohne sich umzudrehen.

»Ja, hab' ich«, antwortete der kleine, hagere Mann mit den großen dunklen Augen und den buschigen Augenbrauen, der bewegungslos auf einem Sessel neben der Tür saß. Die leichte Lederjacke verbarg seine gedrungenen, stählernen Muskeln und die Pistole, die er in einer Revolvertasche unter dieser Jacke trug.

»Und was meinst du, Gena? War es das, was uns versprochen wurde?«

»Es sieht ganz so aus. Man hat gesagt, daß es bereits die vierte Leiche ist, die in der Gegend gefunden wurde, und daß es sich auch diesmal um einen Mord durch Genickschuß handelt. Genau so, wie man es uns angekündigt hat.«

»Und daß die Morde im Abstand von etwa einer Woche begangen werden«, fügte Kabanow hinzu. »Interessant. Sehr interessant. Geh mal und sieh nach, was unser freier Schütze vom Dienst macht.«

Der hagere Gena erhob sich leichtfüßig und verließ lautlos das Büro. Nach einigen Minuten kehrte er zurück.

»Alles still und friedlich, Vitalij Nikolajewitsch«, sagte er. »Er lächelt, er strahlt, so, als wäre überhaupt nichts passiert.«

»Keinerlei Anzeichen von Anspannung oder Nervosität?«

»Nicht die geringsten.«

»Sehr interessant«, wiederholte Kabanow nachdenklich. »Es sieht so aus, als wäre er tatsächlich genau der, den wir brauchen. Vielleicht sollten wir diesen blödsinnigen Wettkampf beenden? Mir scheint, daß auch so inzwischen alles offensichtlich ist. Was meinst du?«

»Das müssen Sie wissen, Vitalij Nikolajewitsch«, erwiderte

Gena zurückhaltend. »Aber ich würde mich damit nicht beeilen. Irgendwie ist das alles sehr ungewöhnlich, sieht nach einem Psychopathen aus.«

»Ein Psychopath ist nicht fähig, systematisch zu handeln«, entgegnete Kabanow. »Er wird sich wahrscheinlich nicht die Haare raufen, weil er Menschen umbringt, aber er kann nicht planmäßig morden, genau einmal pro Woche.«

»Sagen Sie das nicht! Ein Verrückter ist zu allem fähig. An Ihrer Stelle würde ich noch warten.«

»Und wie lange soll ich nach deiner Meinung noch warten?«

»Wenigstens noch einen Monat.«

»Einen Monat? Willst du damit sagen, daß dir vier Leichen nicht genug sind? Du willst acht haben? Irgendwie scheinst du blutrünstig geworden zu sein, Genadij«, sagte Kabanow stirnrunzelnd.

»Aber wir dürfen kein Risiko eingehen«, erwiderte Gena beharrlich. »Wir müssen sicher sein, daß der Schütze keine Fehler macht und die Nerven nicht verliert. Außerdem müssen wir Gewißheit haben, daß die Mordfälle nicht aufgeklärt werden und die Spuren nicht zu uns führen. Erst dann werden wir wissen, daß wir uns auf ihn verlassen können.«

»Vielleicht hast du recht. Warten wir noch ein bißchen. Wie viele Gäste erwarten wir heute abend?«

»Sie selbst haben achtzehn Personen eingeladen«, sagte Gena, nachdem er einen kleinen Notizblock aus der Tasche geholt und ihn schnell durchgeblättert hatte. »Und noch weitere sieben haben den Wunsch geäußert, Ihnen zu gratulieren, wenn Sie nichts dagegen haben.«

»Insgesamt also fünfundzwanzig. Und jeder von ihnen wird mindestens fünf Personen als Begleiter und Leibwächter mitbringen. Hast du darüber nachgedacht, in welchem Raum die Feier stattfinden soll?«

»Ich schlage vor, im Festsaal zwei Tische zu decken. Einen für Sie und Ihre Gäste, den anderen für die Leibwächter. Jeder Gast wird mit einem Leibwächter erscheinen, der auch für andere persönliche Belange zuständig ist. Der angrenzende

Raum kann ganz den restlichen Begleitern überlassen werden. Ich habe bereits mit dem Empfangschef gesprochen, er hat gebeten, ihm bis drei Uhr mitzuteilen, ob dieser Raum für Gäste reserviert werden soll.«

»Wie viele Personen passen in diesen Raum?«

»Es ist genug Platz für die hundert, die kommen werden. Dort stehen dreißig Tische, jeder für vier Personen.«

»Gut, Gena, ich verlasse mich auf dich. Es darf zu keinerlei Exzessen kommen, das ist dir ja hoffentlich klar.«

»Natürlich, Vitalij Nikolajewitsch.«

»Und noch etwas, Gena ...«

Kabanow löste sich endlich vom Fenster, seufzte tief und setzte sich an den Tisch. Die Bewegungen seines schon seit langem übergewichtigen Körpers waren schwerfällig und plump geworden, aber der Blick der hellen, aufmerksamen Augen war nach wie vor offen und durchdringend. Kabanow verbarg niemals sein Mißtrauen gegenüber anderen, er hielt es für besser, sich angenehm überraschen zu lassen, als betrogen zu werden.

»Ich möchte, daß du an unsere Beziehungen zur Gebietsverwaltung des Innenministeriums anknüpfst. Ich möchte alles über die Ermordeten wissen. Denn das alles könnte sich auch als Zufall erweisen. Ich möchte sicher sein, daß die Schüsse tatsächlich alle aus einer Pistole abgegeben wurden und nicht etwa aus verschiedenen. Hast du mich verstanden?«

»Ja, Vitalij Nikolajewitsch.«

»Du kannst gehen, Gena. Und sag Ella, daß sie mir bis vier Uhr keine Anrufer durchstellen soll. Ich muß nachdenken.«

2

Dmitrij Platonow betrat das Büro seines Chefs ohne jede unangenehme Vorahnung. Vielleicht deshalb, weil seine Gedanken mit Jurij Jefimowitsch Tarassow beschäftigt waren, weil er heute morgen innerlich Abschied von ihm nahm. Er hatte sich nicht entschließen können, zur Beerdigung zu gehen, da er wußte, daß viele operative Mitarbeiter dem Toten das letzte Geleit geben würden. Er wollte nicht, daß seine Beziehung zu Tarassow publik würde, obwohl er sie eher aus Gewohnheit als aus Notwendigkeit geheimhielt. Solange Jurij Jefimowitsch noch am Leben war, sollte niemand von seiner engen Zusammenarbeit mit ihm wissen, jetzt, nach seinem Tod, war dieses Geheimnis für niemanden mehr von Interesse.

Platonow war in düsterer Stimmung und hätte seinen Chef, der ihn zu sich gerufen hatte, liebend gern zum Teufel geschickt. Oberst Mukijenko arbeitete erst seit drei Monaten in der Abteilung zur Bekämpfung des organisierten Verbrechens, er kannte seine Untergebenen noch nicht sehr gut, und die Ermittlungsbeamten waren nicht gerade begeistert von ihrem neuen Vorgesetzten.

Der Oberst kam, wie immer, sofort zur Sache, ohne vorher zu grüßen.

»Dmitrij Nikolajewitsch, sagt Ihnen der Name Sypko etwas?«

»Ja, der Name sagt mir etwas, Genosse Oberst. Vor etwa acht Monaten habe ich einen Brief erhalten, in dem mich Sypko auf dunkle Machenschaften im Rüstungsbetrieb von Uralsk hinwies«, sagte Platonow, ohne zu überlegen. Er sah in der Frage nichts Verfängliches.

»Was haben Sie getan, um diesem Hinweis nachzugehen?«

»Alles, was nötig war, Genosse Oberst.« Platonow vermied es beharrlich, Mukijenko mit Namen und Vatersnamen anzusprechen, er fürchtete, sich zu versprechen. Eine Zeitlang hatte er trainiert, aber jedes Mal, wenn er versuchte, »Artur Eldarowitsch« zu sagen, stolperte er über die vielen tückischen Rs, die in seinem Mund durcheinanderrollten und immer wieder die richtige Stelle verfehlten.

»Darf ich Ihre Worte so verstehen, daß aufgrund der von Ihnen durchgeführten Ermittlungen bereits ein Strafverfahren eingeleitet wurde?«

»Nein, ein Strafverfahren wurde noch nicht eingeleitet.«

»Warum nicht? Was steht dem im Weg?«

Platonow sah seinen Chef erstaunt an. Als erfahrener Kriminalist, der seit vielen Jahren für das Innenministerium arbeitete, hätte er wissen müssen, was der Einleitung eines Strafverfahrens in solchen Fällen im Wege stand. Es fehlten die Beweise. Wenn es um Unterschlagung und Veruntreuung ging, war es immer sehr schwer, etwas zu beweisen.

»Genosse Oberst, wir sind dabei, Informationen zu sammeln, die kriminellen Aktivitäten und das Beziehungsgeflecht zu untersuchen. Sie wissen ja sehr gut, daß das alles andere als einfach ist.«

»Das weiß ich, Platonow, das weiß ich. Aber ich weiß auch etwas anderes. Im Lauf von acht Monaten haben Sie nichts getan, um dem Hinweis, den Sie erhalten haben, nachzugehen. Mehr noch, Sie haben die kriminellen Vorgänge in Uralsk gekonnt vertuscht und sogar Schmiergeld dafür bekommen.«

Platonow verschlug es den Atem. So also lief der Hase. Das Schicksal hatte es in letzter Zeit gut mit ihm gemeint, böse Überraschungen waren ausgeblieben, und er hatte geglaubt, sich entspannen und den Rest seiner Zeit bis zur Rente in Ruhe verbringen zu können. Aber offenbar hatte er sich getäuscht.

»Ich habe Sie nicht verstanden, Genosse Oberst, wovon sprechen Sie?«

»Davon, Dmitrij Nikolajewitsch, daß die Firma Artex eine ziemlich hohe Summe in Valuta auf ein bestimmtes Bankkonto überwiesen hat. Und gleich darauf hat sie sich aufgelöst. Wissen Sie, auf wessen Bankkonto dieses Geld ging?«

»Ich habe keine Ahnung.«

»Sind Sie ganz sicher, daß Sie keine Ahnung haben? Denken Sie nach, Dmitrij Nikolajewitsch, vielleicht ist es besser für Sie, sich zu erinnern, bevor ich Sie der Lüge überführe.«

»Ich weiß nicht, wovon Sie sprechen, Genosse Oberst.«

»Kennen Sie die Firma Artex?«

»Natürlich. Über diese Firma hat der Rüstungsbetrieb von Uralsk ausgemusterte Geräte verkauft, die Edelmetall enthielten. Mir ist diese Firma im Zusammenhang mit meinen Ermittlungen bekannt.«

»Das ist schon besser. Und von einer Firma namens Natalie haben Sie auch schon einmal gehört?«

Platonow war, als würde ihm der Boden unter den Füßen wegrutschen. In der Firma Natalie arbeitete seine Frau Valentina.

»Ja, auch diese Firma ist mir bekannt«, antwortete er und versuchte dabei nicht einmal, sein Erschrecken und seine Irritation zu verbergen. Er wußte in der Tat nicht, worum es ging.

»Bei dieser Firma arbeitet, wenn ich mich nicht irre, Ihre Frau Valentina Igorjewna Platonowa. Ist das richtig?«

»Ja, das ist richtig. Wollen Sie damit sagen, daß Artex das Geld auf das Bankkonto dieser Firma überwiesen hat, damit ich über meine Frau zu der Summe komme, die man mir als Bestechungsgeld versprochen hat?«

»Ich will es nicht sagen, ich habe es bereits gesagt. Man hat Ihnen das Geld überwiesen, damit Sie aufhören, in Uralsk herumzuschnüffeln. Und Sie haben das Geld angenommen. Mehr noch. Man hat Sie nicht nur für Ihre Passivität bezahlt, sondern auch dafür, daß Sie verschiedene Aktivitäten unternehmen, um den Fall zu vertuschen, und Sie haben diese Aktivitäten ausgeführt.«

»Das ist nicht wahr, Genosse Oberst. Ich hatte mit Artex nie etwas zu tun. Ich habe kein Geld bekommen und nie etwas für diese Firma getan. Ich gebe Ihnen mein Ehrenwort.«

»Das ist lächerlich, Dmitrij Nikolajewitsch«, sagte Mukijenko seufzend. »Sie geben mir Ihr Ehrenwort. Was habe ich von Ihrem Ehrenwort? Die objektiven Tatsachen sprechen gegen Sie. Ich müßte jetzt sofort einen Wachposten rufen und Sie in Handschellen aus diesem Büro abführen lassen. Begreifen Sie wenigstens das? Sie müssen mir Beweise für Ihre Unschuld erbringen, aber Sie geben mir Ihr Ehrenwort. Was soll ich damit anfangen?«

»Ich bin bereit, auf jede Ihrer Fragen zu antworten, Genosse Oberst. Wie soll ich Ihnen beweisen, daß ich keinerlei Geld von der Firma Artex angenommen habe? Wie soll ich das machen?«

»Ganz einfach. Bringen Sie mir alle Unterlagen über die Ermittlungsarbeit, die Sie in acht Monaten geleistet haben. Ich möchte die konkreten Ergebnisse Ihrer Arbeit oder Ihrer bezahlten Untätigkeit sehen. Und vergessen Sie nicht, mir auch die Unterlagen zu zeigen, die Agajew Ihnen aus Uralsk mitgebracht hat.«

Ich werde dir was pfeifen, dachte Dmitrij erbost. Slawa Agajew hatte aus Uralsk zwei Aktenmappen mitgebracht. In der einen befanden sich die Unterlagen über die ausgemusterten Geräte, in der anderen die Unterlagen über den goldhaltigen Metallverschnitt des Betriebes. Die Mappe mit den Unterlagen über den Metallverschnitt war in Platonows Besitz, und nicht mal unter vorgehaltener Pistole hätte er sie jemandem gezeigt. Die andere Mappe hatte Agajew wieder mitgenommen. Er befand sich in diesem Moment wahrscheinlich bereits wieder in Uralsk. Er war heute am frühen Morgen abgeflogen, und da das Wetter gut war, hatte es beim Start wahrscheinlich keine Verzögerungen gegeben. Woher weiß Mukijenko von meinem Treffen mit Agajew, fragte sich Platonow. Sicher, wir haben über den Fernschreiber korrespondiert, wir haben nie ein Geheimnis aus unserer Zusammenarbeit gemacht, aber der Oberst hat auch nie sichtbares Interesse an meinen Ermittlungen bezüglich Uralsk gezeigt.

»Ich habe von Agajew keine Unterlagen bekommen. Ich habe sie nur durchgesehen und ihm zurückgegeben.«

»Sie rechnen natürlich damit, daß Ihre Behauptung von niemandem widerlegt werden kann«, sagte Mukijenko mit trauriger Stimme.

»Agajew kann meine Behauptung bestätigen. Warum sollte sie denn widerlegt werden?«

»Hören Sie auf, Platonow!« Mukijenko begann plötzlich zu schreien. »Sie wissen genau, daß Agajew überhaupt nichts bestätigen wird.«

»Warum sollte er das nicht tun?« Dmitrij empfand nach

wie vor nichts anderes als Gereiztheit und Müdigkeit. Der schwere, gleichsam bleierne Nebel in seinem Kopf ließ nicht zu, daß die Vorahnung eines Unglücks in ihn eindrang. Noch nie hatte der Verlust eines Menschen ihn so schwer getroffen wie der Tod von Tarassow, obwohl er schon viele andere zu Grabe getragen hatte, Verwandte und Freunde.

»Weil Agajew ermordet aufgefunden wurde, eine Stunde nachdem man ihn zusammen mit Ihnen gesehen hat. Und erzählen Sie mir nicht, daß Sie davon nichts wissen. Dmitrij Nikolajewitsch, ich neige nicht dazu, vorschnelle Schlüsse zu ziehen, aber ich möchte die Dinge auch nicht verzögern. Ich gebe Ihnen zehn Minuten. Entweder Sie beweisen mir in dieser Zeit, daß Sie Agajew nicht umgebracht und dafür kein Geld von Artex bekommen haben, oder man wird Sie in Handschellen aus diesem Gebäude hinausführen. Hören Sie mich, Platonow? Platonow! ...«

Dmitrij lehnte sich gegen die Wand und preßte die Hand auf die linke Brustseite.

»Das kann nicht sein«, flüsterte er heiser. »Ich glaube Ihnen nicht.«

»Sie sollten mir aber glauben, Dmitrij Nikolajewitsch, und mir keinen Herzanfall vorspielen. Sie haben zehn Minuten Zeit.«

»Ja, natürlich, natürlich«, murmelte Platonow, mit dem Schmerz kämpfend, der sich in seiner linken Körperhälfte ausbreitete. »Gleich bringe ich Ihnen alle Unterlagen, sie liegen in meinem Safe, gleich, gleich ...«

Er machte eine unsichere Bewegung und taumelte aus dem Büro. Zehn Minuten. Das war nicht viel in Anbetracht der räumlichen Dimensionen des Ministeriums für Innere Angelegenheiten.

Platonow betrat sein Büro und dankte innerlich dem Schicksal, daß sein Kollege in diesem Moment nicht im Zimmer war. Nach anderthalb Minuten, nachdem er sich eine Validol-Tablette unter die Zunge geschoben und die Bürotür von außen abgeschlossen hatte, befand er sich bereits wieder auf dem Weg zur Treppe. Den Aufzug mied er. Er stürzte durch die Passierscheinkontrolle hinaus auf die Straße, verschwand sofort im Eingang zur Metro und lief auf der Rolltreppe schnell nach unten. Als die zehn Minuten, die Mukijenko ihm für seinen Unschuldsbeweis gegeben hatte, abgelaufen waren, bestieg Platonow die Metro in Richtung Konkowo. Seinen hellen Shiguli hatte er vor dem Gebäude des Ministeriums stehenlassen.

3

Wie gut, daß Mukijenko nichts von Tarassow weiß, dachte Platonow, während er in einer Wagenecke der schaukelnden Metro stand und stumpfsinnig in die flimmernde Schwärze vor seinen Augen starrte. Aber ich, dachte er, ich weiß es schließlich. Und ich kann die Augen nicht vor den Tatsachen verschließen. Vorgestern wurde Jurij Jefimowitsch ermordet, und jetzt Slawa. Und dann diese Geldüberweisung. Ich bin ganz schön in der Klemme. Aber wer ist es, der mir diese Morde in die Schuhe schieben will? Wer? Mein Gott, der arme Slawa. Er war ein so guter Kerl ... Wie konnte das passieren? Er hatte doch eine Pistole, ich weiß es genau, ich habe sie mit eigenen Augen gesehen, als er seine Jacke aufknöpfte. Und auch Valentina hat man in die Sache hineingezogen. Ich bin ein Idiot. Wäre ich gestern nicht zu Lena gefahren, sondern hätte zu Hause übernachtet, dann hätte ich schon gestern von der Geldüberweisung gewußt und heute nicht so dumm dagestanden vor Mukijenko. Und noch etwas ist beunruhigend. Jemand hat herausgefunden, daß Tarassow mein Informant war.

Er stieg an der Station Beljajewo aus, kaufte eine Telefonmünze an der Kasse und rief seine Frau an.

»Valja, ich bin in Schwierigkeiten«, sagte er sofort und ohne jede Einleitung, als sie den Hörer abnahm. Das bedeutete, daß er nicht vorhatte, ein langes Gespräch zu führen, daß die Zeit begrenzt war und man sich auf ein Minimum an Gefühlsäußerungen beschränken mußte.

»Stell dir vor, ich auch«, erwiderte Valentina trocken. Sie mochte es nicht, wenn ihr Mann über Nacht nicht nach Hause kam, so schwerwiegend die Gründe auch sein mochten.

»Was ist passiert?«

»Heute morgen waren deine Jungs aus dem Hauptkriminalamt zur Bekämpfung des organisierten Verbrechens hier und haben auf unseren Konten irgendeinen unerklärlichen Geldeingang entdeckt. Sie haben mir Löcher in den Bauch gefragt.«

»Wieviel Geld ist es denn?«

»Zweihundertfünfzig.«

»Zweihundertfünfzig was?«

»Zweihundertfünfzigtausend Dollar natürlich«, erklärte Valentina mit einem ungeduldigen Seufzer. »Vielleicht weißt du ja, wo dieses Geld plötzlich herkommt.«

»Ja, ich weiß es. Und genau deshalb muß ich untertauchen. Valja, ich habe wenig Zeit, ich muß mich kurz fassen. Jemand will mich an die Wand drücken, und das mit Macht. Dieses Geld soll aussehen wie ein Killerlohn, und es soll mir das Genick brechen. Ich muß verschwinden. Wenn jemand nach mir fragt, dann sag, daß ich dringend auf Dienstreise gehen mußte. Du weißt nicht, wohin ich gefahren bin, ich war in großer Eile, und du hast nicht gefragt. Oder nein, wir machen es anders. Stell den Anrufbeantworter an, ich rufe dich gleich noch einmal an und spreche dir den richtigen Text auf. Dann wird man dir keine dummen Fragen stellen, von wegen wohin, warum und wieso. Du warst nicht zu Hause, als ich dich anrief, und ich habe Dir eine Nachricht auf dem Anrufbeantworter hinterlassen. Abgemacht?«

»Abgemacht. Was noch?«

»Laß uns einen Treffpunkt vereinbaren! Du mußt mir Geld mitbringen. Soviel wie möglich. Ich weiß nicht, wie lange ich auf der Flucht sein werde, darum nimm alles mit, was da ist. Bring mir außerdem meine Zahnbürste und Zahnpasta mit, Seife, ein Handtuch, meinen Rasierapparat, Unterwäsche,

Socken und ein paar Hemden. Pack alles in meinen Diplomatenkoffer, der im Schrank steht.«

»Gut, ich habe verstanden. Wann und wo?«

»In der Metro-Unterführung zwischen der Nowokusnezkaja und der Tretjakowskaja, erster Aufgang. Geh in einer Viertelstunde aus dem Haus, das heißt um halb sechs. Etwa fünf nach sechs wirst du an der Nowokusnezkaja sein, versuch bitte, pünktlich zu sein. Bleib auf dem Bahnsteig stehen und sieh auf die Uhr. Sobald sie achtzehn Uhr zehn anzeigt, gehst du los. Auf der Treppe des ersten Aufgangs werde ich dir entgegenkommen. Hast du alles verstanden?«

»Ja, Dima. Ich werde alles so machen, wie du es gesagt hast, mach dir keine Sorgen. Ich werde jetzt den Anrufbeantworter anstellen, genau um halb sechs verlasse ich das Haus, zehn nach sechs gehe ich durch die Unterführung von der Kusnezkaja hinüber zur Tretjakowskaja. Ist das alles? Hast du nichts vergessen?«

»Ich liebe dich«, sagte Platonow dankbar.

»Ich liebe dich auch. Bis gleich.«

Valentina legte den Hörer auf. Platonow blieb ein paar Sekunden nachdenklich vor dem Telefonautomaten stehen, dann ging er zur Kasse und kaufte noch eine Telefonmünze.

»Valja, ich muß dringend wegfahren, eine Dienstreise«, begann er hastig zu sprechen, nachdem der dünne Piepton des Anrufbeantworters im Hörer erklungen war. »Vielleicht komme ich noch kurz zu Hause vorbei, um ein paar Sachen einzupacken, aber wahrscheinlich wird mir die Zeit nicht mehr reichen. Ich weiß noch nicht, wann ich zurückkomme. Ich habe es sehr eilig, darum mußte ich das Auto auf der Shytnaja-Straße stehen lassen, vor dem Ministerium. Dort ist es in Sicherheit. Mach dir keine Sorgen, ich werde dich wieder anrufen. Seid umarmt, du und Mischa.«

Er ging wieder hinunter zur Metro und fuhr zurück zum Zentrum. Er stieg an der Tretjakowskaja aus und ging langsam, innerlich die Sekunden zählend, zur Rolltreppe. Er prägte sich die Sekunde ein, in der er die Treppe betrat, und die Sekunde, in der er unten in der Nowokusnezkaja ankam. Dann ging er, seine Rechnung fortsetzend, zu der Seite des Bahnsteigs, auf der Valentina ankommen mußte. Anschließend legte er, um seine Rechnung zu überprüfen, noch einmal den ganzen Weg in umgekehrter Richtung zurück. Ein Blick auf die Uhr sagte ihm, daß er noch zwanzig Minuten Zeit hatte. Es war nicht ratsam, zwanzig Minuten auf dem Bahnsteig herumzustehen und so womöglich jemandem ins Auge zu fallen. Er beschloß, in die nächstbeste Metro zu steigen, vier Stationen in eine beliebige Richtung zu fahren und dann wieder zurückzukehren.

Nach zwanzig Minuten befand er sich im Strom der Fahrgäste auf der Treppe, die zur Nowokusnezkaja hinabführte. Ein Richtungszeichen besagte, daß diese Treppe nur für den Abstieg bestimmt war, aber auf der linken Seite bahnte sich immer ein dünnes Rinnsal bornierter, widerspenstiger Fahrgäste seinen Weg, weil sie zu faul waren, noch ein paar Schritte weiter zu gehen, zur nächsten Treppe, auf der die Leute aufwärts gingen. Er erblickte Valentina schon von weitem. Sie ging mit gesenktem Kopf, ohne zur Seite zu blicken, was vollkommen normal und angemessen war, da es nicht ungefährlich war, sich in der Stoßzeit gegen die Richtung des vielköpfigen und vielbeinigen Monsters zu bewegen, das sich die Treppe hinabwälzte. Platonow sah sie näher kommen und glaubte sogar, den Duft ihres Parfums wahrnehmen zu können. Ich werde sie nie verlassen können, dachte er aus irgendeinem Grund in diesem für so einen Gedanken völlig unpassenden Moment. Als er mit ihr auf gleicher Höhe war, bewegte er sich ein wenig nach links, streifte sie mit der Schulter und öffnete die Hand, in die sich sofort der weiche, lederbezogene Griff des Diplomatenkoffers schmiegte. Er kam kaum dazu, mit den Fingern sanft über die zarte Handfläche seiner Frau zu streichen. Dann war es vorbei. Noch vor einer Minute, noch vor zwanzig Sekunden war er ein ganz gewöhnlicher Mensch gewesen, der zu einem Treffen mit seiner Frau ging. Jetzt, nachdem er den Koffer entgegengenommen und

Valentina hatte gehen lassen, hatte er sich in einen Flüchtling verwandelt, der sich vor der Gerichtsbarkeit versteckte, einen Gesetzlosen.

Dmitrij Platonow spürte es buchstäblich im Rücken, wie Valentina sich von ihm entfernte und mit ihr das normale, rechtmäßige, sich im Tageslicht abspielende Leben. Es war, als sei mit seiner Frau die Grenze verschwunden, die eben noch die eine Welt von der anderen getrennt hatte.

4

Die Luft im Auto war warm und stickig. Andrej Tschernyschew, ein operativer Mitarbeiter der Gebietsverwaltung für Innere Angelegenheiten, war direkt von der Tankstelle gekommen, als er Nastja Kamenskaja von der Petrowka abholte, und im Auto roch es noch deutlich nach Benzin.

»Darf ich das Fenster öffnen?« fragte Nastja vorsichtig und griff zur Kurbel.

»Paß auf, daß du keinen Zug abbekommst«, warnte Tschernyschew, dem der geringste Luftzug sofort in die Glieder fuhr.

»Und wenn schon«, erwiderte Nastja sorglos, »lieber erfrieren als ersticken. Ich ertrage keine schwüle Luft, ich falle in Ohnmacht.«

»Und was machst du, wenn du im Sommer in den Süden fährst?«

»Gar nichts«, erwiderte Nastja achselzuckend.

»Was heißt gar nichts?«

»Ich fahre im Sommer nicht in den Süden.«

»Du machst also im Herbst Urlaub, in der sogenannten Samtsaison?«

»Nein, auch das nicht. Ich fahre im Urlaub überhaupt nicht weg. Ich sitze zu Hause und verdiene Geld mit Übersetzungen.«

»Hast du denn keine Datscha?«

»Wo denkst du hin?« Sie machte eine erschrockene Handbewegung. »In meiner Familie hat nie jemand eine Datscha gehabt.«

»Wie kommt das? Heute gibt es doch kaum noch jemanden, der keine Datscha oder zumindest irgendein Gärtchen außerhalb der Stadt hat.«

»Das ist schwer zu sagen, Andrjuscha. Diese Frage hat sich mir nie im Leben gestellt. Meine Mutter hat immer viel gearbeitet, auch am Wochenende saß sie zu Hause am Computer. Mein Vater war bei der Kripo, für ihn war es schon ein Glück, wenn er pro Woche fünf Stunden Schlaf bekam. Ich war als Kind nie in der Natur, und ich habe auch gar kein Bedürfnis danach, irgendwohin in den Wald zu fahren oder auf ein Feld. Ich schäme mich, es zu gestehen, aber die Natur nervt mich. Ständig sticht oder beißt etwas, es gibt kein Warmwasser, kein weiches Sofa, kein Telefon. Und so weiter.«

»Gut, daß du in der Moskauer Verwaltung arbeitest und nicht in der Provinz, wie ich«, bemerkte Andrej. »In der Provinz ist auch ein Kriminalist ständig in der Natur. Jeder Weg zu einem Tatort führt durch Wald und Feld, auch dann, wenn das Verbrechen in einem Haus stattgefunden hat, zwischen dir und dem Tatort liegt immer die Natur, die du so wenig magst.«

»Jetzt übertreibst du. Ich habe nicht gesagt, daß ich die Natur nicht mag, sie ist mir einfach gleichgültig.«

Eine Zeitlang saßen sie schweigend nebeneinander, ohne ein Wort zu sagen.

»Mach es nicht so spannend, Andrjuscha«, sagte Nastja endlich, »erzähl, was du weißt.«

»Leider weiß ich so gut wie gar nichts«, erwiderte Tschernyschew mit einem Seufzer. »Wieder dieselbe Geschichte. Genickschuß aus einem Neunmillimeter-Revolver. Die Leiche wurde im Wald gefunden, nahe der Straße. Ein junger Mann. Ich habe gehofft, daß dir dazu etwas eingefallen ist.«

»Besteht irgendeine Verbindung zu den anderen Opfern?«

»Scheinbar nicht. Jedenfalls nicht auf den ersten Blick. Aber da müssen wir noch graben und graben. Ich habe, ehrlich gesagt, schon angefangen, mich vor den Montagen zu fürchten. Jeden Montag, wenn ich morgens ins Büro komme, ein neuer Mord. Offenbar haben wir es mit einem Mörder zu tun, der sich aufs Wochenende spezialisiert hat.«

»Sieht so aus. Es gibt zwei Möglichkeiten. Entweder sind die Opfer solche Personen, an die man nur am Wochenende herankommt, weil sie an den Werktagen immer unter Menschen sind oder unter Bewachung stehen, oder wir haben es mit einem besonderen Mörder zu tun. Mit einem Verrückten zum Beispiel. Oder einem, der unter der Woche keine Zeit hat. Wie denkst du darüber?«

»Ich weiß nicht, ich muß erst noch nachdenken. Eines der Opfer ist ein Student, einer ein Geschäftsmann, die beiden anderen gingen keiner festen Arbeit nach. Vielleicht haben die Morde mit einer bestimmten Lebensweise der Opfer zu tun. Aber worin besteht der Zusammenhang? Warum wurden alle vier von ein und derselben Person umgebracht?«

»Stop, stop, Andrjuscha. Wir wissen nur, daß alle vier mit derselben Waffe umgebracht wurden und alle auf die gleiche Weise. Aber wir können nicht sicher sein, daß der Mörder immer derselbe ist.«

»Also wirklich, Nastja! Die Gutachten besagen, daß die Schüsse in allen vier Fällen aus einer Entfernung von zweiundzwanzig bis vierundzwanzig Metern abgegeben wurden, und zwar von einer Person mit einer Körpergröße von etwa hundertachtundsechzig Zentimetern. Wenn es sich um vier verschiedene Mörder handelt, dann müßten sie alle dieselbe Körpergröße haben. Kommt dir das nicht ziemlich unwahrscheinlich vor?«

»So ein Wort ist mir unbekannt«, sagte Nastja achselzuckend.

»Was meinst du damit?«

»In unserem Beruf dürfen wir nicht mit Wahrscheinlichkeiten operieren. Das ist einer unserer größten Fehler. Wir müssen alles, absolut alles in Betracht ziehen. Verstehst du? Die meisten von uns haben eine falsche Denkweise.«

»Und was wäre nach deiner Meinung die richtige Denkweise?«

»Die eines Computers. Hast du schon einmal mit einem Computer Preference gespielt?«

»Gelegentlich«, brummte Andrej.

»Dann wirst du dich erinnern, wie das funktioniert. Wenn ein Spieler zum Beispiel eine Sieben, eine Zehn und ein As hat, dann denkt die Maschine sehr lange darüber nach, welche Karte sie ablegen soll. Der Mensch erinnert sich einfach daran, daß die Sieben die kleinere und das As die größere Karte ist, und legt ohne nachzudenken ab, aber die Maschine errechnet jedes Mal den Abstand zwischen den Karten, von der Sieben zur Zehn und weiter zum As, und erst dann macht sie den nächsten Spielschritt. Sie kann sich nicht merken, daß sieben weniger ist als zehn, sie muß diese Wahrheit jedes Mal neu entdecken. Ich berücksichtige das übrigens immer, wenn ich spiele. Die Rechendauer der Maschine läßt in etwa darauf schließen, welche Karten der Gegner hat. Wenn die Karte sehr schnell abgelegt wird, ist sie entweder die einzige von dieser Farbe im Blatt, oder es liegen zwei fast gleichwertige Karten nebeneinander, eine Sieben neben der Acht zum Beispiel oder eine Dame neben dem König. Wenn die Maschine lange nachdenkt, sind entweder sehr viele Karten im Spiel oder die Abstände zwischen den Wertigkeiten der einzelnen Karten sind sehr hoch. Wir, du und ich, müssen uns genauso verhalten wie diese Maschine. In jedem Fall, den wir bearbeiten, müssen wir die Wahrheiten neu entdecken, anstatt von Wahrscheinlichkeiten auszugehen. Natürlich beginnen wir unsere Arbeit mit der Überprüfung der wahrscheinlichsten Varianten, aber wir müssen alles im Auge behalten, auch das, was am unwahrscheinlichsten ist.«

Es war bereits zehn Uhr abends, als sie vor Nastjas Haus hielten.

»Vielleicht sollten wir unser Vorhaben auf morgen verschieben«, schlug Tschernyschew vorsichtig vor. »Es ist schon spät, ich möchte dich nicht stören.«

»Wieso denn stören?« fragte Nastja erstaunt. »Eine ganz normale Zeit. Komm, mach keine Fisimatenten!«

In der Wohnung stürzte Nastja sofort in die Küche und setzte den Wasserkessel aufs Gas. Ohne eine Tasse starken Kaffee konnte sie nicht arbeiten.

»Entschuldige, ich habe überhaupt nichts zu essen da. Ich kann dir nur ein Käsebrot anbieten. Willst du?«

»Ja, gerne. Du solltest so schnell wie möglich heiraten, Nastja. In deinem Kühlschrank sieht es aus wie bei einem eingefleischten Junggesellen.«

»Denkst du etwa, daß ich nach der Hochzeit zu kochen anfangen werde? Mach dir keine Hoffnungen, ich bin über dreißig, mich kann man nicht mehr ummodeln.«

»Und was soll dein armer Tschistjakow essen?«

»Mein armer Tschistjakow kocht für sich selbst. Und für mich dazu.«

Sie stellte den Computer an und breitete die Notizen vor sich aus, die Tschernyschew, der in allen vier Mordfällen ermittelte, mitgebracht hatte.

»Beginnen wir mit den Tatorten. Wie sind die genauen Daten?«

Auf dem Monitor erschien eine Karte des Moskauer Umlandes, Nastja markierte akkurat die Stellen, an denen die vier Leichen mit den Schußwunden im Genick gefunden wurden. Alle vier Stellen waren unterschiedlich weit vom Moskauer Stadtzentrum entfernt, bei der nächstliegenden waren es vierzig Kilometer, bei der entferntesten einhundertzehn.

»Vorläufig ist nichts zu erkennen«, sagte sie nachdenklich. »Das einzige, was auffällt, ist, daß es von allen vier Punkten aus etwa gleich weit ist zum Bezirk von Choroschewsk. Darüber sollte man nachdenken. Vielleicht wohnt der Mörder irgendwo in diesem Bezirk. Weißt du, die Menschen sind sehr stark beherrscht von ihren Gewohnheiten. Wenn jemand sich zwischen zwei, drei möglichen Wegen einmal für einen entschieden hat und ihm auf diesem Weg nichts Schlechtes widerfährt, wird er in neun von zehn Fällen die anderen Wege gar nicht mehr ausprobieren. Beim ersten Mal hat der Mörder sein Opfer in eine Entfernung von siebzig Kilometern gelockt. Nachdem er festgestellt hat, daß alles gut gelaufen ist und man ihn nicht gefaßt hat, fängt er an, siebzig Kilometer für den idealen Sicherheitsabstand zu halten. Eine kürzere Entfernung wäre zu riskant und eine größere ist nicht erforderlich. So könnte es doch sein, oder?«

»Ja, sicher«, stimmte Andrej zu. »Nur sieht es überhaupt nicht so aus, als hätte der Mörder das wirklich getan. Die Verwandten der Ermordeten haben in drei von vier Fällen gewußt, wohin diese Leute unterwegs waren und aus welchem Grund. Der Student fuhr auf die Datscha zu seinen Eltern, der Geschäftsmann war unterwegs in seine Firma, die Fernseher herstellt und sich im Bezirk von Taldomsk befindet, einer der beiden Arbeitslosen war auf dem Weg zu Freunden.«

»Und der vierte?«

»Der vierte ist das Fragezeichen. Bei ihm ist völlig unklar, warum er die Stadt verlassen hat. Leute, die ihn kannten, haben ausgesagt, sie hätten nie von ihm gehört, daß er Bekannte im Bezirk von Istra hatte. Weiß der Teufel, was er dort wollte.«

Nastja tippte die neuen Informationen über die vier Mordfälle flink in ihren Computer ein. Eine Zeitlang wurde die Stille im Zimmer nur von dem weichen Tacken der Tasten und den hellen Signalen unterbrochen, die die Maschine von sich gab, wenn ein ihr unbekanntes Wort eingegeben wurde.

»An deiner Stelle würde ich versuchen, im Bezirk von Choroschewsk einen Verrückten zu finden«, empfahl Nastja. »Die planmäßige Ermordung junger Männer sieht stark nach einer gestörten Psyche aus. Sie waren doch alle jung, oder?«

»Ja, zwischen neunzehn und fünfundzwanzig.«

»Und alle Morde wurden am Wochenende begangen?«

»Ja, alle.«

»Das verstehe, wer will«, sagte Nastja mit einem müden Seufzer. »Aber wir werden weitertüfteln.«

»Nastja, heute ist schon Donnerstag. Und wenn es am Montag wieder passiert? Ich verliere den Verstand, ich schwöre es dir. Du bist meine letzte Hoffnung.«

»Schiebe die Verantwortung nicht auf mich ab, Andrjuscha. Du weißt selbst sehr gut, daß ein psychisch Kranker seine Opfer in der Regel nach dem Zufallsprinzip auswählt, und in solchen Fällen werden die Verbrechen nie prompt aufgeklärt. Stell dich darauf ein, daß du noch einen Mord erleben wirst, bevor du diesen Verrückten faßt. Falls du ihn überhaupt je fassen wirst.«

»Hör auf mit diesem Unsinn!« brauste Tschernyschew auf. »Was redest du da?! Ich kann ohnehin schon nicht mehr schlafen.«

»Was soll man machen, Andrjuscha?« Nastja streichelte mitfühlend seine Schulter. »So ist nun mal unsere Arbeit. Rosen bringt sie uns nur einmal in zehn Jahren, aber Scheiße jeden Tag, und das in rauhen Mengen.«

5

Nachdem Nastja Tschernyschew hinausbegleitet hatte, streifte sie schnell ihre Jeans und den Pullover ab und stellte sich unter die heiße Dusche. Ihre Gefäße waren nicht die besten, und deshalb hatte sie immer kalte Hände und Füße. Sie konnte nicht einschlafen, wenn sie sich nicht vorher unter der Dusche aufgewärmt hatte.

Während sie in der Wanne stand und dem federnden Geräusch der dünnen Wasserstrahlen auf ihrer Duschhaube lauschte, brachte sie Ordnung in ihre Gedanken. Jura Korotkows Prophezeiung vom letzten Montag schien sich zu bewahrheiten. Der Mord im Staatlichen Zentrum für Internationale Beziehungen würde ihnen noch einiges Kopfzerbrechen bereiten. Dazu kam, daß gestern Wjatscheslaw Agajew, ein Mitarbeiter der Miliz, der von Uralsk nach Moskau gekommen war, ermordet wurde. Das allein besagte noch nichts, aber Agajew hatte über die Betriebe recherchiert, die dem Ministerium für Maschinenbau unterstellt waren. Demselben Ministerium, für das Jurij Jefimowitsch Tarassow so lange gearbeitet hatte. Und dieser so offenkundige Zusammenhang gefiel Anastasija Kamenskaja ganz und gar nicht.

VIERTES KAPITEL

1

Als Oberst Mukijenko zum General gerufen wurde, war er auf das Schlimmste gefaßt. An der Tatsache, daß Platonow ihn ausgetrickst hatte und spurlos verschwunden war, war nur er selbst schuld, und während er über den weichen Läufer auf dem Korridor zum Büro des Generals ging, versuchte der Oberst nicht einmal, sich eine Rechtfertigung für seine Fahrlässigkeit zurechtzulegen, sondern trug einfach nur sein schuldiges Haupt mannhaft auf den Schultern.

Er kannte General Satotschny seit langer Zeit, war aber nicht mit ihm befreundet, deshalb konnte er nicht mit Nachsicht rechnen. Mukijenko hatte eine kleine, ganz unbedeutende Schwäche, aber aufgrund dieser Schwäche konnte man ihn sofort an die Wand drücken. Er ertrug es nicht, wenn man mit erhobener Stimme mit ihm sprach. Er geriet sofort in Verwirrung, wurde rot, bekam feuchte Hände, er stotterte und wußte nicht mehr, was er antworten sollte, und das Wissen um seine Hilflosigkeit und Verletzbarkeit machte ihn aggressiv. Er war jedem noch so unangenehmen Gespräch gewachsen und konnte die Wogen jedes Konflikts glätten, aber nur dann, wenn man höflich und respektvoll mit ihm sprach. Leider geschah dies nicht allzu häufig.

Dieses Mal hatte Artur Eldarowitsch Glück. General Satotschny war früher, bevor er ins Innenministerium einzog, Ermittlungsbeamter im Ressort für Wirtschaftskriminalität gewesen, er hatte Erfahrung im Umgang mit Direktoren, Revisoren und Chefbuchhaltern großer Betriebe, Leuten also, die nach außen über sehr gute Manieren verfügten und die durch den Gebrauch von Zähnen und Klauen nicht so leicht einzuschüchtern waren. Mit ihnen mußte man höflich und geistvoll sprechen, mit einem leisen, kaum merklichen Humor mußte man sie in Widersprüche verwickeln und ihnen verschleierte Geständnisse entlocken. Als der General noch Hauptmann und leitender operativer Mitarbeiter in der Bezirksverwaltung war, war ein Spruch über ihn im Umlauf, den irgendein Witzbold erfunden hatte: »Je leiser der Satotschny spricht, desto schärfer das Gericht.«

Der General verfügte noch über eine zweite »Geheimwaffe«. Das wußten alle, die ihn kannten, aber kaum jemand war gegen diese Waffe gefeit. Iwan Alexejewitsch Satotschny konnte lächeln. Und das nicht einfach so, nicht auf dienstliche Art, wenn sich nur der Mund verzieht und die Augen kalt und teilnahmslos bleiben, nein, der General lächelte aufrichtig, freudig, mit den makellos geraden weißen Zähnen blitzend. Seine gelben Tigeraugen glichen in solchen Momenten zwei kleinen Sonnen, die Licht ausstrahlten und sein Gegenüber in eine überraschende, sanfte Wärme tauchten, während das Gesicht des Generals so viel Wohlwollen und Herzlichkeit ausdrückte, daß man unmöglich widerstehen konnte. Es gab zahllose Leute, die diesem berühmten Lächeln auf den Leim gegangen waren, die im kritischen Moment ihre Vorsicht vergessen hatten und ihr Wissen darum, wie gefährlich und unberechenbar Satotschny sein konnte.

»Komm herein, Artur«, sagte der General freundlich, während er sich von seinem Stuhl hinter dem Schreibtisch erhob und Mukijenko mit ausgestreckter Hand entgegenging.

Der Oberst erwiderte den kräftigen Händedruck des Generals und warf ihm einen prüfenden Blick zu. Lieber ein Ende mit Schrecken, sagte er sich, als ein Schrecken ohne Ende.

»Werden Sie mich jetzt schlagen?« fragte er ohne Umschweife.

»Zuerst muß ich der Sache auf den Grund gehen«, erwiderte Satotschny lächelnd. »Nimm Platz! Ich erfahre Neuigkeiten gern aus erster und nicht aus zweiter Hand. Mehrfach nacherzählte Neuigkeiten gleichen Gegenständen auf einem Trödelmarkt, die durch viele Hände gegangen sind und von denen kein Mensch mehr weiß, wie sie ursprünglich ausgesehen haben.«

»Soll ich von Anfang an erzählen?«

»Unbedingt«, sagte der General mit Nachdruck.

»In der vorigen Woche erreichte uns der Hinweis eines Angestellten aus der Finanzabteilung eines Betriebes in Uralsk«, begann Mukijenko. Er bemühte sich, präzise und der Reihe nach zu erzählen, damit der General alles verstand, und sich gleichzeitig möglichst kurz zu fassen.

»Der Name dieses Angestellten ist Sypko. Er hat sich vor acht Monaten an uns gewandt, weil er in den Unterlagen des Betriebes Ungereimtheiten bei der Ausmusterung elektronischer und anderer edelmetallhaltiger Geräte entdeckt hatte. Die Überprüfung der Angelegenheit wurde Oberstleutnant Platonow übertragen. Vor kurzem hat sich Sypko erneut an uns gewandt und uns mitgeteilt, daß seinem Hinweis nicht nachgegangen wurde, daß bisher nichts geschehen ist, um den Betrug aufzudecken und die Schuldigen zu bestrafen. In Uralsk recherchierte in dieser Angelegenheit Hauptmann Agajew im Auftrag von Platonow. Vor zwei Tagen kam Agajew auf Platonows Aufforderung nach Moskau und brachte Unterlagen über die besagten Geräte mit. Vorgestern, am Mittwoch, hat sich Agajew mit Platonow getroffen. Am Abend desselben Tages wurde er ermordet. Die mitgebrachten Unterlagen wurden nicht bei ihm gefunden, statt dessen zwei interessante Papierstücke. Erstens das Fernschreiben, mit dem Platonow seinen Kollegen Agajew nach Moskau bestellt hat. Zweitens ein Papierstreifen mit einer Kontonummer und einem Datum darauf. Die Überprüfung hat ergeben, daß es sich um ein Bankkonto der Firma Natalie handelt, auf das am angegebenen Tag eine Summe von zweihundertfünfzigtausend Dollar überwiesen wurde. Das Geld stammt vom Konto der Firma Artex, die im vorigen Monat ihre Auflösung bekanntgegeben hat. Und der Clou an der Sache ist, daß Artex nach Platonows Unterlagen die Firma ist, über die der Betrieb in Uralsk den ungesetzlichen Verkauf der ausgemusterten Geräte abgewickelt hat. Und bei der Firma Natalie arbeitet Platonows Frau. Als ich Platonow bat, mir seine Ermittlungsunterlagen bezüglich des Betriebes in Uralsk vorzulegen, ging er in sein Büro, um diese Unterlagen zu holen, und kam nicht wieder. Seither ist er verschwunden. Das ist im Grunde alles.«

Mukijenko holte Luft und bereitete sich auf die Zurechtweisung vor.

»Nein, Artur, nein, das ist noch lange nicht alles«, sagte Satotschny mit einem Seufzer. »Du nimmst an, daß es sich bei dem Geld, das Artex an die Firma Natalie überwiesen hat, um eine Bestechungssumme für Platonow handelt. Sehe ich das richtig?«

»Nun ja, eigentlich ...« sagte der Oberst unschlüssig, »im Grunde schon.«

»Und wofür hat man ihm nach deiner Meinung dieses Bestechungsgeld gezahlt?«

»Damit er die Beweise aus der Welt schafft und die betrügerischen Machenschaften vertuscht. Nicht umsonst hat sich in dieser Sache acht Monate lang nichts getan.«

»Bist du sicher, daß sich nichts getan hat?«

»Ich habe keine Beweise für das Gegenteil«, entgegnete Mukijenko. »Platonow hätte mir seine Unterlagen zeigen können, ich habe ihm diese Gelegenheit gegeben. Statt dessen ist er geflohen. Wie soll ich das verstehen?«

»Nun ja, jeder versteht die Dinge entsprechend dem Grad seiner eigenen Verdorbenheit«, sagte der General spöttisch. »Diese Weisheit hat man uns schon in der Kindheit beigebracht. Du hast ihn wahrscheinlich auch des Mordes beschuldigt, nicht wahr? Geniere dich nicht, gib ruhig zu, daß du es getan hast.«

»Nicht direkt. Ich habe nur gesagt, daß man ihn mit Agajew zusammen gesehen hat und daß der Hauptmann eine halbe Stunde später ermordet aufgefunden wurde.«

»Und wie hat er reagiert?«

»Er ist blaß geworden und hat sich ans Herz gegriffen.«

»Alles klar. Wir sind in eine dumme Geschichte geraten, Artur. Laß uns darüber nachdenken, wie wir da wieder herauskommen. Glaubst du, du persönlich, nicht als großer Chef, sondern als Mensch, daß Platonow der Käuflichkeit und des Mordes schuldig ist?«

»Nein, Genosse General, das glaube ich nicht«, entgegnete Mukijenko mit fester Stimme.

»Und ich glaube es auch nicht. Warum, verdammt noch mal, hast du ihm dann Angst eingejagt mit deinen Beschuldigungen?«

Mukijenko spürte deutliche Erleichterung. Er lächelte sogar, weil die Frage des Generals ihm so kindlich erschien.

»Ich wollte, daß er mir die Unterlagen zeigt. Sie wissen doch selbst, Iwan Alexejewitsch, kein operativer Mitarbeiter wird seine Unterlagen jemandem freiwillig zeigen. Da kommt man nur mit Druck ans Ziel.«

»Und warum wolltest du diese Unterlagen unbedingt sehen? Was hast du dir davon erhofft?«

»Ich wollte mich davon überzeugen, daß Platonow wirklich ermittelt und nicht acht Monate lang gefaulenzt hat, Genosse General.«

»Warum, Artur?« fragte Satotschny freudlos. »Warum wolltest du dich überzeugen? Woher die Zweifel? Irgendein hergelaufener Sypko hat ein Gerücht in die Welt gesetzt, und du stellst sofort die Aufrichtigkeit deiner Untergebenen in Frage. Artur, Lieber, so geht es nicht. Wir bewegen uns hier alle auf einem schmalen Grat. Sieh dich doch mal um, wie viele sind denn noch übrig von uns? Wofür arbeiten wir denn? Nicht für Geld, nicht für Regalien, sondern für die Idee und für die Ehre der Uniform, die wir tragen. Und das ist noch nicht alles. Mit dem Geld, das wir für unsere Arbeit bekommen, können wir uns den Hintern abwischen, für mehr taugt es nicht. Unter uns gibt es keine Nichtsnutze und Bummelanten mehr wie früher, diese Zeiten sind vorbei. Alle

Eckensteher und Radfahrer haben sich längst ein Plätzchen in der freien Wirtschaft gesucht. Geblieben sind nur noch ein paar verrückte Idealisten und die Schurken. Von den ersten gibt es viel weniger als von den zweiten, das merke dir vor allem. Und jedesmal, wenn dich der Hafer sticht, dann denke vor allem daran, daß es sich um einen Menschen der ersten Kategorie handeln könnte, und den würdest du tödlich beleidigen und als Mitarbeiter und Mitstreiter verlieren. Und wenn er einer von der zweiten Kategorie ist, dann wirst du mit deinen direkten Fragen und Beschuldigungen auch nicht weiterkommen. In beiden Fällen hast du das Nachsehen. Du arbeitest erst seit drei Monaten bei uns, du kennst Platonow noch nicht, wie könntest du auf den ersten Blick erkennen, zu welcher Kategorie er gehört? Warum hast du dich Hals über Kopf in die Schlacht gestürzt, warum bist du nicht vorher zu mir gekommen und hast mich um Rat gefragt? Warum hast du ...«

Der General winkte verbittert ab. Er hatte sehr leise, kaum hörbar gesprochen, so daß der Eindruck entstand, daß er nicht verärgert war, sondern sich nur grämte und den Tränen nahe zu sein schien vor Kummer. Einen Moment lang empfand Mukijenko sogar so etwas wie Peinlichkeit. Wie konnte er einem Menschen so zusetzen, daß er ihn fast zum Weinen brachte. Aber dann besann er sich. Er begriff, daß der General einfach seine obligatorische »Geheimwaffe« benutzte, und er, Mukijenko, wäre fast darauf hereingefallen.

»Wer ermittelt im Mordfall Agajew?« fragte der General.

»Den Fall hat uns die Petrowka weggenommen. Aber da Agajew nicht aus Moskau ist, wird man wahrscheinlich ein Team bilden und jemanden aus dem Hauptkriminalamt hinzuziehen. Zumal an der Sache auch unser Platonow beteiligt ist.«

»Ich denke folgendes, Artur«, fuhr Satotschny mit unverändert leiser Stimme fort. »Wenn Platonow sich tatsächlich verkauft hat, dann ist das natürlich schlecht, dann haben wir beide geschlafen, aber davon müssen die anderen nichts erfahren. Schwere Krankheiten muß man in der Quarantäne aussitzen. Bist du einverstanden?«

Mukijenko nickte wortlos, ohne zu begreifen, worauf der General hinauswollte.

»Wenn er aber sauber ist, dann müssen wir uns ins Zeug legen und alles tun, um ihm zu helfen. Wir dürfen nicht hoffen, daß das die guten Onkels von der Petrowka machen werden, sondern müssen die Sache selbst in die Hand nehmen. Deshalb ist es notwendig, daß in dem Ermittlerteam jemand mitarbeitet, dem wir absolut vertrauen können. Dieser Jemand muß erstens ein echter Profi sein, einer, der in der Lage ist, aus dieser unguten Geschichte klug zu werden, und zweitens darf er Platonow nichts Böses wollen, er muß ihm gut gesonnen sein. Kennst du eine solche Person?«

»Nein, Iwan Alexejewitsch. Ich arbeite noch nicht lange hier, und Sie haben selbst gesagt, daß ich die Leute noch nicht einschätzen kann.«

»Dann werde ich selbst jemanden finden. Im Hauptkomitee nebenan arbeitet ein Oberstleutnant Russanow. Ich weiß, daß Platonow und er sich seit langem kennen und eng miteinander befreundet sind. Wenn du keinen besseren Vorschlag hast, dann werde ich darauf bestehen, daß Russanow in das Ermittlerteam der Petrowka aufgenommen wird. Er ist ein sehr guter Ermittler, einer mit Köpfchen. Wenn Platonow noch zu retten ist, dann wird er ihn retten. Und wenn nicht ...« Satotschny seufzte leise, wischte sich mit der Hand die Stirn ab und sah Mukijenko so an, als sei dieser sein engster Freund, als habe er, General Satotschny, vor, ihn im nächsten Moment in sein intimstes Geheimnis einzuweihen.

»Wenn nicht, dann können wir nur hoffen, daß der Schmutz, der zum Vorschein kommen wird, nicht in allen Regenbogenfarben schillernd durch die Gegend fliegen wird. Russanow kann seine Zunge im Zaum halten, das weiß ich aus Erfahrung. Er kann schweigen wie ein Grab. Auf ihn kann man sich verlassen. Was meinst du zu meinem Vorschlag, Artur? Angenommen?«

»Natürlich, Iwan Alexejewitsch. Ich danke Ihnen«, sagte der Oberst dankbar. »Ich weiß, ich habe einen Fehler gemacht, ich gebe es zu.«

»Laß gut sein«, sagte Satotschny stirnrunzelnd. »Fehler sind dazu da, um wiedergutgemacht zu werden. Es bringt nichts, sich schuldbewußt an die Brust zu schlagen. Mach dir keine Vorwürfe, Artur. Dein Platonow hat eine große Dummheit gemacht. Wenn er unschuldig ist, dann hätte er nicht davonlaufen dürfen. Hat er dir etwas darüber gesagt, wie er sich den Geldeingang auf dem Firmenkonto seiner Frau erklärt?«

»Er hat gesagt, daß er nichts von diesem Geld weiß.«

»Überhaupt nichts?«

»Überhaupt nichts. Er sagte, er würde zum ersten Mal davon hören.«

»Das klingt schon mal gar nicht gut. Aber wir werden weitersehen, Artur. Hat man eine Fahndung nach Platonow eingeleitet?«

»Ja, die läuft bereits. Ich habe es heute morgen in der Tagesinfo gelesen.«

»Ihr seid ganz schön flink«, sagte der General mit einem unguten Lächeln. »Sicher, in der Hosentasche des Ermordeten findet man ein Fernschreiben, in dem dieser von Platonow aus dem Innenministerium aufgefordert wird, nach Moskau zu kommen, aber dieser Platonow ist verschwunden. Kein Wunder, daß man ihn verdächtigt. Verdammter Mist! Was sagt denn Platonows Frau?«

»Sie sagt, daß sie gestern, als sie von der Arbeit nach Hause gekommen ist, eine Nachricht ihres Mannes auf dem Anrufbeantworter vorgefunden hat. Er hat ihr mitgeteilt, daß er in dienstlichen Angelegenheiten dringend verreisen mußte und nicht weiß, wann er zurückkommt.«

»Hat man Platonows unangemeldete und konspirative Wohnungen überprüft?«

»Ja. Nichts Verdächtiges. Die Wohnungen werden überwacht.«

»Hat er eine Geliebte?«

»Ja, wir haben auch sie überprüft. Sie weiß von nichts. Er hat sogar sein Auto vor dem Ministerium stehenlassen.«

»Tatsächlich? Demnach ist er kein Dummkopf«, konstatierte Satotschny mit müder Stimme. »Nun ja, ich setze meine Hoffnungen auf Russanow. Soll er Platonow ruhig decken, die Ermittler von der Petrowka werden sowieso mit einem Berg von Indizien auffahren. Aber sollte Platonow unschuldig sein, wird Russanow ihm aus der Patsche helfen. Davon bin ich überzeugt.«

General Satotschny brauchte nicht mehr als zweieinhalb Stunden, um zu erreichen, daß Oberstleutnant Sergej Russanow, der leitende operative Mitarbeiter des Ressorts zur Bekämpfung von Wirtschaftskriminalität, in das operative Ermittlerteam einbezogen wurde, das man in der Petrowka zur Untersuchung und Aufklärung des Mordes an Hauptmann Wjatscheslaw Agajew gebildet hatte.

2

Jurij Jefimowitsch Tarassow zerfiel in viele kleine Teile, und Nastja gelang es einfach nicht, diese Teile zu einem Ganzen zusammensetzen. Das Bild des Toten entglitt ihr immer wieder und wollte keine klare Gestalt annehmen. Nastja störten zwei Dinge: Tarassows treuherzige Ungeniertheit und Taktlosigkeit und die Tatsache, daß er in seiner Wohnung drei osteuropäische Schäferhunde gehalten hatte. Sowohl das eine als auch das andere war nicht etwa irgend jemandes Einbildung oder Erfindung, sondern bewiesene Realität. Jurij Jefimowitschs Persönlichkeit mußte irgendwo zwischen diesen zwei Gegensätzen gesucht werden, aber aus irgendeinem Grund war da nichts zu sehen.

Wozu brauchte jemand, der nicht in seiner Datscha auf dem Land wohnte, sondern in einer Stadtwohnung, drei große Diensthunde? Um Welpen zu bekommen und sie dann zu verkaufen? Diese Erklärung entfiel, denn Tarassows Hunde waren alle drei Rüden. Auch zur Bewachung hielt sich niemand drei Schäferhunde, einer war für diesen Zweck genug.

Womöglich war Tarassow in irgendwelche sehr schwerwiegende Angelegenheiten verwickelt, womöglich befand sich sein Leben in ständiger Gefahr. In diesem Fall war es durchaus angebracht, sich zwei Wachhunde zu halten. Während du mit dem einen Gassi gehst, bleibt der andere in der Wohnung, und bei der Rückkehr bist du davor gefeit, daß dich zu Hause unangemeldete Gäste erwarten oder daß du beim Öffnen der Tür in die Luft gehst. Gut, eine mögliche Erklärung für zwei Wachhunde hatte Nastja gefunden. Aber wozu, um Himmels willen, drei?

Vielleicht war Tarassow ein Hundenarr. Vielleicht hatte er ein Faible für Schäferhunde. Schließlich gab es im Gehirn eines jeden Menschen irgendwelche skurrilen Abgründe.

Aber wie paßte das mit Tarassows krankhafter Ordnungs- und Reinlichkeitsliebe zusammen? Drei große, haarende Hunde, die ständig Dreck von der Straße hereintrugen, für die man jeden Tag das Fressen zubereiten mußte, die drei Schlafunterlagen und sechs große Schüsseln brauchten, je eine zum Fressen und zum Saufen – das bedeutete ständige Unordnung und Schmutz in der Wohnung. Ein Mensch, der pedantisch auf Ordnung und Sauberkeit bedacht war, würde sich nie drei große Hunde in der Wohnung halten. Der dreifache Hundebesitzer Tarassow war einfach nicht vereinbar mit dem Tarassow, der den ganzen Tag mit Putzlappen und Scheuerpulver in der Protokollabteilung herumgerannt war. Ein Mensch, der sich anderen ständig mit idiotischen, ungebetenen Ratschlägen aufdrängte und von morgens bis abends ohne Unterbrechung plapperte, war schwer vereinbar mit der Vorstellung von einer Person, die in ständiger Gefahr lebte und sich deshalb drei aggressive Wachhunde hielt. Irgend etwas paßte hier nicht zusammen. Wie Anastasija Kamenskaja die Fakten auch drehte und wendete, immer wieder stieß sie auf unvereinbare Widersprüche.

Igor Lesnikow war mit der Klärung der Frage beschäftigt,

wie der Zutritt zum Gebäude des Staatlichen Zentrums für Internationale Beziehungen geregelt war. Das Ergebnis seiner Nachforschungen war ebenfalls nicht sehr ermutigend. Mit Ausnahme der Mitarbeiter und Hotelgäste des Zentrums, die einen ständigen Passierschein besaßen, mußte jeder, der das Gebäude betreten wollte, sich erst einen einmaligen Passierschein ausstellen lassen. Aber diese Vorschrift wurde kaum eingehalten. Jeder Mitarbeiter konnte, nachdem er seinen Passierschein vorgezeigt hatte, mit dem Kopf auf seinen Begleiter deuten und ihn mit den magischen Worten »Das ist mein Gast« ins Gebäude mitnehmen. Zudem gab es einige schlecht oder gar nicht bewachte Eingänge, insbesondere den durch die Garage. Mit einem Wort, die Suche nach dem Mörder konnte keinesfalls auf das Territorium des Zentrums beschränkt werden. Klar war nur, daß der Mörder nicht mit einem einmaligen Passierschein ins Haus gelangt sein konnte, da das Passierscheinbüro erst um halb zehn öffnete und Tarassow bereits in der Zeit zwischen 8.30 und 8.45 Uhr ermordet worden war. Entweder hatte der Mörder einen ständigen Passierschein besessen, weil er im Zentrum arbeitete, oder er war mit einem der Mitarbeiter an der Passierscheinkontrolle vorbeigekommen, oder er hatte einen unbewachten Eingang benutzt.

Groß bist du, Mütterchen Rußland, und auf deiner Erde leben viele Menschen. Aber der Mörder von Jurij Jefimowitsch konnte durchaus auch ein Ausländer sein, einer von den dreitausend Hotelgästen des Zentrums.

Nastja vertiefte sich noch einmal in Tarassows lange Dienstliste. Sie studierte sie nicht zum ersten Mal und wußte bereits, daß Jurij Jefimowitsch einst als Chefingenieur in einer Gerätebaufabrik in Uralsk gearbeitet hatte, jenem Uralsk, aus dem auch der ermordete Hauptmann Agajew nach Moskau gekommen war. Was das bedeutete, war bisher unklar. Tarassow hatte den Betrieb in Uralsk schon vor einigen Jahren verlassen, Agajew war zu dieser Zeit noch an der Polizeischule in Karaganda gewesen, so daß die beiden sich wahrscheinlich nicht gekannt hatten. Das mußte freilich erst noch genau recherchiert werden, aber auch in dem Fall, daß sie sich gekannt hatten, wurde nichts klarer, im Gegenteil.

Das Fernschreiben, das man in Agajews Tasche gefunden hatte, besagte, daß er von einem gewissen Dmitrij Platonow, der im Ressort zur Bekämpfung des organisierten Verbrechens arbeitete, nach Moskau bestellt worden war. Agajew hatte sich mit Platonow getroffen, das hatten mindestens zehn Leute aus dem Innenministerium gesehen. Nach der neuesten Vorschrift durfte das Ministerium nur betreten, wer entweder im glücklichen Besitz eines hochministerialen Passierscheines war oder über einen Sonderpassierschein verfügte, der die Türen zum Allerheiligsten des Kampfes gegen die russische Kriminalität öffnete. Es konnte natürlich keine Rede davon sein, daß Hauptmann Agajew im Besitz so eines Sonderpassierscheines gewesen war. Er hatte Platonow vom internen Telefon aus angerufen, das neben der Wache hing, und hatte geduldig gewartet, bis Platonow zu ihm herunterkam. Der wachhabende Sergeant konnte sich an Agajew erinnern, er hatte auch Platonow gesehen, der kurz nach dem Anruf zum Eingang kam. Danach war Agajew nach Augenzeugenberichten zu Platonow ins Auto gestiegen. Das war am vergangenen Mittwoch, gegen 19.50 Uhr. Und um halb neun wurde Wjatscheslaw Agajew von den Bewohnern eines Hauses in der Wolodarski-Straße im Stadtteil Taganka tot aufgefunden. Der Hauptmann lag im Eingang eines der alten, heruntergekommenen, seit langem nicht mehr renovierten Häuser. Der Tod trat infolge einer Stichverletzung mit einem langen, schmalen Gegenstand ein, der Agajew mitten ins Herz gestoßen wurde. Und Platonow war inzwischen spurlos verschwunden. Der nächstliegende Verdacht fiel natürlich auf ihn.

Nastjas Überlegungen wurden durch das Erscheinen von Igor Lesnikow unterbrochen. Er war ein sehr strenger, ernsthafter, zuverlässiger und dabei außergewöhnlich schöner Mann, nach dem viele Frauenherzen in der Petrowka schmachteten, aber er verhielt sich immer korrekt, flirtete niemals und machte keiner Hoffnungen. Heute sah er irgendwie düster und gekränkt aus.

»Nastja, kennst du Russanow aus dem Ressort zur Bekämpfung von Wirtschaftskriminalität?«

»Den Namen habe ich schon gehört, aber persönlich ist er mir noch nicht über den Weg gelaufen.«

»Und was weißt du über ihn?«

»Ich habe gehört, daß er ein guter, sehr kluger Ermittler sein soll. Seinerzeit hat er hier, in der Petrowka, gearbeitet, viele werden sich wahrscheinlich noch an ihn erinnern. Was ist mit ihm?«

»Weißt du auch, daß dieser gute, kluge Russanow der engste Freund des flüchtigen Platonow ist?«

»Was du nicht sagst. Sehr interessant. Da könnten wir uns doch überlegen ...«

»Mach keine voreiligen Pläne!« unterbrach Lesnikow. »Man hat Russanow in unser Team eingeschaltet, als Vertreter des Ministeriums. Denkst du, daß uns das irgendwie gefährlich werden könnte?«

»Nein, es wird uns nur einiges Kopfzerbrechen bereiten«, sagte Nastja stirnrunzelnd. »Er wird bei jedem Wort, das wir sagen, die Nase rümpfen und alles besser wissen. Ich kenne Platonow besser als ihr, wird er behaupten, ich weiß genau, wie es gewesen ist. Kurz, er wird seinen Freund decken. Im Ministerium sitzen auch keine Dummköpfe, die wollen natürlich nicht, daß einer ihrer Mitarbeiter als Mörder entlarvt wird. So einen Skandal können sie nicht gebrauchen. Und wozu sich die Zähne ausbeißen an der störrischen Petrowka, wenn man jemanden ins Team einschleusen kann, der garantiert alles tun wird, um uns zu beweisen, daß Platonow nicht der Mörder ist. Mit seiner Autorität als Platonows alter Freund wird Russanow jede unserer Versionen untergraben, wenn sie dem Ministerium nicht gefällt. Das ist die ganze Geschichte. Wir müssen darauf einfach vorbereitet sein und dürfen Russanow nicht auf den Leim gehen, das ist alles. Korotkow wird es natürlich etwas schwer haben, er ist jung und hitzig, aber wir beide sind ja stille, zurückhaltende Menschen, uns wird Russanow nicht so schnell aus der Bahn werfen. Hast du ihn schon gesehen?«

»Bis jetzt nicht. Aber er hat angerufen und sich für vier Uhr angemeldet. Willst du bei dem Treffen dabeisein?«

»Nein, lieber nicht.« Nastja schüttelte entschieden den Kopf. »Was soll ich mit ihm? Sprich allein mit ihm, einverstanden?«

»Aber warum denn?«

»Weil es nicht zweckmäßig wäre, wenn ich gleich beim ersten Mal hinzukäme«, erklärte Nastja. »Wenn wir beide davon ausgehen, daß er vorhat, uns Fallstricke zu legen, dann müssen wir uns vorher wappnen. Zuerst wirst du ihn kennenlernen und feststellen, was für ein Vogel er ist, wie er sich verhält. Bis jetzt können wir noch nicht wissen, welcher Ton, welche Art des Umgangs mit ihm angebracht ist, und es ist nicht ausgeschlossen, daß du erst einmal einen Fehler machen wirst. Danach habe ich dann die Möglichkeit, mich entsprechend in die Sache einzuklinken. Aber wenn wir uns beide von Anfang an falsch verhalten, gibt es kein Zurück mehr. Habe ich recht?«

Lesnikow kam nicht mehr dazu zu antworten, denn die Tür wurde aufgerissen, und auf der Schwelle erschien Oberst Gordejew. Ihm folgte ein schlanker, mittelgroßer Mann mit einem intelligenten Gesicht und einer Brille mit teurer Metallfassung. Die Brillengläser waren nicht getönt, und aus irgendeinem Grund gefiel das Nastja.

»Darf ich vorstellen«, sagte Gordejew trocken. »Hauptmann Igor Valentinowitsch Lesnikow. Major Anastasija Pawlowna Kamenskaja. Und das ist Oberstleutnant Sergej Georgijewitsch Russanow aus dem Ressort zur Bekämpfung von Wirtschaftskriminalität. Seid nett zueinander!«

Mit diesen Worten drehte der Oberst mit dem Spitznamen Knüppelchen sich abrupt um und verließ das Zimmer. Für einen Moment trat peinliches Schweigen ein.

»Bitte entschuldigen Sie, ich bin etwas zu früh«, sagte Russanow schuldbewußt. »Wenn Sie gerade beschäftigt sind, werde ich warten.«

Nastja sah geflissentlich zur Decke, um weder mit Igors Blick noch mit dem des Gastes zusammenzustoßen. Das war ja nicht gerade günstig gelaufen. Ob Russanow den Rest ihrer Worte noch gehört hatte?

»Nein, nein, wir erwarteten Sie bereits«, sagte Lesnikow, ohne zu lächeln. »Gehen wir in mein Büro.«

Igor verließ mit Russanow das Zimmer, und Nastja blieb allein zurück. Sie fing wieder an, in ihren Papieren zu kramen, und erwartete mit Spannung den Ausgang des Gesprächs zwischen Igor und dem Mitarbeiter des Ministeriums. Gewohnheitsmäßig begann sie ihre Analyse mit der Frage, ob das, was sie gesehen hatte, echt war, oder ob es sich um Verstellung, Heuchelei oder Selbstschutz handelte. Der einzige Satz, den Russanow mit schuldbewußter Stimme gesagt hatte, konnte von Schüchternheit oder Verlegenheit zeugen, vielleicht von übertriebener Höflichkeit. Allein die Tatsache, daß ein Mitarbeiter des Ministeriums nicht etwa mit Verspätung, sondern sogar vor der vereinbarten Zeit in der Petrowka erschienen war, zu einem Termin mit gewöhnlichen Ermittlungsbeamten, war vielsagend. Aber wenn es sich um eine durchdachte Taktik handelte, dann waren ihre Befürchtungen berechtigt. Das Ministerium würde mit Russanows Augen und Ohren den Verlauf der Ermittlungen beobachten, und sollte ihm dieser Verlauf nicht gefallen, würde es versuchen, die Dinge durch Russanow zu beeinflussen. Oder es würde ihnen den Fall überhaupt wegnehmen, und dann gute Nacht. Wer war denn heute noch zu beeindrucken von einem unaufgeklärten Mordfall?! Von einem mehr oder weniger …

3

»Ich bin dafür, daß wir uns duzen«, schlug Russanow sofort vor, »so ist es einfacher.«

Sie saßen in Igors Büro, das er mit einem Kollegen teilte, der in diesem Moment aber zum Glück nicht anwesend war.

»Ich werde dir über Dmitrij Platonow alles erzählen, was ich weiß. Ich bin überzeugt davon, daß er den Mord nicht begangen hat, aber ich kenne ihn schon so lange, daß ich mich auch irren kann. Einen alten Freund sieht man mit ganz anderen Augen als einen Fremden, meinst du nicht auch?«

Igor nickte schweigend. Russanow hatte ihm sofort gefallen, aber sein angeborenes Mißtrauen zwang ihn zur Vorsicht.

»Solange ich Dima kenne, war er immer ehrlich«, begann Sergej. »Er konnte Dummheiten begehen, manchmal war er unbedacht, er irrte sich oft, aber im übrigen auch nicht öfter als wir alle. Damit du nicht denkst, daß ich meinen Freund nur in Schutz nehmen möchte, sage ich dir gleich, daß ich natürlich nur die Seite von Dmitrij Platonow sehen konnte, die er mir zugewandt hat. Ob es eine zweite Seite gibt, und wenn ja, wie diese Seite aussieht – das weiß ich nicht. Das ist das erste. Jetzt das zweite. Weißt du, daß Dmitrij eine Geliebte hat?«

»Ja«, bekannte Igor. »Ich habe gestern mit ihr gesprochen.«

»Weißt du auch, daß sie meine Schwester ist?«

»Ich habe bemerkt, daß ihr den gleichen Familiennamen habt«, sagte Lesnikow ausweichend.

»Die beiden kennen sich schon sehr lange, und ich möchte, daß du eines verstehst. Ich liebe meine Schwester sehr, und wenn ich Dima nicht für einen anständigen und guten Menschen halten würde, hätte ich diese Verbindung nicht zugelassen. Alles Gute, was ich über ihn sage, sage ich völlig aufrichtig und nicht deshalb, weil ich ihn schützen und den Verdacht von ihm ablenken will. Ich habe schon in ganz anderen Klemmen gesteckt, Igor, ich habe ja schon unter Stschelokow, dem korrupten Innenminister, mit dem Dienst angefangen, so daß ich viel Übung im Schwimmen durch Strömungen unter Wasser habe. Ich weiß sehr gut, welche Gedanken dir durch den Kopf gehen. An deiner Stelle würde ich dasselbe denken wie du. Laß uns deshalb alle Punkte, Kommas und sonstigen Satzzeichen von Anfang an an die richtigen Stellen setzen!«

Es war schon spät, als Igor und Russanow auseinandergingen. Als Lesnikow die Tür zu seinem Büro abschloß, stellte er mit Erstaunen fest, daß es ihm schon lange nicht mehr so leichtgefallen war, sich mit einem Menschen zu unterhalten, den er gerade erst kennengelernt hatte. Oberstleutnant Russanow gefiel ihm zweifellos sehr gut.

4

Es wurde schon Abend, und Platonow hatte immer noch nicht gefunden, was er suchte. Er war sicher, daß die Fahndung nach ihm bereits lief, deshalb hatte es wenig Sinn, die Stadt verlassen zu wollen. Und das war auch gar nicht seine Absicht. Er wollte nicht einfach nur untertauchen, sondern auch versuchen herauszubekommen, was passiert war, und deshalb mußte er in Moskau bleiben.

Die Methode war erprobt und hatte ihn noch nie im Stich gelassen. Dmitrij Platonow suchte eine Frau, die bereit war, ihm zu helfen. Die Vorgehensweise kannte er seit langem, er hatte sie schon in der Polizeischule gelernt, als man sie, jung und grün, wie sie damals waren, darauf trimmte, Kontakt mit Fremden aufzunehmen und aus jedem beliebigen Passanten auf der Straße Informationen herauszuholen. Schon damals gelang es ihm am besten, mit Frauen in Kontakt zu kommen. Niemand, auch er selbst nicht, wußte, was das Besondere an ihm war, das die Frauen dazu bewog, ihm zu glauben. Er konnte zauberhaft lächeln, mit sanften Augen schauen, mit samtiger Stimme sprechen, und er sagte immer die passenden, notwendigen Worte, denen niemand widerstehen konnte. Die anderen versuchten, ihn zu kopieren, aber ohne Erfolg. Scheinbar sagten sie haargenau dasselbe wie er, aber es nutzte ihnen nichts. Da war etwas an Dima Platonow, das nicht greifbar, nicht sichtbar, nicht hörbar war, aber immer perfekt funktionierte. Konnte man dieses namenlose Etwas vielleicht mit dem berühmten Wort »sexy« bezeichnen?

Für das, was Platonow vorhatte, brauchte er eine Frau in den Vierzigern, unverheiratet und intelligent. Sie durfte sich noch nicht zum alten Eisen zählen, sie mußte noch gefallen wollen, aber sie durfte erstens nicht schön sein und zweitens keinen festen Freund haben. Dmitrij fuhr seit dem Morgen durch die Stadt, betrachtete die Frauen auf der Straße, in den Geschäften, in den Auto- und den Trolleybussen, er sprach sie an und unterhielt sich mit ihnen, aber heute hatte er kein Glück. Einst hatten ihm zwei, drei Stunden genügt, um zum Ziel zu kommen, aber heute war er schon seit acht Stunden auf der Suche und hatte immer noch nicht gefunden, was er suchte. Er war erschöpft und hungrig. Zudem war es sehr gefährlich für ihn, sich durch die Stadt zu bewegen, und nun, gegen Abend, verursachte ihm die Anspannung Herzschmerzen und Schwindelgefühle.

Er stand in der Metro, hielt sich an der Griffstange fest und schloß für einen Moment die Augen, um sich zu entspannen. Um diese Zeit fuhren die Leute von der Arbeit nach Hause, das war seine letzte Chance, eine solide alleinstehende Frau kennenzulernen. Später würden diese Frauen zu Hause sein, und auf den Straßen würde man nur noch solche antreffen, die zu einem Rendezvous gingen oder mit einem Mann unterwegs waren. Mach schon, laß dich nicht hängen, ermunterte Platonow sich innerlich, öffne die Augen, und strenge dich an, du hast keine Zeit mehr zu verlieren. Die letzte Nacht hast du an einem absolut sicheren Ort verbracht, aber ein zweites Mal kannst du diesen Ort nicht aufsuchen. Wenn du die passende Frau nicht findest, wirst du keine Unterkunft für die Nacht haben, und dann wird man dich in Null komma nichts fassen. Komm, Dmitrij, vorwärts, schlaf nicht ein!

Er öffnete die Augen und begann, die Frauen im Abteil der Reihe nach zu mustern. Nein, die war es nicht, die auch nicht und die nächste ebenfalls nicht ... Er ließ den Blick weiterschweifen und wurde plötzlich von einer heißen Welle überflutet. Zwei riesengroße braune Augen sahen ihn unverwandt an. Der Blick ging ihm durch und durch, wie ein glühendes Eisen.

Die Frau war viel jünger als die, welche er im Sinn gehabt hatte, wahrscheinlich kaum dreißig, und sie war eine auffällige, schwindelerregende Schönheit. Sie sah Platonow lächelnd an. Dmitrij kniff die Augen zusammen, in der Hoffnung, daß die Erscheinung sich in Luft auflösen würde. Aber als er die Augen wieder öffnete, stand die Frau immer noch da, das Gesicht ihm zugewandt, und lächelte. Sie hielt sich an einer der senkrechten Griffstangen fest, weshalb Platonow nicht sehen konnte, ob sie einen Ehering am Finger trug. Als ob die Unbekannte seine Gedanken erraten hätte, veränderte sie ihre Haltung, und jetzt konnte Platonow ihre schmale Hand mit den langen schlanken Fingern sehen. Nein, sie trug keinen Ring.

Zu jung, sagte sich Platonow. Zu schön. Zu ... Aber ich bin so müde, so schrecklich müde.

Die Metro näherte sich der Haltestelle und verlangsamte ihre Fahrt. Dmitrij zwängte sich durch die eng beieinander stehenden Fahrgäste hindurch zu der Unbekannten und berührte leicht ihre Schulter.

»Wir müssen aussteigen«, sagte er mit halblauter Stimme und drängte sie sanft zum Ausgang. Die Frau lächelte und gehorchte wortlos.

Auf dem Bahnsteig nahm er sie, ohne ein Wort zu sagen, am Arm und führte sie zu einer Bank, aber er setzte sich nicht, sondern stellte nur seinen Aktenkoffer ab und sah ihr schweigend ins Gesicht. Dann veränderte er allmählich seine Miene und begann zu lächeln.

»Was haben Sie mit mir gemacht?« fragte er leise.

In diesem Moment ertönte der Donner einer einfahrenden

Metro auf dem Bahnsteig, und Platonow rückte ganz nah an die Frau heran, so nah, daß er durch das Parfum hindurch den Geruch ihrer Haut wahrnehmen konnte.

»Ich habe nichts mit Ihnen gemacht«, sagte die Frau, während sie ihn weiterhin mit ihren dunklen Augen versengte.

»Sind Sie eine Zauberin?«

»Nein, ich bin Bibliothekarin.«

»Warum verliere ich den Verstand, wenn Sie mich ansehen?«

»Dasselbe könnte ich Sie fragen. Warum habe ich Ihnen gehorcht, als Sie sagten, daß wir aussteigen müssen? Ich muß überhaupt nicht hier aussteigen, sondern erst an der drittnächsten Haltestelle. Vielleicht liegt es nicht an mir, sondern an Ihnen?«

»Sind Sie in Eile?« fragte Platonow, der immer noch nicht an sein Glück glauben konnte.

»Nein.«

»Werden Sie von jemandem erwartet?«

»Nein, von niemandem.«

»Darf ich Sie in diesem Fall zum Abendessen einladen?«

»Natürlich.«

»Ich heiße Dmitrij.«

»Ich heiße Kira.«

5

Er betrat mit ihr ein kleines Restaurant auf der Ordynka. Irgendwann einmal hatte die schmale Steintreppe, die sie hinabstiegen, in einen schmutzigen, stinkenden Bierkeller geführt. Jetzt war die Treppe das einzige, was noch an diesen Bierkeller erinnerte. Alles war sehr sorgfältig und geschmackvoll renoviert worden, die jungen Kellnerinnen lächelten liebenswürdig, und es gab keinen Wunsch, auf den sie mit dem einst obligatorischen Nein reagierten (natürlich nur dann, wenn der Wunsch sich auf Speisen und Getränke bezog). Eine der Kellnerinnen trug einen Zopf, der ihr bis an die Kniekehlen reichte, und das schuf aus irgendeinem Grund eine gemütliche und häusliche Atmosphäre im Restaurant.

Platonow nahm Kira den Mantel ab und überzeugte sich mit Genugtuung davon, daß sie eine sehr gute Figur hatte. Es gefiel im auch, daß sie ein elegantes, mit Sicherheit nicht billiges Kostüm trug. Wenn eine Bibliothekarin in so einem Kostüm zur Arbeit ging, dann war die Bibliothek wahrscheinlich der einzige Ort, den sie außerhalb ihrer Wohnung aufsuchte. Eine Frau, die abends ausging, in deren Leben es mehr gab als den tristen Alltag, kaufte sich nicht so ein Kostüm. Für die Bibliothek genügte etwas Einfaches, Alltägliches, Vorgestriges. Und für den Abend war etwas der Super-Extra-Klasse angesagt, etwas mit Schlitzen, mit Rückenausschnitt, Pluderhosen, kurz, etwas Exotisches. Er wußte, daß die heutigen Frauen sich meistens nach diesem Prinzip kleideten. Aber wenn eine Frau sich ein teures Kostüm für die Arbeit kaufte, das ihr sehr gut stand, dann gehörte sie wahrscheinlich genau zu dem Typ, den er suchte.

»Möchtest du etwas trinken?« fragte er, während er die Speisekarte aufschlug.

»Ich nehme einen Cognac, aber nur einen ganz kleinen, nur ein Tröpfchen.«

Die Kellnerin mit dem phantastischen Zopf nahm die Bestellung entgegen. Platonow steckte sich eine Zigarette an, stützte sein Kinn auf die Hand und sah seiner neuen Bekannten in die Augen.

»Was ist mit uns passiert, was meinst du?« fragte er. Alles entwickelte sich mit Leichtigkeit, genau nach dem Programm, das Platonow auswendig kannte. Jetzt nur nicht allzuviel bluffen, sagte er sich. Frauen sind zwar nicht klüger als Männer, aber sie sind hellhöriger, empfindsamer, sie lassen sich belügen und betrügen, aber Heuchelei durchschauen sie früher oder später immer.

Kira lächelte schweigend und fixierte ihn nach wie vor mit festem Blick. Sie hatte dieselbe Haarfarbe wie Lena, der Unterschied bestand nur darin, daß Lenas Haar glatt war und sie es am Hinterkopf zu einem Knoten drehte, während Kira ihres offen trug, in üppigen, prachtvollen Wellen quoll es ihr auf Schultern und Rücken. Auch ihre Augen erinnerten ihn an Lena, nur daß Lenas Augen Wärme und Zärtlichkeit ausstrahlten, während es bei Kira Feuer und Leidenschaft waren.

»Ich sage dir ganz ehrlich, daß wir uns zum falschen Zeitpunkt getroffen haben.« Platonow eröffnete die entscheidende Szene in seinem so oft geprobten Stück. Jetzt mußte er darauf achten, daß jedes Wort stimmte, jede Bewegung, jeder Blick, damit er die Frau nicht erschreckte.

»So etwas passiert bei weitem nicht jedem, und ich habe Glück, daß es mir passiert ist. Ich habe immer gedacht, daß das eine Romanlüge ist, daß es so etwas in Wirklichkeit nicht gibt. Du schaust eine Frau an und bist verloren. Und ich bin verloren. Ich rede irgendwelchen Unsinn, aber das kommt daher, daß ich nicht mehr denken kann, wenn du mich anschaust. Dabei ist es im Moment das Wichtigste für mich, meine Sinne zusammenzuhalten und bei klarem Verstand zu bleiben, sonst ist das mein Ende.«

»Warum?« fragte sie. Es war seit zehn Minuten das erste Wort, das sie sagte.

»Weil ich in Schwierigkeiten bin und noch nicht weiß, wie ich da wieder herauskommen soll. Meine Lage ist sehr ernst, deshalb darf ich den Kopf nicht verlieren, ich muß klar denken und Entscheidungen treffen. Aber wenn du mich anschaust, wird mir schwindlig. Sag mir, warum schaust du mich so an? Oder hast du von Natur aus einen solchen Blick und schaust jeden so an?«

»Nein, nur dich«, antwortete sie mit ruhiger Stimme. »Du gefällst mir. Du bist mir, ehrlich gesagt, schon vor ein paar Tagen aufgefallen. Du fuhrst in einem olivgrünen Mercedes über den Lenin-Prospekt. Stimmt's?«

»Ja, stimmt«, erwiderte Dmitrij erstaunt. »Das war vor einer Woche, am Freitag.«

»Genau.« Sie nickte. »Und ich war in einem Bus, der vor

dir fuhr, ich stand am hinteren Fenster und schaute auf dein Auto. Dann habe ich angefangen, dein Gesicht anzuschauen. Und heute habe ich dich in der Metro wiedererkannt.«

Sie sagt die Wahrheit, dachte Platonow. Am vergangenen Freitag war ich tatsächlich nicht mit meinem Shiguli unterwegs, sondern mit Valentinas Mercedes. Und ich bin wirklich von der Shitnaja-Straße über den Lenin-Prospekt gefahren, weil ich zur Mosfilmowskaja-Straße mußte. Ein seltsamer Zufall.

»Es wäre besser gewesen, du hättest mich nicht erkannt«, sagte er mit gespieltem Pathos. »Und ich hätte dich nicht ansprechen dürfen, denn damit habe ich dich einem unnötigen Risiko ausgesetzt. Aber deine Augen haben mich einfach verrückt gemacht ...«

An dieser Stelle folgte eine bedeutungsvolle Pause, in der die Mitspielerin in der Szene Gelegenheit hatte, sich über ihre wahren Absichten und Motive klarzuwerden. Falls Kira nun, nachdem sie sich Platonow näher angeschaut hatte, bereuen sollte, daß sie sich so leichtsinnig verhalten und auf eine Zufallsbekanntschaft eingelassen hatte, dann war jetzt der Moment gekommen, einen Rückzieher zu machen.

»Kann ich dir irgendwie helfen?« fragte Kira. Mit diesen Worten besiegelte sie ihr Schicksal, zumindest für die nächsten vier Wochen. In neun von zehn Fällen reagierten die von Platonow ausgewählten Frauen am Ende der Pause mit genau diesem Angebot, und Kira hatte sich nicht als Ausnahme erwiesen.

6

Vitalij Wassiljewitsch Sajnes stellte den Fernseher ab und schmunzelte. Die Glasnost hatte durchaus ihre positiven Seiten. Hätte man sich in früheren Zeiten etwa vorstellen können, daß die täglichen Polizeiberichte einer breiten Öffentlichkeit zugänglich gemacht wurden und daß es keiner List und

Tücke mehr bedürfen würde, um Dinge zu erfahren, die man wissen mußte? Wenn man die Nachrichten in Funk und Fernsehen aufmerksam verfolgte, bekam man eine Menge nützlicher Informationen. Heute hatte Sajnes zum Beispiel erfahren, daß es im Moskauer Umland einen Schützen gab, der offenbar nie danebenzielte. Ein sehr nützlicher Mann. Angesichts der Lage, die sich bereits in dem Moment zugespitzt hatte, als Platonow, ein operativer Mitarbeiter des Innenministeriums, in den Unterlagen des Uralsker Betriebs zu wühlen begonnen hatte, konnte so ein Schütze Gold wert sein. Gleich heute abend wollte Sajnes seine Leute losschicken, damit sie nach ihm suchten. Obwohl ihn ja eigentlich schon die Miliz sucht, dachte er, und die ist bei uns gut ausgebildet und sehr gewissenhaft. Soll sie ihn suchen, besser als die Miliz können meine Leute diese Arbeit auch nicht machen. Man muß den Bullen nur auf den Fersen bleiben, und wenn es soweit ist, muß man ihnen zuvorkommen und ihnen den Braten vor der Nase wegschnappen. Zum Glück gibt es bei uns noch Leute, die so etwas können.

FÜNFTES KAPITEL

1

Kiras Wohnung war nicht groß, aber gemütlich. Zurückgekehrt aus dem Restaurant, setzte sie als erstes Teewasser auf, forderte Platonow auf, in der Küche Platz zu nehmen, und ging sich umziehen. Sie kam in einem knöchellangen, goldfarbenen Morgenmantel zurück, der ihre schönen Beine gänzlich verhüllte, dafür aber über ihren Brüsten verführerisch offenstand.

»Hör zu, Kira«, sagte Platonow zögernd, »du hast immer noch die Möglichkeit, dein Angebot zurückzunehmen. Du bist mir gegenüber zu nichts verpflichtet, und die Sache kann schwierig und sogar gefährlich für dich werden. Ich habe dir ja bereits gesagt, daß du, wenn du mir tatsächlich helfen willst, Urlaub nehmen und mit mir zusammen zu Hause sitzen mußt. Denk noch einmal darüber nach! Wenn du dich nicht auf das Risiko einlassen willst, dann werde ich heute einfach nur bei dir übernachten und morgen früh wieder gehen, und du wirst mich nie wiedersehen, es sei denn zufällig, wie heute. Solltest du aber entschlossen sein, mir zu helfen, werde ich dir jetzt alles der Reihe nach erzählen, damit du Bescheid weißt und den Sinn meiner Wünsche und Bitten an dich verstehst. Es ist mir sehr wichtig, daß du alles weißt und verstehst, denn jemand, der nicht versteht, worum es geht, begeht sehr leicht Fehler. Also? Willst du es dir noch mal überlegen?«

»Nein«, sagte Kira lächelnd. »Erzähl! Ich bin bereit, mir deine Geschichte anzuhören.«

»Du wirst es bereuen«, warnte Platonow.

Alles lief glatt. Die lange Vorrede, die er eben gehalten hatte, bestand von Anfang bis Ende aus Ködern, auf die Frauen gewöhnlich anbissen. In erster Linie hatte er ihre Neugier geweckt. Wenn du mir nicht helfen willst, hatte er gesagt, werde ich gehen, ohne etwas zu erzählen, aber wenn ich bleibe, erfährst du alles, was du wissen willst. Und er hatte ihr scheinbar die freie Wahl gelassen. Denk noch einmal nach, hatte er gesagt, und entscheide dich erst dann. Aber alles das war natürlich Humbug. Sie hatte sich längst entschieden, sonst hätte sie ihn nicht nach Hause mitgenommen. Und dann war da natürlich noch die Wichtigkeit, die Bedeutung, die er ihr und ihrer Mission verlieh. Sie mußte alles wissen und verstehen, um ja keinen Fehler zu machen, weil so viel von ihr abhing.

»Meine Lehrerin in der Schule hat einmal gesagt, daß es immer besser ist, das zu bereuen, was man gemacht hat, als das, was man nicht gemacht hat. Also, erzähl!«

»Nun gut ...« Platonow seufzte. »Dann hör zu. Vor acht Monaten hat ein Mann namens Sypko der Staatsanwaltschaft mitgeteilt, daß in dem Betrieb, in dem er arbeitet, irgendwelche dunklen Geschäfte getätigt werden. Erzeugnisse der Raketenbauindustrie, die im Zuge der Produktumstellungen keine Anwendung mehr fanden, wurden, anstatt in anderen russischen Betrieben entsprechend weiterverarbeitet zu werden, plötzlich an irgendeine dubiose GmbH verhökert. Sypko ist in diesem Betrieb Buchhalter, zuständig für Edelmetalle, und da diese Erzeugnisse viel Edelmetall enthalten, hatte er automatisch damit zu tun. Eines Tages ist ihm aufgefallen, daß die Produkte, die bisher immer zur Weiterverarbeitung an andere Betriebe gingen, plötzlich irgendwohin zu verschwinden begannen. Ist bisher alles klar?«

Kira nickte.

»Bis jetzt schon. Soll ich dir Tee eingießen?«

»Ja, sei so nett. Sypko schreibt also einen Brief an die Staatsanwaltschaft, diese leitet den Brief an unser Ministerium weiter, und schließlich landet der Brief auf meinem Tisch, weil ich im Hauptkomitee zur Bekämpfung des organisierten Verbrechens arbeite. Der Betrieb, um den es geht, befindet sich in Uralsk. Ich fuhr dorthin und setzte mich mit dem Mitarbeiter der Miliz in Verbindung, der für diesen Betrieb zuständig ist, einem gewissen Slawa Agajew. Ein sehr netter, gescheiter Bursche. Wir verstanden uns gut und begannen zusammenzuarbeiten. Jetzt mußt du eines verstehen, Kira, das ist wichtig. Wenn ein Mord begangen wird und die Aufklärungsarbeit beginnt, dann macht daraus niemand ein Geheimnis. Eine Leiche ist eine Leiche, die Tatsache, daß ein Mensch eines gewaltsamen Todes gestorben ist, ist offensichtlich, und es kommt niemandem in den Sinn, das zu verheimlichen. Wenn es sich um Betrug handelt, ist die Situation eine grundsätzlich andere. Das Verbrechen ist nicht zu sehen, man kann es ahnen, man kann sogar genau wissen, daß es stattfindet, aber um es wirklich sehen zu können, braucht man eine Menge Beweismaterial. Und wenn auch nur eine einzige Unterlage fehlt, hat man bei Gericht keine Chance. Daß dieser Sypko einen Brief geschrieben hat, bedeutet noch gar nichts. Vielleicht lügt er, vielleicht irrt er sich, vielleicht will er sich an jemandem rächen. Deshalb dauert die Ermittlungsarbeit in solchen Fällen Monate, manchmal sogar Jahre. Man muß sehr vorsichtig, in kleinen Schritten vorgehen, damit die Täter nichts merken. Sonst würden sie sofort alle Unterlagen vernichten, und wie willst du ihren Betrug dann beweisen? Agajew und ich begannen, uns heimlich, still und leise an die Sache heranzutasten. Und Sypko wird indessen immer ungeduldiger, solche wie ihn nennt man bei uns ›Rächer des Volkes‹. Es sind gute, anständige Menschen, aber sie machen zuviel Lärm. Er begreift nicht, daß jede Anschuldigung erst bewiesen werden muß, bevor der Täter bestraft werden kann, daß es dafür eine Rechtsordnung gibt, Gerichte und Staatsanwälte. Er will nichts davon wissen, wie mühsam und langwierig die Beweisaufnahme ist. Er, der ›Rächer des Volkes‹, hat einen Brief an die Staatsanwaltschaft geschrieben und will sofort Resultate sehen. Aber diese Resultate bleiben aus irgendeinem Grund aus.«

Dmitrij machte eine ausdrucksvolle Handbewegung, dann nahm er einen großen Schluck von dem starken Tee mit Zitrone.

»Also schreibt unser Sypko etwa drei Monate später noch einen Brief, in dem er wutentbrannt fordert, die Verantwortlichen im Betrieb endlich zur Rechenschaft zu ziehen. Zu dieser Zeit leitete das Ressort, in dem ich arbeite, noch mein alter Chef, der über die Situation der Ermittler sehr gut Bescheid wußte. Er las Sypkos Brief, legte ihn ab, und das war's. Er sagte mir nicht einmal etwas von der Beschwerde, um mich nicht zu beunruhigen. Ich ermittle also weiter und versuche herauszufinden, was für eine Sippschaft sich hinter einer Firma namens Artex verbirgt und wer dieser Firma die Lizenz zum Weiterverkauf der Geräte ins Ausland erteilt hat. Langsam, vorsichtig taste ich mich voran, wie ein Dieb in der Nacht, Slawa Agajew recherchiert einstweilen in Uralsk, versucht herauszufinden, wie die Ausmusterung der Geräte vor sich geht, der Versand und so weiter. Er sammelt Frachtbriefe und Rechnungen. Ist soweit alles klar?«

»Hmm.« Irina schob sich einen Löffel mit Konfitüre in den Mund. »Erzähl weiter, es ist sehr spannend.«

»Bekommst du keine Angst?«

»Nein, überhaupt nicht. Warum sollte ich Angst bekommen?«

»Wie du meinst«, sagte Platonow und erzählte weiter. »Schließlich muß ich doch irgendeine Unvorsichtigkeit begangen haben, denn die Firma Artex hat plötzlich ihre Auflösung bekanntgegeben. Sie setzte eine Anzeige in die Zeitung und forderte dazu auf, alle noch bestehenden finanziellen Ansprüche an die Firma innerhalb eines Monats geltend zu machen. Kurz, alles wie es sich gehört in der Welt des Big Business. Von irgendwelchen Unterlagen über diese Firma keine Spur. Alles wurde im Zusammenhang mit ihrer Auflösung vernichtet. Mit einem Wort, die Hochzeit fällt aus wegen Nichterscheinen des Brautpaares. Das war natürlich ein schwerer Schlag für mich, wie du dir denken kannst, aber kein tödlicher. Erstens war mir so etwas in meiner langjährigen Berufspraxis schon oft passiert, zweitens weiß ich aus Erfahrung, daß die Katze das Mausen nicht läßt. Es war mir klar, daß diejenigen, die die Geschichte mit Artex angezettelt hatten, ihre Aktivitäten nicht einfach einstellen würden, weil sie über Nacht gute Menschen geworden waren oder sich mit dem begnügen würden, was sie bereits zusammengerafft hatten. Ich wußte, daß sie eine neue Firma gründen und genauso weitermachen würden wie bisher. Deshalb habe ich das plötzliche und unerwartete Verscheiden der Firma Artex nicht lange betrauert, sondern auf den Moment ihrer Wiederauferstehung gewartet. Und jetzt sage ich dir noch etwas Wichtiges. Du liest wahrscheinlich Krimis und weißt, daß jeder operative Mitarbeiter der Miliz ein eigenes Informantennetz hat.«

Kira lächelte erneut.

»Natürlich weiß ich das. Hältst du mich für eine Analphabetin?«

»Na gut, dann komme ich gleich zum Wesentlichen. Ich hatte einen Mann, der im Zuständigkeitsbereich des Ministeriums für Maschinenbau arbeitete, er hieß Jurij Jefimowitsch. Er war ein hervorragender Fachmann auf dem Gebiet der Edelmetalle, Kandidat der Wissenschaften, Autor verschiedener Fachbücher. Und darüber hinaus war er ein sehr guter Mensch. Es ist sehr wichtig, daß du das weißt, Kira, damit du den weiteren Verlauf der Dinge verstehst. Die meisten Informanten arbeiten für uns, weil sie etwas auf dem Kerbholz haben. Diese Leute hassen uns, sie arbeiten für uns nur aus Angst, weil sie wissen, daß wir etwas gegen sie in der Hand haben. Grob gesagt, diese Leute werden erpreßt. Es gibt auch solche, die es nicht aus Angst tun, sondern weil es ihnen Spaß macht, einem anderen zu schaden, ihm eins auszuwischen. Und nur hin und wieder findest du einen, der mit dir zusammenarbeitet, weil er deine Ansichten und Überzeugungen teilt. So einen Informanten hütet jeder wie seinen Augapfel, es gibt keinerlei schriftliche Unterlagen über ihn, sein Name taucht nirgends in den Papieren auf, damit er geheim bleibt. Mit solchen Leuten entsteht manchmal eine echte Freundschaft und tiefe Verbundenheit, man vertraut und unterstützt sich gegenseitig. Bei weitem nicht jeder operative Mitarbeiter hat in seinem Leben das Glück, so einen Informanten zu finden. Ich hingegen hatte dieses Glück. Ich hatte Jurij Jefimowitsch Tarassow. Er war ein absolut aufrichtiger, ehrlicher Mensch von großer Güte und Kompetenz. Er hat mir bei meinem Ermittlungen in bezug auf Uralsk sehr geholfen. Kurz nach der Auflösung der Firma Artex kam es in dem Betrieb, in dem Jurij Jefimowitsch damals arbeitete, zu den obligatorischen Stellenkürzungen, und wir beschlossen, etwas auszuprobieren. Da Jurij Jefimowitsch sich nun sowieso eine neue Arbeit suchen mußte, haben wir alle unsere Beziehungen spielen lassen, damit er als stellvertretender Abteilungsleiter in der Protokollabteilung des Staatlichen Zentrums für Internationale Beziehungen eingesetzt wurde. Ich will dich jetzt nicht mit Einzelheiten langweilen, aber wer in der Protokollabteilung arbeitet, weiß genau, welche ausländischen Firmenvertreter zu welcher Zeit und für wie lange nach Rußland einreisen, und wer von den russischen Mitarbeitern dieser Firmen wiederum Geschäftsreisen ins Ausland unternimmt. Artex hat zwar nach der öffentlichen Bekanntgabe ihres Verscheidens sämtliche Firmenunterlagen vernichtet, aber im Staatlichen Zentrum für Internationale Beziehungen befanden sich noch die Unterlagen, denen man entnehmen konnte, mit welchen ausländischen Firmen und Banken die Verstorbene zusammengearbeitet hat. Nach der tränenreichen Beerdigung trafen sich die Trauergäste einhellig in einem anderen gastfreundlichen Haus, aber im Staatlichen Zentrum für Internationale Beziehungen war die Leiche immer noch lebendig. Jurij Jefimowitsch Tarassow begann also auf meine Bitte hin, in der Protokollabteilung zu arbeiten. Das Arbeitsverhältnis dauerte genau vier Tage.«

Dmitrij verstummte.

»Vier Tage?« erkundigte sich Kira. »Und dann?«

»Dann hat man ihn ermordet«, sagte Platonow leise, »am letzten Montag.«

»Was, erst am letzten Montag?« rief Kira entsetzt aus und schlug dabei aus irgendeinem Grund mit dem Finger gegen die Tischkante. »Also gerade jetzt erst, in dieser Woche?«

»Ja, gerade jetzt erst, in dieser Woche. Aber selbst in vier Tagen ist es ihm gelungen, unseren Phönix aus der Asche zu holen. Er hat herausgefunden, welche Firma die Nachfolge von Artex angetreten hat. Diese Firma nennt sich jetzt Variant. Nicht schlecht, was? An Dreistigkeit fehlt es denen jedenfalls nicht. Aber dann kam es noch schlimmer, Kira.«

»Noch schlimmer? Man hat einen Menschen ermordet, was könnte noch schlimmer sein?«

»Hör zu, dann wirst du es erfahren. Vorige Woche habe ich ein Fernschreiben von Slawa Agajew erhalten, in dem er mir mitteilte, daß außer der Geschichte mit den edelmetallhaltigen Geräten noch ein paar andere krumme Dinger in dem Uralsker Betrieb laufen. Ich habe es zur Kenntnis genommen, aber die Pferde erst mal nicht scheu gemacht, ich sagte dir schon, daß ich sehr langsam und vorsichtig vorgehen muß. Aber als ich von Tarassows Ermordung erfuhr, schickte ich Slawa sofort ein Fernschreiben nach Uralsk; pack die ganzen Unterlagen ein, schrieb ich ihm, und komm nach Moskau. Slawa setzte sich sofort ins Flugzeug. Am Mittwoch abend haben wir uns getroffen, er ist zu mir ins Ministerium gekommen, hat von unten angerufen, ich bin hinuntergegangen und mit ihm im Auto zur Taganka gefahren. Dort wohnt ein Verwandter von ihm, er hatte irgendein seltenes Medikament für seine Tochter aufgetrieben, und Agajew mußte es abholen. Ausgerechnet am Abend dieses Tages flog der Verwandte in die Staaten, deshalb hatte Slawa es sehr eilig, um ihn noch zu Hause anzutreffen. Unterwegs erfuhr ich von ihm, daß der Betrieb in Uralsk den Arbeitern die Löhne nicht auszahlen kann, weil dem Staat das Geld fehlt. Uralsk ist ein kleines Städtchen, alle Arbeitsstellen hängen mit dem Rüstungsbetrieb zusammen, mit irgendwelchen Nebenjobs läßt sich dort nichts hinzuverdienen, deshalb spitzte sich die Lage zu, man mußte einen Aufstand befürchten. Gleichzeitig aber verfügt der Betrieb über große Mengen an goldhaltigem Metallverschnitt, der seit jeher zur Weiterverarbeitung an andere Betriebe geht. Nun, in Anbetracht der kritischen Situation, wandte sich der Betrieb ans Ministerium und bat um Erlaubnis, sich nach einem Kunden umzusehen, der den Metallverschnitt gegen Bargeld abnimmt. Die Beamten im Ministerium kratzten sich eine Weile die Köpfe und stimmten schließlich zu. Und wer erscheint in diesem Moment prompt auf der Bildfläche? Richtig geraten, die Firma Variant, die den goldhaltigen Metallverschnitt schließlich zu einem sehr niedrigen Preis aufkauft, aber eben gegen Bares, so daß man den Arbeitern endlich ihr ehrlich verdientes Geld auszahlen kann. Jetzt bitte ich dich zum dritten Mal, mir aufmerksam zuzuhören. Sag mir, bist du persönlich an goldhaltigem Metallverschnitt interessiert?«

»Was sollte ich damit?« fragte Kira mit ehrlichem Erstaunen.

»Immerhin ist Gold drin.«

»Na und? Was nützt mir in diesem Fall das Gold? Ich müßte es aus dem Metall herausholen, und das kann ich nicht.«

»Du bist ein kluges Mädchen. Der Metallverschnitt ist nur für den von Wert, der in der Lage ist, das Gold aus ihm herauszuschmelzen. Jetzt die zweite Frage. Du bist im Besitz einer Technologie, die es erlaubt, etwa die Hälfte des im Metallverschnitt enthaltenen Goldes wiederzugewinnen. Ich hingegen verfüge über eine modernere Technologie, ich kann praktisch das gesamte Gold wiedergewinnen, das in dem Verschnitt steckt. Wenn ich nun in der Lage bin, aus ein und demselben Verschnitt zweimal mehr Gold herauszuholen als du, dann ist es doch logisch und nur gerecht, wenn ich für diesen Verschnitt auch zweimal mehr bezahlen muß als du. Richtig?«

»Vermutlich. Zumindest rein rechnerisch hört es sich richtig an.«

»Jetzt hör, was in Wirklichkeit passiert ist. Die Firma Variant gibt an, daß sie über eine Technologie verfügt, mit deren Hilfe man aus dem Metallverschnitt nicht mehr als siebenundvierzig Prozent des enthaltenen Goldes wiedergewinnen kann. Im Prinzip ist das ein bei uns üblicher Durchschnittswert, es hört sich also alles ganz normal an. Davon ausgehend wird der Verkaufspreis des Verschnitts errechnet, dann wird dieser Preis stark reduziert, da Barzahlung vorgesehen ist. Im bargeldlosen Verkehr sind die Preise immer höher als bei Barzahlung, ist dir das bekannt?«

»Ich habe davon gehört, aber ich habe mich nie näher damit beschäftigt.«

»Damit brauchst du dich auch jetzt nicht zu beschäftigen, laß dir weiter erzählen. Variant erklärt sich also bereit, den Metallverschnitt gegen Bargeld zu kaufen, eine Expertenkommission stellt den realen Goldgehalt fest, und ausgehend von den technischen Möglichkeiten des Käufers zur Wiedergewinnung des Goldes wird schließlich der Verkaufspreis festgesetzt. Und in jedem dieser Vorgänge steckt natürlich die Möglichkeit für irgendeinen Schwindel. Ich werde es dir anhand relativer Zahlen erklären, damit du besser mitrechnen kannst. Angenommen, der Verschnitt enthält pro Kilo ein Gramm Gold, aber die Kommission gibt in ihrem Gutachten an, daß es nur 0,4 Gramm sind. Des weiteren behauptet Variant, daß nur siebenundvierzig Prozent des Goldes wiedergewonnen werden können, das heißt siebenundvierzig Gramm pro hundert Gramm Gold. In Wirklichkeit hat Variant aber gar nicht vor, irgend etwas wiederzugewinnen, sondern wird den Metallverschnitt prompt ans Ausland verhökern, wo man längst über Techniken verfügt, mit deren Hilfe eine Wiedergewinnung des Goldes bis zu sechsundachtzig Prozent möglich ist. Wir, ehrlich und naiv wie wir sind, gehen davon aus, daß der Wert des Metallverschnitts für die Firma Variant dem Preis des Goldes entspricht, das sie aus dem Verschnitt herausholen kann, also dem Preis von siebenundvierzig Prozent auf je 0,4 Gramm Gold pro Kilo Metallverschnitt. Und jetzt kannst du dir ausrechnen, wieviel das ergibt, wenn ein Gramm Gold, sagen wir, zehn Dollar kostet.«

»Gleich.« Kira runzelte die Stirn. »Siebenundvierzig Prozent, das ist ungefähr die Hälfte, und die Hälfte von 0,4 ist 0,2. Wenn die Firma Variant also aus einem Kilo Verschnitt 0,2 Gramm Gold gewinnt, dann braucht sie fünf Kilo Verschnitt, um ein Gramm Gold zu bekommen. Das heißt also, daß man aus fünf Kilo Verschnitt Gold im Wert von etwa zehn Dollar herausholen kann, deshalb dürfen fünf Kilo wahrscheinlich nicht mehr kosten als zwei Dollar, weil sich das Geschäft sonst nicht lohnt. Da der Verschnitt in Wirklichkeit aber ein ganzes Gramm Gold pro Kilo enthält und davon nicht siebenundvierzig, sondern sechsundachtzig Prozent wiedergewonnen werden, müßte der Preis für ein Kilo Verschnitt 8 Dollar und sechzig Cents betragen. Habe ich richtig gerechnet?«

»Kira, du bist nicht nur schön, du bist auch sehr gescheit. Und jetzt erinnere dich daran, daß die Firma Variant bar bezahlt und deshalb einen beachtlichen Preisnachlaß erhält. Sie bezahlt pro Kilo Verschnitt nicht zwei, sondern nur einen Dollar. Der Preis, für den die Firma den Verschnitt gekauft hat, ist also um das Achtfache niedriger als der, zu dem sie ihn sofort ans Ausland weiterverkauft. Um das Achtfache! Von eben diesen fröhlichen Urständen, die da mit dem Dollar gefeiert werden, erzählte mir Slawa Agajew, während wir letzten Mittwoch zur Taganka fuhren, zu seinem Onkel. Ich ließ mir von ihm die Unterlagen über die Geschäfte mit dem Metallverschnitt geben, die Unterlagen über die ausgemusterten Geräte blieben bei ihm. Ich setzte ihn vor dem Haus seines Onkels ab, gab ihm die Hand ... Und das war's.«

»Was heißt, das war's?«

»Man hat ihn umgebracht. Offenbar direkt im Hauseingang seines Onkels. Und jetzt, Kira, kommt das Wichtigste. Bis jetzt habe ich dir nur die Vorgeschichte erzählt. Gestern läßt mich mein neuer Chef zu sich kommen und teilt mir mit, daß Genosse Sypko, unser unbezähmbarer ›Rächer des Volkes‹, eine Beschwerde über mich verfaßt hat, in der er mich einen Nichtstuer und Betrüger nennt, er, Sypko, sei seiner Bürgerpflicht nachgekommen und habe die zuständigen Organe in

Kenntnis gesetzt, aber die Organe würden schlafen und hätten offenbar gar nicht vor aufzuwachen, offenbar bekämen sie gutes Schmiergeld für ihren hartnäckigen Dornröschenschlaf. Mein Chef fängt also an, mir Fragen zu stellen, und will die Unterlagen über meine Ermittlungen sehen. Aber wenn es um Gewinne von solcher Größenordnung geht, dann weiß ich aus Erfahrung, daß die Fäden ganz oben geknüpft werden und daß man niemandem glauben darf, nicht einmal seinem Chef. Jeder kann sich als Verräter oder Spitzel erweisen, und wenn es sich um einen neuen Mitarbeiter handelt, dann besteht immer die Gefahr, daß er von der anderen Seite eingeschleust wurde. Genau so war es ja auch bei meinem Jurij Jefimowitsch, der stellvertretender Abteilungsleiter in der Protokollabteilung des Staatlichen Zentrums für Internationale Beziehungen wurde. Ich durfte meine Unterlagen also auf keinen Fall preisgeben. Ich hatte so viel Zeit und Mühe auf diese Sache verwandt, ich hätte mir nie verziehen, wenn das alles jetzt in den Orkus gegangen wäre. Und außerdem dachte ich in diesem Moment auch an Slawa. Ich war sicher, daß er inzwischen längst wieder in Uralsk war. Verstehst du, ein junger Mitarbeiter aus der Provinz, und dann so eine Geschichte. Ich bin sowieso schon im Hauptkomitee, weiter kann ich nicht mehr kommen, obwohl ich natürlich auch nicht in die Grube fallen will, aber Slawa war noch am Anfang, er hatte seine Karriere noch vor sich. Kurz, ich stellte mich stur und murmelte irgendwas Unverständliches, nur um meinem Chef die Unterlagen nicht zeigen zu müssen. Und plötzlich eröffnet er mir, daß auf das Konto der Firma, in der meine Frau arbeitet, eine Summe von zweihundertfünfzigtausend Dollar eingegangen ist. Und weißt du, von wem? Von der Firma Artex. Das Erbe des Verstorbenen, sozusagen. Angeblich hat man mir das Geld dafür überwiesen, daß ich die Sache in Uralsk vertusche und schön langsam einschlafen lasse. Ich war noch gar nicht wieder zu mir gekommen nach dieser Eröffnung, als mein Chef mir mitteilte, daß Slawa Agajew ermordet wurde. Man hat gesehen, wie wir zusammen das Gebäude des Ministeriums verlassen haben und zu mir ins Auto gestiegen sind, und eine halbe Stunde später hat man Slawa ermordet in der Wolodarskij-Straße aufgefunden. Er hatte keinerlei Unterlagen bei sich, sie waren verschwunden. Mein Chef sah mich mit einem unguten Blick an, und ich begriff, daß er mich nicht nur der Bestechlichkeit, sondern auch des Mordes verdächtigt. Ich hatte keine Ahnung, wie ich diesen Verdacht entkräften sollte. Wie war das Geld auf das Firmenkonto meiner Frau gekommen? Wer hatte Jurij Jefimowitsch umgebracht? Wer hatte Slawa erstochen? Und mein Chef ließ mir ganze zehn Minuten Zeit. Ich verließ sein Büro, angeblich, um die Unterlagen zu holen, aber tatsächlich lief ich zum Ausgang und stieg in die nächste Metro. Bis zum Abend hatte man wahrscheinlich die Fahndung nach mir eingeleitet, seit heute morgen läuft sie mit Sicherheit. Ich kann die Stadt nicht mehr verlassen, und ich will es auch nicht, weil ich nicht einfach nur untertauchen, sondern herausbekommen will, was passiert ist. Ein Alibi für die Zeit, in der Slawa ermordet wurde, habe ich nicht. Ich saß zu dieser Zeit allein im Auto. Daß ich von dem Geldeingang der Firma Artex nichts weiß, kann ich ebenfalls nicht beweisen. Sobald sie mich finden, stecken sie mich sofort ins Loch, und dann werde ich nie mehr etwas erfahren und nie mehr etwas beweisen können, weil dann die Unterlagen in fremde Hände gelangen werden und alles zusammenfällt wie ein Kartenhaus. Und das will ich nicht. Wenn man mit einer Sache so lange beschäftigt ist, beginnt man, sie wie ein mit eigenen Händen geschaffenes Kunstwerk zu betrachten. Und außerdem bin ich ein ganz normaler Mensch, ich will nicht ins Gefängnis. Mit diesem ganzen Elend im Nacken stand ich in der Metro, als wir uns getroffen haben. Was sagst du zu meiner Geschichte?«

»Ich weiß nicht.«

Kira verstummte, sie kratzte den Rest Konfitüre aus dem Schälchen, schob den Löffel in den Mund, leckte ihn ab und begann, mit ihm auf ihren kleinen geraden Zähnen herumzuklopfen.

»Und worin siehst du meine Rolle in dieser Geschichte?«

»Du mußt meine Stimme werden, mein Ohr und mein Auge. Ich kann das Haus nicht verlassen, weil man mich sucht. Ich kann aus deiner Wohnung nirgends anrufen, weil es immer möglich ist, daß der Teilnehmer eine Rufnummernbox besitzt, die deine Nummer anzeigen würde, und dann dauert es keine drei Minuten, bis die Adresse ermittelt ist. Deshalb wirst die Telefonate alle du führen, und zwar aus Telefonzellen an verschiedenen Orten der Stadt. Du wirst das sagen, worum ich dich bitte, und mir berichten, was man dir geantwortet hat. Du wirst an verschiedene Orte fahren und mir erzählen, was du dort gesehen hast. Deshalb wirst du Urlaub nehmen müssen.«

»Gut.« Kira nickte. »Und was machst du in dieser Zeit? Ich werde herumfahren, telefonieren, mich umsehen, und was wirst du machen?«

»Ich ...« Platonow zuckte mit den Schultern. Dann sah er sich in der Küche um und lächelte. »Ich werde deine Wohnung renovieren. Ich kann alles. Decken streichen, tapezieren, Kacheln verlegen, Böden abschleifen, Wände verputzen. Wenn du mir das nötige Material besorgst, renoviere ich deine Wohnung. Willst du?«

Dmitrij log nicht. Er war wirklich ein guter Handwerker. Er hatte bereits viele Wohnungen renoviert, die Frauen um die vierzig gehörten. Platonow zeigte sich gern erkenntlich, er wollte die Dienste der Frauen nicht umsonst.

2

Dmitrij drehte sich auf die andere Seite, und die Liege stöhnte qualvoll auf unter dem Gewicht seines massiven Körpers. Kira hatte ihm ein Lager in der Küche bereitet.

»Du hast mir zwar ganz schön den Kopf verdreht«, hatte er ihr gesagt, »aber das heißt nicht, daß ich mich benehmen werde wie ein wildes Tier. Ich möchte sehr gern zu dir ins

Bett, aber ich werde das erst tun, wenn du es wirklich willst, und keine Minute früher. Ich möchte dich nicht in Schwierigkeiten bringen, deshalb werde ich von mir aus nicht mehr auf das Thema zurückkommen. Wenn du irgendwann den Wunsch verspüren solltest, mit mir zu schlafen, dann sagst du es mir. Abgemacht?«

Kira blieb nichts anderes übrig als zuzustimmen. Platonow hatte ähnliches schon zu vielen Frauen gesagt, und gewöhnlich führte es zu dem von ihm erwünschten Resultat. Er gab einer Frau das Gefühl, anziehend und begehrenswert zu sein, was nicht ganz unwichtig war, damit sie ihm gewogen blieb, gleichzeitig mußte sie den ersten Schritt tun, und das war nicht einfach für sie. Die Einladung ins Bett ließ in der Regel auf sich warten, und das kam Platonow entgegen. Am wichtigsten war es, die richtige Atmosphäre zu schaffen, seine vorübergehende Helferin in der Not davon zu überzeugen, daß er sie wollte, aber geduldig wartete, während er ganz unmerklich unüberwindliche Hindernisse auftürmte, die es ihr unmöglich machten, ihren Wunsch zum Ausdruck zu bringen. Zu diesem Zweck mußte er den keuschen Romantiker spielen, für den die Seele wichtiger war als körperliche Lust, und Platonow war immer sehr gut in dieser Rolle. Natürlich kam er früher oder später nicht darum herum, seine männlichen Pflichten gegenüber der liebenswürdigen Gastgeberin zu erfüllen, er machte das sehr gut und nicht ohne Vergnügen, aber die ganze Kunst bestand darin, diesen Moment so lange wie möglich hinauszuzögern, ihn erst gegen Ende der Bekanntschaft zuzulassen.

Heute allerdings hatte Dmitrij das Gefühl, daß der erprobte Mechanismus irgendwie versagt hatte. Zwar brannte in Kiras Augen ein heißes Feuer, wenn sie ihn ansah, wenn sie seinen muskulösen Körper mit ihren Blicken abtastete, aber in diesem Feuer erkannte er keinen einzigen vertrauten Funken. Zweifellos war sie aufgewühlt von dem ungewöhnlichen Ereignis in ihrem eintönigen Bibliothekarinnenalltag, aber den Ruf ihres Körpers hatte Dmitrij nicht spüren können, so tief er auch in sich hineinhorchte. Er hatte sogar den Eindruck gehabt, daß Kira erleichtert aufgeatmet hatte, als er sich bereit erklärte, auf der Liege in der Küche zu schlafen.

Er drehte sich in eine bequemere Lage und begann gewohnheitsmäßig, den Geräuschen aus dem Nebenzimmer zu lauschen, um zu erraten, was Kira gerade machte. Er hörte das Knarren eines Klappsofas, das Klappen einer Schranktür. Kira holte Bettzeug aus dem Schrank und machte sich das Bett auf dem Sofa zurecht. Dann leichte Schritte auf dem Flur, die Badezimmertür öffnete und schloß sich, schließlich das Rauschen der Dusche. Platonow versuchte, sich die nackte Frau im Bad vorzustellen, das Bild erschien vor seinen Augen, aber es weckte kein Interesse in ihm. Das Wasser wurde abgestellt, ein kaum hörbares Klirren besagte, daß Kira das Badetuch vom ringförmigen Handtuchhalter an der gekachelten Wand genommen hatte. Eine Cremedose stieß gegen die gläserne Ablage unter dem Spiegel. Dmitrij war, als könne er jede Bewegung der Frau sehen, jede ihrer Gesten. Der Riegel an der Innenseite der Tür ratschte, Kira hatte das Bad verlassen. Gleich darauf verstummte das Geräusch ihrer Schritte, offenbar war sie auf dem Flur stehengeblieben. Platonow begriff, daß sie zu ihm in die Küche kommen wollte und sich nicht entschließen konnte. Endlich trat sie ein, ohne das Licht einzuschalten.

»Dima?« fragte sie flüsternd, »schläfst du schon?«

»Nein«, antwortete er mit lauter Stimme.

Er wußte aus Erfahrung, daß er für den Fall, daß die Frau jetzt eine Annäherung vorhatte, laut und deutlich mit ihr sprechen mußte, auf keinen Fall mit gesenkter Stimme, um sofort jede Intimität zu zerstören. Dunkelheit und Geflüster waren die besten Freunde der Versuchung und die größten Feinde der Keuschheit.

Überraschenderweise schaltete Kira das Licht an und setzte sich auf einen Küchenhocker.

»Willst du mich etwas fragen?« erkundigte sich Dmitrij.

»Ja.« Sie druckste einen Moment herum. »Weißt du, das,

was du mir erzählt hast ... eigentlich klingt es ziemlich unwahrscheinlich. Ich möchte dir gern glauben, aber ... aber ich kann es nicht. Verzeih mir, Dima. Aber ich glaube dir nicht.«

Er erhob sich mit einem Ruck und stellte die Füße auf den mit Linoleum bedeckten Fußboden.

»Soll ich gehen?« fragte er kalt.

»Auf keinen Fall, das habe ich überhaupt nicht gemeint. Du bist in Not, das ist offensichtlich, und du hast keinen Ort für die Nacht. Ich habe dir meine Hilfe angeboten, und ich habe nicht vor, dieses Angebot zurückzunehmen. Ich habe einfach nur das Gefühl, daß du mich angelogen hast und daß deine Not in Wirklichkeit irgendeine ganz andere ist.«

»Ich habe dir die Wahrheit gesagt. Wie kann ich dich davon überzeugen?«

»Arbeitest du wirklich im Innenministerium?«

»Ja, ich arbeite wirklich im Innenministerium.«

»Könntest du mir deine Papiere zeigen?«

»Aber sicher«, sagte Platonow erleichtert. »Ich hätte das gleich am Anfang tun sollen. Verzeih!« Er streckte seine Hand aus und holte seinen Dienstausweis aus dem Jackett, das über der Stuhllehne hing. »Hier, bitte schön.«

Kira las den Dienstausweis aufmerksam durch und lächelte.

»Du bist also Oberstleutnant.«

»Ja, warum? Sehe ich nicht so aus?«

»Ich habe in meinem Leben noch nie einen richtigen Oberstleutnant aus dem Innenministerium gesehen, nur im Kino. Bist du mir jetzt böse?«

»Aber nein, es ist alles in Ordnung. Es wäre seltsam gewesen, wenn du mir blindlings geglaubt hättest, nachdem wir uns erst seit ein paar Stunden kennen.«

In Kiras Blick brannte wieder das Feuer, das Dmitrij schon kannte, die Farbe ihrer Augen erinnerte ihn an glühend heiße, flüssige Schokolade.

»Soll ich dich morgen früh wecken, oder wachst du von selbst auf?« fragte sie, als sei nichts geschehen.

»Wenn du aufstehst, werde ich sofort von allein wach. Ich habe einen sehr leichten Schlaf.«

»Dann gute Nacht. Ist dir kalt? Soll ich dir noch eine Decke bringen?«

»Nein, danke, nicht nötig. Ich fühle mich sehr gut bei dir, wirklich. Ich danke dir.«

Kira schaltete das Licht aus und verließ die Küche. Dmitrij hörte, wie sie den Wandleuchter über dem Sofa anknipste und sich hinlegte. Das war's, dachte er, ich habe ein Asyl gefunden. Jetzt muß ich darüber nachdenken, wie es weitergehen soll, welche Schritte ich unternehmen muß, um aus dieser unseligen Geschichte herauszukommen.

3

Die Witwe von Jurij Jefimowitsch Tarassow rang mühsam um Fassung. Sie beantwortete Jura Korotkows zahllose Fragen nach ihrem verstorbenen Mann, schilderte ihm ausführlich seinen dienstlichen Werdegang, erzählte von seinen Freunden und Bekannten, beschrieb seinen Charakter und seine Gewohnheiten.

»Sagen Sie, Klawdija Nikiforowna, hatten Sie nie den Eindruck, daß es in Jurij Jefimowitschs Leben Dinge gab, in die er Sie nicht einweihte?«

»Nein, das sagte ich Ihnen bereits. Wir haben mehr als dreißig Jahre zusammengelebt, Sie verstehen selbst ...«

Es sah so aus, als würde sie gleich zu weinen anfangen, aber sie schluckte die Tränen tapfer hinunter.

»Haben Sie nie bemerkt, daß Jurij Jefimowitsch vor irgend etwas Angst hatte? Vor irgendeinem Ereignis vielleicht oder vor einem Menschen?«

»Er hatte Angst vor einem Schlaganfall. Davor, ein Krüppel zu werden. Wissen Sie, er hatte erhöhten Blutdruck und fürchtete sich sehr vor ... Er hat strenge Diät eingehalten. Aber ich weiß, daß Sie nicht danach fragen.«

»Und warum haben Sie drei Hunde?« fragte Korotkow übergangslos. »Ihre Wohnung ist ja nicht sehr groß, mit drei Hunden muß es eng gewesen sein.«

»Ach das ...« Klawdija Nikiforowna begann zu schluchzen.

Korotkow war peinlich berührt, aber er hatte diese Frage stellen müssen. Anastasija hatte darauf bestanden, daß er in Erfahrung brachte, warum Tarassow sich drei Hunde gehalten hatte, noch dazu große Schäferhunde und nicht etwa Miniaturausgaben fürs Sofa. Er wußte nicht, warum die Kamenskaja sich so in die Hundefrage verbissen hatte, aber da sie ihn gebeten hatte, die Frage zu klären, mußte er es unbedingt tun. Nastjas Kopf ist ein unverständlicher Mechanismus, sagte er oft, aber er nahm ihre Bitten und Aufträge sehr ernst, auch wenn er ihren Sinn und Zweck nicht verstand.

»Zuerst hatten wir nur Narkis, er ist schon acht Jahre alt, der älteste von den dreien. Er hat viele Preise gewonnen, ein Elitehund. Er wurde bereits seit seinem dritten Lebensjahr zur Zucht eingesetzt. Als er fünf war, nahmen wir ihn mit auf die Datscha, und dort, Sie wissen ja, wie das ist, die Liebe und alles das ... Kurz, die Nachbarn hatten einen Schäferhund, ein Mädchen mit sehr gutem Stammbaum, dagegen war nichts einzuwenden, und als Narkis Vater geworden war, brachte uns der Nachbar zwei Welpen. Da die Zuchtvoraussetzungen nicht erfüllt waren, wollte der Hundeverein die Welpen nicht haben, also wohin mit ihnen? Zwei hatte der Nachbar für sich behalten, zwei brachte er uns, damit wir sie verkaufen sollten. Jurij Jefimowitsch nahm die zwei Kleinen und fuhr mit ihnen zum Vogelmarkt. Dort tauchte irgendeine Clique von Kaukasiern in Begleitung einer Frau auf, alle betrunken. Die Frau sah die Welpen und wollte sofort einen haben. Einer der Männer holte eine Handvoll Tausender aus der Tasche und hielt sie meinem Mann hin, er hatte nicht einmal nach dem Preis gefragt. Und stellen Sie sich vor, Jurij Jefimowitsch brachte es nicht fertig, ihm einen der Welpen zu geben. Die Frau will ihn nur aus einer Augenblickslaune heraus, sagte er sich, in spätestens zehn Minuten, wenn der kleine Hund ihr auf den Mantel gepinkelt hat, wird sie ihn einfach auf die Straße schmeißen, wo er, klein und hilflos wie er ist, verhungern und erfrieren wird. Diese Vorstellung konnte mein Mann nicht ertragen. Er gab dem Kaukasier das Geld zurück und verließ auf der Stelle den Markt. Ich erinnere mich, daß er völlig verstört nach Hause kam. Klawa, sagte er, verzeih mir, ich bin ein Idiot, aber ich kann die Welpen nicht verkaufen, es zerreißt mir das Herz. Es sind doch lebendige Wesen, ich kann sie nicht völlig fremden Leuten überlassen. Am nächsten Sonntag versuchte er es noch einmal, er fuhr wieder zum Markt und brachte die Welpen auch dieses Mal wieder mit nach Hause. Er konnte es nicht. Und nach zwei Wochen habe ich ihm selbst gesagt, daß sie bei uns bleiben sollen, wir hatten uns an sie gewöhnt wie an Kinder. Und wissen Sie, was erstaunlich ist? Narkis schien gespürt zu haben, daß wir die zwei Kleinen weggeben wollten. Beide Male, als Jurij Jefimowitsch aus dem Haus ging, um zum Vogelmarkt zu fahren, heulte er wie nach einem Verstorbenen, er stand an der Tür, tänzelte vor Jurij Jefimowitschs Beinen herum und wollte ihm den Weg versperren. Er war ja nicht die Mutter, aber gespürt hat er es trotzdem.«

»Es war wahrscheinlich nicht leicht für Sie mit drei Hunden«, sagte Korotkow teilnahmsvoll. Nastja hatte ihn außerdem beauftragt, in Erfahrung zu bringen, ob der Verstorbene großen Wert auf Ordnung und Sauberkeit gelegt hatte, und das Hundethema ermöglichte einen fließenden Übergang zu einer entsprechenden Frage. »Haare, Schmutz, die tägliche Zubereitung des Futters …«

»Ja, es war nicht leicht«, sagte die Witwe mit einem schwachen Lächeln. »Unsere Wohnung ist nicht sehr geräumig, Sie haben es selbst gesehen, und dann die drei großen Hunde. Natürlich war es schwer. Aber irgendwie haben wir es gelernt, die Unbequemlichkeit zu ignorieren. Der Dreck, die Haare, die Matten, die Futternäpfe … Am Anfang haben wir versucht, die alte Sauberkeit und Ordnung aufrechtzuerhalten, aber dann haben wir es aufgegeben. Wie es war, so war es. Dafür hatten wir so viel Freude an den Tieren, Sie können sich das gar nicht vorstellen. Sie sind ja wie Menschen, jedes hat seinen eigenen Charakter, seine Eigenheiten. Der eine ist allergisch gegen Schweinefleisch, der andere hat etwas gegen den Blutdruckmesser. Fred hatte Angst vor diesem Ding, können Sie sich das vorstellen? Sobald Jurij Jefimowitsch den Blutdruckmesser herausholte, kam er zu mir gestürzt und begann zu jammern wie ein kleines Kind. Jetzt, da er erwachsen ist, läuft er nicht mehr davon, er erträgt den Anblick des Gerätes mit Würde, aber man sieht seinen Augen an, daß ihm unwohl ist. Er sitzt da, schaut Jurij Jefimowitsch an und leidet stumme Qualen. Was soll man sagen. Sie waren Familienmitglieder, wir haben sie geliebt wie unsere Kinder.«

»Jurij Jefimowitsch war wahrscheinlich ein sehr guter, weichherziger Mensch.«

»Ja, er war ein guter Mensch. Einen besseren als ihn habe ich nie im Leben getroffen. Aber weichherzig ...« Klawdija Nikiforowna sah Korotkow mit einem seltsamen Blick an, »weichherzig würde ich ihn nicht nennen.«

»Warum? War er unnachgiebig, starrsinnig?«

»Das ist schwer zu erklären. Ich habe es einfach so empfunden. Wenn Sie mich nach einem Beispiel fragen würden, das zeigt, daß er kein weichherziger Mensch war, dann würde mir wahrscheinlich keines einfallen. Aber innerlich hatte ich immer diese Empfindung. Er war gut, aber hart.«

»Trotzdem, Klawdija Nikiforowna, warum hatten Sie diese Empfindung? Das ist eine sehr wichtige Frage für mich, bitte verstehen Sie das. Nur wenn ich mehr über den Charakter Ihres Mannes erfahre, kann ich mir eine Vorstellung davon machen, was er getan haben könnte, das zu seiner Ermordung geführt hat. Wem er im Weg gestanden haben könnte, wer sich vielleicht an ihm rächen oder eine Rechnung mit ihm begleichen wollte. Bitte, Klawdija Nikiforowna, ich bitte Sie. Ich verstehe Ihren Schmerz, ich verstehe, daß es Ihnen schwerfällt, über Ihren Mann zu sprechen, aber Sie müssen es tun. Werden Sie mir helfen?«

4

Lena Russanowa sah Hauptmann Lesnikow verwirrt an und schwieg. Warum stellte ihr dieser schöne, strenge Milizionär Fragen nach Dima? Was hatte er sich zuschulden kommen lassen? Was war mit ihm passiert?

»Lena, Ihr Schweigen nützt Ihnen nichts. Platonows Frau hat uns gesagt, daß Dmitrij in der Nacht von Mittwoch auf Donnerstag nicht zu Hause war. Ihr Bruder ist überzeugt davon, daß er bei Ihnen übernachtet hat. Ist das wahr?«

»Was geht das Sie an?« entgegnete Lena ungehalten. »Auch wenn er bei mir gewesen sein sollte – was würde das ändern? Was wollen Sie von mir?«

»Sie verhalten sich nicht richtig«, sagte Lesnikow sanft. »Dmitrij ist am Donnerstag morgen zur Arbeit gekommen, aber im Laufe des Tages ist er wieder gegangen, ohne jemandem Bescheid zu sagen, und wir wissen bis jetzt nicht, wo er ist. Offenbar ist etwas passiert, das ihn gezwungen hat, seinen Arbeitsplatz zu verlassen und irgendwo unterzutauchen. Entweder ist das, was ihn zu diesem Schritt bewogen hat, am Donnerstag vormittag vorgefallen, oder schon am Mittwoch. Und wenn er am Mittwoch bei Ihnen war, dann könnte es ja sein, daß er Ihnen etwas erzählt oder zumindest irgendeine Bemerkung gemacht hat.«

»Er hat mir überhaupt nichts erzählt. Er erzählt mir nie etwas über seine Arbeit. Als wenn Sie das nicht wüßten! Mein Bruder ist genauso, läßt nie ein Sterbenswörtchen über diese Dinge fallen.«

»Und worüber haben Sie an diesem Abend mit Dmitrij gesprochen?«

»Das geht Sie nichts an. Jedenfalls nicht über die Arbeit.«

»Sagen Sie«, Lesnikow wechselte unvermittelt das Thema, »hat Dmitrij viel gelesen?«

»Ob er viel gelesen hat?« Lena geriet leicht ins Stottern. »Was für eine seltsame Frage.«

»Trotzdem ...«

»Nun ja … nein, ich glaube nicht. Er hat keine Zeit zum Lesen.«

»Woher wissen Sie das? Haben sie ihn jemals danach gefragt?«

»Nein, wozu, das war offensichtlich.«

»Wieso war es offensichtlich?«

»Wenn ich zum Beispiel von irgendeinem bekannten Autor zu sprechen begann, merkte ich an seiner Reaktion, daß er zum ersten Mal von ihm hörte.«

»Hat Sie das nicht gestört? Verzeihen Sie, Lena, Sie studieren immerhin Musik, Sie stehen der Kunst nahe, wahrscheinlich haben Sie gewisse Ansprüche an die Bildung eines Menschen, und Dmitrij konnte diese Ansprüche wohl kaum erfüllen. Hat Ihnen das nichts ausgemacht?«

»Sie reden Unsinn«, erwiderte sie verärgert und etwas hochmütig. »Der Wert eines Menschen bemißt sich nicht danach, wie viele Bücher er gelesen hat, sondern danach, wie er sich anderen Menschen gegenüber verhält. Ja, Dima kennt die Vierzeiler von Guberman nicht, er hat noch nie ein Stück von Tennessee Williams gesehen und noch nie eine Komposition von der Gubajdulina gehört, aber er hat Achtung vor den Menschen und erniedrigt sie nicht. Er spricht so gut wie nie schlecht über andere.«

»Haben Sie gemeinsame Freunde?« erkundigte sich Lesnikow unschuldig. Das Mädchen reagierte zwar patzig, aber nicht etwa deshalb, weil es von Natur aus so war, sondern aus Verwirrung und Angst, und es würde Lesnikow keine große Mühe kosten, sie zum Sprechen zu bringen. Er mußte es nur so machen, daß sie seine Taktik nicht bemerkte.

»Nein.« Lena schwieg eine Weile und senkte ihren Blick. »Wir sind nie zusammen ausgegangen, wir waren einander genug, wir brauchten die anderen nicht.«

»Und über welche anderen hat Dmitrij dann mit Ihnen gesprochen? Sie haben eben gesagt, daß er Menschen nie erniedrigt und nie schlecht von ihnen gesprochen hat. Wen meinen Sie damit?«

»Niemand bestimmten.« Sie zuckte mit den Schultern. »Manchmal erzählte er mir von Leuten, die ich nicht kenne.«

»Zum Beispiel?«

»Zum Beispiel war er am vergangenen Mittwoch sehr traurig und sagte, daß ein sehr guter, edler Mensch gestorben sei. Er bat mich, ihm einen Wodka einzugießen, weil er auf sein Gedenken trinken wollte. Wissen Sie, ich hatte den Eindruck, daß er den Tränen nahe war. Sicher, über Tote spricht man nie schlecht, aber Dima hat ja nicht bei einem Leichenschmaus auf sein Gedenken getrunken, sondern ganz für sich allein, und das bedeutet ...«

Sie geriet erneut ins Stottern und verstummte. Igor durchbrach das Schweigen nicht, er wollte das Mädchen nicht verschrecken, denn es war ihm klar, daß er in diesem Moment die wichtigste Information des Abends bekommen hatte.

»Mein Gott, wie schlecht ich formuliere«, sagte sie seufzend. »Verstehen Sie, was ich sagen wollte?«

»Ich glaube ja«, antwortete Lesnikow vorsichtig. »Sie wollten sagen, daß es so etwas wie eine moralische Verpflichtung gibt und daß viele von uns diese Verpflichtung sehr geschickt vor den Augen und Ohren anderer erfüllen, aber daß nur wenige dieser Pflicht nachkommen, wenn sie allein sind, wenn sie dabei niemand sieht. Außerdem ist Dmitrij wahrscheinlich zu tiefer Bindung und echter Freundschaft fähig, was auch nicht vielen von uns gegeben ist. Ist es so?«

»Ja, ja, genau so ist es«, bestätigte das Mädchen hastig. »Aber wenn er, wie Sie sagen, verschwunden ist, dann verstehe ich nicht, wie Ihnen das Wissen um seine Fähigkeit zu tiefer Bindung dabei helfen sollte, ihn zu finden. Ich habe Ihnen Dinge gesagt, die ich nicht sagen wollte, Sie haben mich ausgetrickst, das ist unredlich. Gehen Sie bitte, ich möchte nicht länger mit Ihnen sprechen.«

»Gut, Lena, ich werde gehen, aber vielleicht sagen Sie mir vorher noch, wer der Mensch war, der gestorben ist und auf dessen Gedenken Dmitrij getrunken hat.«

Lena erhob sich vom Sofa und richtete sich zu ihrer ganzen,

nicht allzu großen Körperlänge auf. In ihren Augen funkelte der Zorn, ihre Lippen waren blaß geworden.

»Ihr Verhalten ist unverschämt, hören Sie, unverschämt! Sie zwingen mich, Ihnen Dinge zu erzählen, die nur für mich bestimmt sind. Sie zwingen mich, Dima zu verraten. Ja, Sie haben mich übertölpelt, und ich habe angefangen, mich auf ein vertrauliches Gespräch mit Ihnen einzulassen, aber ich bereue das. Sie würgen mich an der Gurgel und verlangen ...« Der Zorn nahm ihr die Luft, sie schien den Tränen nah zu sein. »Verlassen Sie sofort meine Wohnung!«

Schon an der Tür drehte Igor Lesnikow sich noch einmal um.

»Lena, ich möchte nicht, daß Sie mich für einen Lumpen halten, deshalb sage ich es Ihnen gleich: wenn Sie nicht mit mir sprechen wollen, werde ich Ihren Bruder bitten, Ihnen dieselben Fragen noch einmal zu stellen. Ihm werden Sie letztlich antworten müssen. Sie sollen hinterher nicht sagen können, ich hätte Sie ausgetrickst und Sergej auf Sie gehetzt, damit er irgendwelche Geheimnisse aus Ihnen herauslockt. Deshalb setze ich Sie davon ganz offen in Kenntnis.«

»Wozu?« fragte sie kalt, wieder ganz im Besitz ihrer Selbstbeherrschung. »Spielen Sie den Edelmütigen?«

»Nicht ich spiele, sondern Sie, und zwar nicht die Edelmütige, sondern auf der Geige. Ich versuche nur, Ihren Freund Platonow zu retten. Und wenn es Ihnen gefällt, mich dabei zu behindern, so habe ich persönlich keinen Gewinn davon. Alles Gute!«

SECHSTES KAPITEL

1

Das Telefon im Büro des Untersuchungsführers Kasanzew bei der Bezirksstaatsanwaltschaft klingelte genau in dem Moment, in dem er sich der sündigen Liebe mit einer jungen Praktikantin der juristischen Fakultät hingab. Es gab nichts, das Valerij Petrowitsch zwang, am Samstag zur Arbeit zu gehen, aber da er kein eigenes Büro besaß, geschweige denn eine Zweitwohnung, mußte er der Festigung der freundschaftlichen Beziehungen mit der Praktikantin einen seiner zwei freien Tage opfern.

Valerij Petrowitsch war von großer Statur und verfügte über einen so mächtigen Baß, daß selbst dann, wenn er sich aufrichtig bemühte, leise zu sprechen, es den anderen so vorkam, als füllte sich das Zimmer mit einem gleichmäßigen, gedämpften Donner.

Das Telefon klingelte direkt neben dem Ohr des auf dem Tisch liegenden Mädchens. Es hob unwillig den Kopf und sah Kasanzew fragend an. Valerij Petrowitsch griff nach dem Hörer, ohne dabei die Hand vom Schenkel der zukünftigen Koryphäe der Kriminologie zu nehmen.

»Valerij Petrowitsch?« sagte eine unbekannte Frauenstimme im Hörer.

»Ja, das bin ich.«

»Dima Platonow hat mich gebeten, Sie an Katja aus Omsk zu erinnern.«

Kasanzew nahm vor Überraschung die Hand von der Stelle, an der sie so behaglich und selbstgewiß gelegen hatte.

»Ja, ich erinnere mich an Katja aus Omsk«, sagte er so ruhig wie möglich. »Was ist mit Dima?«

»Alles in Ordnung, machen Sie sich keine Sorgen! Er hat eine Bitte an Sie. Bringen Sie bitte in Erfahrung, wer in der Petrowka in folgenden Mordfällen ermittelt: Jurij Tarassow aus dem Staatlichen Zentrum für Internationale Beziehungen und Wjatscheslaw Agajew aus Uralsk. Dima braucht die Namen, die privaten und dienstlichen Telefonnummern und einige Angaben zu den Personen. Wann darf ich wieder anrufen?«

»Zwischen sieben und acht Uhr abends bei mir zu Hause. Haben Sie meine private Telefonnummer?«

»394 10 59?«

»Richtig. Sagen Sie Dima, daß ich alles besorgen werde.«

Er hatte den letzten Satz noch nicht zu Ende gesprochen, als aus dem Hörer bereits die kurzen schnellen Zeichen an sein Ohr drangen, die besagten, daß aufgelegt worden war.

Kasanzew warf einen verstohlenen Blick auf seine Armbanduhr. Es wäre nicht sehr fein und gentlemanlike gewesen, das Mädchen jetzt sofort hinauszuwerfen, lieber wollte er das so angenehm Begonnene schnell zu Ende bringen und sie dann zum Ausgang begleiten. Es würde viel Zeit in Anspruch nehmen, Dimas Bitte zu erfüllen, aber er konnte sie ihm nicht abschlagen. Zu der Zeit, als sie noch zusammen auf der Polizeischule waren, war Valerij Kasanzew in eine schwerwiegende, sehr heikle Geschichte mit einer Studentin des Pädagogischen Instituts geraten. Die Sache war so ungut, daß Valerij seinen ganzen Mut zusammennehmen mußte, um jemandem davon zu erzählen, und dieser Jemand war damals Dmitrij Platonow gewesen. Das Mädchen hieß Katja, und seitdem bezeichneten die Worte »Katja aus Omsk« eine Situation, die absolutes gegenseitiges Vertrauen, sofortige Hilfe und strenge Geheimhaltung verlangte. Der Untersuchungsführer Kasanzew hatte diese magischen Worte in den letzten zwei Jahrzehnten sehr viel öfter gebraucht als der operative Mitarbeiter Platonow.

»Ich danke dir, Kleines«, sagte Valerij Petrowitsch höflich. »Wollen wir heute abend zusammen irgendwo hingehen?«

»Willst du mich loswerden?« fragte die Praktikantin gekränkt.

»Kleines, du hast doch gehört, daß ich eben angerufen wurde, ich habe in dringenden Angelegenheiten zu tun.«

Kasanzew strich hastig seinen Anzug glatt, überprüfte, ob alles an seinem Platz war, ob kein Knopf mehr offenstand, dann zog er den Rock des Mädchens zurecht und strich ihr zärtlich über die Schulter.

»Jetzt ist alles wieder in Ordnung. Laß uns gehen, ich begleite dich zum Ausgang.«

»Der Anruf kam von einer Frau«, widersprach die Praktikantin trotzig, ohne sich von der Stelle zu rühren. Sie hatte die Hände hinter dem Rücken versteckt und weigerte sich, die Handtasche entgegenzunehmen, die Kasanzew ihr ungeduldig hinhielt.

»Es war ein Anruf in einer dienstlichen Angelegenheit. Mit dieser Sache muß ich mich jetzt beschäftigen, und zwar sofort. Schluß, Kleines, hör auf zu schmollen! Wir sehen uns am Montag wieder.«

Das Mädchen ging mit einem beleidigten Schulterzucken, Valerij Petrowitsch Kasanzew setze sich an seinen Schreibtisch und nahm den Hörer vom Telefon.

2

Die zweite Person, die Kira anrief, war Sergej Russanow. Sie sagte ihm wortwörtlich, was Dmitrij ihr aufgetragen hatte.

»Dima möchte Ihnen Unterlagen übergeben ...«

»Wo ist er?« unterbrach Russanow die Anruferin ungeduldig. »Ich muß mit ihm selbst sprechen.«

»Er ist nicht in Moskau«, erwiderte Kira, strikt den Anweisungen Platonows folgend. »Er ist weggefahren und hat die Unterlagen dagelassen, die ich Ihnen übergeben soll.«

»Wo ist er hingefahren?«

»Das weiß ich nicht.«

»Um welche Unterlagen handelt es sich?«

»Ich habe sie nicht gelesen. Sie befinden sich in einem verschlossenen Kuvert, Dima hat mir verboten, es zu öffnen. Ich werde sie morgen vormittag in der Gepäckaufbewahrung des Kiewer Bahnhofs deponieren. Schließfach siebenundzwanzig, Code sechs-zwei-neun-fünf.«

»Woher wollen Sie wissen, daß das Schließfach Nummer siebenundzwanzig frei sein wird, wenn Sie morgen zum Bahnhof kommen?«

»Ich habe es schon heute morgen besetzt. Und morgen werde ich die Unterlagen hinbringen. Wenn Sie Dima etwas übergeben möchten, hinterlassen Sie es im Schließfach. Er wird sich vielleicht mit mir in Verbindung setzen.«

»Geben Sie mir für alle Fälle Ihre Telefonnummer!« verlangte Russanow.

»Ich habe kein Telefon«, antwortete Kira ungerührt. »Ich bin vor kurzem in ein Neubaugebiet umgezogen, dort gibt es noch keine Anschlüsse. Auf Wiedersehen, Sergej Georgijewitsch.«

»Warten Sie, warten Sie doch bitte noch eine Minute!«

»Ja?«

»Sagen Sie Dima, daß es sehr schlecht steht. Er wird mit verstärkten Kräften gesucht, die Meldung ist an alle Abteilungen des Innenministerium gegangen, alle haben ein Foto. Ich weiß nicht, wo er sich versteckt, und ich will es auch nicht wissen. Aber er soll da bleiben, wo er ist, und sich nicht von der Stelle rühren. Wenn die Spannung nachläßt, werde ich Bescheid geben, aber vorläufig soll er nicht einmal mit dem Gedanken spielen, sich auf der Straße blicken zu lassen. Und sagen Sie ihm noch, daß ich nicht an seine Schuld glaube. Ich wurde in das Ermittlerteam einbezogen, das sich mit der Aufklärung des Mordes an dem Mitarbeiter aus Uralsk befaßt, insofern habe ich die Hand am Puls. Ich werde ihn retten. Richten Sie ihm das bitte aus, ja?«

»Gut, ich werde es ausrichten.«

Nachdem Kira den Telefonhörer aufgehängt hatte, verließ sie die Telefonzelle, bestieg einen Bus und fuhr über den Ring Sadowoje Kolzo zur Metro. Der Weg bis nach Hause war ziemlich weit, aber Dmitrij hatte sie ausdrücklich gebeten, die Anrufe aus dem Stadtzentrum zu machen, am besten aus irgendeiner Telefonzelle am Ring. Sollte sie gleich beim ersten Mal auf ein Telefon stoßen, das abgehört wurde, so unwahrscheinlich das war, würde die Miliz nicht so schnell zu ihr vordringen können. Der Ring war immer mit Autos verstopft, auf jeder Kreuzung ein Stau.

Sie betrat die Wohnung und hörte nichts, nichts außer vollkommener Stille. War ihr Gast weggegangen?

»Dima!« rief sie unsicher.

Keine Antwort. Schweigen. Kira zog schnell ihre Stiefel aus und betrat, ohne den Mantel abgelegt zu haben, die Küche. Platonow stand still in einer Zimmerecke und beobachtete die Tür.

»Warum antwortest du nicht? Ich bin erschrocken, ich dachte schon, du bist weg.«

»Ich mußte mich erst vergewissern, daß du allein gekommen bist«, sagte er leise.

»Traust du mir etwa nicht?« fragte Kira empört.

»Entschuldige, aber auch du wolltest gestern meine Papiere sehen. Es hätte doch sein können, daß du auf der Straße eine Freundin getroffen hast oder eine Nachbarin, und plötzlich hätte hier jemand gestanden, der sich Streichhölzer oder Salz ausleihen will. Und morgen hätte dann das ganze Haus gewußt, daß sich in Kiras Wohnung ein fremder Mann aufhält.«

»Hältst du mich für eine ausgemachte Idiotin?« fragte sie gekränkt. »Glaubst du, ich besitze nur anderthalb Gehirnwindungen und schleppe die nächstbeste Freundin in die Wohnung, um mich mit einem neuen Mann zu brüsten?«

»Aber nein, natürlich nicht«, sagte Platonow friedliebend, während er sich an den Tisch setzte und eine Packung Zigaretten hervorholte. »Ich weiß einfach nur aus Erfahrung, welche winzigen Zufälligkeiten zum Scheitern eines gut durchdachten Planes führen können. Es hätte zum Beispiel eine aufdringliche Nachbarin im Treppenhaus auftauchen können, die dich gegen deinen Willen bis in deine Wohnung verfolgt. Es hätte sonst was sein können ... Aber jetzt erzähl!«

Kira berichtete ihm kurz von ihren beiden Telefonaten.

»Abends wirst du noch einmal ins Zentrum fahren müssen. Du bringst die Unterlagen zum Bahnhof und deponierst sie im Schließfach einhundertsiebenundzwanzig.«

»Siebenundzwanzig«, berichtigte ihn Kira.

»Nein, hundertsiebenundzwanzig. Morgen früh wirst du Russanow anrufen, dich entschuldigen und ihm sagen, daß du dich geirrt hast.«

»Aber warum denn, Dima? Du hast doch gesagt, Russanow sei dein Freund. Traust du ihm nicht?«

»Meine Liebe, wenn man dich der Bestechlichkeit und zweier Morde verdächtigt, dann traust du sogar dir selbst nicht mehr. Du sitzt da und denkst: ich weiß zwar genau, daß ich kein Geld genommen und niemanden ermordet habe, aber bei der Miliz sitzen ja auch keine Dummköpfe, und wenn sie mich so ernsthaft verdächtigen, dann müssen sie schwerwiegende Gründe haben. Habe ich das alles womöglich doch getan und erinnere mich einfach nur nicht mehr? Kurz, heute abend müssen die Unterlagen in dem Schließfach deponiert werden, und dann mußt du Kasanzew anrufen. Er wird dir Namen und Telefonnummern nennen, du darfst nichts aufschreiben, du mußt alles im Kopf behalten. Kannst du das?«

»Ich werde mir Mühe geben«, sagte Kira mit einem spöttischen Lächeln.

»Ja, ich bitte dich darum, gib dir Mühe. Nach dem Telefonat mit Kasanzew erwarte ich deinen Anruf. Laß es erst zweimal läuten, dann dreimal, dann viermal, so werde ich genau wissen, daß du es bist, und abnehmen. Du berichtest mir, was Kasanzew in Erfahrung bringen konnte, und dann werde ich dich vielleicht bitten, noch einmal anzurufen.«

»Und wie ist es mit morgen? Wirst du mich morgen brauchen?«

»Vielleicht. Hast du etwas vor?«

»Ich habe dir schon gesagt, daß meine Eltern auf der Datscha wohnen, und ich muß sie jedes Wochenende mit Lebensmitteln versorgen. Aber das dauert erstens nicht den ganzen Tag, ich muß dort nicht übernachten, sondern kann einfach die Lebensmittel abliefern und sofort wieder nach Moskau zurückfahren, und zweitens kann ich, falls du mich morgen den ganzen Tag brauchst, heute spät abends fahren, mit dem letzten Zug, und morgen komme ich frühzeitig zurück. Während der Nacht brauchst du mich ja nicht, oder?«

»Kira, mach es so, wie es für dich am bequemsten ist«, sagte Platonow verlegen.

Natürlich wäre es ihm lieber gewesen, wenn sie am heutigen Abend weggefahren und am nächsten Morgen zurückgekehrt wäre. Er hätte sich richtig ausschlafen können, ohne ständig den Geräuschen aus dem Nebenzimmer lauschen zu müssen und ohne jedes Mal zusammenzuzucken, wenn er den Eindruck hatte, daß Kira sich von ihrem Bett erhob, um zu ihm in die Küche zu kommen. Wieder stellte er mit Erstaunen fest, daß diese schöne und offensichtlich sehr kluge Frau keine Begierde in ihm weckte. War er denn so völlig aus dem Gleis geraten, daß er in einer anziehenden jungen Frau nichts anderes mehr sehen konnte als seine Hilfe und Stütze in der Not, als seinen vorübergehenden Unterschlupf?

»Wir werden sehen, wie die Situation sich bis zum Abend entwickelt«, beschloß Kira. »Vielleicht nimmt ja alles ein gutes Ende, und du kannst wieder nach Hause gehen.«

»Daran ist gar nicht zu denken. In solchen Fällen gibt es keine schnellen Lösungen, das dauert länger.«

»Was heißt länger?«

Platonow hatte den Eindruck, daß Kira sich plötzlich angespannt hatte. In ihren Augen sah er wieder das Aufflammen des dunklen Feuers, und wieder konnte er nicht deuten, was da in ihr brannte. Gestern hatte sie ihn als feinfühlige und großzügige Gastgeberin nicht danach gefragt, wie lange er bei ihr wohnen wollte. Sie hatte einem Fremden, der ins Unglück geraten war, freiwillig ihre Hilfe angeboten, und sie hatte nicht im selben Atemzug fragen können, wie lange er diese Hilfe benötigen würde. Inzwischen hatte sie mit kühlerem Verstand nachgedacht und wollte natürlich Genaueres wissen. Vielleicht war sie nur vorübergehend allein, vielleicht hatte sie einen Freund, dessen Besuch sie in nächster Zeit erwartete, und dann würde Dmitrij Platonows Anwesenheit in der Wohnung ganz und gar unangebracht sein.

»Mindestens eine Woche«, sagte er bestimmt. »Laß uns Tacheles reden, Kira. Ich bin glücklich, daß ich dich gestern getroffen habe und daß du dich bereit erklärt hast, mir zu helfen, aber ich betrachte das als ein unerwartetes und unverdientes Geschenk des Schicksals, und das Schicksal hat das Recht, mir dieses Geschenk jederzeit wieder wegzunehmen. Sobald meine Anwesenheit in deiner Wohnung für dich auch nur im geringsten zur Last wird, sobald du dich auch nur im geringsten eingeengt fühlst, werde ich sofort gehen und dich in Ruhe lassen. Und dabei werde ich dich nicht als jemanden sehen, der böse und grausam ist und mich in meinem Elend auf die Straße gesetzt hat. Ich werde dir für alles dankbar sein, was du für mich getan hast, und ich werde bis zu meinem Lebensende in deiner Schuld bleiben.«

Das Feuer in ihren schokoladenbraunen Augen erlosch wieder, es war nur noch ein ruhiger, matter Glanz in ihnen. Schweigend begann sie, das Mittagessen aufzuwärmen, und dabei lächelte sie Dmitrij immer wieder zu. Er fühlte sich plötzlich erstaunlich ruhig und sicher in der Gegenwart dieser lächelnden, ausgeglichenen Frau.

Sie unterbrach plötzlich das Schweigen.

»Warum bist du so sicher, daß das Schließfach einhundertsiebenundzwanzig frei sein wird?«

»Weil ich gestern zwei Schließfächer besetzt habe. Die siebenundzwanzig und die einhundertsiebenundzwanzig. Der Code ist bei beiden derselbe.«

»Du bist sehr umsichtig«, sagte sie mit einem wohlmeinenden Nicken. »Ich wäre nicht darauf gekommen.«

Ihr Lob erfreute ihn aus irgendeinem Grund. Sollte ich ihr tatsächlich gefallen wollen? fragte sich Dmitrij innerlich. Irgendwelche seltsamen Dinge gehen mit mir vor. Er fuhr fort, sie aufmerksam zu beobachten, während sie in der Küche hantierte. Ihre Bewegungen waren graziös und sparsam. Es war nichts Hektisches an ihr, keine überflüssigen, flatternden Gesten, sie machte keine unnötigen Handbewegungen und rannte nicht sinnlos in der Küche hin und her. Auch als sie bewegungslos vor der Herdplatte stand und in einem Topf mit einem wohlriechenden Inhalt herumrührte, blieben ihre Schultern und ihr Rücken gerade. Sie stand zwar in etwas gebückter Haltung, aber nicht verkrümmt, wie manche Leute, die bei ähnlichen Beschäftigungen von einem Bein aufs andere treten und ständig das Zentrum ihres Körpergewichts verlagern.

»Kira, warst du schon einmal verheiratet?« fragte er übergangslos.

Sie drehte sich um und lächelte Dmitrij mit einem warmen Lächeln an.

»Ja, aber nur sehr kurz. Es ist schon lange her. Ich habe es schon vergessen.«

3

Die Schwiegermutter hatte nur drei Monate gebraucht, um Kira und ihren Sohn nach der Heirat wieder auseinanderzubringen. Die Ehe war Hals über Kopf geschlossen worden, daran hatte die Mutter des Bräutigams nichts mehr ändern können, aber sofort nach der Heirat begann sie, entsprechende Aktivitäten zu entwickeln.

»Auf deinen Kopf wird kein einziger Hut mehr passen«, prophezeite sie ihrem Sohn hochmütig.

»Was meinst du damit?«

»Ich meine, daß dir schneller Hörner wachsen werden als du es merken wirst. Deine Frau ist zu schön, du wirst doch nicht glauben, daß sie dir treu bleibt.«

»Wie kannst du nur, Mama«, empörte sich Sascha. »Kira hat vor mir noch niemanden gehabt, sie ist doch keine Nutte.«

»Richtig, mein Söhnchen, sie ist keine Nutte. Aber sie kann nichts und wird es in ihrem Leben aus eigener Kraft nie zu etwas bringen. Sie hat keine Ausbildung, mit ihrem Verstand ist es auch nicht weit her, ihr bleibt nur der Körper, um etwas im Leben zu erreichen. Sicher, sie hat vor dir niemanden gehabt, aber das kommt nicht von ungefähr. Sie hat sich vorgenommen, sich ein goldenes Fischlein zu angeln, und zu diesem Zweck mußte der Angelhaken in jungfräulichem Zustand sein.«

»Mama!«

»Mama, Mama, etwas anderes fällt dir nicht ein«, spottete die Mutter streitlustig. »Sie hat sich in eine anständige Familie hineingedrängt, und weißt du, was nun passieren wird? Sie wird anfangen, mit deinen Freunden zu schlafen, damit sie ihr eine gute Stelle in irgendeiner Firma beschaffen, dann wird sie mit ihrem Chef schlafen, um befördert zu werden, und dann, bevor du dich versiehst, macht sie sich auch an deine Chefs heran, damit auch du in deiner Firma vorwärtskommst. Da sie nichts im Kopf hat und mit Verstand nichts erreichen kann, wird sie ihren Körper benutzen. Sie ist schon zweiundzwanzig, warum hat sie denn bis jetzt nichts gelernt, warum hat sie keine Ausbildung? Weil es ihr an Verstand und an Ausdauer fehlt. Das einzige, was sie kann, ist bumsen.«

Die Schwiegermutter hielt mit ihrer Meinung nicht hinter dem Berg, sie äußerte sie lauthals bei jeder Gelegenheit. Nach drei Monaten platzte Kira der Kragen. Nach einem sehr ernsten Gespräch mit ihrem Mann, in dem sich herausstellte, daß Sascha nicht in der Lage war, mit seiner Mutter zu diskutieren und sich ihrem Willen zu widersetzen, packte die junge Ehefrau ihre Sachen und ging zurück zu ihren Eltern.

Ein halbes Jahr später begann Kira ein Abendstudium, und

mit achtundzwanzig Jahren war sie im Besitz eines Universitätsdiploms für das Fach Bibliothekswissenschaft. Im Grunde hätte sie das Diplom für ihre Arbeit nicht gebraucht, sie hätte bis zu ihrer Rente in der Bibliothek namens »Raritäten« bleiben können, in der sie schon mit achtzehn Jahren zu arbeiten begonnen hatte, aber ihre verletzte Eigenliebe forderte ihren Tribut. Sie fand das Studium langweilig, ging aber regelmäßig zu den Vorlesungen, büffelte und schrieb Kontrollarbeiten, um Sascha und seiner Mutter zu beweisen, daß sie sich in ihr getäuscht hatten. Zwar war sie von ihrem Mann inzwischen geschieden, aber sie liebte ihn noch, und deshalb war es ihr nicht gleichgültig, was er über sie dachte. Dann verging die Liebe, aber das Studium setzte Kira trotzdem fort. Es lag nicht in ihrem Charakter, Begonnenes auf halbem Weg wieder aufzugeben.

4

Kira verließ die Wohnung, und Platonow bereitete sich auf eine Zeit qualvollen Wartens vor. Bis Kira am Bahnhof sein und die Unterlagen im Schließfach deponiert haben würde, würde es bereits sieben sein, dann würde sie versuchen, Kasanzew zu erreichen. Er hatte gebeten, zwischen sieben und acht anzurufen, aber er war kein Ausbund an Zuverlässigkeit und Pünktlichkeit, es war durchaus möglich, daß er erst um neun oder zehn nach Hause kommen würde, wenn nicht gar erst um elf. Und in dieser ganzen Zeit würde Kira wie eine streunende Katze durch die Straßen irren, von einer Telefonzelle zur nächsten, und er, Platonow, würde sich in der leeren Wohnung herumdrücken und die ganze Zeit auf das Telefon starren.

Kira hatte ihn nicht umsonst gelobt, er hatte in der Tat gut daran getan, zwei Schließfächer mit ähnlichen Nummern zu belegen. Im Ministerium war seine Freundschaft mit Russanow für niemanden ein Geheimnis, deshalb war es nicht ausgeschlossen, daß man das Telefon seines langjährigsten und engsten Freundes angezapft hatte, in der Hoffnung, daß der Flüchtige sich bei ihm melden würde. Sergej selbst ahnte wahrscheinlich nicht einmal, daß seine Telefongespräche abgehört wurden. Das Schließfach mit der Nummer siebenundzwanzig befand sich in einem anderen Raum als das mit der Nummer einhundertsiebenundzwanzig, und wenn das Gespräch zwischen Kira und Russanow abgehört worden war, würde man Kira am Schließfach mit der Nummer siebenundzwanzig erwarten, während sie die Unterlagen in aller Ruhe zum anderen, im Nachbarraum befindlichen Schließfach würde bringen können. Es war nur eine Frage der Technik und des Einfallsreichtums, wie er Russanow die richtige Schließfachnummer zur Kenntnis brachte. Kira konnte ihm morgen am Telefon zum Beispiel sagen, er solle an fünf Mal zwanzig denken oder an drei Mal dreißig plus zehn. Da gab es viele Möglichkeiten, das war nicht das Problem.

5

Sie betraten die Gepäckaufbewahrungshalle des Kiewer Bahnhofs zu zweit. Sie sahen sich um, entdeckten das Schließfach mit der Nummer siebenundzwanzig und checkten ab, von wo aus man das Fach am besten im Auge behalten konnte und dabei am wenigsten auffiel. Sie suchten mehrere Stellen aus, um nicht ständig an einem Ort zu stehen und damit die Aufmerksamkeit auf sich zu ziehen. Es konnte sein, daß sie sehr lange würden warten müssen, womöglich bis morgen.

Obwohl sie nicht Brüder, sondern Cousins waren, sahen sie einander erstaunlich ähnlich. Der Ältere war knapp fünfzig, der Jüngere etwas über dreißig, und man hätte sie durchaus für Vater und Sohn halten können. Durch entsprechende Kleidung, die den Jüngeren noch etwas jünger und den Älteren noch etwas älter wirken ließ, wurde der Effekt noch verstärkt.

Der Jüngere bezog Posten in einem der Durchgänge zwischen den Reihen der eisernen Schließfächer, der Ältere ging hinaus auf den Bahnsteig, um sich nach einem Imbißstand umzusehen, nach einer Bank, nach einer Toilette. Nach zwanzig, dreißig Minuten würde er zurückkehren und seinen Cousin ablösen, damit dieser sich die Beine vertreten konnte. Vorläufig waren noch keine besonderen Anstrengungen nötig. Am ehesten war zu erwarten, daß die Frau im Laufe des heutigen Nachmittags auftauchen würde. Zwar hatte sie angekündigt, daß sie die Unterlagen morgen im Schließfach deponieren wollte, aber aus langjähriger Erfahrung als Ermittlungsbeamte wußten die Cousins, daß nur ein Dummkopf sich an solche Ankündigungen hielt. Vorläufig konnten sie entspannt bleiben, aber ab etwa vier Uhr mußten sie sich wappnen. Dann durften sie ihre Posten keine Sekunde mehr verlassen, einer mußte bei den Schließfächern stehen, der andere draußen auf dem Bahnsteig, und dabei mußten sie ständig Blickkontakt halten.

Es war bereits gegen sieben Uhr, als dem Älteren plötzlich Ungutes schwante. Die Halle betrat eine sehr schöne Frau mit üppig gelocktem, kastanienbraunem Haar. Und obwohl sie dem Schließfach mit der Nummer siebenundzwanzig keine Beachtung schenkte, sondern ohne Eile zum anderen Teil der Halle hinüberging, sagte ihm sein siebter Sinn, daß sie es war. Vielleicht hatte er die Nervosität gespürt, die von der Frau ausging, vielleicht hatte er mit der Nase eines Spürhundes ihre Angst gerochen, vielleicht kam ihm seine langjährige Erfahrung zugute. Er gähnte träge, ohne die Hand vor den Mund zu halten, und registrierte durch die Augenwinkel, daß sein auf dem Bahnsteig stehender Cousin das Signal empfangen hatte und sich sofort zur Halle begab, in den Nachbarraum, in dem die Frau verschwunden war. Der Ältere ging hinaus auf den Bahnsteig, jetzt hatten die beiden die Rollen getauscht. Durch das Fenster sah er seinen Partner, der, an die Wand gelehnt, in einer Ecke des Raumes stand, in dem die Frau jetzt das Schließfach mit der Nummer einhundertsiebenundzwanzig öffnete. Ein alter, gut bekannter Trick, dachte er, trotzdem sehr wirkungsvoll, wenn du deinem Partner nicht ganz traust und seine Loyalität überprüfen willst. Sollte er sich als vertrauenswürdig erweisen und erraten, daß er auf die Probe gestellt wurde, kannst du dich immer dumm stellen. Du kannst behaupten, daß du die Nummer verwechselt hast, daß der andere sich verhört hat oder sonst etwas in dieser Art. Zu diesem Zweck werden Nummern ausgesucht, die leicht zu verwechseln sind. Zum Beispiel 96 und 98. Das innere Auge speichert zwei Zahlen, die beide aus Rundungen bestehen, und später erinnert man sich plötzlich nicht mehr. 27 und 127 sind eigentlich nicht zu verwechseln, aber da in diesem Fall ein Zwischenglied an der Sache beteiligt ist, eine Frau, kann man die Schuld auf sie abwälzen, darauf, daß sie sich verhört oder etwas durcheinandergebracht hat.

Die Frau legte ein großes braunes Kuvert ins Fach, gab an der Innenseite der Tür den Code ein und schloß das Fach. Der Ältere, der auf dem Bahnsteig stand, machte eine unmerkliche Bewegung. Bleib ihr auf den Fersen, bedeutete das. Der Jüngere streckte sich ein wenig und strich mit der Hand unsichtbare Schmutzpartikel von seinem Mantel ab. Er hatte den Auftrag verstanden und würde ihn erfüllen.

6

Er erwartete Kiras Anruf mit einer solchen Unruhe und Spannung, daß seine Hand dem Läuten des Telefons fast zuvorkam. Er berührte den Hörer und zuckte zurück. Zwei Klingelzeichen. Pause. Drei Klingelzeichen. Natürlich war das Kira, wozu noch länger warten, er konnte abnehmen, um endlich zu erfahren, welche Neuigkeiten es gab, aber die gewohnte Vorsicht und Diszipliniertheit gewannen die Oberhand. Vier Klingelzeichen. Pause. Beim nächsten Läuten konnte er sicher sein und antworten.

»Ich sage dir gleich alles, bevor ich es vergesse«, hörte er

Kira hastig sagen. »Lesnikow, Igor Valentinowitsch, Dienstnummer ... Privatnummer ... Kamenskaja, Anastasija Pawlowna, Dienstnummer ... Privatnummer ... Korotkow, Jurij Viktorowitsch ... Und außerdem dein Freund Russanow. Er weiß auch nicht, warum man ihn in das Ermittlerteam einbezogen hat, jedem ist bekannt, daß ihr befreundet seid, aber General Satotschny hat es so gewollt.«

Dmitrij hatte die Namen und Telefonnummern eilig mitgeschrieben, erstaunt darüber, daß Kira sich das alles tatsächlich hatte merken können. Oder hatte sie gegen seine ausdrückliche Anweisung alles mitgeschrieben, was Kasanzew ihr gesagt hatte?

»Du bist ein kluges Kind«, sagte Platonow mit unerwarteter Zärtlichkeit in der Stimme. »Jetzt können wir uns entspannen. Was hat Valerij Petrowitsch dir über die Leute gesagt?«

»Lesnikow ist zum zweiten Mal verheiratet und hat ein kleines Kind. Die Familie ist sehr wohlhabend, aber das Geld kommt von seiner Frau. Er gilt als der am besten aussehende Mann bei der ganzen Moskauer Kriminalbehörde. Ein schwieriger Charakter, er soll sehr ernst und unnachgiebig sein und selten lächeln. Die Kamenskaja ist ledig, heiratet aber in sechs Wochen. Man sagt, mit ihr sei nicht gut Kirschen essen, man sollte sich am besten nicht mit ihr einlassen. Völlig unberechenbar, eine perfekte Schauspielerin, die jeden um den Finger wickelt. Eine große Schwindlerin und Heuchlerin. Korotkow soll sehr zuverlässig sein, eine Frohnatur, er hat große familiäre Schwierigkeiten, deshalb sitzt er oft auch in seiner Freizeit im Büro herum. Ein Weiberheld mit ständigen Affären. Er steht der Kamenskaja nahe, sie sind befreundet und vertrauen einander. Uff! Ich glaube, das war alles.«

»Und wem von ihnen steht Lesnikow nahe?«

»Niemandem. Valerij Petrowitsch hat gesagt, daß er ein Einzelgänger ist, daß er mit niemandem von den Kollegen befreundet oder näher bekannt ist.«

»Und was sagt dir dein Instinkt? Wem von ihnen kann man trauen?«

»Was für eine Frage, Dima«, sagte Kira erstaunt, »wie sollte ich das wissen, da ich niemanden von ihnen kenne.«

»Ich kenne auch niemanden. Aber ich muß eine Entscheidung treffen. Und zwar jetzt sofort, während wir miteinander sprechen.«

»Nun ja ...« Sie überlegte. »Wenn ich wieder anrufen muß, dann ziehe ich es vor, mit einer Frau zu sprechen«, sagte sie schließlich entschieden.

»Warum? Hast du Probleme im Umgang mit Männern?«

»Nein, das nicht, aber ... Mit Kasanzew und Russanow habe quasi gar nicht ich gesprochen, sondern du, ich habe deine Stimme vertreten. Und sie haben mir so geantwortet, als wäre ich du, es war ihnen egal, wer und was ich bin, für sie zählte nur, daß ich in deinem Namen spreche. Verstehst du?«

»Ja, natürlich. Aber wo liegt das Problem?«

»Von den drei Kripobeamten, die ich anrufen muß, kennst du keinen. Deshalb werde ich ihnen keinen schönen Gruß von dir ausrichten können. Ich werde ich selbst sein und in meinem eigenen Namen sprechen müssen, und zwar so, daß man mir glaubt. Habe ich recht?«

»Ja, du hast recht«, stimmte Platonow zu. Allmählich begann er zu begreifen, was Kira meinte.

»Es ist mir noch nie im Leben gelungen, mit einem Mann so zu sprechen, wie ich es wollte. Wahrscheinlich habe ich irgendeinen Defekt, oder es fehlt mir etwas, oder ich kann es einfach nicht ... Ich weiß nicht. Es klappt nicht mit den Männern. Vielleicht trauen sie mir nicht. Oder ich traue ihnen nicht und kann deshalb nicht aufrichtig sein. Aber wenn du mich nicht angelogen hast, Dima, dann geht es um dein Leben. Und ich kann nicht diese Verantwortung übernehmen, ohne dich vorher gewarnt zu haben. Es wird mir kaum gelingen, einen fremden Mann davon zu überzeugen, daß er mir trauen kann.«

»Und mit einer Frau kommst du besser zurecht?«

»Ja, stell dir vor, es ist tatsächlich so. Ich weiß nicht, woran es liegt, aber mit Frauen finde ich eine gemeinsame Sprache.

Wenn wir die Ermittler von der Petrowka anrufen müssen, dann laß mich bitte mit der Kamenskaja sprechen.«

Wir, wenn wir anrufen müssen ... Mein armes Mädchen, dachte Platonow. Du hast dich bereits entschlossen, dich auf meine Seite zu stellen, du bist eingestiegen in das Spiel, du bist bereit, die Gefahr, den Sieg oder die Niederlage mit mir zu teilen.

»Gut, nehmen wir die Kamenskaja. Hast du dir ihre Telefonnummer gemerkt?«

»Ja.«

»Dann sag ihr folgendes ...«

7

Nastja Kamenskaja wanderte lustlos in ihrer Wohnung umher und versuchte erfolglos, ihre Faulheit zu überwinden. Die Fenster mußten dringend geputzt werden, aber das ließ sich noch verschieben, bis es draußen wärmer wurde. Es hätte auch nicht geschadet, die Waschmaschine anzustellen und den Berg Bettwäsche wegzuwaschen, der sich angesammelt hatte. Diese Arbeit machte die Maschine zwar allein, aber hinterher mußte die Bettwäsche gebügelt werden ... Und außerdem mußte Nastja dringend einkaufen, der Kühlschrank war völlig leer, und am Abend kam ihr zukünftiger Mann, Ljoscha Tschistjakow, zu ihr. Natürlich würde Ljoscha einen Berg Lebensmittel mitbringen, wie immer, er kannte seine Freundin zu lange und zu gut, um sich auf ihre hausfraulichen Qualitäten zu verlassen. Trotzdem war es irgendwie peinlich.

Sie gab sich einen Ruck und begann, in Jeans und Pullover zu schlüpfen. Ein paar Einkäufe wollte sie dennoch machen.

Während sie, ohne sich zu beeilen, auf der Straße unterwegs war, mit einer riesigen Sporttasche um die Schulter, und wahllos jedes Geschäft betrat, das auf ihrem Weg lag, waren ihre Gedanken nach wie vor bei den zwei Ermordeten, die beide, auf unterschiedliche Weise, in Beziehung zum Maschinenbauministerium gestanden hatten. Des Mordes an Wjatscheslaw Agajew, dem operativen Mitarbeiter aus Uralsk, war Dmitrij Platonow verdächtig. Am Mittwoch, dem Tag des Mordes, hatte Platonow nicht zu Hause übernachtet, sondern war zu Lena Russanowa, seiner Geliebten, gegangen. Er war in gedrückter Stimmung gewesen und sprach vom Tod eines guten, edlen Menschen. Wen hatte er damit gemeint? Agajew? Das würde bedeuten, daß er von dessen Tod gewußt hatte. Und wenn er es gewußt hatte, dann woher? Weil er ihn selbst umgebracht hatte? Und am nächsten Tag hatte er im Büro bei Mukijenko ein perfektes Schauspiel gespielt. Oder er hatte mit dem Toten gar nicht Agajew, sondern einen anderen gemeint. Aber wen? Doch nicht etwa Tarassow?

Wie konnte man herausfinden, ob Tarassow und Platonow einander gekannt hatten? Und was sie miteinander verbunden hatte, wenn es tatsächlich so war?

Der gestrige Tag hatte ein wenig Klarheit gebracht. Jurij Jefimowitsch Tarassow hatte die drei Schäferhunde nicht aus Angst vor einem unbekannten Feind gehalten, sondern aus Mitleid und Herzensgüte. Und er war kein fanatischer Verfechter von Ordnung und Sauberkeit. Aber wie war dann sein diesbezüglicher Enthusiasmus am neuen Arbeitsplatz zu erklären?

Wenn man die Sache unter psychologischen Aspekten betrachtete, konnte man zu dem Schluß kommen, daß Jurij Jefimowitsch seine Bedürfnisse den Hunden geopfert hatte, weil er sie mehr liebte als Ordnung und Sauberkeit. Er konnte sich nicht von den Tieren trennen, aber sobald sich ihm die Möglichkeit bot, seine verdrängten Bedürfnisse nach Ordnung und Sauberkeit auszuleben, tat er es, und sein aufgestauter Tatendrang hatte die drei Mitarbeiter der Protokollabteilung in Angst und Schrecken versetzt. Könnte es so gewesen sein? Durchaus, warum denn nicht? Es war sogar naheliegend.

Aber man konnte an die Sache auch vom kriminalistischen Standpunkt herangehen und die Hypothese aufstellen, daß

Jurij Jefimowitsch zu Hause der war, der er wirklich war, und sich am Arbeitsplatz verstellt hatte, indem er die Rolle des gutmütigen, ahnungslosen Naivlings mit edlen Absichten spielte. Der Grund dafür lag auf der Hand. Die Rolle erlaubte ihm, überall herumzuwühlen, in allen Schreibtischen und Regalen, in den Papieren und Aktenordnern. Er war nicht einmal gezwungen, es heimlich zu machen, sich ständig mit verstohlenen Blicken nach der Tür umzusehen, ob jemand hereinkam, er konnte es völlig offen und vor aller Augen tun, ohne sich zu verstecken. In diesem Fall stellte sich natürlich die Frage, was Tarassow so eifrig gesucht hatte, welche Unterlagen oder Gegenstände.

In der Bäckerei kaufte Nastja außer Brot eine Schokowaffeltorte, drei Päckchen französische Kekse, die Ljoscha so mochte, und zwei Dosen von ihren geliebten Käsebällchen. Sie überlegte einen Moment und nahm noch ein halbes Kilo Halva und ein Päckchen Rosinen in Schokolade mit. Tschistjakow wird mich umbringen, dachte sie mit einem inneren Schmunzeln. Aber was kann ich dafür, daß ich, wenn ich am Computer sitze, am liebsten eine ganze Dose Käsebällchen auf einmal in mich heineinstopfe, um dann den ganzen Tag nichts mehr essen zu müssen. Ich mag eben nicht kochen, so ist es nun einmal, und mit der Umerziehung klappt es auch nicht mehr, in drei Monaten werde ich fünfunddreißig.

Im Supermarkt angekommen, besann sie sich und begann gewissenhaft Schinken einzukaufen, Räucherfleisch, Karbonade, geräucherte Würste, Käse und Mayonnaise. Endlich, nachdem die Tasche prall gefüllt war, trottete sie wieder nach Hause. Sie spürte, wie ihr Rücken zu schmerzen begann, und kehrte in Gedanken zu den zwei Mordfällen zurück.

Wenn Tarassow versucht hatte, etwas zu finden, dann stellten sich zwei Fragen. Hatte er gefunden, was er suchte, und hatte man ihn wegen dieses Fundes umgebracht? Aber erst einmal mußte man wissen, was er gesucht hatte. Was konnte es gewesen sein?

Nastja beschloß, die Fragen erst einmal anders zu stellen.

Nach dem Prinzip Rotgardisten und Weißgardisten, Gute und Schlechte. Wenn Jurij Jefimowitsch Tarassow tatsächlich etwas gesucht hatte, dann fragte sich, in wessen Auftrag und für wen er gehandelt hatte. Für irgendeine kriminelle Mafia-Organisation oder für irgendwelche anderen »Schlechten«? Nehmen wir an, daß es so war. Nehmen wir an, daß er es war, um den Dmitrij Platonow an jenem Abend bei seiner Freundin Lena Russanowa getrauert hat. Aber wie geht das damit zusammen, daß Tarassow zu den »Schlechten« gehörte? Hätte Platonow dann so gut von ihm gesprochen? Wohl kaum. Es sei denn, er hatte Lena belogen (obwohl in diesem Fall völlig unklar blieb, wozu und warum), oder er hatte nichts von Tarassows Doppelleben gewußt, oder er hatte gar nicht ihn gemeint.

Die andere Variante war, daß Jurij Jefimowitsch nicht für die Roten war, sondern für die Weißen, mit anderen Worten, er war ein ehrlicher, anständiger Mensch und hatte mitnichten für irgendeine Mafia gearbeitet. Dann mußte man davon ausgehen, daß Tarassow ... Ja, so ging die Sache auf. Jurij Jefimowitsch sucht etwas. Und Dmitrij Platonow ist ehrlich erschüttert von seinem Tod und spricht mit guten, warmen Worten von ihm. Daraus folgt zwangsläufig, daß Tarassow ein Informant von Platonow war. Und daß seine Dienste für Platonow auf irgendeine Weise in Zusammenhang mit dem Maschinenbauministerium standen, mit der Rüstungsindustrie. In diesem Fall mußte man davon ausgehen, daß es zwischen den Morden an Tarassow und Agajew eine Verbindung gab, und wenn Platonow des Mordes an Agajew verdächtig war, dann mußte man annehmen, daß er auch Tarassow umgebracht hatte. Doch warum hätte er einen Informanten, der für ihn arbeitete, aus dem Weg räumen sollen? Auf den ersten Blick war das unlogisch, aber auch dafür konnte es Gründe geben, auch so etwas kam vor. Und dann ergab auch die Bestechungssumme, die Dmitrij von der Firma Artex erhalten hatte, einen Sinn. Er war bei seinen Ermittlungen auf etwas sehr Brisantes gestoßen, und die Mafia hatte ihn gekauft und gezwungen, die Ermittlungen einzustellen und die Spuren zu verwischen. Dazu mußten unter anderem die Mitwisser aus dem Weg geräumt werden. Die Mitwisser namens Tarassow und Agajew.

Und schließlich die dritte Hypothese. Platonow war völlig unschuldig, er hatte weder Bestechungsgelder angenommen noch jemanden umgebracht. Die Geldüberweisung der Firma Artex und die beiden Morde hatten nichts miteinander zu tun, es handelte sich einfach um ein Zusammentreffen unglücklicher Umstände, die dazu geführt hatten, daß Dmitrij unter sehr massiven Verdacht geraten war.

Zu Hause angekommen, packte Nastja ihre Einkäufe aus und brühte sich Kaffee. Der Rücken tat ihr weh, sie mochte nicht mehr von dem bequemen Stuhl mit der festen Rückenlehne aufstehen. Sie blieb fast zwei Stunden sitzen, in dieser Zeit streckte sie drei Mal die Hand nach dem Herd aus, um das Wasser im Kessel für frischen Kaffee aufzukochen, sie aß ein paar Brote mit Schinken und Käse und beschrieb einige Blätter Papier mit Wörtern und Zeichen, die nur ihr selbst verständlich waren. Der Nebel in ihrem Kopf hatte sich etwas gelichtet, zumindest war ihr nun halbwegs klar, in welcher Richtung sie weitersuchen mußte.

Um acht Uhr erschien Ljoscha Tschistjakow. Er war riesengroß, rothaarig, zerzaust und gutmütig. Wenn man ihn ansah, konnte man sich nicht vorstellen, daß er Doktor der Wissenschaften war, Professor mit einem eigenen Lehrstuhl, daß er Lehrbücher schrieb, die im Ausland erschienen, und zahlreiche internationale Auszeichnungen für seine mathematischen Forschungen erhalten hatte. Für Nastja war er nach wie vor der Ljoscha, der er in der neunten Klasse gewesen war, als sie sich kennengelernt hatten, obwohl seitdem zwanzig Jahre vergangen waren.

»Tut dir wieder der Rücken weh?« fragte er, als er sah, mit welcher Mühe Nastja sich vom Stuhl erhob. »Hast du wieder schwer getragen?«

»Nicht allzusehr«, sagte Nastja lächelnd, »ich war einkaufen, und die Tasche war etwas schwer.«

»Wirst du eigentlich nie gescheiter, Nastja?«

»Sei nicht böse, Ljoscha, der Kühlschrank war völlig leer, ich mußte eine Menge kaufen.«

Tschistjakow band sich eine Schürze um und begann, frisches Fleisch und Fisch auszupacken. Diese Einkäufe traute er Nastja nicht zu, denn seine Freundin von der Kripo konnte weder frisches Fleisch von gefrorenem unterscheiden noch Dorsch von Kabeljau. Ljoscha nahm diese Tatsachen als gegeben hin, in seinen Augen war es ausreichend für ein normales Familienleben, wenn einer von beiden einkaufen und kochen konnte. Professor Tschistjakow war ein äußerst rationaler Mensch. Und außerdem liebte er Nastja bereits seit zwei Jahrzehnten mit einer zärtlichen, hingebungsvollen Liebe, er hätte sie auch dann geheiratet, wenn sie noch viel mehr Schwächen besessen hätte. Im Grunde spielten die Schwächen keine Rolle, nur die Vorzüge eines Menschen waren von Bedeutung. Mit seinen Schwächen mußte man sich einfach abfinden, das war alles. Nastja war die einzige Frau, mit der er sich nicht langweilte. Ihr unscheinbares Äußeres störte ihn nicht im geringsten. Was nicht bedeutete, daß Professor Tschistjakow blind war, ganz im Gegenteil. Er reagierte stark auf vollbusige, brünette Frauen mit dunklen, glänzenden Augen, und manchmal (wenn auch sehr selten) erlaubte er sich ... für ganze zweieinhalb Stunden. Das war genau die Zeit, die der Professor der Mathematik brauchte, um ein Prélude samt Fuge zu spielen. Doch sobald er nach dem letzten Akkord die Hände von den Tasten genommen hatte, verspürte er jedes Mal sofort wieder Sehnsucht nach Nastja, danach, mit ihr zu sprechen, ihr ein schmackhaftes Essen zuzubereiten, mit dem Arm um ihre Schultern auf dem Sofa vor dem Fernseher zu sitzen, lebenswichtige Probleme mit ihr zu besprechen. Und mit der Brünetten neben sich im Bett wollte er sich aus irgendeinem Grund nicht unterhalten.

»Wird deine Mutter zur Hochzeit kommen, Nastja?« wollte Tschistjakow wissen, während er das Kalbfleisch in dünne Scheiben schnitt, um Schnitzel daraus zu braten.

»Sie hat es vor.«

Nastjas Mutter arbeitete schon seit etlichen Jahren an einer schwedischen Universität, sie tauchte nur einmal im Jahr in Moskau auf und hatte in der nächsten Zeit offenbar nicht vor, wieder zurückzukommen.

»Machst du dir immer noch Sorgen wegen ihrer Liebesgeschichte mit dem deutschen Professor?«

Nastja winkte ab.

»Schon lange nicht mehr. Du hattest recht, als du sagtest, daß die Ehe alles verändert, unter anderem den Blick auf die Seitensprünge der Eltern. Weißt du noch, wie ich verrückt spielte, als ich erfuhr, daß meine Mutter einen Freund hat und mein Vater eine Freundin? Ich wußte nicht, wohin mit mir, und konnte nachts nicht schlafen. Und jetzt, da ich selbst kurz vor der Hochzeit stehe, erscheint mir das plötzlich völlig normal, so als könnte es gar nicht anders sein. Komisch, was?«

Ljoscha stellte eine Pfanne auf den Herd und begann, die Fleischstücke zu klopfen. Plötzlich läutete das Telefon.

»Kann ich bitte mit Anastasija Pawlowna sprechen?« fragte eine fremde Frauenstimme in der Leitung.

»Ich bin am Apparat.«

»Wir kennen uns nicht, Anastasija Pawlowna, ich rufe Sie im Auftrag von Dmitrij Platonow an. Können Sie mich bitte anhören?«

»Ja, selbstverständlich.«

»Er läßt Ihnen ausrichten, daß er Agajew nicht ermordet hat. Agajew hatte Unterlagen über die Ausmusterung edelmetallhaltiger Geräte bei sich, als er sich mit Platonow traf. Diese Unterlagen sind bei Agajew geblieben, Dmitrij hat sie nicht an sich genommen. Hören Sie mir zu, Anastasija Pawlowna?«

»Ja, natürlich, sprechen Sie weiter.«

»Er hat Agajew nicht umgebracht, aber ihm ist klar, daß die Verdachtsmomente gegen ihn sehr schwerwiegend sind. Das einzige, was er tun kann, ist, zu erzählen, wie es gewesen ist. Agajew ist zum Ministerium in die Shytnaja-Straße gekommen, Dmitrij hat sich am Ausgang mit ihm getroffen, dann fuhren sie zusammen in Platonows Wagen in die Wolodarskij-Straße, wo ein Verwandter von Agajew wohnt. Agajew hatte es sehr eilig, weil sein Verwandter an diesem Abend in die USA flog und er ihn unbedingt noch zu Hause antreffen mußte, um ein Medikament für seine Tochter abzuholen. Platonow setzte Agajew in der Wolodarskij-Straße ab und fuhr weiter. Das war alles.«

»Hat Platonow irgendwelche Beweise dafür, daß es so gewesen ist?«

»Ich fürchte nein.«

»Haben Sie vor, mich noch einmal anzurufen?«

»Ich weiß es nicht.«

»Wovon hängt das ab?«

»Von Ihnen.«

»Leider ist mir nicht ganz klar, was Sie damit meinen. Aber ich bitte Sie dringend, mich noch einmal anzurufen, wenn Platonow einen Beweis für seine Unschuld erbringen kann. Bitte richten Sie ihm aus, daß ich gleich morgen überprüfen werde, ob der erwähnte Verwandte von Agajew existiert. Wenn er tatsächlich existiert, dann kann Dmitrij noch geholfen werden. Wenn nicht, werde ich weder Ihnen noch Platonow länger glauben können.«

»Danke, Anastasija Pawlowna. Sie fragen mich gar nicht, wo Dmitrij ist.«

»Wozu sollte ich das tun? Sie würden es mir sowieso nicht sagen. Ich würde nur meine Stimmbänder unnötig anstrengen. Haben Sie übrigens meine Dienstnummer?«

»Ja.«

»Geben Sie mir Nachricht, wenn Platonow irgend etwas eingefallen ist. Sie können mich zu jeder Zeit anrufen, zu Hause oder im Dienst. Genieren Sie sich bitte nicht! Abgemacht?«

»Abgemacht. Noch mal danke, Anastasija Pawlowna. Alles Gute für Sie.«

»Auf Wiederhören.«

Nastja kehrte auf Zehenspitzen in die Küche zurück. Gleich

würde sie das Telefongespräch noch einmal von Anfang an durchgehen, es analysieren und in einzelne Atome zerlegen, um herauszufinden, welche Fehler sie gemacht hatte im Gespräch mit der Unbekannten, die Platonow auf sie angesetzt hatte. Eines hatte sie auf jeden Fall richtig gemacht. Sie hatte der Frau keine einzige direkte Frage nach dem verschwundenen Verdächtigen gestellt. Sie hatte nicht danach gefragt, wer sie war, woher sie ihren Namen und ihre Telefonnummern kannte, wo Platonow sich versteckt hielt und wann sie wieder anrufen würde. Sie hatte nicht versucht, der Fremden ihren Willen aufzuzwingen. Die Frau hatte angerufen, um ganz bestimmte Dinge zu sagen, und Nastja hatte ihr diese Möglichkeit gegeben. Alles, wovon Platonow die Moskauer Kripo durch sie in Kenntnis setzen wollte, hatte sie gesagt, und darüber hinaus hätte Nastja sowieso kein Wort aus ihr herausbekommen. Es wäre völlig sinnlos gewesen, ihr weitere Fragen zu stellen. Nastja hatte sich offenbar ganz richtig verhalten, sie hatte die Frau nicht gegen sich eingenommen. Andererseits hatte sie auch keine überflüssige Freundlichkeit an den Tag gelegt, jedenfalls hatte sie ihr deutlich zu verstehen gegeben, daß die Frage nach Platonows Schuld nicht vom Tisch war und daß es durchaus sein konnte, daß sie auch morgen, nach der Überprüfung seiner Aussage, nicht vom Tisch sein würde.

Eines war jedenfalls klar: Platonow befand sich in Moskau, er versteckte sich in der Wohnung dieser Frau und wartete ab. Nastja mußte zugeben, daß das gar nicht so dumm war. Anstatt sang- und klanglos unterzutauchen, versuchte er, in den Lauf der Dinge einzugreifen und sich zu rechtfertigen. Solange er des Mordes und der Bestechlichkeit verdächtig war, versteckte er sich in der Hoffnung auf einen anständigen, klugen Menschen, der ihm helfen würde. Und sollte er schuldig sein, dann konnte man es ihm erst recht nicht verdenken, daß er sich versteckte. Es war nur zu natürlich, daß ein Verbrecher der Kripo gewisse Hindernisse in den Weg legte, um seine eigene Haut zu retten.

8

General Iwan Alexejewitsch Satotschny stand bereits in der Tür, als das Telefon läutete. Es war fast zehn Uhr abends, eben erst hatte sein sechzehnjähriger Sohn Maxim aus der Diskothek angerufen und gesagt, daß man ihn verprügelt hätte, es sei aber nicht schlimm, er würde sich jetzt auf den Heimweg machen. Der General wußte, daß sein Sohn einen sehr mannhaften Charakter hatte, er hielt es deshalb für möglich, daß die Prügel, die der Junge bezogen hatte, weit schlimmer waren als er zugab, vielleicht hatte man ihn auf den Kopf geschlagen, so daß er auf dem Heimweg schlimmstenfalls sogar das Bewußtsein verlieren konnte. Deshalb hatte Iwan Alexejewitsch beschlossen, zur nächsten Haltestelle der Metro zu gehen, um Maxim abzuholen.

Er hatte bereits den Schlüssel im Schloß umgedreht und wollte aus der Tür gehen, aber das Läuten des Telefons rief ihn noch einmal zurück.

»Iwan Alexejewitsch?«

»Ja.«

»Sagt Ihnen der Name Platonow etwas?«

»Natürlich.«

»Platonow setzt auf Sie. Sie sind der einzige Mensch, dem er vertraut. Deshalb hat er mich gebeten, Ihnen zu sagen, daß Sie das Hauptglied in der Kette sind. Wenn sich eines der Kettenglieder, die sich von rechts und links an Sie anhängen werden, als faul oder angesägt erweisen sollte, wird die ganze Kette reißen. Auf Wiederhören, Iwan Alexejewitsch.«

Der Hörer wurde aufgelegt. Der General verharrte noch einen Moment mit nachdenklichem Gesichtsausdruck, dann verließ er die Wohnung, um seinem Sohn entgegenzugehen.

SIEBTES KAPITEL

1

Am Sonntag erwachte Platonow noch vor dem Morgengrauen, zum ersten Mal fühlte er sich ausgeschlafen und erholt. Am Vortag war Kira spätabends zu ihren Eltern auf die Datscha gefahren, sie hatte versprochen, mit einem der ersten Züge zurückzukommen, so daß Dmitrij die Nacht allein in der Wohnung verbracht hatte. Endlich war es ihm möglich gewesen, sich wenigstens etwas zu entspannen, weil niemand da war, dem er etwas vorspielen mußte.

Er duschte kalt, rasierte sich sorgfältig, frühstückte provisorisch und begann, die fremde Wohnung zu inspizieren, in der er sich noch Gott weiß wie lange würde aufhalten müssen. Er ging durchs Zimmer und betrachtete als erstes den Balkon, um festzustellen, ob er im Fall unvorhergesehener Ereignisse von Nutzen sein konnte. Es war ein sehr kleiner, aber nicht zugestellter Balkon, im Notfall konnte man versuchen, über diesen Balkon in die Nachbarwohnung zu gelangen. Solange das Wetter sonnig und warm war, bestand jedenfalls die Hoffnung, daß die Balkontür der Nachbarn offenstand.

Kiras Zimmer gefiel ihm. Es war hell und geräumig, nur mit wenigen Möbelstücken eingerichtet, so daß man viel Platz hatte. Platonow war angenehm überrascht von der Zweckmäßigkeit, die er in der Behausung der bescheidenen Bibliothekarin entdeckte. Es war klar, daß sie sich bei ihrem Gehalt keine luxuriöse Einrichtung leisten konnte, aber die billigen Möbel, die hier standen, schienen speziell für diesen Raum ausgesucht und angefertigt zu sein. Die graublauen Töne der

Polstergarnitur und des Wandteppichs harmonierten sehr gut miteinander, nur die Tapeten paßten ganz und gar nicht dazu. Offensichtlich waren sie schon seit langer Zeit an der Wand und stammten noch vom Vormieter. Nun ja, sagte sich Platonow, wenn Kira mit der Wohnungsrenovierung einverstanden ist, werde ich dieses Zimmer in Ordnung bringen.

An Büchern war nicht sehr viel da, aber das schien verständlich. Wenn jemand in einer Bibliothek arbeitete, hatte er Zugang zu allen Büchern und brauchte sich selbst keine zu kaufen. Aber gerade deshalb hatten die Bände, die Kiras Eigentum waren, eine besondere Bedeutung. Die Bücher, die sie kaufte, um sie ständig zur Hand zu haben, mußten zeigen, wer und was sie war. Überraschenderweise entdeckte Platonow keinen einzigen jener berühmten Liebesromane, die in Taschenbuchform erschienen, weiße und gelb-blaue Bändchen, die massenhaft produziert und von den einsamen Moskauerinnen verschlungen wurden. Im Regal standen etliche Bände aus der Reihe »Internationale Bestseller«, Sidney Sheldon, Vera Kaui, Jacky Collins. Außerdem ein paar Bücher von Dean Koontz, was Platonow besonders erstaunte. Er selbst hatte diesen Autor nie gelesen, er wußte nur, daß es sich um Mystisches, Phantastisches und ähnlichen »Schund« handelte, den sein dreizehnjähriger Sohn las. Sollte Kira etwa einen so kindlichen Geschmack haben? Unter den Büchern waren auch einige Krimis, aber die Namen der Autoren sagten Dmitrij nichts. Das Prinzip, nach dem Kiras Privatbibliothek zusammengestellt war, blieb für ihn im dunkeln. Aber das Wichtigste hatte er herausgefunden. Kira las keine Liebesromane, sie träumte nicht von der großen, überirdischen Liebe, von dem wunderbaren Prinzen in Gestalt eines Millionärs, der unbedingt dunkles Haar und blaue Augen haben mußte, einen harten Mund und ein männlich markantes Kinn. Wenn Dmitrij gelegentlich die öffentlichen Verkehrsmittel benutzte, sah er den Fahrgästen gern über die Schulter, in die Bücher, die sie lasen. Die Frauen waren oft in Liebesromane vertieft, und er wunderte sich immer wieder darüber, wie sehr sich in diesen Büchern alles glich. Der

Mann mit den blauen Augen und dem markanten Kinn behandelt die Frau kalt und abweisend, er ignoriert oder demütigt sie, auf jeden Fall kann er sie ganz offensichtlich nicht ausstehen. Dann aber stellt sich plötzlich heraus, daß er sie in Wirklichkeit wahnsinnig liebt, sie liebt ihn natürlich auch, und sie gehen miteinander ins Bett, was der Autorin die Möglichkeit gibt, sich auf anderthalb bis zwei Seiten hingebungsvoll der detaillierten Beschreibung dieser delikaten Beschäftigung zu widmen. Dmitrij Platonow fand das alles schrecklich amüsant, einmal hatte er sogar versucht, aus Lena herauszubekommen, was an diesem wenig aufregenden, süßlichen Kitsch die Frauen so faszinierte, aber Lenas Antwort war so kalt und geringschätzig gewesen, daß er fast erschrak.

»Wenn du schon selbst keine gute Literatur liest, dann blamiere dich wenigstens nicht mit deinen dummen Fragen«, sagte sie und strich ihm herablassend durchs Haar. »Glaubst du etwa, daß ich diesen Unsinn lese?«

Dmitrij dachte mit Zärtlichkeit an Lena und ertappte sich bei dem Gedanken, daß er ihr gegenüber nicht die geringste Schuld empfand. Er war am Mittwoch abend zu ihr gekommen, hatte bei ihr übernachtet und war am nächsten Morgen sang- und klanglos verschwunden. Er hatte sie nicht angerufen, hatte ihr nichts erklärt, und heute war bereits Sonntag. Wahrscheinlich war sie außer sich. Ob Sergej ihr gesagt hatte, daß er sich versteckte, oder tat er so, als wüßte er von nichts? Nein, um Lena machte Platonow sich keine Sorgen, sie hatte ihren Bruder Sergej, der sich um sie kümmerte, der ihr notfalls irgendeine erfundene Geschichte erzählen würde. Aber da war Valentina. Es war nicht das erste Mal, daß sie um ihren Mann bangen mußte, aber er wußte, wie sehr sie das immer mitnahm. Sie wurde jetzt wegen dieser seltsamen Geldüberweisung von Artex in die Mangel genommen, und er konnte ihr nicht helfen, weder durch Rat noch durch Tat, er konnte sie nicht einmal moralisch unterstützen.

Platonow hörte, wie der Schlüssel im Schloß umgedreht wurde und die Tür klappte. Kira war zurückgekehrt.

»Guten Morgen!« rief sie fröhlich aus dem Flur, während sie Jacke und Turnschuhe abstreifte. »Zeit zum Aufstehen, Dima!«

Platonow kam ihr frisch rasiert und nach teurem Toilettenwasser duftend aus dem Zimmer entgegen.

»Ich bin schon lange auf. Während du wahrscheinlich die halbe Nacht nicht geschlafen hast«, sagte er besorgt und sah ihr in das müde, etwas blasse Gesicht.

»So ist es«, sagte sie lächelnd. »Bis ich auf der Datscha war, war es schon nach eins. Meine alten Eltern sind erschrocken, sie dachten, daß sie von Einbrechern überfallen werden. Und um fünf Uhr bin ich schon wieder aus dem Bett gesprungen, um den Zug um sechs Uhr noch zu erwischen. Aber es ist alles in Ordnung, Dima, gräme dich nicht! Ich schütte jetzt eine Tasse heißen Kaffee in mich hinein, dann mache ich mir ein dickes Omelett mit Milch und saurer Sahne, danach noch mal Kaffee, und dann bin ich für den Rest den Tages in Form. Ehrlich, mach dir keine Sorgen! Hast du für heute Aufgaben für mich?«

»Heute morgen müssen wir Sergej Russanow anrufen und ihm die neue Schließfach-Nummer mitteilen. Und abends wirst du mindestens zwei Telefonate führen müssen. Eines mit der Kamenskaja und eines noch mal mit Russanow, um zu erfahren, ob er die Unterlagen bekommen hat. Hast du es dir übrigens überlegt mit der Wohnungsrenovierung?«

»Gleich, Dima, warte bitte zehn Minuten, ja? Ich bin nach diesen Zugfahrten auf die Datscha immer völlig verdreckt. Ich stelle mich schnell unter die Dusche.«

Sie schlüpfte ins Bad, und Platonow, der sich wegen der Unannehmlichkeiten schuldig fühlte, die er Kira bereitete, begann, Kaffee zu kochen und das Omelett anzurühren. Während er die Eier in einer Schüssel schaumig schlug und langsam Mehl, Milch und saure Sahne dazugab, beobachtete er den Kaffee auf der Herdplatte und lauschte gewohnheitsmäßig den Geräuschen, die jetzt aus dem Bad zu ihm drangen, um zu erraten, was Kira gerade machte. Ein weiches, von Kunststoff stammendes Geräusch. Kira zieht ihren Pulli aus, und die aufgenähten, dekorativen Plastikperlen sind mit ihrer Haarspange zusammengestoßen, mit der sie ihr langes dichtes Haar am Hinterkopf aufgesteckt hat. Jetzt ein Rascheln, dann das leise Schnalzen des Magnetschlosses am Spiegelschränkchen, das an der Wand über der Wanne hängt. Ein kurzes, jähes Ratschen. Kira öffnet den Reißverschluß ihrer Jeans. Das Rauschen des Wassers setzt ein, ein paar Sekunden lang ist das Geräusch gleichmäßig, weil das Wasser ungehindert auf den Wannenboden fällt, dann verändert sich das Geräusch, weil Kira jetzt unter dem Wasserstrahl steht. Platonow strengte sein Gehör an, aber es gelang ihm nicht, das typische, »trockene« Prasseln zu identifizieren, das dann entsteht, wenn das Wasser auf eine Duschhaube fällt. Er hätte schwören können, daß Kira sich das Haar wusch. Wieder versuchte er, sich ihren langbeinigen, wohlgeformten Körper mit der leicht gebräunten Haut vorzustellen, und wieder fühlte er nichts bei dieser Vorstellung.

Nach einigen Minuten trat Kira wieder aus dem Bad, in einem langen Bademantel aus Seide, mit rosiger Gesichtshaut und glänzenden Augen. Auf dem Kopf trug sie einen aus einem Handtuch geformten Turban, unter dem sich das nasse Haar verbarg. Platonow lobte sich im stillen wieder einmal für sein gutes Gehör und seine Kombinationsgabe.

2

Für Nastja Kamenskaja begann der Tag sehr viel später. Sie war eine Nachteule, meistens ging sie sehr spät zu Bett und stand morgens mit Mühe auf. Wenn es möglich war, schlief sie bis mindestens zehn Uhr.

Gegen elf Uhr telefonierte sie mit Lesnikow und Korotkow, berichtete ihnen von dem Anruf am Vortag und bat um zwei Recherchen. Sie brauchte eine Liste mit den Namen aller Bewohner der Wolodarskij-Straße und eine Liste mit den Namen aller Passagiere, die am Abend des 29. März von Moskau in die USA geflogen waren. Gegen ein Uhr lagen ihr beide Listen vor, und Ljoscha erklärte sich bereit, Nastja bei der mühsamen Kleinarbeit zu helfen. Gegen fünf Uhr war der Bürger Lowinjukow ermittelt. Er wohnte in der Wolodarskij-Straße und war am 29. März mit der Abendmaschine nach Washington geflogen. Gegen sieben Uhr abends war bereits bekannt, daß Lowinjukow am 2. April nach Moskau zurückkehren sollte. Das war am heutigen Sonntag, seine Maschine landete um 21.30 Uhr. Igor Lesnikow fuhr zum Flughafen Scheremetjewo. Nastja hatte ihn gebeten, ihr nach dem Gespräch mit Lowinjukow sofort Bescheid zu geben.

3

Grigorij Iwanowitsch Lowinjukow war ein beweglicher, grauhaariger Mann von nicht allzugroßem Wuchs, er trug eine wuchtige Brille mit starken Gläsern. Er war sehr erschöpft von dem langen Flug und wollte so schnell wie möglich nach Hause. Die Aussicht, ein Gespräch mit einem Mitarbeiter der Miliz führen zu müssen, begeisterte ihn ganz und gar nicht. Der schöne, hochgewachsene Kripobeamte bot ihm allerdings an, ihn in seinem Wagen nach Hause zu bringen, und das stimmte Grigorij Iwanowitsch versöhnlicher.

»Worum geht es also?« fragte er gutmütig, während er in Lesnikows luxuriösem BMW Platz nahm.

»Grigorij Iwanowitsch, haben Sie einen Verwandten namens Agajew?«

»Ja. Er ist mein Neffe zweiten Grades und wohnt mit seiner Familie in Uralsk. Was ist los mit ihm?«

»Wjatscheslaw Agajew ist also Ihr ...«

»Ja, natürlich, mein Großneffe«, ergänzte Lowinjukow. »Er arbeitet übrigens auch bei der Miliz, wie Sie. Moment mal«, besann er sich plötzlich, »ist etwas passiert mit Slawa? So antworten Sie doch, was ist los?«

Lesnikow wich der Frage aus.

»Wann haben Sie ihn zum letzten Mal gesehen?« wollte er wissen.

»Am Mittwoch, direkt vor meinem Abflug. Wir hätten uns beinah verfehlt, ich stand schon im Flur, als er erschien. Er war dienstlich nach Moskau gekommen und wollte ein Medikament für seine Tochter abholen, das ich aus der Schweiz mitgebracht hatte.«

»Und was passierte, nachdem er zu Ihnen gekommen war?«

»Im Grunde gar nichts mehr. Ich war in großer Eile, unten wartete bereits ein Wagen auf mich. Wir umarmten und küßten uns, ich gab ihm schnell das Medikament, und wir verließen gemeinsam die Wohnung. Ich bot ihm an, ihn im Auto mitzunehmen, aber er lehnte ab. Er mußte in die andere Richtung, und außerdem, sagte er, wolle er Luft schnappen und ein bißchen zu Fuß gehen. Ich stieg ins Auto, und Slawa winkte mir zum Abschied. Das war alles. Was ist passiert? Sprechen Sie doch endlich!«

Lowinjukow wurde zusehends nervös, aber Igor schwieg beharrlich.

»Ist ihm etwas zugestoßen?« fragte Grigorij Iwanowitsch zaghaft. »Sagen Sie es mir doch endlich, quälen Sie mich nicht länger!«

»Ja, Grigorij Iwanowitsch, Slawa ist etwas zugestoßen. Ein Unglück ...«

Grigorij Iwanowitsch schwieg beklommen. Er versuchte, das Gesagte zu verstehen und es in sich aufzunehmen. Igor lenkte den Wagen schweigend in Richtung Taganka und fragte sich, ob sein Beifahrer wohl in der Lage war, das Gespräch fortzusetzen, oder ob es im Moment keinen Sinn hatte, ihm weitere Fragen zu stellen.

»Wollen Sie noch etwas von mir wissen?« fragte Lowinjukow plötzlich, das Schweigen durchbrechend, als hätte er Lesnikows Gedanken erraten.

»Grigorij Iwanowitsch, Slawa wurde etwa fünf bis zehn Minuten nach dem Treffen mit Ihnen ermordet. Er erreichte nicht einmal mehr das Ende der Straße, in der Sie wohnen. Bitte versuchen Sie, sich an alles zu erinnern, was er in der kurzen Zeit, in der er mit Ihnen zusammen war, gesagt hat. An jedes einzelne Wort.«

»Wir haben hauptsächlich über die Familie gesprochen, über seine Tochter, über meinen Sohn, der jetzt in den Staaten lebt. Es waren ja nur ein paar Minuten ... Er hat nichts Besonderes gesagt.«

»Mit welchen Worten sagte er Ihnen, daß er in die andere Richtung muß und daß er zu Fuß gehen möchte?«

»Mit welchen Worten? Das weiß ich nicht mehr ... Wenn du in Richtung Leningradskij Prospekt mußt, habe ich ihm gesagt, dann steig ein, ich nehme dich mit. Aber er lehnte, wie gesagt, ab. Er müsse in die andere Richtung, meinte er, außerdem wolle er ein Stück zu Fuß gehen, um über einiges nachzudenken.«

»Hat er es genau so gesagt? Daß er über einiges nachdenken muß?«

»Ja, genau so.«

»Und er hat nicht gesagt, daß er irgendwo in der Nähe eine Verabredung hat?«

»Nein, nichts dergleichen.«

»Grigorij Iwanowitsch, bitte versuchen Sie, sich zu erinnern, wen Sie auf der Straße gesehen haben, als Sie zusammen mit Agajew das Haus verließen und ins Auto stiegen.«

»Darauf habe ich nicht geachtet. Ich erinnere mich nicht.«

»Auf Sie hat ein Wagen gewartet?«

»Ja, ein Dienstwagen.«

»Kennen Sie den Fahrer?«

»Natürlich. Das ist unser Stas Schurygin.«

»Haben Sie seine Telefonnummer und Adresse?«

»Ja, ich schreibe Ihnen beides auf. Wozu brauchen Sie das?«

»Vielleicht hat er jemanden gesehen, während er vor Ihrem Haus auf Sie wartete.«

»Mein Gott, Slawa, mein Gott, was für ein Unglück ...« seufzte Lowinjukow.

4

Bei Stas Schurygin waren viele Gäste in der Wohnung, er veranstaltete eine kleine Party. Kaum hatte Igor Lesnikow die Türschwelle überschritten, stieß er mit einem halbnackten, völlig betrunkenen weiblichen Wesen zusammen, das offenbar noch nicht einmal volljährig war.

»He, Süße, hol mir mal Stas!« sprach Igor sie an.

Das Mädchen sah ihn teilnahmslos an. »Kenne ich dich?«

»Natürlich kennst du mich«, erwiderte Lesnikow ohne mit der Wimper zu zucken. »Wir haben einander schon hundertmal gesehen, aber du hast mich noch nie wiedererkannt. Wo steckt Stas?«

»Er ist jemanden abholen gegangen, kommt gleich zurück. Willst du was trinken?«

»Nein, Kindchen, jetzt nicht, ich hatte heute schon mein Quantum. Ich werde draußen auf Stas warten.«

Igor schlich sich wieder aus der Wohnung, deren Tür, so schien es, niemals abgeschlossen wurde, und richtete sich auf der breiten Fensterbank draußen im Treppenhaus ein. Nach etwa einer Viertelstunde schlug unten die Haustür, man hörte Schritte und laute Stimmen. Als Igor zwei Männer und eine junge Frau die Treppe heraufkommen sah, stand er auf. Die Frau und einer der Männer schenkten ihm nicht die geringste Beachtung, der zweite Mann sah ihn durchdringend an und verlangsamte seinen Schritt. Das war die Reaktion eines Menschen, der alle Hausbewohner kannte und auf ein fremdes Gesicht reagierte.

»Stas?« fragte Lesnikow, als der Mann auf gleicher Höhe mit ihm war.

Der Mann nickte wortlos und sah den Fremden, der ihn auf der Treppe erwartete, fragend an.

»Ich müßte dich mal kurz sprechen, nur fünf Minuten. Hast du Zeit?«

»Muß es hier sein, auf der Treppe?« erkundigte sich Schurygin mißvergnügt.

»Wir können auch in die Wohnung gehen, aber dort ist es so laut. Hier geht es schneller.«

»Ich möchte in die Wohnung gehen«, erwiderte Stas starrsinnig, und Igor begriff, daß er Angst hatte. Kein Wunder, wenn jemand für eine Firma arbeitete, in der es ständig ums große Geld ging. Da mußte man in jedem Moment auf böse Überraschungen gefaßt sein.

Sie betraten die Wohnung, und der Flur füllte sich sofort mit fröhlichen, angetrunkenen jungen Leuten, die die neuen Gäste begrüßten. Stas stieß wortlos Igors Ellenbogen an und machte eine Kopfbewegung in Richtung Badezimmer. Sie schlüpften seitlich an den anderen vorbei und schlossen sich in dem geräumigen, mit der Toilette kombinierten Bad ein. Stas klappte den mit einem dunkelblauen Schutzbezug versehenen Klodeckel herunter und machte eine einladende Bewegung mit der Hand, die bedeuten sollte, daß Igor auf der Kloschüssel Platz nehmen sollte. Er selbst blieb in größtmöglicher Entfernung von ihm stehen.

»Ich bin von der Kripo«, sagte Igor und zückte seinen Dienstausweis. »Damit du nicht nervös wirst, sage ich dir gleich, worum es geht. Am vergangenen Mittwoch, dem 29. März, hast du Grigorij Iwanowitsch Lowinjukow zum Flughafen gefahren. Ist das richtig?«

»Ja, das ist richtig.« Schurygin nickte mit sichtlicher Erleichterung.

»Um wieviel Uhr solltest du in der Wolodarskij-Straße sein?«

»Um dreiviertel acht. Um neun mußten wir in Scheremetjewo sein.«

»Ab wann hast du vor dem Haus gestanden?«

»Ab etwa zwanzig vor acht, vielleicht noch ein paar Minuten früher. Ich erinnere mich, daß ich auf die Uhr sah, als ich angekommen war und mir gesagt habe, daß ich die Strecke immer noch nicht gut genug kenne, weil ich schon wieder zu früh dran war.«

»Ist Lowinjukow pünktlich heruntergekommen?«

»Nein, er hat sich etwas verspätet.«

»Um wieviel, versuche, dich genau zu erinnern.«

»Um etwa zehn Minuten«

»Das heißt, daß du etwa eine Viertelstunde vor dem Haus gestanden hast, stimmt das?«

»Na ja, ungefähr ...«

»Und was hast du in dieser Viertelstunde gemacht? Hast du gelesen, geschlafen?«

»Ich habe gar nichts gemacht.« Stas zuckte mit den Schultern. »Ich habe nachgedacht.«

»Hast du auf die Straße geschaut?«

»Ja, das tue ich immer. In unserer Firma ist jeder Chauffeur für die persönliche Sicherheit seines Fahrgastes verantwortlich. Wenn Grigorij beim Einsteigen ins Auto etwas passiert wäre, wäre ich dran gewesen.«

Stas zog eine Packung Zigaretten hervor, schnippte mit dem Feuerzeug und sog den Rauch der Zigarette tief ein.

»Sie können auch rauchen, wenn Sie wollen«, sagte er und schwenkte die Hand, um den Rauch zu vertreiben.

»Nein danke, ich rauche nicht.«

Jemand riß an der Tür und begann zu klopfen.

»Besetzt«, rief Schurygin.

»Stas, beeil dich, Alka macht sich gleich in die Hose«, kreischte eine weibliche Stimme hinter der Tür.

»Versuche bitte, dich genau an alles zu erinnern, was du in dieser Viertelstunde gesehen hast. Auch wenn dir etwas ganz nebensächlich und belanglos erscheint.«

»Eigentlich erinnere ich mich an überhaupt nichts«, sagte Stas unsicher. »Ich habe nur auf verdächtige Personen geachtet, ansonsten ...«

»Gut, beginnen wir mit den verdächtigen Personen«, stimmte Igor zu. »Wen hast du gesehen?«

»Einmal hielt ein Auto vor dem Haus, ein weißer Shiguli. Ich wurde etwas unruhig, weil zwei Männer im Auto saßen. Aber einer stieg aus und ging ins Haus, der andere wendete das Auto und fuhr wieder weg.«

»Hast du dir das Kennzeichen gemerkt?«

»Nein. Wenn das Auto stehengeblieben wäre, hätte ich auf die Nummer geschaut. Aber da es wieder wegfuhr, ging es mich nichts an.«

»Gut. Was hast du noch gesehen?«

»Es gingen noch ein paar hübsche Mädchen vorbei«, grinste Schurygin. »So etwas sehe ich immer, sogar im Schlaf.«

»Stas, ich schätze deinen Humor«, sagte Igor kalt, »aber heute ist Sonntag, ich bin seit dem Morgen auf den Beinen, ich habe Hunger, und zu Hause warten meine Frau und ein zweijähriges Kind auf mich. Laß uns bei der Sache bleiben, ja?«

Schurygin war ein wenig gekränkt, aber er zeigte es nicht.

»Da war noch ein Mann mit einem weinroten Diplomatenkoffer. Er hatte nichts Verdächtiges an sich, er ist mir nur aufgefallen, weil er vor dem Auto stehenblieb.«

»Was hast du gesehen?«

»Nur daß der Diplomatenkoffer weinrot war, eine Weibertasche.«

»Du hast gesagt, daß er vor dem Auto stehengeblieben ist. Was hat er gemacht?«

»Er hat etwas in dem Diplomatenkoffer gesucht. Wissen Sie, gewöhnlich heben die Männer dabei ein Bein an, legen das Ding auf den Schenkel und wühlen darin, aber dieser blieb aufrecht stehen, öffnete die Schlösser, hielt mit einer Hand den Griff fest, mit der anderen den Kofferboden und sah nur ins Innere der Tasche. Offenbar wollte er sich nur davon überzeugen, daß alles, was er brauchte, noch da war.«

»Kannst du dich an das Gesicht erinnern?« fragte Igor hoffnungsvoll.

»Nein, das Gesicht habe ich nicht gesehen. Es war ja gegen acht Uhr, schon fast dunkel, und ich hatte die Scheinwerfer an. Sie beleuchteten die Hände des Mannes und den Koffer, der Kopf blieb im Dunkeln.«

»Erinnerst du dich wenigstens an seine Gestalt? War er groß oder klein, dick oder dünn?«

»Ganz normal«. Stas zuckte mit den Schultern. »Mittelgroß, wie alle.«

»Hast du noch etwas gesehen?«

»Grigorij kam mit dem jungen Mann aus dem Haus, der vorher aus dem weißen Shiguli gestiegen war. Die beiden umarmten sich zum Abschied, Grigorij stieg ein, der junge Mann winkte ihm, und wir fuhren ab. Das ist alles, sonst habe ich nichts gesehen.«

»Hat Lowinjukow dir gesagt, wer dieser junge Mann war?«

»Ja, ein Verwandter aus Uralsk. Seine Tochter hat irgendeine schwere Krankheit, und Grigorij versorgt sie mit Medikamenten. Würden Sie mir vielleicht endlich sagen, was passiert ist? Ich mache mich hier zum Affen, indem ich Ihre Fragen beantworte, und womöglich unterschreibe ich damit mein Todesurteil.«

»Der junge Mann, der Grigorij Iwanowitsch besucht hat, wurde eine Viertelstunde später ermordet aufgefunden. Direkt dort, auf der Wolodarskij-Straße.«

»Ermordet?« Stas ließ sich erschrocken auf den Badewannenrand fallen. »Wie ist das möglich? Wer hat ihn denn umgebracht?«

»Das versuche ich herauszufinden. Du könntest etwas Wichtiges gesehen haben. Denk bitte noch einmal gründlich nach! Mich interessieren zwei Personen: der Fahrer des Shiguli und der Mann mit dem weinroten Diplomatenkoffer. Kann das nicht ein und dieselbe Person gewesen sein?«

»Wie denn?« fragte Stas mit ehrlichem Erstaunen. »Der Mann ist doch weggefahren.«

»Woher weißt du das?« fragte Igor schnell.

»Aber ich habe doch gesehen, daß er weggefahren ist.«

»Du hast nichts dergleichen gesehen. Du hast nur gesehen, daß er bis zur nächsten Straßenecke gefahren und verschwunden ist. Stimmt's?«

»Stimmt.« Stas sah Igor verwundert an. »Ihnen kann man kein X für ein U vormachen.«

»Es ist durchaus möglich, daß der Mann das Auto hinter der nächsten Ecke abgestellt hat und zurückgekommen ist, zu Lowinjukows Haus. Deshalb frage ich dich, ob die beiden dieselbe Person gewesen sein könnten.«

»Ich müßte lügen, ich weiß es wirklich nicht«, sagte Schurygin unsicher. »Ich habe weder den einen noch den anderen genauer angeschaut.«

»Okay, Stas«, seufzte Lesnikow, während er sich erhob, »es ist schon spät, lassen wir es für heute gut sein. Hier ist meine Telefonnummer, ruf mich unbedingt an, wenn dir noch etwas einfällt. Abgemacht? Du bist unsere ganze Hoffnung.«

Sie traten aus dem Bad, und sofort schoß ein hübsches junges Mädchen auf sie zu, es stieß Stas zur Seite, und gleich darauf hörte man den Türriegel im Inneren des Badezimmers ratschen.

»Hurra! Alka hat es geschafft!« Aus dem Zimmer drang betrunkenes Gelächter auf den Flur.

»Wer hat sich denn so lange im Bad eingeschlossen?«

»Stas und noch irgend so ein Typ.«

»Nur keine Unterstellungen«, vermeldete eine Frauenstimme fachmännisch. »Stas ist normal, das ist hundertfach bewiesen.«

»Du mußt es ja wissen«, konterte ein Mann mit spöttischer Stimme. »Dich braucht man nur am Öhrchen zu kitzeln, und schon bist du soweit ...«

Schurygin zuckte mißvergnügt mit den Schultern und warf einen schrägen Blick zu dem Zimmer, in dem man seine männlichen Vorzüge diskutierte.

»Habe ich dich jetzt um deinen Ruf als Mann gebracht?« fragte Igor schmunzelnd. »Dann entschuldige ...«

»Macht nichts. Ich werd's überleben. Moment mal ...« Er stockte.

»Ja?«

»Sie haben gesagt, daß Sie seit dem Morgen auf den Beinen sind und Hunger haben ...«

»Danke, Stas, ich schätze deine Gastfreundschaft, aber ich muß nach Hause. Es ist schon zwölf, und ich muß morgen früh um sieben zur Arbeit.«

»Nehmen Sie doch wenigstens ein belegtes Brot, ich packe es Ihnen ein, dann können Sie es unterwegs essen. Es dauert nur eine Minute.«

Stas verschwand in der Küche.

Igor wurde die Situation peinlich, und er beschloß, sich heimlich aus dem Staub zu machen. Aber Stas holte ihn auf der Treppe ein.

»Wo laufen Sie denn hin?« fragte er vorwurfsvoll und streckte Igor ein in Silberfolie eingewickeltes Päckchen hin. »Ich habe doch gesagt, es dauert nur eine Minute. Oder nimmt die Miliz nichts vom Tisch eines Chauffeurs?«

Lesnikow erinnerte sich nur zu gut an die Weisheiten, die man den angehenden Kripobeamten einst eingebleut hatte. Eine davon besagte, daß man es sich niemals mit einem Zeugen verderben durfte, der Zeuge mußte den Ermittlungsbeamten mögen und ihm helfen wollen, nur dann führte die Arbeit mit ihm zum Erfolg.

»Danke, Stas«, sagte er so liebenswürdig wie möglich, während er das Päckchen entgegennahm, es öffnete und sofort mit großem Appetit in das saftige Fleisch zwischen den Brotscheiben biß. »Mein Gott, bin ich hungrig. Entschuldige, daß ich gegangen bin, ich wollte dir keine Umstände machen. Es schmeckt phantastisch.«

Schurygin wurde sofort freundlicher.

»Ich rufe an, wenn was ist.«

»Ja, ruf unbedingt an. Mach's gut!«

Igor Lesnikow verließ Schurygins gastfreundliches Haus, stieg in seinen funkelnden Wagen und machte sich auf die Suche nach einem öffentlichen Telefon, um Nastja anzurufen. Sie war wahrscheinlich auch noch wach und wartete ungeduldig auf seinen Anruf.

5

Wieder war ein Tag vergangen, und wieder war nichts leichter geworden. Platonow ging genau nach Plan vor, er wußte, daß vorläufig noch nicht mit den erhofften Resultaten zu rechnen war, aber das Warten wurde immer schwerer.

Am Morgen war Kira erneut ins Stadtzentrum gefahren und hatte Sergej Russanow angerufen, um ihm zu sagen, daß er an dreimal dreißig plus zehn denken sollte. Aus Sergejs Reaktion war zu schließen, daß er auf Anhieb verstanden hatte, er hatte jedenfalls nicht viel gesagt und keine überflüssigen Fragen gestellt. Anschließend kam Kira nach Hause, sie aßen zusammen zu Mittag und erstellten eine Liste der Materialien, die sie für die Wohnungsrenovierung besorgen mußte. Abends fuhr sie wieder ins Zentrum. Zuerst rief sie Russanow an, um zu erfahren, ob er die Unterlagen erhalten hatte, dann die Kamenskaja. Es war nichts Unvorhergesehenes vorgefallen, Sergej ließ ausrichten, daß die Unterlagen in seinem Besitz waren, und bedankte sich, die Kamenskaja sagte, daß die ersten Überprüfungen Platonows Angaben bestätigt hätten, daß die Überprüfung aber noch nicht abgeschlossen sei, und wenn sie, Kira, das Ergebnis erfahren wolle, solle sie am nächsten Tag wieder anrufen.

Kira wirkte nervös und angespannt, irgend etwas schien sie zu beunruhigen.

»Ist etwas nicht in Ordnung?« erkundigte sich Platonow vorsichtig.

»Ja«, gab sie zu. »Etwas ist heute passiert, ich weiß nicht, was es war, aber irgendwie bin ich beunruhigt. Ich habe ein ungutes Gefühl und weiß nicht, warum das so ist.«

»Vielleicht hattest du den Eindruck, daß du beschattet wirst«, bot Platonow als Erklärung an und flehte innerlich zu Gott, daß es nicht der Fall sein möge.

»Vielleicht«, stimmte sie zu. »Ich sage ja, ich weiß selbst nicht, was los ist, aber irgend etwas stimmt nicht.«

»Die Situation ist ungewohnt für dich«, beruhigte sie Platonow. »Am Anfang meiner Arbeit bei der Miliz hatte ich auch ständig das Gefühl, daß etwas nicht stimmt, daß ich etwas übersehen oder einen Fehler gemacht habe, das ist am Anfang ganz normal.«

»Versuchst du jetzt nicht nur, mich zu beschwichtigen?«

»Nein, Ehrenwort, das ist in deiner Situation ganz normal. Du brauchst dir wirklich keine Gedanken zu machen.«

Kira war sofort ruhiger geworden. Jetzt saß sie in der Küche, sie hatte ein Kilo Buchweizengrütze vor sich auf dem Tisch ausgekippt und las systematisch die Schmutzteilchen und schwarzen Körner aus. Dmitrij saß im Zimmer vor dem Fernseher, in einem gemütlichen, weichen Sessel. Auf dem Bildschirm erschien der Vorspann einer berühmten, mit mehreren Oscars ausgezeichneten Komödie.

»Kira«, rief er zur Küche hin, »laß deine Grütze, und komm her! Der Film fängt an.«

Es vergingen zehn Minuten, aber Kira kam nicht.

»Kira! Hörst du mich?« rief Platonow erneut.

»Ja, ich höre dich«, rief sie zurück.

»Warum kommst du nicht zum Fernseher? Willst du den Film nicht sehen?«

»Ich werde schon noch kommen. Mach dir keine Sorgen!«

Platonow gefiel diese Reaktion nicht. Er erhob sich ruckartig aus dem Sessel und ging in die Küche.

»Was ist mit dir?« fragte er leise. Sie saß mit gesenktem Kopf da, ihre dünnen langen Finger huschten flink durch die Körner auf dem Tisch. »Habe ich dich irgendwie beleidigt?«

»Aber nein, überhaupt nicht«, sagte sie gleichmütig, ohne den Kopf zu heben.

»Und warum kommst du dann nicht zum Fernseher? Du hast doch selbst gesagt, daß du den Film sehen möchtest. Willst du nicht mit mir in einem Zimmer sein? Gehe ich dir auf die Nerven?«

Kira hob endlich den Kopf und sah Platonow lächelnd an.

»Dima, achte nicht auf mich, ich habe eine blödsinnige Angewohnheit. Ich kann eine Arbeit nie unterbrechen, ich muß immer alles zu Ende bringen, was ich angefangen habe, selbst dann, wenn es sich um völlig nebensächliche Dinge handelt. Ich weiß, viele finden das dumm und lächerlich, aber ich bin nun einmal so. Ich kann diese verdammte Grütze jetzt nicht liegen lassen, obwohl ich mich nachher ärgern werde, weil ich den Film verpaßt habe. Aber wenn ich mich jetzt vor den Fernseher setze, werde ich keine Ruhe habe, ich werde wie auf Kohlen sitzen und ständig an diese blöde Grütze denken. Mit dir hat das überhaupt nichts zu tun, Ehrenwort.«

»Und du sagst mir wirklich die Wahrheit?« fragte Dmitrij mißtrauisch nach.

»Ja, wirklich«, sagte sie mit einem entwaffnenden Lächeln. »Geh du wieder vor den Fernseher, nachher erzählst du mir den Film.«

»Soll ich bei dir in der Küche bleiben?« fragte er.

»Nein, wozu?«

»Aus Solidarität«, sagte Dmitrij scherzhaft, »damit dir nicht so langweilig ist.«

»Mir ist nie langweilig«, erwiderte sie mit großer Ernsthaftigkeit und widmete sich wieder der Grütze. »Geh du ruhig wieder an den Fernseher, und schau dir den Film an, mit mir würdest du wenig Spaß haben. Wenn ich mit etwas beschäftigt bin, das so monoton ist wie das hier, ist mit mir nichts anzufangen. Ich kann nicht zuhören und gebe ständig die falschen Antworten.«

Als es Zeit zum Schlafengehen wurde, wurde Platonow wieder nervös, aber alles verlief genauso wie in der ersten Nacht. Kira klappte ihm wieder die Liege in der Küche auf, sie wünschte ihm gute Nacht und ging hinüber in ihr Zimmer. Ihre Augen blieben dabei kühl und ruhig, es flackerte nichts von dem unverständlichen Feuer in ihnen auf, das Dima so beängstigte. Offensichtlich hatte sie auf der Datscha wirklich eine kurze Nacht gehabt, denn sie nahm vor dem Einschlafen kein Buch mehr zur Hand. Gleich nach dem Aufseufzen des Bettes unter dem Gewicht ihres Körpers hörte Platonow das Klicken, mit dem das Licht der Wandleuchte gelöscht wurde.

6

Vitalij Wassiljewitsch Sajnes breitete vor sich die Kopien der Unterlagen aus, die am Vortag in einem Schließfach des Kiewer Bahnhofs deponiert worden waren. Dieser Platonow war ganz schön gewieft. Es war ihm doch tatsächlich gelungen, sich sämtliche Akten zu beschaffen, die Lieferscheine, die Rechnungen, die Gutachten. Ein schlauer Fuchs. Aber er würde nicht mehr lange auf freiem Fuß sein. Ein Schmiergeld in Höhe von zweihundertfünfzigtausend Dollar und ein Mord an einem Kollegen – das war kein Pappenstiel. Aus dieser Geschichte würde er so leicht nicht wieder herauskommen.

Also, begann Sajnes zu resümieren, wie ist die Lage der Dinge? Platonow hält sich in der Wohnung irgendeiner Puppe auf, ihre Adresse haben wir, den Namen werden wir morgen früh wissen. Solange er sich dort versteckt hält, kann er keinen Schaden anrichten. Aus den Unterlagen, die er besitzt, geht eindeutig hervor, daß die Spur zur Firma Variant führt. Das ist schon schlechter. Variant wird verschwinden müssen, ebenso wie vorher Artex. Man muß alle Unterlagen vernichten und noch einmal von vorn anfangen. Aber dieser Mechanismus ist bekannt und gut geölt, damit wird alles klargehen.

Doch mit diesem Platonow muß etwas passieren. Der ist allzu eifrig und behindert unsere Arbeit. Und jetzt hilft ihm auch noch diese Frau, die er offenbar in die ganze Geschichte eingeweiht hat. Platonow ist ein echter Bulle, der ist zu Gemeinheiten fähig, aber nicht zu Dummheiten. Aber was ist mit seiner Schnepfe? Die ist eindeutig nicht von der Miliz. Wie die sich in der Gepäckaufbewahrungshalle verhalten hat – so etwas könnte einem Profi nicht passieren. Und danach hat sie einen ganzen Rattenschwanz hinter sich her gezogen, bis zu ihrer Wohnung, ohne es zu merken. Nein, die ist nicht von der Miliz, aber gerade deshalb ist sie um so gefährlicher. Sie kennt die Spielregeln nicht und kann jeden Moment irgendeinen Unsinn machen. Platonow und sein Gehilfe Agajew haben genau gewußt, was sie taten. Solange sie nicht alle Beweise in der Hand hatten, hatte es keinen Sinn, aktiv zu werden. Heute ist es nicht mehr wie früher, im Sozialismus, als jeder ganz einfach irgendeine Beschuldigung in die Welt setzen durfte, und dein Ruf war dahin. Heute muß erst ein Gerichtsurteil vorliegen, bis dahin giltst du als unbescholtener Bürger und kannst in aller Ruhe deine Sache weitermachen, bis hin zur Politik. Es kommt sogar vor, daß Leute in die Duma gewählt werden, gegen die ein Untersuchungsverfahren läuft. So sieht das heute aus. Solange die Bullen nicht alle Beweise in der Hand haben, bis hin zum letzten, können wir in aller Ruhe weitermachen und unser Geld außer Landes bringen, auf westliche Konten. Das wissen sowohl die Bullen als auch ihre Gegner. Aber sobald irgendein Laie sich einmischt und Staub aufwirbelt, wird das empfindliche Gleichgewicht gestört, und manchmal geht es so weit, daß man den Dummkopf beseitigen muß. Und dann beginnen natürlich die Schwierigkeiten, das heißt die Ermittlungen in einem Mordfall.

Vitalij Wassiljewitsch blätterte die Unterlagen noch einmal durch und beschloß, noch ein paar Tage zu warten. Sollte sich die Lage nicht beruhigen, würde man in der Sache mit Platonow und seiner Komplizin zu äußersten Mitteln greifen müssen.

ACHTES KAPITEL

1

Sergej Russanow verbrachte den größten Teil seiner Kindheit in der Angst davor, daß seine Eltern sich scheiden lassen würden. Die Befürchtung, daß die Familie auseinanderbrechen könnte, kam erstmals in ihm auf, als er sechs Jahre alt war. Damals ging sein Vater zum ersten Mal zu einer anderen Frau und kehrte erst nach zwei Jahren zurück. Das zweite Mal verließ er die Familie, als Sergej gerade elf war. Mal verschwand der Vater, mal kam er wieder zurück, er flehte die Mutter um Verzeihung an und schwor, daß das Geschehene sich nicht wiederholen würde, aber es wiederholte sich immer wieder. Der Vater ging und kam nach einer Weile wieder zurück ...

Sergej liebte seine Eltern über alles und war nur glücklich, wenn er sie zusammen sah. Die Geduld seiner Mutter mit ihrem Mann hielt er für selbstverständlich, aber mit den Jahren begann er zu fürchten, daß sie ihn eines schönen Tages doch nicht mehr ins Haus lassen würde. Sergej selbst war bereit, seinem Vater alles zu verzeihen, wenn er ihn nur jeden Tag sehen konnte, wenn er nur bei ihm und der Mutter blieb.

Als die Mutter schwanger wurde, erblickte der fünfzehnjährige Sergej darin ein Zeichen dafür, daß sie sich endgültig mit ihrem Mann ausgesöhnt hatte. Er war schon alt genug, um den Andeutungen und Bemerkungen zwischen den Eltern entnehmen zu können, worum es ging. Die Mutter konnte sich nicht entscheiden, ob sie eine Abtreibung machen oder das Kind behalten sollte. In die Gespräche der Eltern über dieses heikle Thema konnte Sergej sich nicht einmischen, aber er verfolgte ängstlich jedes Wort, das sie beiläufig oder im Flüsterton miteinander wechselten, und er flehte zu Gott, daß die Mutter das Kind zur Welt bringen möge. Würde sie es nicht behalten, bedeutete das, daß sie kein Vertrauen zum Vater hatte und daß sich alles wieder verändern konnte. Würde das Kind aber geboren werden, würden die Affären und Liebschaften des Vaters zwangsläufig ein Ende nehmen, und sie würden endlich für immer zusammen sein. Der Junge verstand intuitiv, daß letztlich alles vom Vater abhing, davon, ob er die Mutter überzeugen konnte, daß er sie liebte und daß sie sich von nun an auf ihn verlassen konnte.

Als Lena geboren wurde, war Sergej außer sich vor Glück. Das Schwesterchen war für ihn Symbol und Pfand für die Stabilität der Familie, alle seine Gefühle, seine Freuden und Hoffnungen kreisten um das kleine Wesen. Er hatte schreckliche Angst davor, daß die unvermeidlichen Sorgen und Mühen, die ein kleines Kind mit sich brachte, den Vater wieder in die Flucht schlagen könnten, deshalb nahm er auf sich, was er nur konnte. Er stand nachts auf, wenn das Kind weinte, er wusch Windeln, lief täglich zur Ausgabestelle für Kindernahrung, er schwor seinen Eltern, daß die kleine Lena bei ihm genausogut aufgehoben sei wie bei ihnen selbst und drängte sie abends regelrecht aus dem Haus, damit sie Bekannte besuchten oder ins Kino gingen.

Als er zwanzig geworden war, begriff er, daß der Ehe seiner Eltern keine Gefahr mehr drohte, obwohl das Problem für ihn inzwischen nicht mehr so aktuell war wie einst. Mit zweiundzwanzig wurde ihm klar, daß Lena ihm das Teuerste auf der Welt war. Er hatte sie praktisch aufgezogen, hatte sie gehegt und gepflegt, und es hatte einige Mühe gekostet, sie dazu zu bringen, daß sie ihn nicht mehr Papa nannte.

Als Russanow eine Tochter geboren wurde, wollte seine Frau sie Lena nennen, aber Sergej weigerte sich. In seinem Leben gab es nur eine einzige Lena, und niemand außer ihr durfte diesen Namen tragen.

»Du bist ja völlig verrückt mit deiner Schwester«, bemerkte

Vera, Russanows Frau, unzufrieden. »Sie scheint alles auf der Welt für dich zu sein. Du hättest sie heiraten sollen und nicht mich.«

»Jedem, der versuchen würde, ihr ein Haar zu krümmen, würde ich den Hals umdrehen«, erwiderte Sergej.

Dasselbe hatte er auch Igor Lesnikow gesagt.

»Lena ist das Kostbarste, was ich habe. Du kannst sie für mein erstgeborenes Kind halten. Ich würde nie jemandem erlauben, ihr weh zu tun. Wenn ich auch nur den leisesten Verdacht gehabt hätte, daß mit Dmitrij Platonow etwas nicht stimmt, hätte ich es nicht zugelassen, daß meine Schwester ihre Jugend an ihn verschwendet. Aber ich bin überzeugt davon, daß Dmitrij in Ordnung ist. Es handelt sich um irgendein katastrophales Mißverständnis, und ich möchte, daß alles zur Aufklärung dieses Mißverständnisses geschieht.«

Lesnikow saß mit gerunzelter Stirn bei Nastja im Büro und murmelte etwas davon, daß Russanows mangelnde Objektivität gegenüber Platonow dem Team die Hände band und bei der Ermittlungsarbeit störte. Nastja machte ihre üblichen Scherze und schlug vor, den Kollegen aus dem Ministerium als Filter zu betrachten, der dafür sorgen würde, daß keine schlecht begründeten Anschuldigungen durchkamen.

»Wenn sich herausstellen sollte, daß Platonow schuldig ist und sich ein Rechtsanwalt der Sache annimmt, werden alle unsere Argumente sowieso auf Herz und Nieren geprüft. Es ist besser, wenn wir das selbst machen, wenn es jetzt passiert und nicht vor Gericht.«

Am Montag morgen besprachen Nastja und Lesnikow mit Russanow und Jura Korotkow die Informationen, die Lesnikow von Schurygin erhalten hatte. Als die Rede auf den Mann mit dem bordeauxroten Diplomatenkoffer kam, trat plötzlich ein Ausdruck der Betrübnis in Russanows Gesicht.

»Ich muß mit offenen Karten spielen, Freunde«, sagte er. »Es hat keinen Sinn, euch etwas zu verheimlichen. Ich weiß, daß Dima so einen Diplomatenkoffer besitzt.«

»Bist du ganz sicher?« fragte Korotkow nach.

»Ja, absolut sicher«, erwiderte Sergej mit einem Seufzer. »Es ist ein Geschenk meiner Schwester Lena. Ich besitze genau denselben.«

»Dann bring ihn doch bitte mit«, bat Nastja, »damit wir ihn Schurygin zeigen können. Noch besser wäre es natürlich, wenn du dir bei Platonows Frau seinen eigenen ausleihen könntest.«

Nastja wußte nicht so recht, ob sie Russanow in ihren Verdacht bezüglich Tarassows Ermordung einweihen sollte. Aber schließlich mußte sie ja nicht mit der Tür ins Haus fallen.

»Welche Kontakte hast du seit dem letzten Montag mit Platonow gehabt? Kannst du dich daran erinnern?« fragte sie mit unschuldiger Stimme.

»Seit dem Montag? Da muß ich nachdenken,« sagte Russanow unsicher. »Am Montag morgen habe ich mit ihm telefoniert ...«

»Wann? Die genaue Uhrzeit bitte.«

»Vera war schon zur Arbeit gegangen, sie verläßt das Haus etwa Viertel nach acht. Danach habe ich meine Hose gebügelt, das hat etwa eine Viertelstunde gedauert. Anschließend führte ich zwei Telefonate, und als ich gerade aus dem Haus gehen wollte, rief Dima an. Das muß demnach gegen neun Uhr gewesen sein, vielleicht fünf vor neun. Ungefähr so.«

»Worüber habt ihr gesprochen?

»Über Lena. Sie hat bald Geburtstag, und Dima wollte sich mit mir wegen eines Geschenks beraten.«

»Wozu braucht er dafür deinen Rat?« erkundigte sich Lesnikow erstaunt. »Er kennt deine Schwester doch lange genug, um selbst zu wissen, was sie sich wünscht.«

»Die Sache ist die, daß wir beide wissen, daß Lena Granate mag, und im letzten Jahr haben wir ihr beide fast das gleiche Schmuckset geschenkt. Dima wollte sich mit mir absprechen, damit uns dieses Mal nicht dasselbe passiert.«

»Von wo aus hat er dich angerufen? Von zu Hause?«

»Wahrscheinlich. Ich habe ihn nicht danach gefragt, aber ich nehme es an.«

»Warum hat er dich überhaupt zu Hause angerufen, noch dazu so früh am Morgen? Ihr arbeitet doch beide im selben Gebäude, da hättet ihr die Frage doch auch tagsüber im Büro klären können.«

»Dima wollte sich auf die Suche nach einem Geschenk machen und erst danach ins Büro kommen.«

»Gut. Wie ging es weiter?«

»Im Laufe des Tages habe ich ihn mehrmals im Ministerium gesehen. Wir haben unsere Büros auf verschiedenen Etagen, aber auf den Korridoren begegnen wir einander ständig, und natürlich schauen wir auch des öfteren beieinander vorbei.«

Russanow fuhr fort zu berichten, wann, wo und wie oft er seinen Freund am Montag, Dienstag und Mittwoch gesehen hatte, worüber sie gesprochen hatten, wie er ausgesehen hatte, ob er aufgeregt gewesen war oder irgendwie deprimiert. Nastja machte sich Notizen in ihrem Block, es sah ganz danach aus, als hätte Platonow für den Montag morgen kein Alibi. Im Gegenteil, der Verdacht gegen ihn verstärkte sich. War es denkbar, daß Platonow seinen Freund gleich nach dem Mord an Tarassow angerufen hatte? Natürlich war das denkbar. Im Staatlichen Zentrum für Internationale Beziehungen gab es genug Telefone, unter anderem auch öffentliche. Außerdem befanden sich in dem Gebäude zahlreiche teure Geschäfte, dort konnte man im Handumdrehen ein Geschenk für eine Geliebte besorgen. Platonow hatte das Nützliche mit dem Angenehmen verbunden, er beseitigte einen Informanten, der zu viel wußte, kaufte schnell ein Geschenk für seine Freundin und fuhr in aller Ruhe zur Arbeit. Für so etwas mußte man natürlich über große Selbstbeherrschung und eiserne Nerven verfügen, aber wer sagte, daß Platonow nicht darüber verfügte?

Stas Schurygin, der Chauffeur, hatte gesehen, wie das Auto, das Agajew zur Wolodarskij-Straße gebracht hatte, wieder weggefahren war. Aber Igor Lesnikow hatte natürlich recht, Platonow konnte das Auto hinter der nächsten Ecke abgestellt haben und zu dem Haus zurückgekehrt sein, in dem Agajew verschwunden war und aus dem er einige Minuten später wieder herauskam. Auf jeden Fall besaß er einen bordeauxroten Diplomatenkoffer. Und am Mittwoch morgen war er irgendwie bekümmert und zerstreut gewesen. Alles paßte zusammen. Ein perfektes Bild.

2

Stas Schurygin war nicht gerade begeistert, Lesnikow wiederzusehen, aber er ließ sich seinen Unmut nicht anmerken.

»Haben Sie noch Fragen?« erkundigte er sich, während er lustlos Lesnikows Hand drückte.

»Sozusagen«, erwiderte Lesnikow lächelnd. »Wir fahren jetzt zusammen zur Staatsanwaltschaft, zum Untersuchungsführer. Die Sache dauert nicht länger als eine Viertelstunde, dann bist du wieder frei.«

»Warum zur Staatsanwaltschaft?« fragte Stas mißtrauisch. »Können Sie mir Ihre Fragen nicht hier stellen?«

»Wovor hast du denn Angst? Du bist doch nicht der Angeklagte, sondern nur Zeuge. Komm, mach schon, laß uns gehen. Es tut doch nicht weh.«

Im Büro des Untersuchungsführers wurde Stas mitgeteilt, daß man ihm jetzt in Anwesenheit von Zeugen einige Diplomatenkoffer zeigen würde, und er sollte sagen, welcher davon dem ähnelte, den der besagte Mann in der Wolodarskij-Straße bei sich gehabt hatte. Auf dem Schreibtisch wurden sechs Diplomatenkoffer in den Farbtönen von hell- bis dunkelrot nebeneinandergestellt. Der Untersuchungsführer bat darum, die Vorhänge zu schließen, eine helle Lampe anzuknipsen und ihr Licht auf den Tisch zu richten.

»Wozu denn das?« fragte Schurygin verwundert.

»Damit du die Farbe richtig erkennen kannst«, erklärte Lesnikow. »Als du auf der Wolodarskij-Straße standest, dämmerte es bereits, und du hast den Diplomatenkoffer im Scheinwerferlicht gesehen. Stimmt's?«

»Ja, stimmt«, bestätigte Stas.

»Bei künstlicher Beleuchtung nimmt man Farben anders wahr als bei Tageslicht.«

»Ach so, ja, ich habe verstanden.«

Stas betrachtete die Diplomatenkoffer aufmerksam und deutete zielsicher auf einen von ihnen.

»So einer war es«, sagte er mit Bestimmtheit, »er hatte genau diese Farbe und dieselben Metallbeschläge.«

Nachdem Lesnikow Schurygin und die anderen Zeugen wieder entlassen hatte, schüttelte er niedergeschlagen den Kopf. Den Diplomatenkoffer, den Stas wiedererkannt hatte, hatte man heute morgen bei Platonows Frau Valentina abgeholt. Es war genau der, den Lena Russanowa Platonow im vorigen Jahr geschenkt hatte.

3

Gegen Abend bekam Nastja einen Anruf von Andrej Tschernyschew. An seiner Stimme erkannte sie sofort, daß er sich nicht umsonst vor dem bevorstehenden Montag gefürchtet hatte.

»Wieder ein Mord?« fragte sie

»Ja, wieder«, bestätigte er. »Eine Neunmillimeter-Stetschkin, Schuß in den Hinterkopf aus einer Entfernung von etwa fünfundzwanzig Metern.«

»Und wo?«

»Ganz und gar nicht da, wo du vermutest, liebe Nastja. Ich habe bereits auf der Karte nachgesehen, die du mir ausgedruckt hast. Die ersten vier Punkte, die du eingezeichnet hast, verweisen auf den Choroschewskij-Bezirk, aber jetzt, nachdem der fünfte Punkt dazugekommen ist, hat sich das Zentrum zum Osten hin verlagert, ungefähr in Richtung Belorussischer Bahnhof, Frunsenskij- oder Swerdlowskij-Bezirk. Der Teufel soll das verstehen.«

»Und wer ist das Opfer?«

»Ein Mann aus der Gegend. Er ging gerade zum Bahnhof.

Er arbeitet als Meister in einer Schuhfabrik in Moskau. Wem, um Gottes willen, konnte der im Weg sein?«

»Andrjuscha, einem Verrückten, wenn wir es mit einem solchen zu tun haben, kann jeder im Weg sein, sogar die eigene Mutter. Aber für einen Verrückten schießt er eigentlich zu gut, findest du nicht auch?«

»Ja, denselben Gedanken hatte ich auch. Was meinst du, wen sollen wir zuerst bearbeiten, die Verrückten oder die Meisterschützen?«

»Die einen und die anderen gleichzeitig.«

»Ich staune über deinen Idealismus«, sagte Andrej mit traurigem Spott in der Stimme. »Wo soll ich so viele Leute herbekommen? Soll ich sie etwa wie eine Henne mit meinem eigenen Hintern ausbrüten?«

»Hör mal, warum kommen deine Vorgesetzten eigentlich nicht auf die Idee, ein gemeinsames Ermittlerteam mit uns zu bilden? Die Morde werden zwar im Umland begangen, aber die Opfer sind doch mit Ausnahme des letzten alle Moskauer.«

»Die dort oben haben ihre eigenen Gedankengänge. Die diskutieren herum und haben Angst, etwas falsch zu machen. Ich weiß, daß die Frage schon zur Debatte stand, aber bis jetzt ist noch keine Entscheidung gefallen. Ist es etwa so, daß du mich ohne offizielle Dienstanweisung nicht mehr unterstützen wirst?«

»Aber nein, wo denkst du hin, ich werde alles machen, was nötig ist. Wir haben ja nicht nur eine dienstliche Beziehung miteinander. Ich könnte dich in Kontakt mit Boris Schaljagin bringen, er ist Kommandeur unserer Sondereinheit, früher war er Europameister im Sportschießen. Der könnte dir fürs erste bestimmt weiterhelfen. Willst du?«

»Ja, ich will. Danke, Nastjenka.«

4

Kira kam spät nach Hause, Platonows Nerven lagen blank vom langen Warten auf sie. Am Morgen war sie zur Arbeit gefahren, um ihren Urlaub einzureichen, danach hatte sie auf Dmitrijs Anweisung die Kamenskaja angerufen.

»Ich kann Ihnen noch nichts Endgültiges sagen«, hatte diese ihr erklärt. »Ihre Angaben haben sich teilweise bestätigt, aber wir müssen noch einiges überprüfen. Hat Dmitrij vielleicht eine Ahnung, wer Agajew umgebracht haben könnte und aus welchem Grund?«

»Ich weiß es nicht«, erwiderte Kira verwirrt. »Er hat mir nichts darüber gesagt.«

»Fragen Sie ihn doch bitte. Sagen Sie ihm, daß ich ihn um eine Antwort bitte.«

»Gut, ich werde ihn fragen«, antwortete Kira mechanisch und besann sich sofort. »Ich weiß allerdings nicht, wann er mich wieder anrufen wird, und ich habe keine Telefonnummer von ihm.«

»Natürlich, ich verstehe«, sagte die Kamenskaja nachsichtig, so, als hätte sie Kiras Fehler nicht bemerkt. »Aber wenn er sich bei Ihnen meldet, dann vergessen Sie es bitte nicht.«

»Ja, ich werde daran denken«, erwiderte Kira gehorsam.

Zu Hause angekommen, berichtete sie Platonow wahrheitsgetreu von ihrem Gespräch mit der Kamenskaja und gab auch ihren Fehler zu. Offenbar machte sie sich deshalb große Sorgen.

»Macht nichts, macht nichts«, tröstete sie Dima. »Wenn die Kamenskaja so gescheit ist, wie man es von ihr behauptet, dann weiß sie sowieso, daß ich in der Stadt bin. Und wenn sie selbst noch nicht auf diese Idee gekommen ist, dann hat sie auch deinen Fehler nicht bemerkt.«

»Und wenn ich dich nun in Schwierigkeiten gebracht habe?«

Heute trug Kira ein helles Wollkleid mit einem kleinen, bestickten Kragen, in dem sie aussah wie ein Schulmädchen. Ihr bekümmertes, schuldbewußtes Gesicht mit den leicht geschwollenen Lippen verstärkte diesen Eindruck.

Platonow schickte sie in die Stadt, sie sollte Tapeten, Kleister, Farbe und anderes Material für die Wohnungsrenovierung besorgen. Auf dem Rückweg sollte sie Russanow anrufen, und Dmitrij erwartete ungeduldig ihre Rückkehr.

Sie kam mit Tapetenrollen bepackt nach Hause.

»Ich mußte ein Taxi nehmen«, sagte sie, während sie sich durch die Wohnungstür zwängte. »Zum Glück bin ich an einen netten Fahrer geraten, der ist mit mir bis zum Moskworezkij-Markt gefahren und hat mir geholfen, die Kacheln auszusuchen. Ich verstehe doch nichts davon und weiß nicht, welche man für den Boden nimmt und welche für die Wände. Entschuldige bitte, daß ich so spät komme.«

»Hast du Russanow angerufen?«

»Ja, Dima, vorläufig sieht es nicht gut aus für dich. Er hat gesagt, du sollst in deinem Versteck bleiben und dich nicht blicken lassen, man hat sehr starke Verdachtsmomente gegen dich. Irgendein Chauffeur hat dich ganz in der Nähe des Ortes gesehen, an dem Agajew ermordet wurde.«

»Ich war ja auch in der Nähe dieses Ortes«, sagte Platonow achselzuckend. »Ich habe Agajew dorthin gebracht, das leugne ich doch nicht.«

»Aber das ändert nun einmal nichts daran, daß sie dich verdächtigen. Jedenfalls soll ich dir sagen, daß Russanow alles tut, was in seiner Macht steht, um dir zu helfen.«

»Weiß er, daß du die Kamenskaja angerufen hast?«

»Ich habe ihm nichts davon gesagt.«

»Konntest du nicht aus seinen Worten heraushören, ob er es weiß?«

»O Gott, Dima, ich habe keine Ahnung. Ich verstehe nichts von diesen Dingen, ich bin doch keine Kriminalistin. Mir fehlt das Gespür für so etwas. Ist das denn wichtig?«

»Verstehst du, es wäre gut zu wissen, ob die Kamenskaja etwas von meinen Anrufen erzählt. Wenn ja, dann bedeutet das, daß sie ihren Kollegen unbedingt vertraut und meinen Worten keinen allzugroßen Glauben schenkt. Wenn nicht, dann hält sie es vielleicht für möglich, daß du ihr die Wahrheit sagst und daß es jemanden gibt, der diese Wahrheit nicht hören sollte.«

Kira schnippelte Gemüse für einen Salat und hatte nebenher ein Auge auf die Frikadellen, die in der Pfanne brutzelten.

»Ich bin wahrscheinlich ein bißchen dumm, aber ich verstehe etwas nicht«, sagte sie schuldbewußt und streckte ihre Hand nach Salz und Pfeffer aus.

»Was gibt es da nicht zu verstehen?« fragte Platonow mit einem kummervollen Seufzer. »Man hat auf das Konto der Firma, bei der meine Frau arbeitet, eine beachtliche Geldsumme überwiesen. Kurz darauf wurde mein Informant ermordet. Und zwei Tage später mein Mitarbeiter aus Uralsk. Wie ist das alles zu erklären?«

»Wie denn?« fragte Kira, ohne ihre Augen von dem schnell hin und her gleitenden Messer zu heben.

»Die erste Erklärung besteht darin, daß alles reiner Zufall ist. Das Geld von Artex wurde völlig rechtmäßig auf das Konto der Firma Natalie überwiesen, oder es handelt sich um einen Irrtum, aber auf keinen Fall um eine Bestechungssumme für mich. Tarassow hat man aus einem Grund umgebracht und Agajew aus einem anderen, nur ganz zufällig zum gleichen Zeitpunkt. Das klingt natürlich unwahrscheinlich, aber im Leben kommt alles vor. Die zweite Erklärung ist die, daß jemand die Machenschaften in Uralsk vertuschen will, aber weil ich zu weit gegangen bin und zuviel weiß, versucht man, mich aus dem Feld zu schlagen, indem man den ganzen Verdacht auf mich lenkt. Ist das verständlich?«

»Ja, Dima. Aber was hat die Kamenskaja damit zu tun? Hol doch bitte mal zwei Suppenteller für den Borschtsch aus dem Schrank!«

»Kann ich dir irgendwie helfen?« besann sich Platonow, der erst jetzt begriff, daß Kira sich nach den ganzen Laufereien des Tages, kaum nach Hause gekommen, an den Herd gestellt hatte wie eine mustergültige Ehefrau, während er auf dem Küchenhocker saß und mit gescheitem Gesichtsausdruck philosophierte. Verdammt, Valentina hat mich ganz schön verwöhnt, dachte er wehmütig. Immer, wenn sie in die Küche ging, rief sie nach mir, sie wollte, daß ich bei ihr sitze und mit ihr plaudere, während sie kocht.

»Nein, nein, nicht nötig, es ist alles schon fertig. Du hast mir meine Frage nach der Kamenskaja nicht beantwortet. Vorsicht, der Borschtsch ist heiß. Nimm dir saure Sahne.«

»Verstehst du, wenn mir jemand ein Bein stellen will, dann muß das jemand von uns sein, jemand von der Miliz. Das heißt nein, ich habe falsch angefangen. Natürlich wollen mich diejenigen unschädlich machen, die an den Betrügereien in Uralsk verdienen. Wenn man Agajews Aktivitäten beobachtet hat, konnte man leicht dahinterkommen, wonach er gesucht hat. Agajew war eine offensichtliche Gefahr, und deshalb hat man ihn umgebracht. Aber von Tarassow können diese Leute nichts gewußt haben. Um herauszufinden, daß er mein Informant war, muß man Kripobeamter sein, und zwar ein sehr erfahrener, weder ein Anfänger noch ein Apparatschik ist dazu in der Lage, und schon gar nicht eine außenstehende Person. Das heißt, daß ein Mitarbeiter der Miliz hinter der Sache steckt. Woher soll ich wissen, wer das ist und wo er arbeitet? Im Ministerium? In der Hauptverwaltung für Innere Angelegenheiten? In der Bezirksverwaltung? Bei der Kripo in Uralsk? Der Teufel weiß, wer er ist. Jeder kann es sein. Unter anderem auch die Kamenskaja. Deshalb ist es wichtig für mich zu wissen, wie sie mit den Informationen umgeht, die sie von dir bekommt. Wenn sie ihre Kollegen in diese Information einweiht, kann das nur bedeuten, daß es ihr gar nicht in den Sinn kommt, daß ich jemandem als Strohmann diene. Wenn sie diese Informationen für sich behält, dann wüßte ich gern, warum. Weil sie es für möglich hält, daß ich nur ein Strohmann bin? Oder weil sie daran interessiert ist, mich zu vernichten?«

»Aber wenn du niemandem traust, Dima, wozu sollte ich dann diesen General Satotschny anrufen? Auch er könnte doch in die Sache verwickelt sein und ein Interesse daran haben, daß du ins Gefängnis wanderst. Oder ist er der einzige, an den du glaubst?«

»Ich glaube an überhaupt niemanden mehr.« Platonow warf mit einer verzweifelten Geste den Löffel auf den Tisch und verschränkte die Hände unter dem Kinn. »Die Tatsache, daß Iwan Alexejewitsch darauf bestanden hat, Russanow in das Ermittlerteam einzubeziehen, bedeutet, daß er seine Mitarbeiter schätzt und ihnen vertraut, daß er sie nicht einfach ihrem Schicksal überläßt. Wenn Satotschny mir übel wollte, hätte er auf keinen Fall Russanow eingeschaltet, weil er weiß, daß Sergej alles tun wird, um mir zu helfen.«

Kira kaute schweigend an ihrem Salat, ohne den Blick vom Teller zu heben. Das Schweigen wurde plötzlich peinlich und beklemmend. Ohne ein Wort zu sagen, beendeten sie ihre Mahlzeit, Platonow half Kira beim Abräumen des Tisches und beim Abwasch.

»Laß uns den Tee nebenan trinken«, schlug sie unvermittelt vor. »Gleich gibt es im Fernsehen ›Die Gentlemen des Glücks‹, ich mag diesen Film.«

»Ja, gern«, sagte Platonow erfreut. Endlich hatte sich die Situation wieder entspannt, obwohl ihm unklar blieb, worin die plötzlich aufgetretene Beklemmung bestanden hatte.

Während er Kira dabei half, die Tassen auf den kleinen Couchtisch zu stellen, die Zuckerdose, die Zitronenscheiben, ein kleines Schälchen mit Keksen, fing er plötzlich ihren Blick auf und zuckte zusammen, so, als hätte er sich verbrannt. Wieder flammte das rätselhafte Feuer in ihren dunkelbraunen Augen. Er nahm seine ganze Kraft zusammen, wandte den Kopf und blickte ihr direkt ins Gesicht. Aber sie sah vollkommen ruhig aus, ihre Augen waren kühl und leidenschaftslos. Wahrscheinlich habe ich mich getäuscht, dachte er. Was nicht verwunderlich wäre. Denn die Situation ist ja in der Tat heikel. Ich habe ihr quasi zu verstehen gegeben, daß ich sie will, aber nun tue ich keinen einzigen Schritt in diese Richtung, mehr noch, ich vermeide alles, was ihr die Möglichkeit geben könnte, selbst einen solchen Schritt zu tun. Frauen verfügen über eine hervorragende Intuition, und es kann nicht sein, daß Kira das nicht merkt. Sie versteht wahrscheinlich nicht, was für ein Spiel ich mit ihr spiele, und das macht sie mißtrauisch, oder es ängstigt sie sogar. Deshalb diese ständige Nervosität. Muß ich es vielleicht endlich tun, um die Spannung zu lösen? Natürlich muß ich es tun, aber Gott allein weiß, wie sehr mir das widerstrebt. Warum eigentlich? Sie ist so lieb und gut, und außerdem ist sie so schön. Warum reizt sie mich trotzdem nicht im geringsten?

Sie sahen sich die berühmte Komödie im Fernsehen an, ab und zu wechselten sie ein Wort miteinander, Dmitrij bemerkte mit Erstaunen, daß Kira kein einziges Mal lachte oder wenigstens lächelte, obwohl sie selbst gesagt hatte, daß sie diesen Film mochte. Am Ende wandte sie ihr Gesicht ab und wischte sich die Tränen von den Wangen.

»Kira, was ist los?« fragte er besorgt.

»Nichts, gar nichts«, sagte sie schnell, ohne den Kopf zu wenden.

Platonow sah nur eine Hälfte ihres Gesichts, aber an den verkrampften Muskeln erkannte er, daß sie sich mit aller Macht beherrschte, um ein Schluchzen zu unterdrücken. Guter Gott, dachte er, das Mädchen hat wirklich sehr schwache Nerven. Wie ist das möglich bei dem ruhigen Leben, das sie führt? Eine stille, friedliche Bibliothekarin, die am Ende einer Filmkomödie in Tränen ausbricht. Dmitrij beschloß, ihr keine weiteren Fragen zu stellen, um sie nicht noch mehr aufzuwühlen. Vielleicht hatte der Film eine Erinnerung in ihr geweckt, vielleicht hatte sie ihn irgendwann zusammen mit einem Mann gesehen, den sie geliebt hatte und den es in ihrem Leben nicht mehr gab. Was wußte er schon über sie …

5

Vitalij Nikolajewitsch Kabanow öffnete die Abendausgabe der Zeitung und überflog noch einmal die kurzen Meldungen aus dem Polizeibericht. Wieder ein Mord in der Umgebung von Moskau, ein Mann wurde durch Genickschuß getötet.

Da mußte wirklich ein perfekter Scharfschütze am Werk sein. Einer, der wußte, was er wollte, der seine Sache beherrschte. Offenbar wollte er das große Geld verdienen, und dafür mußte man hochbezahlte Aufträge bekommen. Aber solche Aufträge wurden nur an Leute vergeben, die sich einen Ruf als kaltblütige, unfehlbare Killer erworben hatten. Die fünfte Leiche – das war allerdings Beweis genug.

Kabanows Leibwächter und Chauffeur Gena saß wie immer bewegungslos an der Tür und bewachte seinen Chef.

»Hast du das gelesen?« fragte Vitalij Nikolajewitsch und deutete mit dem Finger auf die Zeitung.

Gena nickte wortlos und veränderte seine Pose, indem er die Beine übereinanderschlug und die sehnigen, dicht behaarten Arme vor der Brust verschränkte.

»Was sagst du dazu?«

Gena zuckte unbestimmt mit den Schultern, seine Miene drückte deutlich aus, daß er keine Lust hatte, sich über dieses Thema zu unterhalten.

»Du schweigst? Ich glaube, du bist einfach neidisch, Gena«, scherzte Kabanow. »Der hat ganz schön Ausdauer, was? Zielsicherheit, Kaltblütigkeit und völlige Amoralität. Eine Arbeitskraft von unschätzbarem Wert. Findest du nicht auch?«

»Abwarten und Tee trinken«, brummte Gena sichtlich mißvergnügt.

»Gut, gut, wir werden sehen. Was steht noch an für heute?«

»Das Treffen mit dem Mann von Trofim. Er hat heute morgen angerufen und um einen Termin gebeten. Ich habe Sie bereits davon unterrichtet.«

»Ach ja, ich erinnere mich. Für wann habe ich ihn bestellt?«

»Für acht Uhr bei Larissa. Ich habe sie bereits angerufen und Bescheid gesagt.«

»Gut gemacht. Wir müssen wahrscheinlich bald fahren, es ist schon nach sieben.«

»In etwa einer Viertelstunde«, erwiderte Gena lakonisch. »Von hier zu Larissa fährt man genau fünfundzwanzig Minuten.«

»Laß uns gleich losfahren!«

Kabanow erhob sich schwerfällig, schloß die Papiere im Safe ein, überlegte einen Moment und holte ein Medikament aus der Schublade seines Schreibtisches.

»Fühlen Sie sich nicht wohl, Vitalij Nikolajewitsch?« fragte der Leibwächter besorgt. »Soll ich Alexander Jegorowitsch anrufen, damit er Sie morgen früh mal kurz anschaut?«

»Nicht nötig. Ich nehme das Mittel nur für alle Fälle mit, falls ich bei Larissa etwas Falsches esse. Aber Jegorowitsch kannst du trotzdem anrufen, er soll sich diese Woche mal Zeit nehmen. Meine Swetlana klagt über Schmerzen in der Seite, womöglich ist es die Leber. Sie trinkt zehn Tassen Kaffee am Tag und kaut ständig Schokolade, und dann wundert sie sich, daß sie Schmerzen hat. Ihr ist mit nichts beizukommen.«

Kabanows Tochter Swetlana hatte den Zug zum Standesamt verpaßt und war eine ältliche Jungfer geworden, aber sie schien nicht im geringsten darunter zu leiden. Sie lungerte den ganzen Tag auf dem Sofa herum, las Bücher und stopfte sich mit Schokoladenpralinen voll.

Während der ganzen Fahrt hing Vitalij Nikolajewitsch schweigend seinen Gedanken nach. Als sie das Restaurant erreicht hatten, wuchtete er seinen schweren Körper mühsam aus dem Auto und begab sich langsam zum Eingang. Larissa kam ihm sofort entgegengelaufen, sie gab ihm einen Schmatz auf die Wange und hakte sich bei ihm unter. Sie wußte, daß Vitalij Nikolajewitsch, die Lokomotive, nur in höchst vertraulichen Fällen mit Gästen zu ihr kam, sie tat alles, um dieses Vertrauen zu rechtfertigen, aber dafür erlaubte sie sich im Umgang mit dem mächtigen Mafioso eine gewisse Leichtigkeit und sogar Familiarität.

»Sie sehen blendend aus, Vitalij Nikolajewitsch«, flötete sie, während sie Kabanow in das Séparée im ersten Stock begleitete. »Ich wollte, ich würde in Ihrem Alter auch noch so aussehen wie Sie.«

Er gab ihr einen Klaps auf den Hintern und legte seinen Arm um ihre Taille.

»Bis zu meinem Alter ist es noch weit hin für dich, und mit deinen dreißig bist du frischer als Morgentau. Womit wirst du uns heute bewirten?«

»Mit allem, was Ihnen schmeckt. Gena hat heute morgen angerufen und Bescheid gesagt, daß Sie kommen. Insofern hatten wir genug Zeit, um unseren Speiseplan auf Ihren Geschmack abzustimmen.«

»Gut gemacht.« Er tätschelte wohlwollend ihre Schulter. »Wenn du weiterhin so brav bleibst, werde ich einen Mann für dich finden, der wie ein Fels in der Brandung ist.«

»Und wohin mit dem jetzigen?« lachte sie. »Soll ich ihn etwa ersäufen wie eine Katze?«

»Wir werden auch für ihn etwas Passendes finden, damit er nicht zu kurz kommt. Wo möchtest du lieber leben, in Europa oder in Amerika?«

»Am liebsten in Singapur. Man sagt, daß dort alles unwahrscheinlich sauber und ordentlich ist. Und daß es keine Kriminalität gibt. Können Sie das für mich einrichten?«

»Die Lokomotive kann alles, du mußt es nur wollen. Uff, zwanzig Stufen, und ich bin schon außer Atem. Mit meiner Gesundheit ist nicht mehr viel los, du hast keinen Grund, mich alten Mann zu beneiden.«

Im Séparée ließ Vitalij Nikolajewitsch sich auf seinem Lieblingssofa nieder, lehnte den Kopf zurück und schloß die Augen. Er wollte sich auf das bevorstehende Gespräch konzentrieren, wissend, daß das Treffen mit dem Mann, den Trofim ihm schickte, nichts Angenehmes verhieß. Kabanow stand bis an sein Lebensende in Trofims Schuld und beglich diese Schuld mit Diensten, die ihm jedes Mal graue Haare wachsen ließen und ihn schlaflose Nächte kosteten. Doch er konnte Trofim nichts abschlagen, in ihren Kreisen existierten Gesetze, deren Nichtbeachtung gleichbedeutend war mit dem Tod.

Der Gast erschien pünktlich um acht, auch die Pünktlichkeit gehörte zu den unumstößlichen Regeln seines Milieus. Der Mann war groß und schlank, er wirkte sehr sportlich, obwohl er kaum jünger zu sein schien als Kabanow.

»Ich heiße Vitalij Wassiljewitsch«, stellte er sich vor, »wir sind Namensvettern.«

»Sehr erfreut«, erwiderte Kabanow zurückhaltend. »Bitte nehmen Sie Platz!«

Larissa bediente ihre Gäste höchstpersönlich, Kellner waren in dem Séparée nicht zugelassen. Während sie die Vorspeisen servierte und die Flaschen öffnete, wechselten Kabanow und sein Gast belanglose Sätze miteinander. Als Larissa den Raum verlassen hatte, übersprang Kabanow das vorschriftsmäßige Ritual des Anstoßens und begann bedächtig zu essen. Es war nicht etwa so, daß er dem Trinken abgeneigt war, ganz im Gegenteil, er wußte einen guten Schluck sehr zu schätzen, aber er ließ sich von nichts und niemandem vorschreiben, wann, was und wieviel er zu trinken hatte. Wenn er seinen Organismus mit einem edlen Cognac oder ein paar Gläschen eisgekühltem Wodka erfreuen wollte, brauchte er dazu keine Trinkkumpane, er stieß niemals mit anderen an, und es war ihm zutiefst gleichgültig, ob seine Tischgenossen mittranken oder währenddessen die Fliegen an der Decke zählten.

»Ich bin ganz Ohr, Vitalij Wassiljewitsch«, sagte er. »Womit kann ich Ihnen dienen?«

Sajnes zuckte zusammen, so als hätte er nicht mit dem Beginn des Gesprächs gerechnet, obwohl er ja deswegen hergekommen war.

»Mich interessiert eine bestimmte Person, diejenige, von der regelmäßig einmal pro Woche in Presse und Fernsehen die Rede ist.«

»Was für eine Person?« Kabanow hob überrascht die Augenbrauen.

»Diejenige, die regelmäßig Leichen in der Umgebung der Stadt hinterläßt. Wissen Sie, wen ich meine?«

»Nein.«

Kabanow legte behutsam die Gabel aus der Hand und lehnte sich im Sofa zurück. Schlimmer konnte es nicht kommen. Er hatte von Trofims Gesandtem jede nur erdenkliche Bitte erwartet, nur nicht diese. Der Mann verlangte von ihm, daß er sein eigenes Todesurteil unterschrieb. Ob er die Bitte annahm oder zurückwies – in beiden Fällen war das Resultat dasselbe. Er konnte in dieser Situation nur eines tun. Er mußte verhindern, daß der Gast seine Bitte aussprach. Unter keinen Umständen durfte er zulassen, daß dieser große schlanke Mann, den Trofim ihm geschickt hatte, irgendwann würde sagen können, daß er Kabanow, die Lokomotive, gebeten hatte, ihm einen Auftragsmörder zu besorgen, und daß er, Kabanow, diesem Wunsch nachgekommen war. Dem Gast war ganz offensichtlich nicht sehr wohl in seiner Haut, offenbar hoffte er darauf, daß Kabanow das Unausgesprochene selbst aufgreifen würde. Aber er durfte ihm nicht helfen, auf keinen Fall, vielleicht würde er, so Gott wollte, einen Rückzieher machen, vielleicht würde er davor zurückschrecken, seine schaurige Bitte direkt auszusprechen.

Nachdem Kabanow sein gleichgültiges Nein in den Raum gestellt hatte, heftete er seinen Blick auf den Teller des Gastes, auf dem zwei einsame Stückchen Hühnerbrust mit Nüssen, Knoblauch und Grünzeug lagen.

»Ich meine den Mann, der so virtuose Genickschüsse aus zwanzig Metern Entfernung abgibt. Es muß nicht unbedingt dieser Mann sein, ein beliebiger anderer mit denselben Qualitäten tut es auch.«

»Warum sind Sie so an ihm interessiert?« fragte Kabanow gleichmütig. »Wollen Sie seine Biographie schreiben oder einen Dokumentarfilm für das Fernsehen über ihn drehen?«

»Ich möchte ihm eine Arbeit in seinem Beruf anbieten«, erwiderte Sajnes mit ruhiger Stimme. »Eine gutbezahlte Arbeit.«

»Ich besitze kein Büro für Arbeitsvermittlung. Ich handle mit Druckereimaschinen. Um die Arbeitskraft anzuheuern, um die es Ihnen geht, bedürfen Sie nicht meiner Vermittlung.«

»Im Gegenteil, Vitalij Nikolajewitsch, ganz im Gegenteil«, widersprach Sajnes, »ohne Ihre Vermittlung geht es nicht. Ich bin nicht in der Lage, so einen Mann zu finden, aber Sie sind es zweifellos.«

»Wie kommen Sie darauf?«

»Das hat mir der gesagt, der mir Ihre Telefonnummer gegeben hat. Er hat mir die Garantie gegeben, daß Sie mir helfen werden.«

»Aber dieser Mann wird doch bereits seit mehr als einem Monat von der Miliz gesucht. Sie verstehen selbst, daß meine Möglichkeiten unverhältnismäßig geringer sind. Wenn die Miliz ihn bisher nicht gefunden hat, wie sollte dann ich ...«

»Aber ich bestehe doch nicht darauf, daß es unbedingt dieser Mann sein muß. Ich akzeptiere jeden anderen, der über dieselben Qualitäten verfügt. Finden Sie ihn, Vitalij Nikolajewitsch, und Sie werden die entsprechende Vermittlungsgebühr bekommen.«

Kabanow zuckte mit den Schultern.

»Ich bin keineswegs sicher, ob mir das möglich ist. Und ich gebe nie ein Versprechen, wenn ich nicht überzeugt davon bin, daß ich es auch halten kann. Sie sollten sich an jemand anderen wenden, der bessere Möglichkeiten hat als ich.«

»Aber ich wende mich an Sie, weil Trofim von Ihren Möglichkeiten überzeugt ist. Er weiß, daß Sie helfen können, und zwar besser als jeder andere.«

»Trofim kann das nicht wissen«, widersprach Kabanow. »Er kann es deshalb nicht wissen, weil eine Bitte dieser Art noch nie an mich herangetragen wurde. Ich kann Ihnen nichts versprechen. Denken Sie noch einmal über die Sache nach!«

»Vitalij Nikolajewitsch, man nennt Sie nicht umsonst die Lokomotive. Der Ruf, der Ihnen vorauseilt, ist völlig gerechtfertigt, Sie sind zu allem in der Lage. Ich zähle auf Sie.«

»Und bis wann erwarten Sie ein Resultat von mir?«

»In einer Woche, spätestens in zehn Tagen.«

»Das heißt, Sie wollen, daß ich in zehn Tagen das bewerkstellige, was die gesamte Miliz im Laufe eines Monats nicht bewerkstelligen konnte? Ich beneide Ihren Optimismus, Vitalij Wassiljewitsch.«

»Sie verstehen mich falsch. Ich möchte, daß dieser Mann in zehn Tagen, besser noch in einer Woche, seinen Auftrag bereits erfüllt hat. Wie lange Sie ihn suchen werden, fünf Minuten oder neuneinhalb Tage, interessiert mich nicht. Heute ist Mittwoch, der fünfte April. Spätestens am Freitag nächster Woche muß der Auftrag erfüllt sein, noch besser schon am Dienstag. Und den Auftrag werden Sie dem Mann erteilen. Ich habe nicht vor, mit ihm in Kontakt zu treten.«

Kabanow schüttelte den Kopf.

»Ich kann solche Verpflichtungen nicht übernehmen. Das Risiko ist zu groß. Wenn etwas schiefgeht, werde ich der Schuldige sein. Und wer wird dann meinen Kopf aus der Schlinge ziehen, Sie etwa?«

»Wohl kaum«, meinte der Gast jovial. »Jeder von uns hat sein Risiko und seinen Gewinn. Also, Vitalij Nikolajewitsch, mein Auftrag ist folgender: ein Mann und eine Frau, eine Einzimmerwohnung im zweiten Stock des Hauses, in dem sich das Geschäft ›Gaben des Meeres‹ befindet. Ein Geschäft dieses Namens gibt es in Moskau nur einmal, also ist ein Irrtum ausgeschlossen. Die Mieterin ist eine Frau, der Mann ist ihr Gast, wahrscheinlich ihr Liebhaber.«

Er nennt weder die Namen noch eine Adresse, dachte Kabanow. Hat er etwa Angst? Oder kennt er die Namen nicht? Danach zu urteilen, mit welcher Selbstgewißheit er seine Bitte vorgetragen hat, gibt es auf der Welt wahrscheinlich überhaupt nicht sehr viel, wovor er Angst hat, es sei denn vor einem Pärchen in einer Einzimmerwohnung. Offenbar stehen mächtige Leute in hohen Positionen hinter ihm. Es ist ganz schön gefährlich, sich mit ihm einzulassen. Aber noch viel gefährlicher wäre es, Trofim eine Bitte abzuschlagen. Verdammt noch mal, in was bin ich da geraten!

Er wartete schweigend ab, bis Larissa das Hauptgericht serviert hatte, und nutzte die Zwangspause, um die Situation zu überdenken. Der Gast zeigte nicht die geringsten Anzeichen von Nervosität. Der Eindruck, den er am Anfang auf Kabanow gemacht hatte, hatte getäuscht. Vitalij Nikolajewitsch fragte sich, woher Trofim eigentlich die Gewißheit nahm, daß er, die Lokomotive, über die Möglichkeit verfügte, seiner Bitte nachzukommen. Ging er davon aus, daß er unbegrenzte Macht besaß und ein Alleskönner war, oder hatte er irgendwie von dem Scharfschützen erfahren, der zu Kabanow gekommen war und ihm seine Dienste angeboten hatte? Kabanow hatte nur gelacht und gesagt, das Recht auf hochbezahlte Aufträge müsse man sich erst verdienen, indem man sich einen entsprechenden Ruf erwarb und seine Qualitäten in der Praxis bewies. Wenn Trofim tatsächlich etwas von dieser Begegnung zu Ohren gekommen war, dann stellte sich die Frage, wer da geplaudert hatte. Sollte es tatsächlich Gena gewesen sein? Er war der einzige, der davon wußte. Spielte dieser Bastard etwa ein doppeltes Spiel? Aber eigentlich konnte das nicht sein. Der Miliz etwas zuzuflüstern, das mochte noch angehen, aber wer sich mit Trofim, dem obersten Mafia-Paten, einließ, riskierte sein Leben. So schnell kannst du gar nicht denken, und schon bist du tot, liegst auf dem Boden und wirst langsam kalt.

»Ich glaube, wir haben alles besprochen«, sagte der Gast, so als sei nichts geschehen, während er das Glas hob und mit einer Geste andeutete, daß das Geschäft für ihn erfolgreich abgeschlossen war. »Ich möchte Ihre Zeit nicht länger in Anspruch nehmen.«

Er kippte das Glas in einem Zug hinunter, erhob sich, verabschiedete sich höflich und verließ das Séparée.

Vitalij Nikolajewitsch sah ihm mit haßerfülltem Blick hinterher. Eine klassische Situation, die in einem berühmten Film den treffenden Titel »Fahrstuhl zum Schafott« erhalten hatte. Wie man die Sache auch drehte und wendete, es lief immer auf dasselbe hinaus: Anklagebank oder Friedhof.

NEUNTES KAPITEL

1

Es läutete genau in dem Moment an der Tür, als Nastja Kamenskaja unter die heiße Dusche gehen wollte, um die von der nervlichen Anspannung verkrampfte Nacken- und Rückenmuskulatur wenigstens ein bißchen zu lockern. Sie nahm mißmutig die Duschhaube vom Kopf, schlüpfte in ihren Bademantel und ging zur Tür.

Dascha kam hereingestürzt und trug die frischen Düfte des Frühlings und ihrer ungestümen Jugend mit herein. Sie gab Nastja einen Schmatz auf die Wange, warf ihren weiten Trenchcoat ab, der vollständig verbarg, daß sie im sechsten Monat schwanger war, und wirbelte in Richtung Küche.

»Dascha, wie oft muß ich dir noch sagen, daß du nicht wie eine Verrückte durch die Gegend rennen sollst«, ermahnte Nastja sie vorwurfsvoll, während sie ihr half, die riesige, mit Lebensmitteln vollgestopfte Stofftasche auszupacken.

»Das ist gut für die Gesundheit«, erklärte Dascha fachkundig. »Das Herz muß belastet werden, sonst wird es träge.«

»Paß nur auf, daß du dich nicht übernimmst«, erwiderte Nastja kopfschüttelnd. »Du hast Glück, daß mein Bruderherz nicht sieht, wie du, anstatt den Lift zu benutzen, die schweren Taschen die Treppen heraufschleppst. Wie sieht es übrigens aus mit seiner Ehescheidung? Bewegt sich etwas?«

»Ich weiß es nicht.« Dascha zuckte sorglos mit den Schultern. »Ich frage ihn nicht danach, und von selbst sagt er nichts.«

»Und warum fragst du nicht?«

»Ich schäme mich. Es ist irgendwie peinlich.«

Nastja betrachtete aufmerksam ihren Gast. Das reizende Gesichtchen hatte fast nichts von seinem Zauber verloren, nur das zarte Rosa der Wangen war deutlich blasser geworden. Aber die Augen waren groß und strahlend wie eh und je, sie blickten unverändert offen und liebenswürdig in die Welt. Nastja erinnerte sich daran, wie sie Dascha, die Freundin ihres Halbbruders, vor einem halben Jahr kennengelernt und sie damals für eine ausgemachte Schwindlerin gehalten hatte, weil es nach ihrer Ansicht solche Wesen wie sie auf der Welt nicht geben konnte. In der heutigen russischen Wirklichkeit waren so viel Warmherzigkeit und Güte, so viel Empfindsamkeit und Selbstlosigkeit in Verbindung mit so viel Verstand, Scharfblick und Courage einfach nicht denkbar. Nur ein Mensch wie Dascha konnte auf den Gedanken kommen, daß es peinlich war, den Mann, dessen Kind sie in drei Monaten zur Welt bringen würde, danach zu fragen, wie seine Scheidungsangelegenheiten standen und wann sie damit rechnen konnte, die gesetzliche Ehefrau von Alexander Pawlowitsch Kamenskij zu werden, einem jungen, erfolgreichen und wohlhabenden Geschäftsmann.

»Dascha, stell dich nicht so an«, sagte Nastja streng. »Ich weiß, du fürchtest, die Leute könnten denken, daß du hinter einem reichen Mann her bist, aber man kann es auch übertreiben. Wenn du Sascha nicht hin und wieder an deine Wünsche erinnerst, wird er zu dem Schluß kommen, daß auch so alles bestens in Ordnung ist. Daschenka, meine Liebe, es gibt auf der Welt nur sehr wenige Menschen, die gern über unangenehme Dinge nachdenken. Die meisten ziehen es vor, unangenehme Gedanken zu verdrängen und die Dinge so zu sehen, wie sie ihnen gefallen. Sascha fällt es schwer, sich scheiden zu lassen, aber nicht etwa deshalb, weil er ein schlechter Mensch ist, sondern einfach deshalb, weil Ehescheidungen immer und für jeden schwierig sind, unabhängig von den Gründen für die Scheidung und vom Ausmaß der eigenen Schuld. Und wenn eine Scheidung sich vermeiden läßt, dann denken sich die meisten Leute alle möglichen Ausflüchte aus, um sich diese nervenaufreibende Prozedur zu ersparen. Unser Sascha ist vielleicht ein Gigant an Geschäftstüchtigkeit, aber bestimmt kein Gigant an Courage und Willensstärke. Und wenn du weiterhin schweigen und in ihm den Eindruck erwecken wirst, daß alles in Ordnung ist und daß du ihn auch ohne den Status als seine Ehefrau immer lieben wirst, wird er sich nie scheiden lassen. Hast du mich verstanden?«

»Ich kann nicht«, sagte Dascha leise, mit gesenktem Kopf. »Ich bringe es nicht über die Lippen. Ich habe ihm doch selbst gesagt, daß ich auf ihn warten werde, so lange es nötig ist, und daß ich ihn immer lieben werde, ganz egal, ob er mich heiratet oder nicht.«

»Das sollst du ja gar nicht zurücknehmen«, widersprach Nastja, während sie das Gas unter dem Wasserkessel anzündete. »Ja, du bist bereit zu warten, aber du hast das Recht, zumindest zu erfahren, wie lange du noch warten mußt. Sollte er dir sagen, daß es noch fünf Jahre dauern wird, wirst du nicht anfangen, zu heulen und dir die Haare zu raufen, weil du nicht fünf Jahre, sondern höchstens noch fünf Monate warten willst, nein, du wirst ihm sagen, daß du auch fünf Jahre warten wirst, aber dann auch wirklich keinen Tag länger. Entweder wird er dich nach fünf Jahren heiraten, oder du wirst ihn dann zum Teufel schicken. Und in fünf Jahren wirst du ganz nebenbei Gelegenheit haben, ihn bestens kennenzulernen.«

»Genug, ich will nicht mehr über traurige Dinge reden«, sagte Dascha entschieden und sprang vom Küchenhocker auf. »Du heiratest im nächsten Monat und beschäftigst dich mit diesem Unsinn. Komm, wir wollen uns deine Garderobe vornehmen.«

Dascha arbeitete als Verkäuferin in der Damenabteilung eines teuren Modegeschäfts. Als sie erfahren hatte, daß Nastja endlich ihren langjährigen Freund Alexej Tschistjakow heiraten wollte, begann sie sofort, sich Gedanken um den Hochzeitsstaat ihrer zukünftigen Schwägerin zu machen.

Nastja lehnte es kategorisch ab, sich etwas Neues für die Hochzeit zu kaufen, sie berief sich auf ihr schmales Budget und ihre Abneigung gegen alles Pompöse und Feierliche. Dascha war zuerst sichtlich enttäuscht, weil sie in ihrem Geschäft bereits einige sehr schöne, elegante Kleidungsstücke ins Auge gefaßt hatte, sie waren zwar sündhaft teuer, aber dafür konnten sie durchaus mit einem richtigen weißen Hochzeitskleid mit blödsinnigen Rüschen und Spitzen konkurrieren.

»Gut, wenn du so starrsinnig bist, werde ich dir etwas Passendes aus deinem eigenen Kleiderschrank aussuchen«, verkündete sie schließlich.

»Warum?« fragte Nastja erstaunt. »Ein Kleid kann ich doch selbst aus dem Schrank nehmen.«

»Das fehlte noch. Wenn ich nicht dabeistehe und aufpasse wie ein Luchs, gehst du in Jeans, Turnschuhen und einem T-Shirt mit irgendeinem idiotischen Aufdruck zum Standesamt. In einem Jahr wirst du Oberstleutnant sein, Anastasija, aber du hast noch nicht einmal die Seriosität eines Sergeanten.«

Heute war Dascha ganz offensichtlich entschlossen, ihre Drohung wahr zu machen. Sie ging hinüber ins Zimmer, öffnete den Schrank, nahm mit einem einzigen geschickten Griff sämtliche Bügel mit den aufgehängten Kleidungsstücken aus dem Schrank und warf sie aufs Sofa. Dann stellte sie sich auf die Zehenspitzen und wollte die Koffer vom Zwischenboden herunterholen. Nastja ging entsetzt dazwischen.

»Dascha! Bist du verrückt geworden? Laß das sofort bleiben, ich mache das selbst. Bist du noch bei Trost?«

Als die geöffneten Koffer und Reisetaschen in Reih und Glied auf dem Fußboden standen, atmete Dascha auf.

»Das war's. Jetzt geh in die Küche, und störe mich nicht mehr, bis ich dich rufe.«

Nastja verließ erleichtert das Zimmer und begann, das Abendessen vorzubereiten. Wäre Dascha nicht gekommen, hätte sie sich ein paar Toasts mit Wurst und Käse gemacht und eine große Tasse starken Kaffee getrunken. Aber die schwangere Dascha brauchte natürlich eine ganz andere Kost. Die Feinfühligkeit der jungen Frau war tatsächlich grenzenlos. Sie wußte, daß die Schwester ihres zukünftigen Mannes nicht gern einkaufte und noch weniger gern kochte, deshalb hatte sie alles mitgebracht, was sie selbst essen durfte und mußte: frisches Obst, Joghurt, Quark, Vollkornbrot, zwei Gurken und eine riesige, rotbackige Tomate für den Salat.

Nastja hatte gerade begonnen, den Nachtisch zuzubereiten, als ihr Halbbruder Alexander anrief.

»Sei gegrüßt, Schwesterchen. Ist meine Schöne bei dir?«

»Ja, sie ist hier. Sascha, ich möchte dir eine indiskrete Frage stellen, solange sie mich nicht hört. Hast du eigentlich vor, dich scheiden zu lassen, oder führst du Dascha an der Nase herum? In drei Monaten kommt euer Kind zur Welt, falls du das vergessen haben solltest.«

»Ich glaube, du hältst mich für einen ausgemachten Schurken, Nastja. Kann das sein?«

»Nein, eigentlich nicht, aber es könnte soweit kommen.«

»Dann hör mir gut zu! Unser Kind wird in einer gesetzlichen Ehe geboren werden. Alle juristischen Fragen sind bereits geklärt. Ich nehme nichts mit, sondern überlasse den gesamten gemeinsamen Besitz meiner Frau, in drei Wochen kaufe ich eine neue Wohnung und hole Dascha zu mir. Mit dem Standesamt ist ebenfalls alles besprochen. Da Dascha schwanger ist, erläßt man uns die übliche Probezeit, wir können gleich an dem Tag heiraten, an dem wir das Aufgebot bestellen. Wir fahren zum Standesamt, füllen die Formulare aus, und eine Stunde später bekommen wir die Heiratsurkunde. In spätestens einem Monat sind wir Mann und Frau.«

»Und warum weiß Dascha nichts davon? Warum sagst du ihr nicht, was du mir soeben gesagt hast?«

»Nastja, das ist schwer zu erklären ...«

»Versuch es wenigstens!« sagte Nastja angriffslustig. Sie schämte sich, weil sie so schlecht von ihrem Bruder gedacht hatte, und sie ärgerte sich, weil er sie mit seiner Heimlichtuerei soweit gebracht hatte.

»Schwör mir, daß du mich nicht auslachen wirst.«

»Ich schwöre.«

»Ich möchte, daß alles wie im Märchen ist. Verstehst du? Wenn Dascha mir Fragen stellen würde, würde ich ihr natürlich ehrlich antworten, aber sie fragt nicht, und so habe ich mir vorgenommen, sie zu überraschen. Sie braucht nicht zu wissen, daß alles bereits geregelt ist. Wenn es soweit ist, werde ich zu ihr kommen, sie ins Auto setzen und mit ihr zum Standesamt fahren. Und von dort gleich in die neue Wohnung.«

»Sascha, du ...«

»Was?«

»Ich weiß nicht, wie ich mich ausdrücken soll ... Aber du bist auf dem Holzweg.«

»Warum?«

»Weil Dascha dein Kind unter dem Herzen trägt, und es ist nicht gut für sie, wenn sie bedrückt und bekümmert ist. In ihrem Zustand muß sie sich freuen und glücklich sein. Solange sie nicht Bescheid weiß, leidet sie. Verstehst du das nicht?«

»Aber ich möchte so gern, daß es wie ein Wunder ist. Verstehst du?«

»Ich verstehe, aber Sascha, Lieber, Wunder dieser Art bescheren den Menschen in der Regel kein Fest, sondern nur Unannehmlichkeiten.«

»Wieso?« fragte Alexander erstaunt.

»Stell dir vor, du kommst am Hochzeitstag überraschend zu Dascha und fährst mit ihr zum Standesamt. Wer wird dann ihr Trauzeuge sein? Gewöhnlich suchen sich Frauen dafür eine enge Freundin aus, und überhaupt ist es üblich, ein paar nahestehende Menschen zur Trauung einzuladen. Aber du erscheinst wie ein Engel vom Himmel, um mit Dascha zum Standesamt zu fahren, und da wird kein Trauzeuge sein, niemand von ihren Freundinnen, kein Hochzeitskleid, und überhaupt wird sie an diesem Tag vielleicht schlecht aussehen, vielleicht wird sie sich nicht gut fühlen und einen Termin beim Arzt haben. Hast du das alles nicht bedacht?«

»Danke, daß du mich daran erinnert hast«, sagte Sascha

trocken. »Ich werde mich vorher mit ihren Freundinnen in Verbindung setzen und mit ihnen zusammen bei Dascha erscheinen. Dein Pragmatismus kann auch dem dümmsten Optimisten die Laune verderben.«

Nastja fühlte, wie ihr die Röte in die Wangen schoß. Mit übermäßigem Zartgefühl hatte die Natur sie weiß Gott nicht ausgestattet. Ein nicht gerade schöner, ungeliebter kleiner Junge war zu einem nicht gerade schönen, ungeliebten Mann herangewachsen, den seine Frau nur wegen des Geldes geheiratet hatte. Nun hatte er das Glück gehabt, einem wunderbaren Mädchen zu begegnen, das ihn aufrichtig und selbstlos liebte. Konnte er da der Versuchung widerstehen, in die Rolle des Märchenprinzen zu schlüpfen? Durfte man ihn deshalb verurteilen? Vielleicht würde die Stunde, in der er Dascha an die Hand nehmen und ins Auto setzen würde, um mit ihr zum Standesamt zu fahren, die schönste seines Lebens sein, seine Sternstunde. Vielleicht konnte er gar nichts Besseres tun als das.

»Verzeih!« sagte Nastja schuldbewußt. »Ich wollte dich nicht kränken. Soll ich Dascha ans Telefon rufen?«

»Nicht nötig. Sag ihr, daß ich sie um elf abhole. Und noch etwas, Nastja ...«

»Ja?«

»Versprich mir, daß du ihr nichts sagst. Auch wenn es gegen deine Prinzipien geht.«

»Ich verspreche es.«

Als das Abendessen fertig war, schlich Nastja sich auf Zehenspitzen zum Zimmer, in dem Dascha hantierte, und warf einen Blick durch den Türspalt. Dascha sortierte andächtig die Kleidungsstücke. Sie legte die Blusen und Jacken aufs Sofa, die Röcke und Hosen auf einen, die Kleider auf einen anderen Sessel, die Schals, Tücher, Gürtel und andere Accessoires auf den Schreibtisch, neben den Computer.

»Dascha, das Abendessen ist fertig«, rief Nastja, nachdem sie sich wieder ein paar Schritte in Richtung Küche entfernt hatte.

Nachdem sie auf die Schnelle gegessen hatten, begannen sie mit der Kleiderprobe, einer Beschäftigung, die Nastja aus tiefster Seele zuwider war. Nastjas Mutter arbeitete in Schweden, die Sachen, die sie ihrer hageren, großgewachsenen Tochter schickte oder mitbrachte, waren dank ihres erlesenen Geschmacks sehr elegant und saßen ausgezeichnet. Dascha gelang es in ziemlich kurzer Zeit, mindestens vier Kombinationen zusammenzustellen, die man nicht nur zur eigenen Hochzeit, sondern sogar zu einem Empfang bei der englischen Botschaft hätte tragen können. Besonders schick sah Nastja in einem langen perlgrauen Kleid mit einer anthrazitfarbenen Seidenjacke aus.

»Solche Kleider kann man nur zusammen mit einem aufwendigen Make-up tragen«, sagte Nastja unzufrieden, während sie sich im Spiegel betrachtete. »Mein farbloses Gesicht verdirbt auch die schönste Toilette. Und ich werde mir die Haare tönen müssen, damit sie sich nicht mit der Farbe der Jacke beißen.«

»Was redest du für einen Unsinn!« sagte Dascha empört. »Du hast wunderschönes platinblondes Haar. Es beißt sich überhaupt nichts.«

»Nicht platinblond, sondern platingrau«, verbesserte Nastja ihre zukünftige Schwägerin. »Du brauchst mir nicht zu schmeicheln.«

»Ich schmeichle dir nicht, ich sage die Wahrheit. Ich verstehe gar nicht, warum du dich so wenig magst.«

»Wofür sollte ich mich denn mögen? Für mein Gesicht, das jeder sofort vergißt, weil es so unscheinbar und nichtssagend ist? Für meine ausdruckslosen Augen? Für meine farblosen Wimpern und Augenbrauen? Mach dir nichts vor, Daschenka! Auf einem anderen Blatt steht, daß ich wegen meines unattraktiven Aussehens keinerlei Komplexe habe. Ich weiß, daß ich mich, wenn ich ein paar Stunden dafür investiere, in eine Schönheit der Super-Extra-Klasse verwandeln kann, und manchmal, wenn es unumgänglich ist, mache ich das auch. Aber im allgemeinen bin ich zu faul dafür, es ist uninteressant für mich, wie ich aussehe und ob ich den Männern gefalle.«

»Und was ist nicht uninteressant für dich?«

»Da müßte ich dir eine Menge erzählen«, sagte Nastja lachend. »Du zum Beispiel, liebst du den Frühling?«

»Sehr«, erwiderte Dascha mit einem heftigen Kopfnicken.

»Wenn du im April auf die Straße gehst, denkst du dann daran, daß jetzt Frühling ist, denkst du an den Himmel, an Schneeglöckchen und alles das?«

»Natürlich. Ich denke daran und freue mich, versuche, so tief wie möglich einzuatmen, um den Frühling in mich aufzunehmen. Und du?«

»Ich, meine Liebe, bin eine moralische Mißgeburt. Heute zum Beispiel bin ich zu Fuß unterwegs und denke daran, daß im März in der Umgebung von Moskau vier Morde begangen wurden und daß der April wieder mit einem Mord begonnen hat. Und mich interessiert nur die Frage, wie sich der Frühlingsanfang auf diesen rätselhaften Mörder auswirken wird. Wird er noch aggressiver werden, wie das bei Leuten mit einer Schädelverletzung gewöhnlich im Frühling der Fall ist, oder wird der Frühling ihn besänftigen? Werden die Veränderungen von Witterung und Natur im Umland von Moskau irgendeinen Einfluß auf seine kriminellen Aktivitäten haben, und werden diese Veränderungen uns helfen, diese Bestie endlich zu fassen?«

»Sag mal, und deine Hochzeit? Denkst du wenigstens ab und zu daran?«

»Natürlich, jeden Tag. Sobald ein neuer Mord geschieht oder wir endlich eine Spur gefunden haben, die wir verfolgen können, denke ich daran, wie gut es ist, daß ich an diesem Tag nicht zum Standesamt muß. Ich bin ganz sicher, daß am dreizehnten Mai, genau in der Minute, in der ich das Haus verlassen muß, das Verbrechen des Jahrhunderts geschehen wird, und daß ich, anstatt am Tatort zu sein und zu arbeiten, auf irgendeinem blöden Standesamt bei irgendeiner blöden Trauung sein werde.«

»Nicht bei irgendeiner blöden Trauung, sondern bei deiner eigenen«, verbesserte Dascha vorwurfsvoll. »Sei nicht so herzlos, Anastasija.«

»Ich bin nicht herzlos, ich bin einfach nur falsch gepolt«, widersprach Nastja. »Weißt du, mir tut das Herz weh, wenn ich an die Menschen denke, die dieser Mörder vielleicht noch umbringen wird. Sie gehen mir nicht aus dem Sinn. Genug, Daschenka, laß uns diesen ganzen Pomp hier wieder aufräumen, in zwanzig Minuten kommt dein Liebster dich abholen.«

»Und was willst du anziehen? Hast du dich entschieden, oder soll ich noch einmal wiederkommen?«

»Ich weiß nicht, meine Sonne, mir fällt nichts ein. Ich würde eine Variante vorziehen, bei der ich so wenig wie möglich mit meinem Gesicht und meinen Haaren machen muß. Die graue Kombination ist natürlich sehr schick, aber sie verpflichtet zu Make-up und einer aufwendigen Frisur.«

»Gut, ich habe verstanden, was du willst«, seufzte Dascha. »Sieh mal: du nimmst den kurzen schwarzen Rock, der zu diesem Kostüm gehört, diese schwarze Bluse mit dem eleganten Kragen und die lange weiße Jacke, die zu diesem Kostüm hier gehört. Hast du es dir gemerkt?«

Nastja nickte.

»Ja. Ich würde aber lieber eine andere Bluse nehmen, die mit dem hohen geschlossenen Kragen. Die gefällt mir besser.«

»Es kommt nicht darauf an, was dir besser gefällt. Dir würde es am besten gefallen, nackt herumzulaufen, um keine Zeit auf das Anziehen zu verschwenden. Wie kann man nur so faul sein! Ein hoher geschlossener Kragen paßt nicht zu einem festlichen Anlaß mitten am Tag, der Hals muß frei sein und unbedingt mit einem sehr teuren Schmuckstück versehen. Zum Beispiel mit einem Brillant in Platinfassung.«

»Einem Brillant in Platinfassung?« Nastja begann herzhaft zu lachen. »Du hast vielleicht Ansprüche. Da, wo du arbeitest, kommst du nur mit Ehefrauen von Millionären zusammen, aber ich bin eine einfache russische Polizistin, mein Gehalt mit allen Zuschlägen und Dienstalterszulagen beträgt nicht mehr als hundertfünfzig Dollar im Monat. Ich habe ein goldenes Armband und goldene Ohrringe mit Smaragden, die Ljoscha mir geschenkt hat, außerdem noch ein goldenes Halskettchen. Das ist alles. Und für die nächste Zeit sind auch keine Neuanschaffungen dieser Art vorgesehen.«

»Bist du verrückt geworden?« entrüstete sich Dascha. »Zu einer schwarz-weißen Kombination darf man auf keinen Fall Gold tragen. Keine Frau, die etwas auf sich hält, würde so etwas tun. Wenn dir Platin zu teuer ist, dann nimm Silber, aber sehr gutes. Und unbedingt ein Set aus Halskette, Armband und Ohrringen. Keine Fingerringe.«

»Warum?«

»Weil es um eine Hochzeit geht und nicht um einen Kinobesuch, der Ehering muß an diesem Tag der einzige Ring an deiner Hand sein. Und du mußt eine perfekte Maniküre haben, denk daran. Komm nicht auf die Idee, irgendeinen kitschigen rosafarbenen oder roten Nagellack zu benutzen.«

»Sondern?« fragte Nastja sorgenvoll, während sie ihre Hände vor sich ausstreckte und aufmerksam ihre langen Finger mit den mandelförmigen Nägeln betrachtete.

»Kauf dir einen weiß-silbernen Nagellack, und trag ihn in drei bis vier Schichten auf.«

»Und du glaubst, daß ich in einem schwarzen Rock und einer langen weißen Jacke nicht viel mit meinem Gesicht und meinen Haaren machen muß?« fragte Nastja mißtrauisch, während sie die von Dascha ausgewählten Sachen auf einen eigenen Kleiderbügel hängte, um sie später nicht zu verwechseln.

»Natürlich nicht«, sagte Dascha entschieden. »Der kurze Rock wird deine Beine zeigen, und bei einer Frau, die so überwältigende Beine hat wie du, ist der ganze Rest nicht mehr wichtig. Die Beine stellen alles andere in den Hintergrund. Nur vergiß nicht die hautfarbene Strumpfhose und Schuhe mit hohen Absätzen. Im übrigen wird die schwarze Bluse die Blässe deiner Haut betonen und sie blendend weiß erscheinen lassen. Eine Frau mit deiner Haut muß keine Ähnlichkeit mit Gina Lollobrigida haben. Die weiße Jacke und der Schmuck werden dem ganzen den festlichen Touch verleihen. Das ist die ganze Kunst.«

Während Nastja ihrer zukünftigen Schwägerin zuhörte, verstaute sie die Koffer und Reisetaschen wieder auf dem Zwischenboden. Plötzlich glitt ihr ein Koffer aus der Hand, fiel zu Boden und traf sie empfindlich am Fuß.

»Aau!« heulte sie auf. Sie setzte sich auf den Boden und umfaßte mit beiden Händen den schmerzenden Fuß.

»Tut es weh?« fragte Dascha erschrocken.

Nastja antwortete nicht. Sie saß mit angewinkeltem Bein auf dem Fußboden, hielt mit beiden Händen ihren schmerzenden Knöchel fest und schaukelte hin und her wie in Trance. Sie starrte blicklos in eine Ecke des Zimmers, einen Ausdruck nachhaltiger Gekränktheit im Gesicht. Dascha folgte Nastjas Blick, aber in der Zimmerecke entdeckte sie nichts außer einem Paar Hausschuhen der Größe fünfundvierzig, die offenbar Nastjas zukünftigem Mann Alexej Tschistjakow gehörten.

»Was ist dir, Nastja?« fragte Dascha und berührte vorsichtig ihre Schulter.

»Nichts«, erwiderte sie mit tonloser Stimme. »Wie einfach. Von einem Kostüm der Rock, vom anderen die Jacke, eine ganz simple Bluse, und alles zusammen ergibt eine schicke, elegante Kombination. Man braucht nur etwas Phantasie und das eine oder andere Schmuckstück. Mein Gott, wie einfach.«

2

Maxim, der sechzehnjährige Sohn von General Satotschny, erwartete einen Anruf seiner Freundin, deshalb stürzte er schon fast vor dem ersten Klingelzeichen zum Telefon. Er hörte eine weibliche Stimme in der Leitung, allerdings eine ganz andere als die erwartete.

»Guten Abend«, sagte die Stimme höflich. »Kann ich bitte mit Iwan Alexejewitsch sprechen?«

»Pa, für dich!« rief Maxim. »Aber bitte nicht so lange«, fügte er mit leiser, flehender Stimme hinzu. »Ich erwarte einen Anruf von Mila.«

»Schon gut«, flüsterte sein Vater zurück und nahm den Hörer.

»Ja bitte.«

»Iwan Alexejewitsch, ich rufe Sie wegen Platonow an. Können Sie mir schon etwas sagen?«

»Nein, kann ich nicht. Was sollte ich Ihnen denn sagen?«

»Sehr schade. Wenn die Glieder der Kette alle in Ordnung wären, dann hätten Sie mir längst gesagt, daß Platonow unschuldig ist und daß er aus seinem Versteck herauskommen kann. Suchen Sie das defekte Glied in der Kette, Iwan Alexejewitsch. Ich rufe Sie bald wieder an.«

Die Frau hängte den Hörer ein. Suchen Sie das defekte Glied in der Kette! Das war leicht gesagt. Satotschny holte aus seiner Jacke, die über der Stuhllehne hing, schnell sein Notizbuch heraus und wählte die Nummer von Oberst Gordejew.

»Wer ist für den Mordfall Agajew und die Fahndung nach Platonow zuständig?« fragte er.

»Von meinen Leuten sind es Lesnikow, Korotkow und die Kamenskaja. Vom Ministerium Oberstleutnant Russanow. Steht die Sache unter Ihrer Aufsicht?«

»Sie können davon ausgehen. Offiziell befaßt sich die Hauptverwaltung der Kripo damit, aber ich verfolge die Sache sehr genau mit.«

»Darf ich erfahren, warum?«

»Weil Platonow zu meinen Mitarbeitern gehört. Viktor Alexejewitsch, ich würde mich gern mit Ihnen treffen.«

»Ist es dringend?«

»Ja, sehr dringend.«

»Morgen früh?« schlug Gordejew vor.

»Ja, in Ordnung.«

»Wann soll ich bei Ihnen sein?«

»Wenn Sie nichts dagegen haben, würde ich lieber zu Ihnen kommen. Würde es Ihnen um acht Uhr passen?«

»Ich erwarte Sie.«

Satotschny ging in die Küche und setzte sich auf die breite Fensterbank, das war sein Lieblingsplatz, wenn er in Ruhe nachdenken mußte. Vier Personen, drei von der Hauptverwaltung für Innere Angelegenheiten, einer aus dem Ministerium. Wen von ihnen hielt die Frau, die heute zum zweiten Mal angerufen hatte, für das defekte Glied in der Kette? Er, General Satotschny, mußte verstehen, worum es hier ging. Die Frau hatte Platonows Schicksal in seine Hände gelegt.

Die Worte der Unbekannten konnten nur eines bedeuten. Sie rief mindestens zwei der vier Ermittler an und gab ihnen verschiedene Informationen. Nur wenn man diese Informationen zusammenfaßte, konnte das einen Lichtstrahl in die dunkle Geschichte mit Agajew und Platonow werfen. Vielleicht rief die Frau sogar alle vier Ermittler an. Und die Informationen, die sie ihnen gab, mußten bei ihm, Satotschny, zusammenlaufen. Doch aus irgendeinem Grund berichtete ihm niemand aus dem ruhmreichen Quartett von den Anrufen der geheimnisvollen Unbekannten. Angenommen, den Ermittlern von der Petrowka kam es gar nicht in den Sinn, General Satotschny in Kenntnis zu setzen, weil sie ihn nicht persönlich kannten? Aber ihrem Chef, Oberst Gordejew, hätten sie auf jeden Fall Bericht erstatten müssen. Und Gordejew hätte ihn in diesem Fall unbedingt in die Sache einweihen müssen, weil er wußte, daß Sergej Russanow auf seine, Satotschnys, Initiative in das Ermittlerteam einbezogen worden war. Sollte das defekte Glied in der Kette Oberst Gordejew selbst sein? Ein unangenehmer Gedanke. Aber auch das mußte als mögliche Variante in Betracht gezogen werden.

Das morgige Gespräch in der Petrowka würde nicht einfach werden. Das war Iwan Alexejewitsch klar. Man durfte niemandem Unrecht tun, aber blind glauben durfte man auch niemandem.

Das erneute Läuten des Telefons riß Satotschny aus seinen

schweren Gedanken. Gleich darauf erschien sein Sohn in der Küche.

»Papa, wieder für dich. Wieder eine Frau.«

»Dieselbe?« fragte der General erwartungsvoll.

»Nein, eine andere. Bei dir ist wohl gerade Hochkonjunktur, was?«

»Du Schlingel.« Der General gab Maxim einen scherzhaften Klaps auf den Hinterkopf und ging mit schnellen Schritten ins andere Zimmer, zum Telefon.

»Ich höre.«

»Iwan Alexejewitsch, hier spricht Major Kamenskaja von der Moskauer Kripo. Entschuldigen Sie, daß ich so spät anrufe, aber es geht um eine unaufschiebbare Angelegenheit ...«

3

Gegen Morgen gab es einen drastischen Wetterumsturz. Eine ganze Woche lang war es warm und sonnig gewesen, es hatte ganz nach einem frühen, ungestümen Frühling ausgesehen, aber jetzt war es wieder Winter. Ein richtiges Matschwetter, kalt und ungemütlich, so daß man nur einen Wunsch hatte: ein heißes Bad nehmen, sich in eine warme Decke einwickeln und schlafen, schlafen, schlafen ...

Auf dem Weg zur Arbeit holte Nastja sich nasse Füße, in ihrer Zerstreutheit war sie in eine tiefe, von einer dünnen Eisschicht überzogene Pfütze gestiegen und bis zum Knöchel eingesunken. Allerdings hatte sie das kaum bemerkt, denn sie war in Gedanken an das bevorstehende Gespräch mit ihrem Chef und einem Beamten des Ministeriums vertieft. Die Erleuchtung war ihr am Vortag ziemlich spät gekommen, aber sie hatte trotzdem bei Gordejew angerufen, ihrem Chef mit dem Spitznamen Knüppelchen, und der hatte ihr geraten, sich mit General Satotschny in Verbindung zu setzen und ihr sogar dessen private Telefonnummer gegeben.

»Satotschny verfolgt den Fall und hat vor, uns morgen früh in die Mangel zu nehmen«, teilte ihr Viktor Alexejewitsch mit. »Gib ihm etwas Nahrung für seine Gedanken, damit er keine Zeit verliert und nachts keine süßen Träume träumt.«

»Mögen Sie ihn aus irgendeinem Grund nicht?« fragte Nastja erstaunt.

»Wofür sollte ich ihn denn mögen?« parierte Gordejew. »Er war es doch, der darauf bestanden hat, daß Russanow mit euch zusammenarbeitet, und jetzt hängt euch dieser Russanow wie ein Klotz am Bein und hindert euch daran, Beweise gegen Platonow zu sammeln. Es ist verständlich, daß Satotschny Platonow schützen will, er gehört schließlich zu seinen Mitarbeitern, ich verurteile ihn deshalb nicht, aber meine Liebe zu ihm vergrößert es auch nicht gerade. Wäre ich allerdings an Platonows Stelle, würde ich natürlich anders denken. Alles in allem ist der Mann in Ordnung, ich habe viel Gutes über ihn gehört. Aber mir gefällt dieses gemütliche Beisammensein nicht, das er sich für morgen ausgedacht hat. Wozu will er sich mit mir treffen? Will er mir erzählen, was für schlechte und unfähige Mitarbeiter ich habe? Über meine Mitarbeiter weiß ich selbst Bescheid, viel besser als er. Will er uns Ratschläge erteilen, wie wir vorgehen sollen, um den Mord an Agajew aufzuklären und Platonow zu finden? Warum hat er mit diesen Ratschlägen so lange gewartet, wenn er weiß, wie wir vorgehen müssen? Oder hat er etwas in Erfahrung gebracht, das die Sache von Grund auf verändert? Dann wird ihm die Information, die du für ihn hast, sehr nützlich sein, er kann heute nacht darüber nachdenken und morgen, wenn er in der Petrowka erscheint, gleich die Kaninchen aus seinem Hut hervorzaubern.«

»Viktor Alexejewitsch, mir ist etwas bang«, bekannte Nastja. »Vielleicht verfolgt er ja eigene Interessen. Platonow hat sich mir anvertraut, und sollte er tatsächlich unschuldig sein, könnte meine Information in falsche Hände geraten. Wäre das möglich?«

»Nastjenka, so etwas ist immer möglich, aber laß uns die

Sache so vernünftig wie möglich betrachten! Derjenige, der hier ein eigenes Ding laufen hat, kann nur ein Interesse haben, nämlich Platonow auszubooten. Aber warum hat uns Satotschny diesen Russanow untergeschoben? Weil Russanow ein enger und langjähriger Freund Platonows ist und euch in den Ohren liegen wird, um Platonow nicht auszubooten, sondern zu retten. Das ist doch klar, Kindchen. Wenn Satotschny ein anderes Interesse verfolgen würde, hätte er nie und nimmer Russanow eingeschaltet. Stimmst du mir zu?«

»Nun ja, schon ...« sagte Nastja zögernd.

»Also, dann ruf den General an! Du brauchst keine Bedenken zu haben.«

Nastja hatte den Rat ihres Chefs befolgt, und jetzt erwartete sie ungeduldig das Treffen mit Iwan Alexejewitsch.

Fünf vor acht saß sie im Büro bei Gordejew, ihre durchnäßten Turnschuhe hatte sie in ihrem eigenen Büro zum Trocknen hingestellt und durch ihre schwarzen Dienstschuhe ersetzt. Viktor Alexejewitsch stand schweigend am Fenster, er hatte ihr den Rücken zugewandt und betrachtete aufmerksam, wie der nasse Schnee draußen aufs Trottoir fiel. Drei vor acht betrat General Satotschny das Büro. An seinem übernächtigten Gesicht war sofort zu erkennen, daß er mit Sicherheit keine süßen Träume gehabt hatte. Nastja beschloß, die Form zu wahren, sie sprang vom Sessel auf und nahm eine gerade Haltung an.

»Guten Morgen«, sagte der General in einem familiären Tonfall und streckte zuerst Nastja die Hand hin, da sie näher vor ihm stand als Oberst Gordejew.

»Sie sind Major Kamenskaja?«

»Ja, das bin ich, Genosse General.«

»Nicht nötig«, sagte Satotschny schmunzelnd. »Da Sie ausschließlich in Zivil herumlaufen und die Dienstschuhe nur angezogen haben, weil Sie sich unterwegs nasse Füße geholt haben, bin ich für Sie einfach Iwan Alexejewitsch.«

Er lachte leicht und tauchte Nastja von Kopf bis Fuß in den warmen Blick seiner gelb getigerten Augen, was diese sehr irritierte. Satotschny ging ein paar Schritte weiter, um Oberst Gordejew zu begrüßen, und während Nastja auf seinen Rücken starrte, stellte sie mit Entsetzen fest, daß dieser Mann ihr gefiel. Woher wußte er von ihren durchnäßten Turnschuhen? Daß Anastasija Kamenskaja immer nur in Jeans und Pullovern oder T-Shirts herumlief, war für niemanden ein Geheimnis, und die Tatsache, daß der General das wußte, sagte nur aus, daß er nicht aufs Geratewohl zur Petrowka gefahren war, sondern sich vorher nach den Leuten erkundigt hatte, mit denen er es zu tun haben würde. Das sprach natürlich sehr für diesen Mann, denn das bedeutete, daß er in seiner leitenden Position ein erstklassiger Ermittler geblieben war und sich nicht in einen selbstverliebten, satten, bequemen Apparatschik verwandelt hatte. Aber woher wußte er von ihren nassen Füßen? Hatte er gesehen, wie sie auf der Straße in diese verdammte Pfütze hineingetreten war? Hatte er bemerkt, daß sie Turnschuhe angehabt hatte, an deren Stelle sie jetzt die Dienstschuhe trug? Aber in diesem Fall wäre er mit ihr gleichzeitig in der Petrowka erschienen und nicht erst zehn Minuten später. Vielleicht war er, bevor er in Gordejews Zimmer gekommen war, noch in einem anderen Büro gewesen.

Aber am meisten beeindruckten Nastja seine Augen. Sie schienen im trockenen, knochigen Gesicht des Generals ein eigenes Leben zu führen und überstrahlten dieses Gesicht mit einem warmen, hellen Licht.

»Also«, begann der General, während er sich an den langen Konferenztisch setzte, »lassen Sie uns bilanzieren, was sich bis gestern ereignet hat. Eine Unbekannte ruft mich an und sagt, daß ich das zentrale Glied in der Kette bin, daß sich andere Kettenglieder an mich anhängen werden, und daß schließlich eine Kette entstehen wird, die die Unschuld von Dmitrij Platonow beweisen wird. Des weiteren ruft diese Frau auch Sie an, Anastasija Pawlowna, und teilt Ihnen mit, daß Dmitrij unschuldig ist, daß er sich an besagtem Tag zwar mit Agajew getroffen und die mitgebrachten Unterlagen eingesehen hat, ihn aber anschließend zur Wolodarskij-Straße gebracht hat und wieder weggefahren ist. Ich gehe davon aus, daß Sie, Anastasija Pawlowna, dabei sind, diese Angaben zu überprüfen. Teilweise haben sie sich bereits als richtig erwiesen. Agajew war zur genannten Zeit tatsächlich in der Wolodarskij-Straße bei seinem Verwandten, er verließ zusammen mit ihm das Haus und war zu dieser Zeit gesund und wohlauf. Mehr noch, das Auto, das ihn zu der genannten Adresse brachte, entspricht nach der Beschreibung genau demjenigen, das Platonow fährt. Aber da ist eine unangenehme Kleinigkeit. Kurz nachdem das Auto die Wolodarskij-Straße wieder verlassen hat, erscheint vor dem Haus, in dem Agajew verschwunden ist, ein Mann mit einem Diplomatenkoffer, der dem von Platonow täuschend ähnlich sieht. Siehe Vernehmungsprotoll von Stas Schurygin und Identifizierungsprotokoll. Richtig?«

Nastja nickte schweigend, sie hatte dem General sehr aufmerksam zugehört.

»Gehen wir weiter. Man hat bei Agajew keinerlei Unterlagen über die Ausmusterung von Geräten entdeckt. Hier haben wir keinen Beweis für die Richtigkeit von Platonows Angaben. Darüber hinaus habe ich herausgefunden, daß Agajew und Platonow tatsächlich zusammengearbeitet haben, um die betrügerischen Vorgänge in Uralsk aufzudecken, aber die in diese Vorgänge verwickelte Firma Artex existiert nicht mehr. Die Ermittlungen haben also ihre Aktualität verloren. Und das bereits vor längerer Zeit. Insofern haben wir keinen Grund, den Mord an Agajew mit diesen Ermittlungen in Verbindung zu bringen. Es sieht so aus, als wolle Platonow uns in die Irre führen, indem er unsere Aufmerksamkeit auf die Unterlagen über die ausgemusterten Geräte lenkt. Haben Sie nicht auch diesen Eindruck?«

Der General wandte sich Nastja zu und sah sie mit seinen gelben Augen an, Augen, die jetzt Verlegenheit ausdrückten und die Bitte, ihm eine derart lästerliche Annahme zu verzeihen.

»Nein, diesen Eindruck habe ich nicht«, sagte Nastja bestimmt, während sie sich bemühte, Satotschnys Blick auszuweichen. »Ich habe den Eindruck, daß der in der vorigen Woche im Staatlichen Zentrum für Internationale Beziehungen ermordete Jurij Jefimowitsch Tarassow ein Informant von Platonow war, und zwar genau im Zusammenhang mit den Ermittlungen in Uralsk. Und wenn Tarassow zu dieser Zeit noch für Platonow aktiv war, dann bedeutet das, daß die Ermittlungen hinsichtlich Uralsk keineswegs ihre Aktualität verloren haben. Ich wüßte gern, was hier los ist. Wenn Tarassow umgebracht wurde, weil er etwas erfahren hat, das für die Betrüger höchst gefährlich war, dann bedeutet das, daß sie ihre kriminellen Aktivitäten fortsetzen. Ihre Fragen könnte nur Platonow selbst beantworten, weil Slawa Agajew tot ist und Jurij Jefimowitsch ebenfalls, und in einem so komplizierten und komplexen Fall verfügt mit Sicherheit sonst niemand über irgendwelche Informationen, weil kein normaler Ermittlungsbeamter irgendeine zweite Person in solche Dinge einweiht.«

»Nun, Anastasija Pawlowna, Sie haben selbst alle Fragen beantwortet«, sagte Satotschny lächelnd. »Das, was Ihnen so fehlt, ist genau die Information, die mich hätte erreichen müssen, aber aus irgendeinem Grund nicht erreicht hat. Sie, Anastasija Pawlowna, haben sich als gutes, starkes Glied in der Kette erwiesen, aber irgendein anderes Glied oder sogar mehrere müssen angesägt sein. Und ich frage mich, wer es ist. Lesnikow? Korotkow? Russanow?«

»Russanow können Sie ausschließen«, brummte Gordejew mißmutig. »Bleiben nur meine Leute.«

»Und was haben Sie zu tun beschlossen?« fragte der General schuldbewußt, als sei es ihm tatsächlich schrecklich peinlich, daß ein so achtbarer Mann wie Oberst Gordejew nun wegen einer dummen Kaprice des Generals gezwungen war, seine geschätzten Untergebenen zu verdächtigen.

»Was sollten wir schon tun? Anastasija und ich werden der Sache nachgehen. Und Russanow um Unterstützung bitten.«

»Nehmen Sie mich auf in Ihren Bund?«

Wieder wandte Satotschny sich Nastja zu und tauchte sie in die Wärme seiner gelben Augen. Und wieder fröstelte Nastja wie in einem Fieberschauer, weil die gelb getigerten Augen des Generals eine unerklärliche Angst in ihr weckten.

»Natürlich, herzlich willkommen«, sagte sie mit einem gequälten Lächeln.

»Wunderbar.« Satotschny stand mit einer Leichtigkeit auf, als hätte er Sprungfedern in den Knien, und machte einen Schritt in Richtung Tür. Dann hielt er inne und wandte sich erneut Nastja zu.

»Um wieviel Uhr findet bei Ihnen die morgendliche Einsatzbesprechung statt?«

»Um zehn.«

»Jetzt ist es Viertel nach neun. Wo könnte ich mich bis dahin mit Ihnen unterhalten?«

»Mit mir?«

Nastja zuckte zusammen wie unter einem Stromschlag. Jetzt fängt es an, dachte sie voller Entsetzen. Worüber wollte der General aus dem Hauptkomitee des Ministeriums mit ihr reden? Wollte er sie über Igor Lesnikow und Jura Korotkow ausquetschen? Von Jura wußte sie praktisch alles, aber durfte sie dem General das sagen? Von Igor hingegen wußte sie sehr wenig ...

»Sie haben ein eigenes Büro, soviel ich weiß. Würden Sie mir eine Tasse Kaffee anbieten?«

»Bitte sehr, Iwan Alexejewitsch.«

Sie machte eine einladende Geste, die besagte, daß der General ihr folgen sollte. In ihrem Büro ließ sie ihn an ihrem Schreibtisch Platz nehmen, schaltete den Wasserkocher an und stellte Tassen, eine Dose Instantkaffee und Zucker auf den Tisch.

»Und wo werden Sie sitzen?« fragte Satotschny, während er sich in dem kleinen Büroraum umsah.

»Auf dem Stuhl am Fenster. Das ist ein bequemer Platz.«

»Und warum nicht am Tisch mir gegenüber? Hier ist es, glaube ich, noch bequemer.«

»Da bin ich Ihnen zu nah. Das ist gefährlich«, sagte Nastja lächelnd.

»Ach so? Warum denn?«

»Erstens sind Sie General und ein hoher Chef aus dem Ministerium.«

»Und zweitens?«

»Zweitens sind Sie ein sehr attraktiver Mann, da bin ich lieber vorsichtig.«

»So ist das also«, sagte der General nachdenklich. »Man hat mir also die Wahrheit gesagt.«

»Welche Wahrheit?«

»Man hat mir gesagt, daß eine der gefährlichsten Taktiken, mit denen die Kamenskaja arbeitet und ihre Gesprächspartner verunsichert, in ihrer ungewöhnlichen Direktheit besteht. Sie setzt sich über alle Konventionen hinweg und sagt Dinge, die andere niemals aussprechen. Unter anderem scheut sie sich nicht, dem anderen ins Gesicht zu sagen, daß sie ihm nicht glaubt.«

»Kann ich erfahren, wer Ihnen das alles über mich berichtet hat? Über die Jeans, das eigene Büro, den Kaffee, die Taktiken, mit denen ich arbeite?«

»Nein, Anastasija Pawlowna. Jeder von uns hat seinen Jurij Jefimowitsch Tarassow. Und meistens nicht nur einen.«

»Und welcher Tarassow hat Ihnen gesagt, daß ich heute morgen in eine Pfütze getreten bin?«

»Kommen Sie nicht selbst darauf?«

»Nein«, gab Nastja ehrlich zu.

»Ich habe gute Augen, Anastasija Pawlowna, und ich habe bemerkt, daß Sie Ihre Dienstschuhe ohne Strümpfe tragen. Wenn es stimmt, was man von Ihnen behauptet und Sie tatsächlich nur in Jeans herumlaufen, nicht aus Armut, sondern weil Sie bequeme Kleidung über alles schätzen, würden Sie niemals freiwillig ohne Strümpfe in solche Schuhe schlüpfen, weil man sich da sofort Blasen holt. Sie haben einer Not gehorcht. Den Rest kann man sich leicht zusammenreimen.«

»Bravo, Iwan Alexejewitsch«, sagte Nastja mit aufrichtiger Bewunderung. »Nehmen Sie sich Kaffee, das Wasser kocht bereits.«

Sie goß erst Satotschny, dann sich selbst heißes Wasser in die Tasse und ging mit ihrer Tasse zum Stuhl am Fenster.

»Sie wollen also tatsächlich so weit wie möglich entfernt von mir sitzen?«

»Gut, ich setze mich an den Tisch, wenn Sie darauf bestehen«, sagte Nastja entnervt, zog den Stuhl an den Tisch heran und setzte sich dem General gegenüber.

»Danke, Anastasija Pawlowna. Sie haben guten Kaffee.«

»Der Kaffee stammt nicht von mir, sondern von der Firma Nestlé. Worüber wollen Sie mit mir sprechen, Iwan Alexejewitsch? Es ist bereits halb zehn, in einer halben Stunde müssen wir uns wieder trennen.«

»Ich wollte Sie fragen, ob es stimmt, daß Sie in einem Monat heiraten.«

Nastja verschluckte sich und hätte fast den Kaffee ausgegossen. Sie stellte die Tasse langsam auf dem Tisch ab, zog ihren Zeigefinger vorsichtig aus dem geschwungenen Griff und wagte es erst jetzt, ihren Blick zu heben. Satotschny sah sie mit unverhohlenem Interesse und freundschaftlicher Neugier an.

»In fünf Wochen«, sagte sie mit heiserer Stimme und tauben Lippen.

»Und wozu tun Sie das?«

»Was heißt, wozu?«

»Warum wollen Sie einen Mann heiraten, mit dem Sie genausogut auch so zusammensein können? Was ändert sich durch die Heirat?«

»Nichts.« Sie zuckte mit den Schultern. »Er möchte es einfach, und ich sehe keinen Grund mehr, mich zu weigern. Sie haben völlig recht, daß sich für mich durch die Heirat nichts verändert, und genau deshalb habe ich ihr zugestimmt, um meinem Freund einen Wunsch zu erfüllen. Iwan Alexejewitsch, Sie haben mich mit Ihrer unerwarteten Frage überrumpelt, nur aufgrund meiner Verwirrung habe ich Ihnen geantwortet. Es ist nicht meine Art, über solche Dinge mit anderen zu sprechen. Aber jetzt habe ich mich wieder erholt von dem

Schrecken und möchte das Gespräch über meine Privatangelegenheiten beenden.«

»Sehr schade.« Der General lächelte sein berühmtes schwindelerregendes Lächeln, das schon so viele harte und kalte Herzen zum Schmelzen gebracht hatte.

»Was ist daran schade?«

»Wenn Sie frei wären, würde ich Sie gern einmal einladen. Zum Beispiel ins Theater.«

Jetzt ließ Nastja tatsächlich die Tasse fallen, und der Kaffee ergoß sich auf das dunkle Linoleum.

»Wollen Sie ein psychologisches Experiment mit mir durchführen, Iwan Alexejewitsch?« fragte sie, während sie erneut einen Löffel Kaffee in ihre Tasse schüttete und heißes Wasser darübergoß. »Wie soll man das nennen, was Sie hier mit mir anstellen?«

»Ich erprobe an Ihnen Ihre eigene Waffe, die entwaffnende Ehrlichkeit heißt. Erstens möchte ich einmal sehen, welche Wirkung diese Waffe hat, denn ich habe sie bisher nie benutzt. Und zweitens möchte ich, daß Sie am eigenen Leib erfahren, was Sie mit anderen Leuten machen. Man hat mir gesagt, daß Sie sehr erbarmungslos sein können, und ich habe gedacht, daß es nicht schaden kann, wenn Sie mal die Seiten wechseln müssen.«

»Haben Sie vor, mich zu erziehen?« fragte Nastja ungehalten. »Wissen Sie, ich bin schon weit über dreißig, deshalb ist das verlorene Liebesmüh. Sie kommen zu spät.«

»Mitnichten, Anastasija Pawlowna. Indem ich mit Ihnen spreche, überprüfe ich die Genauigkeit der Beschreibungen, die mir meine Tarassows von Ihnen gegeben haben. Ich überprüfe ihre Fähigkeit zur Erstellung eines möglichst vollständigen und qualifizierten Psychogramms.«

»Ich habe das Gefühl, Sie benutzen mich als Versuchskaninchen.«

»Sie sind unaufmerksam, Anastasija Pawlowna.« Der General lächelte erneut, diesmal noch wärmer und sanfter. »Ich habe Ihnen doch gesagt, daß ich Ihre eigene Waffe an Ihnen erprobe, die Direktheit. Ich sage Ihnen ganz einfach die Wahrheit, die reine Wahrheit. Nacktheit ist schockierend, das ist wahr, aber sie betrügt nicht. Falls Sie es nicht gehört haben, wiederhole ich noch einmal: *Alles, was ich Ihnen in diesem Büro gesagt habe, ist die reine Wahrheit.*«

Nastja erschauerte wieder, dann schoß ihr das Blut in die Wangen. Sie blickte direkt in die gelb getigerten Augen, die jetzt geschmolzenem Gold glichen.

»Möchten Sie mich wirklich ins Theater einladen?«

»Ja, das möchte ich. Aber da Sie demnächst heiraten ...«

»Was hat das eine mit dem anderen zu tun? Sie haben doch nicht vor, mich zu heiraten.«

»Woher wissen Sie das?« Der General lachte übermütig. »Diese Frage haben wir noch nicht besprochen. Was das Theater angeht, so müßten Sie Ihren Bräutigam anlügen, wenn Sie die Einladung annehmen. Wenn Sie sagen, daß Sie mit einem flüchtigen Bekannten, einem General aus dem Ministerium, mit dem Sie nichts verbindet, ausgehen wollen, wird das Ihrem Bräutigam wohl kaum gefallen. Er wird Ihnen nicht glauben, weil es so etwas einfach nicht gibt. Insofern werden Sie lügen müssen, ein Treffen mit irgendeiner Freundin vorschieben oder etwas in dieser Art. Und ich mag es nicht, wenn jemand wegen mir lügen und sich verstellen muß. Wir haben nur noch zehn Minuten Zeit, lassen Sie uns das Dienstliche besprechen. Wie werden wir in Zukunft zusammenarbeiten? Haben Sie Vorschläge?«

»Ich habe noch nicht darüber nachgedacht.«

»Man hat mir gesagt, daß Sie sehr langsam denken. Ich habe in letzter Zeit kein allzugroßes Vertrauen ins Telefon, deshalb schlage ich vor, daß wir uns täglich entweder morgens treffen oder abends nach der Arbeit. Wie es Ihnen besser paßt.«

»Nur nicht morgens bitte. Morgens ist mir jede Minute kostbar, die ich länger schlafen kann.«

»Gut, dann abends. Wo wohnen Sie?«

»In der Nähe der Metro-Station Stschelkowskaja.«

»Wunderbar, ich wohne in der Nähe der Ismajlowskaja. Rufen Sie mich zu Hause an, und nennen Sie mir Zeit und Ort, die für Sie günstig sind. Wenn ich nicht zu Hause bin, hinterlassen Sie eine Nachricht bei meinem Sohn. Er ist schon fast erwachsen und wird nichts durcheinanderbringen. Abgemacht?«

»Abgemacht.«

Iwan Alexejewitsch drückte Nastja die Hand und ging. Bis zur Einsatzbesprechung waren es noch fünf Minuten, dann begann ein langer, schwerer Arbeitstag, aber Nastja Kamenskaja fühlte sich jetzt schon völlig zerschlagen.

ZEHNTES KAPITEL

1

Irina Koroljowa empfing Nastja mit kühler Zurückhaltung, aber als sie den Anlaß ihres Besuches erfuhr, wurde sie etwas zugänglicher.

»Du willst wissen, welche Informationen du in unseren Unterlagen finden kannst? Nun, vor allem Angaben darüber, welche Moskauer Firmen wen hierher einladen und zu welchem Zweck. Bei uns ist dokumentiert, wer sich wann, aus welchem Grund und für wie lange Zeit in geschäftlichen Angelegenheiten in Moskau aufhält. Wir bearbeiten hier Visa- und Paßangelegenheiten und korrespondieren mit unseren Botschaften und Konsulaten im Ausland.«

»Laß uns suchen«, seufzte Nastja. »Bring sämtliche Aktenordner!«

»Sämtliche?« fragte Irina entsetzt. »Sag wenigstens ungefähr, was du suchst.«

»Ungefähr suche ich alles, was die Firma Artex angeht. Erst einmal. Dann werden wir weitersehen.«

Nach Ablauf einer Stunde lag vor Nastja ein Blatt Papier, das vollgeschrieben war mit Notizen über die internationale Tätigkeit der so ruhmlos verschiedenen Firma Artex.

»Und jetzt?«

»Jetzt beginnt der ödeste Teil der Sache. Wir müssen nach den Spuren der Leute suchen, die mit der Firma Artex zu tun hatten. Hier sind ihre Namen. Ich habe den starken Verdacht, daß Jurij Jefimowitsch Tarassow genau dasselbe gesucht hat.«

Irina stapelte die Aktenordner auf ihrem Schreibtisch,

Nastja richtete sich am Schreibtisch von Swetlana Naumenko ein, die krank geworden und nicht zur Arbeit gekommen war. Nach einiger Zeit tauchte zum ersten Mal der Name der Firma Variant auf. Danach ging die Arbeit schneller voran, und bis zum Mittag war klar, daß Variant eindeutig und in vollem Umfang die Nachfolge von Artex angetreten hatte.

2

Auf Platonows Bitte brachte Kira einen Stapel Tageszeitungen mit. Dmitrij erklärte ihr, was zu tun war, und sie vertieften sich schweigend, jeder mit einem Stift in der Hand, in die Wirtschaftsmeldungen. Platonow wurde schnell müde, die klein gedruckten Buchstaben begannen vor seinen schmerzenden Augen herumzutanzen und zu verschwimmen. Kira hingegen setzte die Suche konzentriert und ohne alle Ermüdungserscheinungen fort.

»Werden deine Augen nicht müde?« fragte Platonow erstaunt. Er warf den Kopf zurück und schloß die Augen, um sich ein wenig auszuruhen.

»Nein, warum?« sagte sie, ohne den Blick von der Zeitung zu heben.

»Du hast es gut«, seufzte Dmitrij. »Mir ist, als hätte ich Sand in den Augen.«

Sie zuckte wortlos mit den Schultern und las weiter.

»Wenn du müde bist, dann mache ich allein weiter«, sagte sie nach einer Weile. »Du kannst dich ja inzwischen mit etwas anderem beschäftigen.«

»Ich fange an, den Flur zu tapezieren, einverstanden?« sagte Platonow erfreut.

Er schlüpfte in eine alte Trainingshose, die Kira irgendwo im Schrank gefunden hatte, und begann mit der Arbeit. Der Tapetenkleister ließ sich leicht verstreichen und hatte eine gute Haftung, allmählich bedeckten sich die Wände mit den hellen, golden gemusterten Tapeten, und Dmitrij empfand die

Freude, die ihn jedesmal ergriff, wenn eine Arbeit gut lief und Resultate sichtbar wurden. Sogar das Zuschneiden der Tapeten gelang ihm heute so perfekt, daß das Muster an den Nahtstellen millimetergenau übereinstimmte. Er besann sich erst, als er feststellte, daß er bereits seit fast drei Stunden arbeitete und in dieser Zeit außer dem Rascheln der Zeitungen kein einziges Geräusch von Kira vernommen hatte.

Dmitrij warf einen vorsichtigen Blick ins Zimmer. Kira saß immer noch in derselben Haltung da und durchsuchte aufmerksam die Zeitungsmeldungen.

»Kira, vielleicht solltest du eine Pause machen«, schlug er vor, »ich brühe uns frischen Tee auf.«

»Ich bin nicht müde«, sagte sie mit leiser Stimme, ohne den Kopf zu heben.

Platonow geriet in Verlegenheit. Er beschloß, die Teepause zu verschieben und weiter den Flur zu tapezieren. Wenn Kira nicht müde war, dann mußte auch er seine Arbeit zu Ende bringen, um nicht als Faulpelz dazustehen.

Als er die letzte Tapetenbahn mit Kleister bestrich, vernahm er Kiras Stimme.

»Ich glaube, ich habe es gefunden. Die Firma Variant gibt ihre Auflösung bekannt und fordert dazu auf, alle noch bestehenden finanziellen Ansprüche an die Firma innerhalb eines Monats geltend zu machen.«

Dmitrij stürzte ins Zimmer.

»Wo? Zeig!«

»Hier, ich habe es angestrichen.«

Er las aufmerksam die kleingedruckte Anzeige. Es stimmte also tatsächlich, die Firma Variant war denselben Weg gegangen wie ihre Vorgängerin namens Artex. Aber warum? Sollte Sergej Russanow irgendeinen unvorsichtigen Schritt getan und sie damit verschreckt haben? Das wäre schade. Sergej war zwar ein sehr erfahrener Ermittlungsbeamter, aber Fehler unterliefen natürlich jedem. Schließlich hatte auch er selbst, Platonow, vor einigen Monaten die Firma Artex verschreckt.

»Ist es das, was du gesucht hast?« fragte Kira, die ihn aufmerksam betrachtete.

»Ja. Ich danke dir.«

»Bist du verstimmt?«

»Ja, sicher. Jetzt werden sie guten Gewissens alle Unterlagen über den goldhaltigen Metallverschnitt vernichten und sich irgendeinen neuen Coup ausdenken. Sie werden eine neue Firma gründen und genauso weitermachen wie bisher. Aber früher oder später werde ich sie kriegen, die entkommen mir nicht. Natürlich nur unter der Voraussetzung, daß ich nicht ins Gefängnis wandere, wegen einer Bestechungssumme, die ich nicht angenommen habe, und wegen zweier Morde, die ich nicht begangen habe. Aber trotzdem ist es schade. Die ganze bisherige Ermittlungsarbeit ist für die Katz. Sie haben Tarassow ermordet, sie haben Slawa Agajew ermordet und mich in Teufels Küche gebracht. Und jetzt haben sie sich einfach in Luft aufgelöst. Wo soll ich sie jetzt packen?«

Nach dem Mittagessen setzte Platonow seine Renovierungsarbeiten in der Wohnung bis zum Abend fort, ohne ein weiteres Wort mit Kira zu wechseln. Kira spülte das Geschirr ab und begann, Wäsche zu waschen. Als Dmitrij mit seiner Arbeit fertig war, ging er ins Bad, um sich zu waschen. Er öffnete die Tür und erstarrte. Kira stand mit einem Fuß auf dem Wannenrand und hängte Wäsche auf.

»Komm sofort da herunter«, befahl er, »du wirst fallen und dir den Hals brechen!«

»Ich werde schon nicht herunterfallen«, erwiderte sie ungerührt. »Ich habe einen guten Gleichgewichtssinn, ich verliere nie die Balance.«

»Komm sofort herunter«, wiederholte Platonow verärgert. »Laß mich das machen!«

Er hob die Arme, ergriff Kira vorsichtig und stellte sie auf den gekachelten Boden. Für einen Moment standen sie dicht voreinander, und Platonow erblickte wieder das Aufblitzen des ihm schon bekannten Feuers in der Tiefe ihrer Augen. Ihm wurde kalt bei dem Gedanken daran, daß er jetzt nicht mehr darum herumkommen würde, sie zu küssen, aber im selben Augenblick löste sich Kira geschmeidig aus seinen Armen und trat einen Schritt zurück.

»Häng du die Wäsche auf, ich gehe einstweilen in die Küche und bereite das Abendessen vor«, sagte sie mit einem leichten Lächeln und verließ das Bad.

Spätabends, vor dem Schlafengehen, erinnerte Kira ihn daran, daß am nächsten Tag Samstag war.

»Ich muß am Wochenende wieder zu meinen Eltern auf die Datscha fahren und ihnen Lebensmittel bringen. Denk darüber nach, wann du in diesen zwei Tagen am besten auf mich verzichten kannst, damit ich das schnell erledigen kann. Wenn du willst, machen wir es genauso wie beim ersten Mal. Ich fahre am Samstag spätabends und komme am Sonntag morgen mit dem ersten Zug zurück.«

»Ich möchte nicht, daß du spätabends allein durch die Gegend fährst«, widersprach Platonow. »Überall lungern Betrunkene und Rowdys herum. Und du weißt ja selbst aus dem Fernsehen, daß sich ein Mörder in der Umgebung von Moskau herumtreibt.«

»Und was schlägst du vor? Ich muß auf jeden Fall fahren. Entscheide du, wann ich das machen soll.«

»Vielleicht morgen früh?« riet Platonow. »Und nachmittags, noch bei Tageslicht, kommst du zurück.«

»Du brauchst mich morgen also nicht?«

»Kira, meine Liebe, ich brauche dich immer«, erwiderte Platonow lächelnd. »Aber es geht ja nicht an, daß deine alten Eltern deshalb verhungern.«

»Gut, dann machen wir es so. Ich fahre morgen früh und komme gegen Abend zurück.«

Während Platonow auf der Liege in der Küche lag, lauschte er gewohnheitsmäßig den Geräuschen, die aus dem Nebenzimmer zu ihm drangen. Kira klappte das Sofa auf und bereitete sich das Bett. Jetzt das Rascheln der Zeitungen. Kira hatte sie vom Couchtisch genommen und brachte sie an eine andere Stelle. Platonow zählte vier Schritte, das hieß, daß, sofern er sich richtig an die Anordnung des Mobiliars im Zimmer erinnerte, die Zeitungen auf dem Ablagebrett unter dem Fernseher gelandet waren. Ein leises Klicken, Kira hatte die Lampe über dem Sofa angeknipst, wieder Schritte und jetzt ein lauteres Klicken. Sie hatte das Deckenlicht gelöscht. Ein kaum hörbares klirrendes Geräusch – der Knopf ihres seidenen Morgenmantels, den sie nachlässig auf den Sessel geworfen hatte, war mit der hölzernen Armlehne zusammengestoßen. Das Aufstöhnen der Sprungfedern. Das Rascheln von Buchseiten. Kira liebte es, vor dem Einschlafen zu lesen.

Während er Kiras Geräuschen lauschte und sich dabei jede ihrer Bewegungen vorstellte, ergriff Platonow plötzlich eine heftige Sehnsucht nach seiner Frau Valentina. Es war nicht so, daß er sie begehrte, nein, im Gegenteil, er fühlte keinerlei Begehren in sich, seine Situation war zu schwierig und zu belastend, um sich nach Sex zu sehnen. Er fühlte sich seiner Frau einfach tief verbunden, er schätzte und brauchte sie als Freundin, und wenn er von ihr getrennt war, vermißte er sie. Und Lena Russanowa, seine Freundin? Ja, er liebte sie, er fühlte Zärtlichkeit und Leidenschaft, wenn er sie umarmte, aber aus irgendeinem Grund empfand er nie Sehnsucht nach ihr und vermißte sie nicht, wenn sie getrennt waren. Er dachte nicht nach über dieses Phänomen, er nahm es einfach hin, wie es war.

3

Nach der Rückkehr aus dem Staatlichen Zentrum für Internationale Beziehungen machte Nastja sich auf die Suche nach dem Gutachter Oleg Subow. Er war ein ewig schlechtgelaunter Mann, der immer mit irgend etwas unzufrieden war und sich ständig über seine Gesundheit beklagte. Allerdings wußte jeder, daß man Olegs Stimmung keine Beachtung schenken durfte, weil sie immer schlecht war. Im übrigen war er ein erstklassiger Gutachter und liebte seine Arbeit.

Nastja traf Subow mit einer riesigen, dampfenden Tasse in der einen und einem kolossalen belegten Brot in der anderen Hand an. Er lümmelte in einem niedrigen Sessel, hatte seine übermäßig langen Beine von sich gestreckt und die Augen geschlossen.

»Darf ich dich stören?« fragte Nastja schüchtern, während sie näher an Subow herantrat und sich dabei bemühte, nicht über seine Beine zu stolpern.

»Nein, darfst du nicht«, brummte er, während er gemächlich an seinem Brot weiterkaute. »Ich hatte Vierundzwanzigstundendienst, ich bin nicht mehr da.«

Nastja warf einen Blick auf die Uhr, es war halb fünf. Der Vierundzwanzigstundendienst begann morgens um zehn, und wenn Oleg jetzt immer noch da war, konnte man sich vorstellen, wie müde er war.

»Willst du nach Hause gehen?«

»Wenn das so einfach wäre mit euch«, brummte er erneut, mit einer leichten Bewegung der Beine, die offenbar seinen leidenschaftlichen Wunsch ausdrücken sollte, endlich von hier zu verschwinden. »Sie züchten jede Menge Banditen und Betrüger heran, und ein ehrlicher Beamter kommt nicht mehr zum Luftholen. Was willst du?«

»Ich will dir eine Liebeserklärung machen.«

Oleg öffnete lethargisch ein Auge, biß von seinem halbmeterlangen Brot ab und setzte seinen Kauprozeß mit geschlossenen Augen fort.

»Fang an«, sagte er nach einiger Zeit.

»Oljoshenka, mein Täubchen, meine wunderbare, pickelige Beere«, hob Nastja voller Inspiration an, um Oleg endlich aufzuwecken.

»Was für eine Beere?«

Subow öffnete sofort beide Augen und hob den Kopf, in seinem langen Pferdegesicht blinkte unverhohlenes Interesse auf.

»Eine pickelige«, wiederholte Nastja laut und deutlich.

»Warum pickelig?«

Er zog die Beine zu sich heran und winkelte seine Knie an.

»Weil die besten Beeren immer pickelig sind«, erklärte Nastja. »Erdbeeren, Himbeeren, Brombeeren, Maulbeeren. Hast du's verstanden?«

»Nein, aber dafür bin ich aufgewacht.«

Er schüttelte kräftig seinen schläfrigen Kopf und nahm einen großen Schluck von dem heißen, starken Tee in der Tasse. Nastja kannte den Zustand schwerer Benommenheit, in dem man sich nach einem Vierundzwanzigstundendienst befand, wenn man nicht rechtzeitig schlafen ging.

»Also, was willst du?«

»Den Zettel mit der Kontonummer, der im Zusammenhang mit dem Mord an Agajew existieren muß.«

»Da hast du deine Stimmbänder umsonst bemüht«, grunzte Subow. »Der Zettel ist beim Untersuchungsführer.«

»Oleg, Lieber, ich bin sicher, du hast eine Kopie des Gutachtens.«

»Und die willst du wohl von mir haben?«

»Genau.«

»Nicht ›genau‹, sondern bitte, Herr Subow, heißt das. Nur über die Kantine.«

»Was soll ich dir bringen?« fragte Nastja bereitwillig. Die Angewohnheit des Gutachters, sich von jedem, der etwas von ihm wollte, erst etwas aus der Kantine bringen zu lassen, war allen bei der Kripo gut bekannt. Dabei wußte jeder, daß Oleg niemals eine teure Gabe verlangen und auch niemals eine solche annehmen würde. Das kleine Nahrungsgeschenk war für ihn nur wichtig als Zeichen der Anerkennung. Aus irgendeinem Grund brauchte Oleg das Gefühl, daß er anderen einen Gefallen erwies, obwohl er nichts anderes tat als das, was er ohnehin tun mußte, aber daran hatten sich alle längst gewöhnt und erblickten darin eine unabänderliche Seltsamkeit seines Charakters, so etwas wie die Marotte eines Genies.

»Eine Packung Kekse. Finnische«, sagte er.

Nach einer Viertelstunde kam Nastja mit einer runden blauen Packung finnischer Kekse zurück. Vor Oleg auf dem

Tisch lagen bereits die Kopie des Gutachtens und die Ablichtungen eines weißen Papierabschnitts mit Ziffern und Buchstaben, einmal in Originalgröße, einmal in zweifacher Vergrößerung.

Auf der Vergrößerung waren am Rand des Papierabschnitts irgendwelche seltsamen Spuren zu erkennen, die an Punkte oder Kratzer erinnerten. Insgesamt waren da zehn von diesen Punkten, fünf an einer Stelle, fünf an einer anderen.

»Und was ist das?« fragte Nastja und deutete auf die Spuren.

»Druckerfarbe. Mir sind diese Stellen auch aufgefallen. Aber es ist nichts weiter als ganz gewöhnliche Druckerfarbe.«

»Ich frage mich, was für ein Stück Papier das ist, von wo es abgeschnitten wurde«, sagte Nastja nachdenklich. »Hast du eine Idee?«

»Nach der Qualität des Papiers zu urteilen, muß das irgendein Album oder Block gewesen sein, beispielsweise ein Malblock oder ein Album für getrocknete Pflanzen oder ein Kinderbuch vom Typ ›Mal es selber aus‹. Jedenfalls ist es kein Briefpapier, kein Schreibmaschinenpapier und auch keines für den Drucker.«

»Mit anderen Worten, wir suchen nach einer Person, die ein fünf- bis zwölfjähriges Kind hat. Also halb Moskau.«

»Dir kann man es nie recht machen.« Subow öffnete die Kekspackung und hielt sie Nastja hin. »Bedien dich!«

Sie griff mechanisch nach einem Keks und steckte ihn in den Mund, ohne etwas zu schmecken. Irgendein undeutlicher Gedanke blitzte in der Tiefe ihres Bewußtseins auf, verschwand wieder und hinterließ eine diffuse Unruhe.

Nastja wußte, daß ihr innerer Computer drei verschiedene Arbeitsweisen besaß. Die eine Variante verlangte aufwendige Kleinarbeit, große Konzentration und ein sehr gutes Gedächtnis, um in dem Wust von Informationen das zu finden, was man suchte. Bei der zweiten Variante schaltete sich der Computer ganz plötzlich ein und reagierte auf völlig überraschende Dinge, so, wie es zum Beispiel gestern geschehen war, als die

Zusammenstellung verschiedener Kleiderkombinationen für die Hochzeit sie auf den Gedanken gebracht hatte, daß Dmitrij Platonow verschiedene Leute stückchenweise mit verschiedenen Informationen fütterte, in der Hoffnung, daß die Zusammenfassung dieser Informationen zu einem Ganzen die Wahrheit ergeben würde. Bei der dritten Variante entzog sich der Computer ganz Nastjas Kontrolle und machte, was er wollte. Er kannte bereits die Lösung und sandte Nastja Signale, die einen leisen, unangenehmen Schauer irgendwo im Bereich des Solarplexus erzeugten, aber der Computer dachte nicht daran, ihr die Lösung mitzuteilen, sondern zwang sie, nach dem Prinzip von Versuch und Irrtum nach den entsprechenden Programmen und Codes zu suchen.

Nastja spürte die ihr bekannte innere Unruhe, und es war ihr klar, daß ihr in der nächsten Zeit nichts weniger drohte als gesunder Schlaf und normaler Appetit. Sie würde ihre Arbeit weitermachen wie bisher, das »angesägte Glied« in der Kette suchen, in dem die Information steckengeblieben war, die von Dima Platonow zu General Satotschny hätte gelangen müssen, sie würde mit Andrej Tschernyschew darüber nachdenken, wie der Scharfschütze im Umland von Moskau zu fassen war, und dabei ständig an den Papierabschnitt denken, der aus einem Schulheft oder Kinderbuch stammte.

Warum hatte man das Papierstück mit der Kontonummer, auf die die Firma Artex das Geld für Platonow überwiesen hatte, bei dem ermordeten Agajew gefunden? Wenn Agajew erfahren haben sollte, daß Platonow Bestechungsgeld angenommen hatte, und wenn er es ihm gesagt hatte, dann hätte Platonow durchaus ein Motiv gehabt, seinen Kollegen aus Uralsk umzubringen. Aber in diesem Fall war es vollkommen unverständlich, warum der Mörder dem Opfer das Papierstück nicht abgenommen hatte. Denn ohne diesen Papierfetzen wäre die Sache mit dem Bestechungsgeld nie ans Licht gekommen.

Und wenn Agajew von der Geldüberweisung gewußt, aber Platonow nichts davon gesagt hatte? Aber warum? Weil er ihm nicht traute? Weil er die Sache selbst überprüfen wollte? Dann mußte man unbedingt wissen, wie dieses berüchtigte Papierstück überhaupt in seine Hände gelangt war. Hatte er es bereits aus Uralsk mitgebracht, oder hatte er es erst hier, in Moskau, von jemandem bekommen?

Nastja überprüfte Agajews Aufenthalt in Moskau noch einmal Minute für Minute. Er konnte keine Zeit gehabt haben, um auf dem Weg vom Flughafen zum Ministerium noch irgendeinen anderen Ort aufzusuchen. Allerdings war es möglich, daß er im Flughafen jemanden getroffen hatte. Genau denjenigen, der ihm den aus einem Malblock oder Schulheft stammenden Papierabschnitt mit der Kontonummer gegeben hatte.

Sie versuchte, sich den einfachsten und natürlichsten Weg vorzustellen, auf dem eine Notiz mit einer so brisanten Information in ein unschuldiges Kinderheft gelangen konnte. Das Bild entstand prompt und ganz selbstverständlich. Jemand bekommt bei sich zu Hause einen Anruf und wird aufgefordert, etwas aufzuschreiben. Er greift nach dem Nächstbesten, zum Beispiel nach dem Schulheft seines Sohnes oder seiner Tochter, schreibt am Rand der Seite die Buchstaben und Ziffern auf, und nach dem Telefonat schneidet er das beschriftete Ende sorgfältig mit der Schere ab. Ja, nur so konnte es gewesen sein. Hätte dieser Jemand selbst angerufen, hätte er zum Aufschreiben der Angaben ein Blatt Papier oder einen Notizblock bereitgehalten. Und hätte er nicht von seinem privaten, sondern von seinem Diensttelefon gesprochen, dann wäre da kein Kinderheft gewesen.

4

Am Samstag stand Kira zeitig auf, um zu ihren Eltern auf die Datscha zu fahren. Auch Platonow mußte sich erheben. Kira mußte Kaffeewasser aufsetzen, und die in der Küche stehende Liege versperrte ihr den Zugang zum Herd. Dmitrij beobachtete, wie sie auf dem Küchentisch schwarze Nylontaschen glattstrich und zu kleinen Vierecken zusammenfaltete, die bequem in den Taschen ihrer weiten Jacke Platz hatten.

»Ich habe Glück, daß direkt neben dem Bahnhof ein großer Supermarkt ist, der auch am Wochenende von acht Uhr morgens bis neun Uhr abends geöffnet hat. So muß ich die Einkäufe nicht durch ganz Moskau schleppen, sondern kann sie direkt vor dem Einsteigen in den Zug machen.«

Sie trank schnell eine Tasse Kaffee und ging ins Bad, um sich anzuziehen. Die Knöpfe ihres Morgenmantels stießen gegen die Metallwand der Waschmaschine, dann hörte man, daß ein Reißverschluß zugezogen wurde. Kira zog ihre Jeans an. Ein paarmal ertönte das zischende Geräusch eines Deosprays, und Platonow versuchte, sich die schlanke Figur der Frau vorzustellen, die, nur mit Jeans bekleidet, vor dem Spiegel stand und ihren Büstenhalter anzog. Vor seinem geistigen Auge sah er ihre nach hinten gebogenen Arme vor sich, ihre Hände, die sich mit dem Verschluß des Büstenhalters abmühten, die schöne, straffe Brust im Spiegel, die muskulösen Schenkel in den engsitzenden Stretch-Jeans. Die Frau war unbezweifelbar schön. Aber noch unbezweifelbarer war es, daß sie in Dmitrij keinerlei gewisse Gefühle weckte. Kein Wunder, sagte sich Dmitrij, wenn man so in der Klemme steckt wie ich. Zum Glück kann ich wenigstens noch halbwegs klar denken. Aber für den Sex bleiben dem Körper keine Energien mehr.

Er fuhr fort, mechanisch den Geräuschen aus dem Badezimmer zu lauschen. Das Schnalzen eines Magnetschlosses – Kira holte etwas aus dem Spiegelschrank an der Wand. Ein trockenes Rascheln, dessen Herkunft Platonow nicht deuten konnte. Das Klicken der Metallspange, mit der Kira ihr dichtes, schweres Haar am Hinterkopf aufsteckte.

Endlich trat sie aus dem Bad auf den Flur und begann, sich anzuziehen. Während Platonow ihr nachdenkliches, etwas trauriges Gesicht betrachtete, überflutete ihn plötzlich eine Welle der Zärtlichkeit für diese stille Frau, die grundlos eine große Gefahr auf sich nahm, um einem flüchtigen Ermittlungsbeamten Unterschlupf zu gewähren. In einer Gefühlsaufwallung ging er auf sie zu, umarmte sie und drückte seine Wange an ihr Haar.

»Komm bald wieder nach Hause, ja?« sagte er flüsternd. »Ich werde dich vermissen.«

»Ich werde mich bemühen«, erwiderte sie, ebenfalls flüsternd.

Dmitrij spürte, wie sich ihr Rücken anspannte, so, als würde sie ihre ganzen Kräfte zusammennehmen, um nicht vor ihm zurückzuweichen.

»Und sei vorsichtig, Kira.«

»Ich werde mich bemühen«, wiederholte sie.

»Kira, ich bin ein Dummkopf, ich mache alles falsch«, sagte Platonow unerwartet für sich selbst. »Wenn du heute abend zurückkommst, wird alles anders sein. Das verspreche ich dir. Alles wird anders sein.«

Er wußte selbst nicht, wovon er jetzt sprach, was er falsch machte und was am Abend anders sein würde, er hatte einfach instinktiv das Gefühl gehabt, das sagen zu müssen. Er hatte den ganzen Tag Zeit, um darüber nachzudenken, wie er sein Versprechen erfüllen wollte.

»Ich muß los, sonst verpasse ich meinen Zug«, sagte Kira und wich einen Schritt zurück.

Platonow zog sie entschlossen an sich und küßte sie langsam und zärtlich auf den Mund.

»Geh jetzt«, sagte er leise. »Aber denk daran, ich warte auf dich. Und paß auf dich auf, bitte!«

Allein zurückgeblieben, drückte Platonow sich sinnlos in der Wohnung herum, sah eine Weile fern, dann entschloß er sich, die Tapeten in der Küche abzulösen. Er nahm das Geschirr und andere Küchenutensilien aus den Hänge- und Bodenschränken, rückte den Kühlschrank zur Seite und brachte alles, was er bewegen konnte, ins andere Zimmer. Die Wände erwiesen sich als erstaunlich intakt, Spachtelarbeiten waren nicht nötig, und er war sicher, daß er bis zu Kiras Rückkehr mit dem Tapezieren fertig sein würde.

Während Platonow die Tapetenbahnen systematisch mit Kleister bestrich, an die Wand anlegte und mit Hilfe eines Lappens glattstrich, fragte er sich, wieviel Zeit er noch in dieser Wohnung würde verbringen müssen, bis sich die Lage entspannte. Er wußte aus langer Erfahrung, daß es die beste und ungefährlichste Methode war, Informationen portionsweise weiterzugeben, aber es war auch die langwierigste Methode, deshalb mußte er sich in Geduld üben und warten. Er hätte anrufen und alles von Anfang an einer einzigen Person erzählen können, dann hätte er sich das lange und qualvolle Warten darauf ersparen können, daß die verschiedenen Empfänger der Informationen auf die Idee kamen, sich zu treffen und aus den einzelnen Mosaiksteinen ein Bild zusammenzusetzen. Aber es bestand immer die Gefahr, sich zu täuschen, die Wahrheit einer falschen Person anzuvertrauen, einer, die dich verraten würde, aus Eigennutz, aus Bosheit oder aus Dummheit. Die Wahrheit konnte an die Verbrecher geraten, anstatt an die Kripo, und die Verbrecher würden dich finden und sehr viel schneller für immer zum Schweigen bringen, als die Kollegen von der Kripo dazu kämen, auch nur etwas Böses zu ahnen. Wenn man die Information aber aufteilte und an verschiedene Leute weitergab, bestand die nicht geringe Chance, daß selbst dann, wenn ein Verräter unter ihnen war, die anderen, wenn sie zusammenkamen und feststellten, daß ein Mosaikstein fehlte, sich bis zur Wahrheit durchgraben würden. Nur brauchte man dafür eben Zeit, weil kein einziger mehr oder weniger erfahrener Ermittlungsbeamter, dem eine unbekannte Frau telefonisch die Nachricht eines gesuchten Kriminellen übermittelt hatte, durch die Korridore laufen und lauthals verkünden würde, daß er einen solchen Anruf erhalten hatte. Er würde es wahrscheinlich noch nicht einmal jemandem zuflüstern. Er würde diese Information schweigend verdauen und vor allem eins zu verstehen versuchen: Warum hat man ausgerechnet mich angerufen? Dieser Kriminelle kennt mich doch gar nicht, warum vertraut er sich ausgerechnet mir an? Warum? Womöglich deshalb, weil er von den anderen etwas weiß, das ihn zu Recht mißtrauisch macht? Dann muß ich erst recht eine Weile warten und meine Kollegen beobachten, bevor ich ihnen sage, daß ein flüchtiger Mörder mit mir Kontakt aufgenommen hat.

Bis zum Abend des vorgestrigen Tages, dem Donnerstag, hatten sich sicherlich weder die Kamenskaja noch Sergej Russanow telefonisch bei General Satotschny gemeldet. Sie dachten nach, mutmaßten, ließen Vorsicht walten. Als erster würde natürlich Sergej bei Satotschny anrufen, einfach deshalb, weil er ihn besser kannte. Von der Kamenskaja konnte man schlecht erwarten, daß sie sich an Satotschny wenden würde. Sie würde von Kiras Anrufen am ehesten Russanow oder ihrem Chef erzählen, und von dort würde sich der Faden zu Satotschny weiterspinnen. Russanow selbst würde der Kamenskaja auf keinen Fall anvertrauen, daß Kira ihn angerufen und daß er von Platonow die Unterlagen über den goldhaltigen Metallverschnitt erhalten hatte. Davon würde er nur Satotschny in Kenntnis setzen, nur ihn allein, denn es handelte sich um eine hochexplosive Information, mit der man höchst vorsichtig umgehen mußte.

Platonow war längst klar, daß man den Betrieben in Uralsk den Geldhahn abgedreht hatte. Jeder Betrieb in diesem geheimen, vor kurzem noch geschlossenen Städtchen arbeitete mit strategischen Rohstoffen und Edelmetallen und stand unter der Verwaltung des Verteidigungsministeriums. Irgendein Schurke aus der Regierung hatte auf einen Knopf gedrückt und die Finanzierung dieser Betriebe eingestellt, er hatte sie für verlustbringend erklärt und die Betriebskonten eingefroren. Jetzt bekamen die Arbeiter keinen Lohn mehr, und die Verwaltungen der Betriebe ließen sich auf jedes noch so zweifelhafte Geschäft ein, um den Leuten zu helfen.

Zu der kriminellen Bande, die die Bevölkerung von Uralsk um die letzten Existenzgrundlagen brachte, mußten Leute von der Zentralbank gehören, außerdem jemand, der befugt war, Lizenzen zur Ausfuhr von strategischen Rohstoffen und

Edelmetallen zu erteilen. Wahrscheinlich war auch ein hoher Zollbeamter mit von der Partie, und wenn diese Leute besonders habgierig waren, dann hatten sie auch die Steuerpolizei bestochen. Mit einer so soliden Bande war nicht gut Kirschen essen, alle Informationen über sie mußten so lange geheim bleiben, bis sämtliche Beweise erbracht waren und man Nägel mit Köpfen machte konnte.

Nachdem Platonow die letzte Tapetenbahn geklebt hatte, trat er ein paar Schritte zurück, auf den Flur, und betrachtete zufrieden sein Werk. Die Küche war heller und freundlicher geworden, die Tapeten hatten sich glatt an die Wände geschmiegt, und die feuchten dunklen Flecken würden in ein paar Tagen getrocknet und verschwunden sein.

Dmitrij sammelte die Tapetenreste und Lumpen ein, stopfte sie in einen großen Müllsack, wischte sorgfältig den Küchenboden und ging duschen. Während er unter dem heißen Wasserstrahl stand, erinnerte er sich plötzlich an das seltsame Rascheln, das aus dem Badezimmer zu ihm gedrungen war, als Kira den Spiegelschrank geöffnet hatte. Er streckte die Hand aus, öffnete die rechte Tür und erblickte auf den Einlageböden verschiedene, ordentlich abgestellte Cremedosen. Von hier hatte das Rascheln nicht stammen können. Hinter der mittleren Tür befanden sich keine Fächer, dort standen nur große Behälter, Shampoo, flüssige Seife, Haarspray und Duschgel. Er öffnete die linke Tür und überzeugte sich an dem Geräusch des Magnetschlosses noch einmal davon, daß es tatsächlich der Spiegelschrank war, den Kira geöffnet hatte, bevor das Rascheln aus dem Badezimmer zu ihm gedrungen war. Er sah verschiedene Behälter mit Tampons, Binden und Slipeinlagen vor sich. Der Anblick war ihm peinlich, wie es immer peinlich ist, wenn man mit der Intimsphäre eines anderen Menschen in Berührung bekommt. Er wollte nachsehen, ob das Rascheln von einem dieser Behälter stammen konnte, aber er fühlte, daß er nicht in der Lage war, diese Dinge zu berühren. Aus irgendeinem Grund erzeugte alles, was mit Gynäkologie zu tun hatte, in einem

Durchschnittsmann, sofern er nicht Arzt war, eine seltsame Mischung aus Entsetzen und Widerwillen. Platonow grinste in sich hinein, während er die Schranktür wieder schloß, und schnitt sich selbst eine blödsinnige Grimasse im Spiegel. Sieh ihn dir an, den Hercule Poirot der Akustik, dachte er erheitert.

5

Der siebzehnjährige Wolodja Trofimow wuchtete sein Fahrrad aus dem Zug, trug es über die Holztreppe des Bahnsteigs hinaus ins Freie und begann, beschwingt in die Pedale zu treten. Er fuhr oft und gern zu seinem Großvater auf die Datscha, denn auf dem großen Grundstück befanden sich ein Tennisplatz und ein Swimmingpool, und er hatte dort alle Freiheiten. Sein Großvater war ein großer Boß, Wolodja wußte darüber bestens Bescheid, nicht umsonst waren sowohl in der Stadtwohnung als auch auf der Datscha immer zwei bis drei Leibwächter anwesend, beide Autos des Großvaters hatten hohe PS-Zahlen und Panzerglasscheiben. Irgendwann, als Wolodja noch in der achten Klasse war, hatte ein Gehilfe seines Großvaters mitbekommen, daß jemand von Wolodjas Mitschülern ihn Trofim nannte, was völlig normal war, weil Spitznamen sehr oft aus Familiennamen gebildet wurden. Er nahm Wolodja zur Seite und sagte:

»Sag deinen Freunden, daß sie sich für dich einen anderen Spitznamen ausdenken sollen.«

»Warum?« fragte Wolodja erstaunt.

»Weil Trofim ein richtiger Name ist. Den muß man sich erst verdienen. Es ist der Name deines Großvaters. Hast du verstanden?«

Wolodja tat damals so, als hätte er verstanden, aber seither beobachtete er seinen Großvater und dessen Umgebung genauer. An seinen Vater hatte der Junge nur noch vage Erinnerungen, man hatte ihn ermordet, als Wolodja sechs Jahre alt war. Als seine Mutter ein paar Jahre später erneut heiraten wollte, sagte der Großvater zu seiner Schwiegertochter:

»Wenn du meine Familie verlassen willst – bitte sehr, niemand hält dich, aber mein Enkel bleibt bei mir. Allein kannst du ihn nicht großziehen, und ich werde nicht zulassen, daß der Sohn meines Nikolaj von einem Stiefvater aufgezogen wird. Du mußt dich entscheiden.«

Die Mutter rang eine Zeitlang mit sich, aber schließlich heiratete sie doch, und seitdem befand sich der Junge unter der ungeteilten Obhut des Großvaters, des großen und mächtigen Ilja Nikolajewitsch Trofimow, den alle einfach Trofim nannten.

Vom Bahnhof bis zur Datscha des Großvaters waren es fast zehn Kilometer, und Wolodja freute sich auf die bevorstehende Fahrt mit dem Rad, die zuerst über eine breite Straße führte, dann über einen schmalen, von Bäumen gesäumten Pfad. Der Schnee war längst weggetaut, aber obwohl die Erde noch naß war, kam man mit dem Fahrrad gut voran. Auf der Datscha würde er als erstes in den Swimmingpool springen, dann an die Fitneßgeräte gehen, anschließend würde es ein reichhaltiges, schmackhaftes Mittagessen geben, und gegen Abend würde er Natascha abholen. Sie würden so lange miteinander spazierengehen, bis ihre Eltern eingeschlafen waren, und dann ... Im süßen Vorgefühl des Bevorstehenden trat er noch herzhafter in die Pedale.

Wolodja betrieb Kampfsport, und mit seinen siebzehn Jahren war er ein so mächtiger, muskulöser Bursche, daß man ihn von hinten für einen fünfundzwanzigjährigen Mann hätte halten können. Das Bewußtsein von der Autorität und Macht seines Großvaters hatte längst die kindliche Naivität und Unsicherheit aus seinen Zügen verschwinden lassen, und er hatte noch niemals einen Korb von einem Mädchen oder einer Frau bekommen. Natascha, die jeden Samstag mit ihren Eltern auf die Datscha kam, war fünf Jahre älter als er, aber wen störte das! Weder dem Großvater noch Nataschas altmodischen Eltern kam es in den Sinn, daß zwischen dem Zehntklässler Wolodja und der Studentin im letzten Semester etwas anderes sein könnte als eine rührende kindliche Freundschaft. Irgendwann hatte es diese rührende kindliche Freundschaft zwischen den beiden tatsächlich gegeben, sie schwammen zusammen im Swimmingpool und spielten Tennis, sie machten Wettfahrten auf dem Fahrrad und sahen sich bis Mitternacht Horrorvideos an. Aber eines Tages wurden die Monster auf dem Bildschirm von einem wüsten Porno abgelöst, und eins führte zum andern. Wolodja hatte bereits reichlich sexuelle Erfahrungen mit Mitschülerinnen und Mädchen aus dem Sportclub gesammelt, so daß er sich vor der erwachsenen Natascha nicht fürchtete. Alles verlief sehr gut, und bereits seit zwei Jahren fuhr er nun regelmäßig auf die Datscha und bemühte sich, keinen Samstag auszulassen.

Die breite Straße mündete in einen schmalen, mit Bäumen gesäumten Pfad. Schon in einem Monat würden die noch kahlen Bäume in zartem Grün stehen, und in zwei Monaten würde das Laub so saftig und dicht sein, daß man nicht mehr würde warten müssen, bis Nataschas Eltern endlich eingeschlafen waren, sondern sich mitten am Tag draußen ein stilles, verstecktes Plätzchen für die Liebe suchen konnte.

Gäbe es einen Engel, der auf die dummen Fragen von Ermittlungsbeamten antworten würde, hätte dieser Engel gesagt, daß Wolodja Trofimow mitten in süßen Gedanken an die Liebe gestorben war.

6

Diesmal war es nicht nötig, bis zum Montag zu warten. Trofim, der wegen des langen Ausbleibens seines Enkels beunruhigt war, beauftragte einen seiner Leibwächter, dem Jungen entgegenzugehen und das eine oder andere Werkzeug mitzunehmen, falls eine Reparatur am Fahrrad nötig sein sollte. Nach einer Stunde kehrte der Leibwächter mit der schrecklichen Nachricht zurück. Nach weiteren vier Stunden verabschiedete Trofim sich von den Kripobeamten, ging ins Haus, schloß sich in seinem Büro ein und rief Vitalij Nikolajewitsch Kabanow an.

»Ich weiß, daß vor ein paar Tagen jemand bei dir war«, begann er, bemüht, so ruhig und gefaßt wie möglich zu sprechen, ohne sich etwas von seiner Gemütsverfassung anmerken zu lassen.

»Ja, es war jemand da«, bestätigte Kabanow.

»Hat er dir seine Bitte vorgetragen?«

»Ja.«

»Hast du bereits angefangen, ihr nachzukommen?«

»Ja.«

»Gut. Jetzt hör zu, Lokomotive. Hör aufmerksam zu, denn ich werde es dir nur einmal sagen. Dieser Scharfschütze hat heute meinen Enkel erschossen. Die Miliz kann ihn nicht finden, aber du, Lokomotive, kennst ihn. Du hast drei Tage Zeit. Er soll seinen Auftrag erfüllen und dann von der Erdoberfläche verschwinden. Wenn dieses Schwein nach Ablauf von drei Tagen noch am Leben sein sollte, werden die Bullen erfahren, daß dieser Killer dein Mann ist, und das wird dein Ende sein. Hast du mich verstanden, Lokomotive?«

»Ich habe dich verstanden, Trofim.«

»Dann ist es gut. Drei Tage. Denk daran!«

Trofim wollte auflegen, aber er begriff plötzlich, daß er seine Finger nicht vom Hörer lösen konnte. Sein ganzer Körper war im Krampf erstarrt, er knirschte mit den Zähnen, während er versuchte, das heisere Stöhnen zu unterdrücken, das aus seiner Kehle drang, dann fiel er kopfüber auf die polierte Platte seines großen Schreibtisches.

7

Der Scharfschütze hatte Trofims Enkel erschossen! So etwas hatte niemand erwartet. So etwas hatte man nicht vorhersehen können. Kabanows Angst und Wut waren so groß, daß er, obwohl er sich seiner Ungerechtigkeit bewußt war, mit Vorwürfen auf seinen Gehilfen Genadij Schlyk losging.

»Ich habe dir doch gesagt, daß wir für eine Weile aufhören müssen. Ich habe es dir gesagt! Wir hätten die Sache sofort stoppen müssen, gleich nach der ersten Leiche, aber du hast darauf bestanden, daß wir weitermachen. Da bitte, jetzt hast du es. Verstehst du wenigstens, was das für uns bedeutet?«

Gena schwieg deprimiert. Er hatte nichts zu erwidern.

»Von wem hat Trofim von meiner Verbindung zu diesem Scharfschützen erfahren? Von dir? Sag schon, du Hundesohn, du Mißgeburt, hast du es ihm geflüstert? Womit hat er dich gekriegt? Mit Geld?«

»Sie beschwören Gottes Zorn herauf, Vitalij Nikolajewitsch. Sie haben bisher nie an meiner Ergebenheit gezweifelt. Ich habe keinen Grund, die Seite zu wechseln, das wissen Sie doch.«

»Ich weiß überhaupt nichts!« schnaubte Kabanow. »Sicher ist nur eins: Ich habe in meinem Leben viele Dinger gedreht, aber ich habe mir dabei nie die Hände schmutzig gemacht. Auf mein Konto geht keine einzige Leiche. Und jetzt erfährt Trofim, daß ich Kontakt zu einem Scharfschützen habe und schickt mir einen seiner Leute. Innerhalb einer Sekunde bin ich zum Komplicen geworden. Und damit noch nicht genug. Jetzt verlangt Trofim, daß ich diesen Scharfschützen beseitige. Verstehst du, was das bedeutet? Entweder gehe ich ins Kittchen, oder ich bin für den Rest meines Lebens Trofims Leibeigener, weil er weiß, daß Blut an meinen Händen klebt, und diese Leibeigenschaft wird noch schlimmer sein als das staatliche Gefängnis. Und wenn ich nicht dafür sorge, daß der Scharfschütze Trofims Auftrag erfüllt und dann ins Jenseits befördert wird, wird Trofim mich innerhalb von drei

Tagen packen. Vor ihm gibt es kein Entrinnen. Ich habe nicht genug Macht, um innerhalb von drei Tagen das Land zu verlassen, so schnell bekomme auch ich kein Visum. Und es wäre auch sinnlos, denn Trofim würde mich in jedem zivilisierten Land der Erde finden, seine Leute sind überall auf der Welt verstreut.«

Er verstummte und hörte nicht auf, sich mit den Handflächen den Schweiß von Stirn und Nacken zu wischen. Gena schwieg nach wie vor in der Gewißheit, daß Kabanow ihm seine Verbindung zu Trofim nie würde nachweisen können. Natürlich verdächtigte er ihn, aber was machte das schon aus? Er hatte zuviel Angst vor Trofim, um ihn rauszuschmeißen, und umbringen konnte er ihn auch nicht, er würde es nicht wagen. Insofern würde alles so bleiben wie bisher.

»Organisiere für morgen früh ein Treffen mit unserem Schützen für mich«, sagte Kabanow, der sich inzwischen etwas beruhigt hatte. »Wir haben noch den Sonntag, den Montag und den Dienstag. Am Mittwoch muß alles erledigt sein. Den Killer werden wir natürlich beseitigen, das ist nicht schwierig, aber wie er bis dahin seinen Auftrag erfüllen soll – das ist die andere Frage.«

»Darüber sollten Sie nicht nachdenken, Vitalij Nikolajewitsch, für Sie zählt nur Trofim. Wenn der Killer es in drei Tagen nicht schafft, dieses Pärchen zu beseitigen, dann soll ihn der Teufel holen. Wir vollziehen an ihm Trofims Strafe und liquidieren ihn, alles andere ist nicht so wichtig.«

»Das ist auch wieder wahr«, stimmte Kabanow zu. »Das Pärchen in der Einzimmerwohnung soll nicht meine Sorge sein, nicht ich werde das Honorar für diese Sache bekommen. Gieß mir ein Gläschen ein, Gena.«

8

Kira kam noch bei hellem Tageslicht zurück, Platonow war noch gar nicht dazu gekommen, sich Sorgen um sie zu machen. Als sie die neu tapezierte Küche sah, klatschte sie vor Begeisterung in die Hände.

»Das ist ja toll. Es sieht wunderbar aus, wirklich, Dima.«

Er setzte an, um sein am Morgen gegebenes Versprechen zu erfüllen, deshalb trat er von hinten an sie heran und umarmte sie, wie zufällig ihre Brust unter dem weiten, dicken Pullover berührend. Aus seinem Vorhaben wurde jedoch nichts, denn Kira lachte auf und entwand sich seinen Armen.

»Platonow, warum kommen deine Anwandlungen von Zärtlichkeit immer dann, wenn ich es eilig habe? Heute morgen hätte ich deshalb fast den Zug verpaßt.«

»Und warum hast du es jetzt eilig?« fragte er verstimmt und irritiert.

»Ich muß unter die Dusche. Ich habe dir doch gesagt, daß ich immer schmutzig und verschwitzt bin, wenn ich von der Datscha zurückkomme. Schlepp du mal zwei zehn Kilo schwere Taschen eine so weite Strecke, dann wollen wir mal sehen, wie lange du ohne Dusche auskommst.«

Sie schloß die Badezimmertür hinter sich und schob den Riegel vor. Wieder hörte Platonow die gewohnten Geräusche. Der Reißverschluß ihrer Jeans, die Haarspange, das Magnetschloß des Spiegelschranks, ein Rascheln, das Geräusch des Wassers, das auf den Wannenboden fiel. Heute allerdings hielt dieses Geräusch, das besagte, daß Kira noch nicht unter dem Wasserstrahl stand, länger an als sonst. Platonow stellte sich vor, wie sie, bereits ausgezogen, sich plötzlich kraftlos auf dem Wannenrand niedergelassen hatte. War ihr schlecht geworden?

Er trat an die Tür heran und lauschte. Irgendein Stöhnen war nicht zu hören. Weinte sie vielleicht? Auch das schien nicht der Fall zu sein.

»Kira! Ist alles in Ordnung?« fragte er laut.

»Alles in Ordnung«, antwortete sie sofort.

Ihm war, als hätte er ihre Stimme direkt neben seinem Ohr gehört. Wahrscheinlich stand sie direkt an der Tür und betrachtete sich im Spiegel. Probierte sie vielleicht eine neue Frisur aus? Oder betrachtete sie die ersten Fältchen, die sie seit kurzem um die Augen hatte? Oh, diese Frauen!

Endlich änderte sich die Art des Geräusches. Kira hatte sich unter die Dusche gestellt, und Platonow beruhigte sich. Er dachte an die schwindelerregend schöne, nackte Frau, die sich nur wenige Meter von ihm entfernt befand, und ahnte nicht, daß die Uhr begonnen hatte, die Zeit der letzten drei Tage zu zählen, die der Auftraggeber seines Killers ihm noch ließ.

ELFTES KAPITEL

1

In der Nacht von Samstag auf Sonntag, vom achten auf den neunten April, wachte Nastja kurz nach drei Uhr auf und konnte nicht mehr einschlafen. Sie hatte vor dem Zubettgehen eine Schlaftablette eingenommen, in der Hoffnung, daß ihr Gehirn wenigstens für sieben, acht Stunden Ruhe finden würde, aber es wurde nichts daraus. Die Schlaftablette wirkte nur bis etwa halb zwei, um viertel nach drei begann ihr Herz immer lauter gegen die Rippen zu klopfen, und die Augen öffneten sich ganz von selbst.

Nastja wußte, daß sie sehr leicht dem Mitleid verfiel. Und solange sie sich in der Gewalt dieses weichen, sentimentalen Gefühls befand, wählte sie bewußt oder unbewußt Arbeitsmethoden, die diesem Gefühl entsprachen. Wenn es aber geschah, daß Haß und Wut sie packten, wurde sie zur Amokläuferin. Sie sah nicht mehr auf die Uhr, vergaß alle Regeln des Anstands, fühlte keinen Hunger und keine Müdigkeit mehr.

Einen siebzehnjährigen Jungen umzubringen! Zwar wußte Nastja bereits, daß dieser Junge der Enkel des berühmten Trofim war und daß ihn auf der Datscha seine zweiundzwanzigjährige Geliebte erwartet hatte, aber der Ermordete war trotzdem ein Minderjähriger, fast noch ein Kind. Und selbst dann, wenn der Scharfschütze seine Opfer nicht nach dem Zufallsprinzip auswählte, wenn hinter jedem Mord ein Plan stand, ein gut bezahlter Auftrag, wenn die Ermordung des Jungen ein Akt der Vergeltung an Trofim war, wenn alle diese

Morde auf das Konto der Mafia gingen, auf das Konto ihrer internen Kriege und kriminellen Auseinandersetzungen – so etwas hätte nicht geschehen dürfen. Man durfte keine Kinder umbringen.

Nastja war mitten in der Nacht mit dem Gedanken erwacht, daß sie diesen verfluchten Killer zu fassen kriegen mußte. Sie mußte es einfach. Sie mußte.

Es hatte nicht mehr viel Sinn, noch einmal einschlafen zu wollen. Nastja schlüpfte aus dem warmen Bett, wickelte sich in einen langen Morgenmantel aus Frottee ein, zog dicke Wollkniestrümpfe an und trottete in die Küche. In ein paar Minuten kochte das Wasser, Nastja brühte sich eine riesige Tasse Kaffee auf, legte ihre Beine auf den Küchenhocker, steckte sich eine Zigarette an und begann, die Ablichtung zu betrachten, die sie am Freitag von Oleg Subow bekommen hatte.

Auf die Bitte ihrer Moskauer Kollegen waren die operativen Mitarbeiter in Uralsk zu Agajews Wohnung gefahren und hatten sämtliche Malblöcke, Alben und Hefte seiner kleinen Tochter nach dem einen durchsucht, in dem ein Papierabschnitt fehlte. Doch sie hatten nichts gefunden. Mehr noch, die Überprüfung ergab, daß die Handschrift auf dem Papierabschnitt nicht von Agajew stammte. Es mußte also so sein, daß er dieses Papier von jemandem bekommen hatte. Aber von wem, wann und an welchem Ort? In Uralsk? In Moskau?

Die innere Unruhe legte sich nicht, im Gegenteil, sie wurde immer stärker, und dann, ganz plötzlich, war sie verschwunden. Statt dessen tauchten aus dem Nichts zwei polnische Namen auf. Tomaschewski und Kieslowski.

Was für ein Unsinn, dachte Nastja, und schüttelte den Kopf. Boris Viktorowitsch Tomaschewski war ein russischer Literaturwissenschaftler, ein Puschkinexperte. Krzysztof Kieslowski war ein berühmter polnischer Filmregisseur, von dem unter anderem »Ein kurzer Film über das Töten« stammte. Nastja hielt diesen Film für ein Meisterwerk, denn noch niemandem vorher war es gelungen, so offen, direkt und schmerzhaft zu zeigen, daß Gewalt nur Gewalt erzeugt und nichts anderes, und daß die einzige Möglichkeit, die schreckliche Eskalation des Todes aufzuhalten, darin besteht, zu verstehen und auf Rache zu verzichten. Vom einzelnen konnte man das nicht verlangen, der war zu schwach für eine so weise Einsicht, aber vom Staat durfte und mußte man es verlangen.

Das alles war gut und schön, doch wieso hatte Nastjas unausgeschlafenes Gehirn einen Zusammenhang zwischen Puschkin und der Idee der Vergeltung hergestellt? Tomaschewski und Kieslowski. O mein Gott! Das alles hatte überhaupt nichts mit Puschkin und dem Film über das Töten zu tun. Tomaschewski und Kieslowski waren zwei polnische Musiker, Pianisten, die irgendwann einmal sehr bekannt waren und auch in Moskau auftraten. Sie spielten berühmte klassische Musikstücke vierhändig auf zwei Flügeln, von Schubert-Liedern bis zu Beethoven-Sonaten. Die Sonate in g-Moll hatte Nastja damals besonders gefallen.

Von der Beethoven-Sonate sprangen ihre Gedanke plötzlich auf den französischen Thriller mit dem Titel »Todessonate« über. Sie erinnerte sich daran, wieviel Kopfzerbrechen ihr bei der Lektüre dieses Buches damals der Mord an der jungen, alkoholsüchtigen Prostituierten gemacht hatte, der auf den ersten Blick so einfallslos erschien. Jetzt tauchte vor ihrem geistigen Auge der Umschlag des Buches auf, blutrote Streifen, die an einen Notenständer erinnerten, und darüber ein Violinschlüssel.

Trotz des glühend heißen Kaffees verwandelte sich Nastjas Magen plötzlich in einen Klumpen aus Eis. Zehn Punkte am Rand des Papierabschnitts, genauer, zweimal fünf Punkte – konnten das die Enden von Notenzeilen sein? So bekam auch das besondere Papier wie aus einem Kinderheft oder Album einen Sinn. Das Papier eines Notenhefts …

Nastja warf einen Blick auf die Uhr, es war noch nicht einmal vier, sie mußte noch mindestens zwei Stunden warten. Um sechs würde sie den General anrufen. Egal, ob das den Regeln guten Benehmens entsprach oder nicht.

2

Der Morgen erwies sich als sehr viel kälter, als er Nastja beim Blick aus dem Fenster erschienen war. Die kleinen Wege im Ismajlowskij-Park waren mit feinem Rauhreif bedeckt, und die matte, freudlose Sonne, die zwischen den Wolken hervorkam, hatte ganz offensichtlich nicht vor, an Kraft zuzunehmen und daran zu erinnern, daß Frühling war.

General Satotschny ging neben Nastja, er trug eine sportliche Hose und eine warme, fellgefütterte Jacke. Nastja sah neidisch auf seine trockenen, sehnigen Hände, an denen er keine Handschuhe trug, offenbar war ihm nicht kalt. Sie selbst war in den zehn Minuten, seit sie aus der Metro gestiegen war, durchgefroren bis auf die Knochen, weil sie zu dünn angezogen war.

»Verstehen Sie, Iwan Alexejewitsch, ich habe keine andere Wahl, als Russanow zu verdächtigen.« Ihre Stimme zitterte vor Kälte, die Lippen waren so taub, daß sie sich nur mit Mühe bewegten. »Ich weiß, daß das nicht nur dumm ist, sondern wahrscheinlich sogar unprofessionell, aber gegen die Logik finde ich gewöhnlich keine Argumente.«

»Aber Sie haben nichts weiter als indirekte Indizien«, widersprach Satotschny, »und wenn es auch sehr viele sind, so können sie doch einen Beweis nicht ersetzen. Das muß Ihnen doch selbst klar sein.«

»Natürlich ist mir das klar. Deshalb bitte ich Sie ja auch um Unterstützung.«

»Sie möchten, daß ich Ihnen helfe, Beweise zu finden?«

»Nein, ich möchte, daß Sie mir helfen herauszufinden, ob die Indizien gegen Russanow nicht ein Beweis für die Schuld eines anderen sein könnten.«

»Das heißt, Sie selbst glauben nicht daran, daß Sergej in die Sache verwickelt ist?«

»Natürlich glaube ich es nicht. Ich sehe keinen Sinn darin. Ich sehe nicht, worin der Vorteil für ihn bestehen könnte.«

»Aber für irgend jemanden hat das alles Sinn.«

»Zweifellos. Und jemand hat einen Vorteil davon. Es hat sich einfach alles so unglücklich gefügt, zuerst für Platonow, jetzt für Sergej. Es sieht so aus, als ob jemand den Verdacht auf die beiden lenken möchte. Und ich möchte herausfinden, wer das ist. Werden Sie mir dabei helfen?«

»Wenn ich Sie richtig verstanden habe, möchten Sie durch Ihre Nachforschungen über Platonows bisherige Arbeit herausfinden, wohin die Spur wirklich führt.«

»Nun ja, im besonderen interessieren mich die Einzelheiten dieser Uralsker Geschichte. Vielleicht hat man Tarassow und Agajew umgebracht, weil sie zuviel über die dortigen Machenschaften wußten.«

Der General verlangsamte seinen Schritt, dann blieb er plötzlich stehen. Offenbar waren seine Hände nun auch kalt geworden, denn er fröstelte und steckte sie in die Taschen. Sein schon etwas schütteres Haar entblößte einen imposanten, gut geformten Schädel, und Nastja ertappte sich mit Erstaunen bei dem Gedanken, daß ihr Männer mit angehender Glatze durchaus sehr gut gefallen konnten. Bisher war sie immer der Meinung gewesen, daß man sich für Haarausfall schämen mußte, und die Männer, die ihr gefielen, hatten bisher immer dichtes, gepflegtes Haar gehabt. Jetzt, während sie den fünfzigjährigen General von der Seite betrachtete, stellte sie erneut fest, daß er ihr schrecklich gefiel. Ungeachtet seines schütteren Haars. Ungeachtet dessen, daß er etwas kleiner war als sie. Ungeachtet dessen, daß sie in etwas mehr als einem Monat heiraten wollte. Ungeachtet aller Tatsachen und Umstände. General Satotschny gefiel ihr, basta. Er gefiel ihr als Ermittlungsbeamter, als General, als Vorgesetzter, als Mann.

»Sie sagten, vielleicht. Vielleicht wurden Tarassow und Agajew im Zusammenhang mit Uralsk umgebracht. Und wenn es vielleicht doch anders ist?« sagte der General, das Schweigen endlich durchbrechend.

»Natürlich kann es auch anders sein. Ich kann Ihnen aus dem Stegreif mindestens zehn Gründe nennen, warum innerhalb von drei Tagen zwei Menschen ermordet wurden,

Agajew und Tarassow. Uralsk ist nur einer der möglichen Gründe.«

»Dafür der offensichtlichste.«

»Und genau das ist es, was mich mißtrauisch macht. Das Offensichtliche macht mich immer mißtrauisch. Es ist, als ob man etwas mit Gewalt in den Mund gestopft bekommt.«

»Und das mögen Sie nicht?« fragte der General ironisch.

»Nein.« Sie schüttelte den Kopf. »Ich kann es nicht ausstehen.«

»Sie sind wahrscheinlich eine sehr unabhängige Frau.«

»Ja, das bin ich.«

»Und Sie lassen sich nicht leicht beeinflussen.«

»So ist es. Einmal haben sich gleich zwei Hypnotiseure auf einmal die größte Mühe gegeben, mich in Trance zu versetzen, aber es ist ihnen nicht gelungen.«

»Mögen Sie Haferflocken?«

Nastja stolperte vor Überraschung und ergriff den Ärmel der blauen Jacke, die Iwan Alexejewitsch trug, um nicht zu fallen.

»Haferflocken?« fragte sie ungläubig. »Habe ich richtig gehört?«

»Ja, Sie haben richtig gehört. Ich habe Sie gefragt, ob Sie Haferflocken mögen.«

»Nein, ich hasse Haferflocken.«

»Schade«, sagte der General mit einem gespielten Seufzer. »Und ich mag sie. Da sind unsere Geschmäcker also verschieden ... Gut, Anastasija Pawlowna, ich werde jetzt kraft meiner Macht als großer Chef die Aufgaben verteilen. Sind Sie einverstanden?«

»Natürlich.«

»Ich werde versuchen, alles herauszufinden, was mit Uralsk zusammenhängt. Und Sie werden sich mit den restlichen neun Gründen befassen, die dazu geführt haben könnten, daß innerhalb kurzer Zeit zwei Menschen ermordet wurden, die mit Uralsk und mit Platonow zu tun hatten. Ich hoffe, Sie finden diese Arbeitsteilung gerecht. Ich als Vorgesetzter übernehme eine Version, und Sie als begabte Untergebene die restlichen neun.«

»Wie Sie meinen, Iwan Alexejewitsch«, sagte Nastja, »danke, daß Sie Uralsk übernehmen.«

»Warum?«

»Ich kann diese ganzen Wirtschaftssachen nicht ausstehen. Mir wird schlecht davon«, gestand sie.

»Ich verstehe nicht.« Der General blieb stehen und sah Nastja durchdringend an. Seine Brauen hoben sich ein wenig über den gelben Augen, er wirkte irgendwie kalt und distanziert. »Was heißt, daß Ihnen schlecht wird von diesen ganzen Wirtschaftssachen?«

»Es heißt, was es heißt«, erwiderte sie in einer Aufwallung von Zorn. »Das einzige Fach, in dem ich auf der Universität eine Zwei hatte, war die Politökonomie. Ich habe nie Zugang zu diesem Bereich gefunden. Das ist offenbar genetisch bedingt, angeboren, dagegen kann man nichts tun. Mir wird schlecht, wenn ich Wörter wie Bank, Kredit, Inflation, Börse, Aktie höre. Das alles langweilt mich entsetzlich. Verstehen Sie?«

»Nein, ich verstehe gar nichts mehr«, sagte der General mit einer Geste des Erstaunens. »Man hat mir von Ihnen gesagt, Sie seien so tüchtig, so begabt, Sie hätten sich mit Mathematik befaßt und würden über ein hervorragendes Gedächtnis verfügen. Sollten Sie tatsächlich nicht in der Lage sein, sich etwas so Simples anzueignen wie die Grundlagen der Wirtschaftstheorie? Sie beherrschen doch vier Fremdsprachen ...«

»Fünf«, verbesserte Nastja mechanisch.

»Ja? Dann erst recht. Statt dessen sitzen Sie in der Ecke und weinen, weil Sie etwas nicht können, anstatt sich die Tränen zu trocken, ein paar Bücher in die Hand zu nehmen und zu lernen, was nötig ist. Schämen Sie sich!«

»Sie haben mich nicht verstanden, Iwan Alexejewitsch. Sie haben natürlich völlig recht, ich könnte ein paar Bücher in die Hand nehmen und mich in drei Tagen in die Materie einarbeiten. Aber ich will nicht.«

»Aber warum denn nicht?«

»Weil mich das langweilt. Geld ist nie der Urgrund für einen Mord. Es kann der Anlaß sein, es kann auch der zweite Grund sein, aber niemals der erste.«

»Ich verstehe Sie wieder nicht. Ich war immer der Meinung, daß Geld und Habgier zu den am meisten verbreiteten Motiven für Mord gehören. Ist es denn nicht so?«

»Nein, natürlich nicht. Das Motiv ist ein ganz anderes. Es geht darum, wofür jemand das Geld braucht. Und die Antwort auf diese Frage liegt in den ganz gewöhnlichen menschlichen Gefühlen und keineswegs in der Wirtschaftstheorie. Der Mensch will Macht. Er will physischen und materiellen Komfort. Oder er will die Frau erobern, die er liebt. Oder er möchte am Leben bleiben. Für alles das braucht man unter Umständen Geld. Und wenn man dafür etwas anderes bräuchte, würde der Mensch auch töten, aber eben nicht den, der Geld hat, sondern den, der das andere besitzt. Weil es im Menschen etwas gibt, das stärker ist als das biblische Verbot zu töten. Das ist es, was mich interessiert, Iwan Alexejewitsch. Mir ist es nicht wichtig, auf welche Art und Weise jemand zu Geld kommt, wie er es einem anderen wegnimmt, zur Beschäftigung mit diesen Fragen haben wir andere Instanzen, das Amt zur Bekämpfung von Wirtschaftsverbrechen und das Amt zur Bekämpfung organisierter Kriminalität und Korruption, in dem Sie arbeiten, Genosse General. Ich will verstehen, warum der Mensch tötet. Wir haben uns daran gewöhnt zu glauben, daß er es tut, weil er viel Geld haben will, und weiter fragen wir nicht mehr. Als wäre der Wunsch, viel Geld zu haben, völlig natürlich, ebenso natürlich wie der Wunsch, zu leben und dabei seine Freiheit zu erhalten.«

»Ist es denn nicht so?« erkundigte sich der General mit Ironie in der Stimme.

»Natürlich nicht. Der Wunsch nach Leben ist in unserer Natur begründet, das ist ein normaler, gesunder Instinkt. Der Wunsch nach Geld steht auf einem anderen Blatt. Was macht ein Mensch, der viel Geld hat, wofür gibt er es aus? Für Nahrung? Für Reisen? Für eine verläßliche Leibwache? Für Frauen? Arbeitet er mit dem Geld oder versteckt er es in einem Koffer oder unter der Matratze und läuft als armer Schlucker herum, weil das Wissen darum, daß er in Wirklichkeit Millionär ist, ihm genügt und einen Wert als solchen für ihn darstellt? Darum geht es, Iwan Alexejewitsch. Wegen dieser Dinge tötet der Mensch, das Geld ist nur Mittel zum Zweck.«

»Sie halten es für möglich, daß hinter den Morden an Agajew und Tarassow keine pekuniären Interessen stehen?«

»Durchaus. Und wenn ich ehrlich bin, hoffe ich, daß es so ist, daß das Geld hier keine Rolle spielt.«

»Aber warum denn?«

»Weil meine Arbeit dann spannender ist. Die Menschen sind viel interessanter als die Wirtschaft.«

»Dann habe ich gut daran getan, daß ich den Teil der Arbeit übernommen habe, der das Wirtschaftliche betrifft, und Ihnen die Alltagspsychologie überlassen habe.«

Sie hatten längst die Metro erreicht und standen auf der offenen Plattform im schneidenden Wind.

»Wo fahren Sie jetzt hin?« fragte Satotschny.

»Nach Hause. Mir ist schrecklich kalt, und außerdem muß ich jetzt mindestens einen Liter starken Kaffee in mich hineinschütten, sonst bin ich kein Mensch, sondern ein Häufchen Elend.«

»Aber warum haben Sie denn nichts gesagt?« fragte Iwan Alexejewitsch enttäuscht. »Dann hätte ich Sie nicht durch diesen Park geschleppt, sondern zu mir nach Hause eingeladen.«

Seine Stimme klang schuldbewußt, aber in seinen Augen stand wieder das warme Licht, das Nastja jetzt zu sagen schien: Ich weiß, daß ich unaufmerksam war, aber Sie werden mir nicht böse sein, nicht wahr? Weil Sie mir gar nicht böse sein können. Weil ich Ihnen gefalle und Sie mir alles verzeihen würden.

»Um mich mit Haferflockenbrei zu bewirten?« fragte Nastja lächelnd.

Sie sah in seine gelb getigerten Augen und war erneut erstaunt darüber, wie gut er ihr gefiel. Früher hatten Männer dieses Typs sie nie interessiert. Was um Himmels willen ging mit ihr vor?

3

Am Sonntag morgen machte Kira sich auf den Weg, um einzukaufen. Die meisten Geschäfte hatten am Sonntag geschlossen, nur die Supermärkte im Stadtzentrum waren geöffnet. Während Platonow ihr dabei zusah, wie sie sich anzog, wiederholte er noch einmal den Auftrag, den sie heute erfüllen sollte. Sie sollte die Kamenskaja anrufen und ihr genau berichten, was Dmitrij am Montag, Dienstag und Mittwoch vor seinem Verschwinden gemacht hatte. Die Kamenskaja hatte darum gebeten, ihr das mitzuteilen, und Dmitrij hielt diese Bitte für durchaus sinnvoll und gerechtfertigt.

Es gelang Kira beim ersten Mal nicht, die Kamenskaja zu erreichen. Das Telefon wurde nicht abgenommen.

4

Erst am Sonntag gelang es Tschernyschew, Boris Schaljagin aufzutreiben, den ehemaligen Europaweltmeister im Sportschießen und jetzigen Kommandeur des Sonderkommandos. Schaljagin war in der Garage und versuchte verzweifelt, seinen unheilbar kranken Moskwitsch ins Leben zurückzurufen. Während er mit Andrej sprach, lag er auf dem Rücken unter dem Bauch seines Autos.

»Eine Neunmillimeter-Stetschkin?« erkundigte er sich. »Das ist ganz normal.«

»Was ist normal?« fragte Tschernyschew. »Etwas genauer bitte.«

»Jeder gute Schütze bevorzugt eine Stetschkin«, erklärte Boris, während er auf dem Boden nach einer Schraube suchte.

»Wenn dein Schütze etwas anderes benutzt hätte, hätte ich nachdenken müssen. Aber so ist alles ganz normal.«

»Hältst du es für möglich, daß er einer unserer Mitarbeiter ist?«

»Durchaus. Wo sollte ein ausgebildeter Schütze arbeiten, wenn nicht bei uns? Im Sport hat er keine großen Chancen, es ist schwer, sich als Sportler zu behaupten, also kommt er zu uns, zum Sonderkommando der Miliz. Oder er findet einen Job bei einer der neuen Geheimdienstfilialen. Wer braucht denn sonst noch seine besonderen Fachkenntnisse?«

»Boris, denk bitte genau nach! Kann es sein, daß dieser Mensch einen Dachschaden hat und einfach grundlos einen nach dem andern abschießt? Ich muß wissen, ob es Sinn macht, daß ich weiterhin in den Akten der psychiatrischen Kliniken nach ihm suche, oder ob das die falsche Spur ist.«

»Bei einem normalen Schützen ist das möglich. Bei einem Scharfschützen ist es ausgeschlossen.«

»Worin besteht der Unterschied?«

»Weißt du, was man bei uns sagt? Jeder Scharfschütze ist ein Schütze, aber nicht jeder Schütze ist ein Scharfschütze. Ein Schütze zeichnet sich durch sein Können aus, durch sein Auge, seine Hand. Ein Scharfschütze durch seinen Charakter, seine Persönlichkeit, eine besondere Psyche.«

»Aber warum?« fragte Andrej erstaunt. »Ich möchte den Unterschied verstehen. Vielleicht komme ich in meinen Ermittlungen genau deshalb nicht weiter, weil ich da etwas nicht begreife.«

Schaljagin warf einen Lumpen zur Seite, öffnete die Wagentür, setzte sich auf den Fahrersitz und holte eine Flasche Whisky unter dem Sitz hervor.

»Willst du?« fragte er Tschernyschew. »Aber nur aus der Flasche. Ich wußte ja nicht, daß du kommst, darum habe ich kein Glas mitgebracht.«

»Nein, danke.« Andrej schüttelte den Kopf.

»Ist es wegen der Flasche oder weil du nüchtern bleiben willst?«

»Ich muß nüchtern bleiben. Muß heute noch bei meinem Chef erscheinen.«

»Na dann.« Schaljagin nickte verständnisvoll. »Verstehst du denn wenigstens irgend etwas vom Schießen?«

»So gut wie gar nichts«, gab Andrej zu. »Nur so viel, wie man bei der normalen Ausbildung lernt. Ich erfülle die Norm, aber unsere Normen sind im Vergleich zum Leistungssport nicht einmal die der ersten Schulklasse.«

»Dann werde ich dir ein paar Worte darüber sagen, damit du das Wichtigste verstehst. Ein Schütze muß in einer bestimmten Zeit eine bestimmte Anzahl von Schüssen abgeben, und die Schüsse werden ungefähr das vorgegebene Ziel treffen. Er muß sich zehn Sekunden lang konzentrieren, zehn Schüsse abgeben und dabei versuchen, eine möglichst hohe Trefferdichte zu erreichen. Nach zehn Sekunden kann er sich entspannen und eine Zigarette rauchen. Der Scharfschütze hingegen – das ist eine ganz andere Geschichte. Das ist ein Jäger, der einen Platz aussucht und wartet. Stundenlang. Tagelang. Da gibt es keine Entspannung und keine Zigarettenpausen, weil das Opfer in jeder Sekunde auftauchen kann. Aber das Wichtigste ist, daß der Scharfschütze nur einen Schuß hat. Verstehst du? Nur einen einzigen. Nicht zehn, wie der normale Schütze, sondern nur einen einzigen, von dem alles abhängt. Zum Beispiel hat ein Erpresser eine Geisel genommen und hält sie in einem Haus fest. Du kennst diese Situation.«

»Ja, natürlich.« Andrej, der Schaljagin aufmerksam zuhörte, nickte.

»Es erscheint also der Scharfschütze, er schleicht sich an das Haus heran, bezieht Position und beginnt darauf zu warten, daß der Erpresser eine Unvorsichtigkeit begeht und seinen Kopf wenigstens für den Bruchteil einer Sekunde aus einer Tür- oder Fensteröffnung herausstreckt. Im Bruchteil einer Sekunde kann man nur einen einzigen Schuß abgeben und nicht zehn. Der Scharfschütze liegt die ganze Zeit auf der Lauer und rührt sich nicht, um sein Ziel nicht aus den Augen zu verlieren. Da ist weder etwas mit Essen noch mit Rauchen, er darf sich nicht einmal kratzen, wenn es juckt, er darf nicht einmal zur Toilette gehen.«

»Wie das?« fragte Tschernyschew verblüfft, dem so selbstverständliche Dinge aus irgendeinem Grund noch nie in den Kopf gekommen waren.

»Einfach so. Er muß in die Hose machen. Er liegt da und schmort in seinem eigenen Schweiß und Urin. Kurz, ein Scharfschütze ist ein Mensch, der über eiserne Disziplin verfügt. Er kann bewegungslos daliegen oder sitzen und warten, ohne nervös oder ungeduldig zu werden, ohne auch nur für einen Augenblick in der Konzentration nachzulassen. Vom Temperament her muß er Phlegmatiker sein, im äußersten Fall Sanguiniker. Am besten ist es, wenn er emotional kalt ist, ein Mensch, der keine heftigen Gefühle kennt.«

»Warum? Was hat das damit zu tun?«

»Alles. Die Hand eines Scharfschützen darf kein einziges Mal zucken, Andrjuscha. Weder aus Mitleid mit dem Opfer noch aus Haß, noch aus irgendeinem anderen Grund. Die Hand zuckt leicht, wenn man etwas fühlt, nicht wahr? Der Scharfschütze darf weder Mitleid kennen, noch darf er Haß gegen den fühlen, den er umbringen will. Er muß von Natur aus gleichgültig sein oder sich zur Gleichgültigkeit zwingen können, nur dann ist er ein richtiger Scharfschütze. Insofern wirst du ihn kaum unter den Psychopathen finden. Wahrscheinlich ist er ganz normal, das heißt ein Ungeheuer der Extraklasse.«

»Aber wenn er normal ist, dann muß es zwischen den sechs Morden einen Zusammenhang geben«, sagte Andrej nachdenklich. »Und ich kann beim besten Willen keinen Zusammenhang erkennen.«

Schaljagin zuckte mitfühlend mit den Schultern, nahm einen letzten großen Schluck aus der Flasche und versteckte sie wieder unter dem Autositz.

5

Vitalij Nikolajewitsch Kabanow hatte das Gefühl, daß er mit jedem Wort, das er sagte, sein eigenes Grab schaufelte. Mit jedem Wort wurde die Grube tiefer, die er sich selber grub, indem er Trofims Auftrag erfüllt.

»Ein Mann und eine Frau in einer Einzimmerwohnung, zweiter Stock. Das Haus, in dem sich das Geschäft ›Gaben des Meeres‹ befindet. Du hast Zeit bis Dienstag abend. Spätestens am Mittwoch morgen müssen wir uns treffen. Du wirst mir bestätigen, daß du den Auftrag ausgeführt hast, und bekommst dein Honorar. Da dies mein erster Auftrag an dich ist, ist kein Vorschuß vorgesehen. Ist dir alles klar?«

»Ja.«

»Nimmst du den Auftrag an?«

»Ja.«

»Denk gut darüber nach, jetzt kannst du noch ablehnen. Sobald du aus der Tür gegangen bist, beginnt die Uhr zu laufen. Du hast drei Tage.«

»Ich werde den Auftrag ausführen.«

Während Kabanow in die ruhigen, bewegungslosen Augen seines Gegenübers sah, kam er erneut zu dem Schluß, daß hier von einer kranken Psyche nicht die Rede sein konnte. Das ist kein Mensch, dachte Vitalij Nikolajewitsch, das ist eine Tötungsmaschine, die nichts fühlt, die keine Zweifel kennt, keine Angst, kein Erbarmen. Wo kamen Ungeheuer wie diese nur her?

6

Kira ging zum zweiten Mal in eine Telefonzelle und wählte erneut die Nummer der Kamenskaja. Endlich wurde abgenommen, und Kira übermittelte Nastja alles, was Dima ihr aufgetragen hatte.

»Am Montag morgen hat er mit Russanow telefoniert, Sergej wird das bestätigen, denn er hat Dima selbst angerufen, um mit ihm über ein Geburtstagsgeschenk für Lena zu sprechen ...«

»Moment«, unterbrach die Kamenskaja. »Haben Sie gesagt, daß Russanow am Montag morgen bei Platonow angerufen hat?«

»Ja, gegen neun Uhr.«

»Sind Sie sicher, daß Sie sich nicht irren, daß es nicht umgekehrt war?«

»Russanow hat Dima angerufen, ich irre mich nicht. So hat Dima es mir gesagt.«

»Gut, fahren Sie bitte fort.«

»Nach dem Telefonat mit Russanow ging Dmitrij in die Garage, setzte sich ins Auto und fuhr zur Arbeit ...«

Nachdem Kira die Telefonzelle verlassen hatte, ging sie langsam bis zum Boulevard, überquerte die Straße und setzte sich auf eine Bank. Sie mußte nachdenken.

7

Heute entschloß Platonow sich, alle Vorbereitungen zu treffen, um Kiras Wohn- und Schlafzimmer zu tapezieren. Dafür mußte er die Möbel in die Mitte des Zimmers rücken, sie mit einer Plastikplane abdecken und die alten Tapeten von den Wänden ablösen. Als Dmitrij versuchte, die Schrankwand wegzurücken, entdeckte er ein altes Damentäschchen aus Schlangenleder, das zwischen der Wand und dem Schrank klemmte. Seine Hände öffneten das Täschchen, bevor er dazu gekommen war, sich zu fragen, ob er das tun wollte oder nicht.

In dem Täschchen befanden sich Papiere, eine Geburtsurkunde auf den Namen Kira Lewtschenko, ein Universitätsdiplom, eine Scheidungsurkunde, drei Aktien, die Kira offenbar unter dem Einfluß des allgemeinen Aktienfiebers probeweise oder nur zum Scherz gekauft hatte. Außerdem fand Dmitrij eine Urkunde über die Privatisierung von Kiras Wohnung und noch ein seltsames Dokument, in dem einer Soja Fjodorowna Lewtschenko bescheinigt wurde, daß sie Eigentümerin des von einem Wladimir Petrowitsch Lewtschenko belegten Grabes mit der Nr. 67 auf dem Manichinskij-Friedhof war. Platonow sah rasch die restlichen Papiere durch und fand nichts Interessantes. Er war bereits dabei, sie wieder in dem Täschchen zu verstauen, als seine professionelle Neugier doch die Oberhand gewann und ihn zwang, den Reißverschluß des Seitenfaches zu öffnen. Dort entdeckte er zwei Totenscheine. Der eine lautete auf den Namen Soja Fjodorowna Lewtschenko, gestorben 1987, der andere auf den Namen Wladimir Petrowitsch Lewtschenko, der drei Jahre vorher gestorben war.

Mit steifen Fingern verschloß Platonow das Täschchen wieder und legte es auf eines der offenen Schrankfächer. Kiras Eltern waren also tot. Was bedeutete das? Fuhr sie an den Wochenenden in Wirklichkeit zu einem Liebhaber? Das war durchaus möglich. Oder zu irgendwelchen betagten Verwandten, die sie mit Lebensmitteln versorgte? Hatte sie ein Kind, das sie besuchte? Auch das war möglich. Aber warum die Heimlichtuerei? Wie auch immer, jedenfalls besuchte Kira Lewtschenko an den Wochenenden nicht ihre Eltern.

In einer plötzlichen Eingebung lief Platonow ins Bad und öffnete den Spiegelschrank. Er überwand das Gefühl der Peinlichkeit, das ihn beim Anblick der weiblichen Hygiene-Utensilien erneut erfaßte, und griff nach einer großen blauen Schachtel, die sich als unerwartet schwer erwies. Er steckte seine Hand ins Innere der Schachtel und zog einen in mehrere Plastiktüten eingeschlagenen Revolver heraus. Noch bevor er begriff, was er in der Hand hielt, erkannte sein Gehör das typische Rascheln wieder, dessen Herkunft ihm immer unklar geblieben war.

Er schälte den Revolver aus den Plastiktüten heraus, und der ihm bekannte Schießpulvergeruch stieg ihm in die Nase. Mit dem Revolver war erst vor kurzem geschossen worden.

Die Wahrheit, die sich so lange vor ihm verborgen hatte,

offenbarte sich schlagartig und schamlos, sie stellte sich demonstrativ zur Schau und verhöhnte ihn ob seiner Einfältigkeit. Lieber Gott, wie blind und naiv er gewesen war! Er hätte das alles längst sehen und begreifen müssen, alles war so offensichtlich, aber er hatte in seiner Dummheit und Eitelkeit nur daran gedacht, ob er mit Kira sofort ins Bett gehen oder es noch hinauszögern sollte.

Er erinnerte sich daran, mit welcher Konzentration und Ausdauer Kira monotone, langweilige Kleinarbeiten erledigte. Wie sie stundenlang in einer erstarrten Pose dasaß und keinen Laut von sich gab. Wie aufrecht und diszipliniert sie vor dem Herd stand, ohne die Schultern zu bewegen oder von einem Bein auf das andere zu treten. Wie sie ohne die geringste Anstrengung auf einem Bein auf dem Wannenrand gestanden hatte, ohne die Balance zu verlieren. Wie sie ihren Kopf, wenn sie ihn wendete oder senkte, immer in ein und derselben Stellung anhielt, so, wie es ihr der Trainer beim Üben des Stillstehens beigebracht hatte. Sie hatte den Körper und die Bewegungen einer ausgebildeten Schützin, und man mußte ein absoluter Dummkopf sein, um das nicht zu bemerken.

Sie kniff nie ein Auge zu, wenn sie auf größere Entfernung etwas erkennen wollte, sondern hielt sich statt dessen die Hand übers Auge. Platonow erinnerte sich, was er im Schießtraining gelernt hatte. Beim Stillstehen arbeitet jeder Muskel. Wenn man auch nur mit dem Auge zwinkert, ist alles aus, das Ziel verloren.

Platonow spürte, wie ihm heiß wurde. Er erinnerte sich daran, wie Kira vor ihm zurückgewichen war, als er sie umarmen und an sich drücken wollte. Gestern, bevor sie das Haus verließ, um angeblich zu ihren Eltern zu fahren, und dann nach ihrer Rückkehr. Natürlich hatte sie zurückweichen müssen, denn sie trug ja unter dem Pullover, hinter dem Bund ihrer Jeans, einen Revolver.

Einen Revolver, aus dem vor kurzem geschossen worden war. Einmal oder öfter? Im Magazin fehlte eine Patrone. Wohin war Kira in der Woche davor gefahren?

Eine ganze Flut von Fragen brach über Platonow herein, zuerst versuchte er, wenigstens irgend etwas zu verstehen, aber dann begriff er, daß es darum gar nicht ging.

Er befand sich in der Wohnung einer kaltblütigen Mörderin. Er hatte sein Leben in ihre Hände gelegt, seine Freiheit. Es war ihm unmöglich, ihre Wohnung zu verlassen, da er bereits seit zehn Tagen auf der landesweiten Fahndungsliste stand und jeder Milizionär ein Foto von ihm zur Hand hatte. Er konnte nicht auf die Straße hinausgehen und sich freiwillig seiner Verhaftung ausliefern, denn in diesem Fall würden die Ermittlungsunterlagen, die er bei sich hatte, in wer weiß welche Hände geraten, und die Sache würde schneller im Orkus verschwinden, als man Zeit hatte, sich auch nur umzusehen.

Aber auch hierzubleiben, war unheimlich. Wenn Kira eine geistesgestörte Mörderin war, die einmal pro Woche einen jungen Mann umbrachte, dann konnte ihr in jedem Moment etwas so Lustiges einfallen, daß Platonow gewiß nicht mehr dazu kommen würde, sich selbst totzulachen.

Was sollte er tun? Den Revolver verstecken? Und wenn sie noch eine zweite Waffe besaß? Sie würde bemerken, daß der Revolver verschwunden war, daß Platonow ihn gefunden hatte, und dann ...

Alles so lassen, wie es war? Und zu Gott flehen, daß bis zum nächsten Samstag alles vorbei sein würde? Dann würde er diese Wohnung verlassen können, zur Arbeit gehen und an entsprechender Stelle über Kira berichten.

Aber wie konnte er Kira verraten? Eine Frau, die ihm geglaubt, die ihn in ihre Wohnung mitgenommen hatte, die für ihn kochte und gewissenhaft alle seine Anweisungen erfüllte. Eine Frau, die ihm vielleicht das Leben gerettet hatte.

Was sollte er tun? Kira konnte jeden Augenblick nach Hause kommen, er mußte jetzt sofort eine Entscheidung treffen.

8

Kira saß auf der Bank, ohne den kalten Sprühregen zu bemerken, und dachte darüber nach, wie sie ihr Leben retten sollte. Vor zwei Stunden hatte sie den Auftrag bekommen, einen Mann und eine Frau zu ermorden, die in einer Zweizimmerwohnung im zweiten Stock des Hauses wohnten, in dem sich das Geschäft »Gaben des Meeres« befand. Sie hatte den Auftrag bekommen, Dmitrij Platonow zu ermorden und sich selbst.

Ihre ehemalige Schwiegermutter hatte teilweise recht gehabt, Kira verließ sich in der Tat sehr stark auf ihr Äußeres und war bereit, sich die Segnungen des Lebens über das Bett zu erkaufen. Das war an und für sich eine durchaus verbreitete Praxis, aber aus irgendeinem Grund hatte Kira geglaubt, daß niemand auf die Idee käme, ausgerechnet von ihr so schlecht zu denken. Doch die ständigen Monologe der Schwiegermutter hatten sie davon überzeugt, daß ihre wenig originelle Einstellung zum Leben für niemanden ein Geheimnis war. Das hatte Kira damals ziemlich verwirrt, denn sie wußte sehr gut, daß sie nicht gerade ein Ausbund an Lebenstüchtigkeit und Intelligenz war und kaum fähig, es aus eigener Kraft im Leben zu etwas zu bringen.

Nachdem sie ihrem Mann und ihrer verhaßten Schwiegermutter zum Trotz ein Studium begonnen hatte, ergab sich für sie ganz zufällig die Teilnahme an einem Wettbewerb im Sportschießen. Ihr Institut mußte eine Mannschaft zusammenstellen, und eine der Studentinnen, die für diese Mannschaft vorgesehen war, brach kurz vor dem Wettbewerb ihr Studium in Moskau ab und kehrte nach Hause zurück, zu ihren Eltern in die entlegenste Provinz. Der Trainer redete lange auf Kira ein und versuchte, sie davon zu überzeugen, daß sie bei dem Wettbewerb nichts zu tun haben würde. Sie würde nur zur Ersatzmannschaft gehören, und die Gefahr, daß alle Mitglieder der Ersatzmannschaft zum Einsatz kämen und damit schließlich auch sie, stünde eins zu einer Million.

Doch am Ort des Wettbewerbs angekommen, erschien Kira mit den anderen zusammen beim Training und äußerte den Wunsch, auch einmal schießen zu dürfen. Man gab ihr eine Pistole, erklärte ihr in zwei Sätzen, was zu tun war, wie man zielen und den Abzug betätigen mußte, und danach konnte niemand fassen, daß jemand, der zum ersten Mal in seinem Leben eine Waffe in die Hand genommen hatte, ein solches Resultat erzielen konnte.

Sie erwies sich nicht nur als sehr gelehrig in dieser Sportart, sondern besaß ganz offensichtlich eine natürliche Begabung dafür. Und zudem hatte sie Glück mit ihrem Trainer. Er hatte sofort erkannt, daß die schlanke, langbeinige Schönheit über eine außerordentliche Ausdauer verfügte, über Zielstrebigkeit, ein hohes Konzentrationsvermögen und die Entschlossenheit, niemals aufzugeben, sondern jede noch so geringfügige Aufgabe konsequent bis zum Ende durchzuführen, ohne zu ermüden oder sich ablenken zu lassen. Er war sicher, daß die braunäugige Studentin im zweiten Semester zum Schießen wie geschaffen war. Sie besaß alle Charaktermerkmale einer geborenen Schützin. Davon überzeugte sich der Trainer gleich bei der ersten Übung des Stillstehens. Mit der Waffe wurde bei dieser Übung noch nicht gearbeitet, es wurde nicht geschossen, nur stillgestanden. In Schießposition gehen, Kommando zurück, wieder in Schießposition, und das Dutzende, Hunderte Mal, bis der Schütze es lernte, ganz automatisch in Schießposition zu gehen, bis sich jeder Muskel, jede Körperzelle die einzig richtige, speziell für ihn erarbeitete Position gemerkt hatte. Kira war eine der ganz wenigen, die bei dieser Übung keine Anzeichen von Gereiztheit zeigten, sich über nichts wunderten und nichts fragten, die nicht quengelten, weil sie sich langweilten, und so schnell wie möglich die Waffe in die Hand nehmen wollten. Sie sah das Ziel und verlangte auf dem Weg dorthin kein Vergnügen. Mehr noch, der Trainer sah, daß das monotone alltägliche Training Kira gefiel, weil es für sie die Verheißung eines entfernten Zieles in sich trug: die Erste und Beste zu sein.

Aber der Trainer sah auch anderes. Kira war nicht ehrgeizig. Sie interessierte sich nicht für Titel und Ränge, nicht für Auszeichnungen und Preise, und der Olypmiasieger Wladimir Uskow, mit dem ihr Trainer sie einmal zusammenbrachte, bemerkte völlig richtig, daß das Mädchen nicht aus Bescheidenheit so schweigsam war, sondern aus Desinteresse. Kira interessierte nur eins: Was mußte sie tun, um noch besser schießen zu können?

Innerhalb von zwei Jahren gewann Kira Lewtschenko alle nur denkbaren Preise und Medaillen. Damals kam ihr zum ersten Mal der Gedanke in den Sinn, daß es möglich war, mit ihren Fähigkeiten Geld zu verdienen. Sehr großes Geld. Sehr viel mehr Geld als mit einem schönen Körper.

Der Gedanke blitzte in ihr auf und erlosch sofort wieder. Es war das Jahr 1991, die Kunde von der Mafia, von Auftragskillern, von völlig unkontrolliertem Waffengebrauch und ähnlich beängstigenden Dingen wurde allmählich zur Gewohnheit und versetzte niemanden mehr in Erstaunen. Der Gedanke an eine Verdienstmöglichkeit als Scharfschützin kam Kira immer öfter. Um in Form zu bleiben, kaufte sie auf dem Markt einem langnasigen Schreckgespenst eine gebrauchte Stetschkin und einen großen Vorrat an Patronen ab und fuhr regelmäßig aus der Stadt hinaus, um zu trainieren. Natürlich besuchte sie auch weiterhin ihren Trainer, der nicht verstehen konnte, warum Kira die Mannschaft plötzlich verlassen hatte und an keinen Wettbewerben mehr teilnehmen wollte. Am Schießstand hielt sie ihre Schnelligkeit und Trefferdichte, aber nur im Wald konnte sie die Fähigkeiten an sich erproben, die von einem Scharfschützen verlangt wurden. Geduld. Ausdauer. Bewegungslosigkeit. Konzentration.

Sie mußte lernen, mehrere Stunden in einer Position zu verharren. Und nach qualvollen Stunden des Wartens war nur ein einziger Schuß erlaubt.

In all diesen Jahren arbeitete Kira weiterhin in der Bibliothek namens »Raritäten«, die allen bibliophilen Moskauern durch ihren großen Bestand an alten, teilweise vorrevolutionären

Büchern bekannt war. Die Bibliothek nahm zwei Etagen und den Keller eines Gebäudes ein, in dem sich früher eine Bäckerei befunden hatte, eine chemische Reinigung, eine Rechtsberatung und eine Reparaturwerkstatt für Radiogeräte. Die Rechtsberatungsstelle und die Reparaturwerkstatt hatten die Zeit überdauert, während die anderen Räumlichkeiten von neuen Besitzern aufgekauft wurden, die in dem Gebäude Geschäfte und Büros eröffneten.

Eines Tages, als Kira im Kellerraum zu tun hatte, hörte sie plötzlich irgendwelche Stimmen, so nah und deutlich, daß sie sich ungewollt nach Fremden umsah, die ins Allerheiligste der Bibliothek eingedrungen waren, bis sie begriff, daß die Stimmen aus einem anderen Teil des Gebäudes kamen. Dort baute irgendeine neue Firma die alten Räume zu einem Büro um, und die Handwerker hatten in ihrer Arbeitswut die Wand durchbrochen.

Das, was Kira damals zu hören bekommen hatte, weckte ihr Interesse. Sie begriff, daß das Gespräch zwischen dem Firmenchef und seinem engsten Mitarbeiter stattfand, und den Worten der Männer war eindeutig zu entnehmen, daß Bestechung, Erpressung und andere Formen von Wirtschaftskriminalität für sie zum ganz normalen Alltag gehörten, und daß die Geldsummen, die sie auf verschiedenen Konten gehortet hatten, unter anderem auch auf ausländischen, längst jene Grenze überschritten hatten, an der auch für einen sehr anspruchsvollen Menschen der Luxus begann.

Regungslos, kaum atmend, stand Kira da und verfolgte das Gespräch bis zum Ende. Am nächsten Tag ging sie wieder hinunter in den Kellerraum, aber man hatte das Loch in der Wand bereits wieder zugemauert, und sie konnte nichts mehr von dem hören, was hinter der Wand vor sich ging. Ungeduldig wartete sie auf den Abschluß der Renovierungsarbeiten und den Einzug der neuen Firma. Mehrere Wochen beobachtete sie den Chef und wußte nicht, wie sie es anstellen sollte, mit ihm in Kontakt zu kommen.

Die Gelegenheit, ins verheißungsvolle Innere des Büros zu

gelangen, ergab sich ganz zufällig. Eines Tages kam eine Lieferung von Büchern vom Buchbinder zurück. Der Fahrer blieb, wie es seine Gewohnheit war, rauchend im Jeep sitzen und beobachtete grinsend, wie Kira die schweren Bücherpakete aus dem Wagen hob. Ein beladenes Auto vor der Bürotür war verdächtig, deshalb war es ganz natürlich, daß Genadij Schlyk sofort auf die Straße herausgekommen war und unauffällig nachsah, wer sich im Innern des Jeeps befand. Er war verantwortlich für Kabanows Sicherheit, deshalb war er bereits in den ersten Tagen durch alle Büros und Einrichtungen im Haus gegangen und hatte sich jedes der zum Glück nicht allzu zahlreichen Gesichter gemerkt. Die Bibliothekarin hatte keinerlei Mißtrauen in ihm erweckt, deshalb ließ er sich dazu herab, ihr seine Hilfe anzubieten.

»Komm, ich helfe dir«, knurrte er unfreundlich und riß Kira die schweren Bücherpakete förmlich aus der Hand.

Der Fahrer verzog abschätzig das Gesicht, weil er offenbar der Meinung war, daß Schlyk sich in Dinge einmischte, die ihn nichts angingen, Kira hingegen lächelte ihrem unerwarteten Helfer freundlich zu, sie hielt ihm die Tür auf und streifte dabei mit ihrer Brust flüchtig, aber vielsagend seine Schulter. Das Signal kam an; nachdem die Bücher an ihren Platz gebracht waren, machte Schlyk sich mit Kira bekannt und lud sie zum Abendessen ein.

Das Abendessen verlief in einer anregenden Atmosphäre unausgesprochener Andeutungen und Versprechungen. Am nächsten Tag betrat Kira Kabanows Büro und verlangte nach Genadij. Sie hatte es darauf angelegt, Kabanow selbst zu begegnen, aber sie hatte kein Glück. Schlyk erschien augenblicklich, hakte sie unter und führte sie entschieden auf die Straße hinaus, um sich erst dort zu erkundigen, was passiert war, warum sie an seinem Arbeitsplatz erschienen war, da sie doch ausgemacht hatten, daß er kurz vor Arbeitsschluß zu ihr in die Bibliothek kommen würde. Kira lächelte gewinnend und erklärte, daß sie auf dem Weg in die Bücherzentrale sei, sie sei nur vorbeigekommen, um Bescheid zu sagen, weil sie vielleicht bis sechs Uhr nicht zurück sein würde und Genadij deshalb nicht denken solle, daß sie ihn versetzt habe, bis spätestens halb sieben sei sie wieder zurück. Das stimmte Schlyk sofort wieder freundlich, die Zuverlässigkeit und Voraussicht seiner neuen Bekannten gefielen ihm. Abends gingen sie wieder zum Essen in ein Restaurant.

Natürlich war es für Schlyk eine herbe Enttäuschung, als er erfuhr, daß es Kira nicht um ihn ging, sondern um Kabanow, seinen Chef.

»Was willst du von Vitalij Nikolajewitsch?« fragte er, aber Kira lächelte nur geheimnisvoll.

Schlyk erklärte ihr weitschweifig, daß Vitalij Nikolajewitsch keine fremden Personen von der Straße empfing, wenn Kira ein Anliegen an ihn hätte, so müsse sie es erst ihm, Genadij, vortragen. Vielleicht würde sich dann ein Zusammentreffen mit Kabanow erübrigen.

»Gut«, erwiderte Kira entschieden. »Ich sage es dir, und du richtest es deinem Chef aus. Ich bin ausgebildete Sportschützin. Und ich möchte sehr viel Geld haben. Mehr brauche ich dir nicht zu erklären, Genotschka. Du bist ein kluger Kopf, du weißt selbst, was ich meine.«

»Wie kommst du darauf, daß Vitalij das interessiert?« Schlyk riß die Augen auf vor ehrlicher Verwunderung. Er hatte angenommen, daß die junge Schöne es auf einen Posten als Sekretärin abgesehen hatte oder um Hilfe für irgendeinen Freund bitten würde, der selbst nichts auf die Beine brachte.

»Wir handeln mit Druckmaschinen und nicht mit Sportschützen«, sagte er.

»Bitte richte es ihm aus, Genotschka«, wiederholte Kira liebevoll. »Und erzähl mir nicht, daß ich bei euch an der falschen Adresse bin, verkauf mich nicht für dumm!«

Zwei Tage später kam Schlyk in die Bibliothek.

»Wollen wir hier sprechen, oder hältst du es bis zum Abend aus?« fragte er kalt.

»Ich warte bis zum Abend«, sagte Kira sanft lächelnd, womit sie Genadij nicht wenig erstaunte. Ihm schien, daß sie innerlich glühte vor Ungeduld. Aber offenbar verfügte sie über eine große Ausdauer und Selbstbeherrschung, und in diesem Moment wurde Genadij klar, daß er diese Frau falsch eingeschätzt hatte.

Natürlich konnte er es nicht lassen, sie auf die Folter zu spannen. Er erklärte ihr, daß Kabanow ihn heute bis zu später Stunde brauchen würde, so daß Kira ihn in ihren Angelegenheiten nicht vor halb zwölf Uhr würde sprechen können.

»Gut«, antwortete Kira mit ruhiger Stimme. »Ich werde warten. Wo treffen wir uns?«

Schlyk nannte ihr einen Treffpunkt und dachte schadenfroh daran, daß er ihr nichts Interessantes zu sagen haben würde. Kabanow hatte kein Interesse an ihrem Angebot gezeigt.

»Ich habe dich darauf hingewiesen, daß Kabanow nicht interessiert ist«, sagte er, als sie sich spätabends trafen. »Ernsthafte Geschäftsleute haben keine Zeit für solchen Unsinn, zumal niemand dich kennt und du auch keine Empfehlung vorweisen kannst. Sicher gibt es Leute, die sich für dein Angebot interessieren könnten, aber bei uns bist du an die Falschen geraten. Außerdem muß man, um auf diesem Gebiet zu arbeiten, einen entsprechenden Ruf haben, und du hast nichts dergleichen. Wer bist du denn? Wo kommst du her? Kann man dir vertrauen? Laß diesen Unfug, Mädchen, dir fehlen für so was die Zähne. Bleib schön in deiner Bibliothek sitzen, und suche dir einen ordentlichen Mann, das ist mein Rat für dich. Ich weiß, was ein Straflager ist, ich habe es von innen gesehen, und ich kann dir versprechen, daß dich dort nichts Lustiges erwartet.«

»Ich brauche deine Ratschläge nicht, Genotschka«, antwortete Kira kalt, während sie langsam neben ihm herging und seinen Arm festhielt. »Ich brauche deine Hilfe. Und wenn du sie mir verweigerst, dann muß ich selbst handeln. Ab sofort wird es an jedem Wochenende einen Toten im Umland von Moskau geben. Genickschuß aus fünfundzwanzig Metern Entfernung. Und ich garantiere dir, daß ich kein einziges Mal danebenschießen werde und daß man mich nicht fassen wird.

Es wird so lange Tote geben, bis ihr, du und dein Chef, eingesehen haben werdet, daß ihr mit mir zusammenarbeiten müßt.«

»Bist du wahnsinnig?« fragte Genadij mit leisem Grauen in der Stimme.

»Ich bin zielbewußt«, antwortete Kira ebenso leise. »Und komme nicht auf die Idee, daß deine kindischen Ratschläge und Drohungen mich abschrecken könnten. Laß dich nicht davon täuschen, daß ich eine gutaussehende Frau bin, ich habe Charakter. Ich halte mein Wort.«

Sie entwand sich behende Schlyks Arm, küßte ihn leicht auf die Wange und verschwand.

Gleich am ersten Samstag nach diesem Gespräch fuhr Kira aus der Stadt hinaus, um auf ihr erstes Opfer zu waren. Jetzt, während sie auf der nassen Bank im Regen saß, erinnerte sie sich, wie sie mit dem Zug gefahren und später auf einer Straße umhergegangen war, um Ausschau nach einer günstigen Stelle zu halten, wo sie sich verstecken und auf einen einsamen Vorübergehenden warten konnte. Sie beschloß, daß sie Frauen und alte Leute verschonen würde, sie wollte sich auf junge Männer konzentrieren, die alle etwa im gleichen Alter waren. Die Miliz sollte glauben, daß sie von einem schießwütigen Psychopathen umgebracht wurden.

Damals hatte sie noch befürchtet, daß sie es vielleicht nicht fertigbringen würde, auf ein lebendiges Ziel zu schießen. Es hieß, wenn es darauf ankäme, auf einen Menschen zu schießen, würden viele versagen, nicht jeder sei dazu in der Lage. Aber ihr erster Schuß gelang ihr erstaunlich leicht. Man mußte sich einfach auf sein Ziel konzentrieren und durfte nicht daran denken, daß es sich um ein Menschenleben handelte, um einen lebendigen Menschen, genau wie man selbst. Kira konnte sich auf das Wesentliche konzentrieren und ließ sich von nichts ablenken.

Inzwischen waren sechs Wochen vergangen, ganze sechs Wochen, und nun hatte ihr Plan sich gegen sie selbst gerichtet.

Nach dem ersten Mord hatte sie mit einem neuen, ihr bisher völlig unbekannten Gefühl die Meldungen aus dem Polizeibericht im Fernsehen verfolgt. Sie werden mich nicht finden, dachte sie triumphierend, sie werden mich niemals finden.

Nach dem zweiten Mord fuhr sie auf die Shitnaja-Straße und blieb direkt vor dem Eingang zum Ministerium für Innere Angelegenheiten stehen. Die Mitarbeiter des Ministeriums gingen in Uniform und in Zivil an ihr vorüber, manche fixierten die schöne junge Frau mit einem ihr gut bekannten Blick und gingen weiter, aber sie blieb mit einem Gefühl ungewöhnlicher Erregung stehen. Ihr seht mich, dachte sie, ihr könnt mich sogar berühren, aber niemand von euch ahnt, daß ich die bin, die ihr sucht. Ich bin eine Verbrecherin. Ich bin eine Mörderin. Ihr müßtet mich auf der Stelle verhaften und ins Gefängnis bringen, aber ihr geht an mir vorbei, lächelt mir zu und denkt daran, daß ihr gern mit mir ins Bett gehen würdet. Kira Lewtschenko war erregt, wie betrunken von ihrem Geheimnis, selten in ihrem Leben hatte sich ihrer so ein Hochgefühl bemächtigt.

Auch nach dem dritten Mord ging sie wieder auf die Shitnaja-Straße. Das Ministerium zog sie an wie ein Magnet. Hier geschah es auch, daß sie zum ersten Mal Dmitrij Platonow erblickte, der vor ihren Augen in sein schönes, teures Auto stieg. Wegen des Autos war er ihr überhaupt erst aufgefallen. Sie hatte ihn unverwandt angesehen und sich sein Gesicht gemerkt. Es wird nicht mehr lange dauern, hatte sie gedacht, dann werde ich auch so ein Auto haben, nein, nicht so eins, sondern ein viel besseres als du. Ich werde es haben, weil es dir nie gelingen wird, mich zu finden.

Nach dem vierten Mord begegnete sie Platonow in der Metro wieder. Er hielt sich mit einer Hand am Griff fest, hatte die Stirn auf den Unterarm gesenkt und schien im Stehen zu schlafen. Er wirkte abgekämpft und erschöpft, und Kira begann, ihn mit Interesse zu betrachten und sich zu fragen, warum er, statt in seinem luxuriösen Wagen, mit der Metro fuhr. Ihre Augen begegneten sich, und in Kira erwachte die Leidenschaft der Spielerin …

Sie wußte, was sie tun mußte, um in einem Mann, der ihr gefiel, das Interesse an sich zu wecken. Alles kam genau so, wie sie es sich vorgestellt hatte. Während sie von der gesamten Moskauer Miliz gesucht wurde, machte sie die Bekanntschaft eines Kripobeamten. Mehr noch, sie wurde zu seiner Verbündeten und genoß jede Minute mit ihm, weil sie in jeder dieser Minuten die fast unerträgliche Süße des tödlichen Risikos spürte. Sie fuhr aufs Land, um ihr nächstes Opfer zu töten, und er, der Ermittlungsbeamte, brachte sie zur Tür und bat sie, so bald wie möglich zurückzukommen, weil er sie brauchte. Sie kehrte nach Hause zurück und spürte bei jedem Schritt den Revolver, mit dem sie vor zwei Stunden einen Menschen erschossen hatte, den Revolver, der jetzt hinter dem Bund ihrer Jeans steckte, unter dem weiten Pullover, und der Mann von der Kripo erwartete sie an der Tür, er freute sich über ihre Rückkehr und wärmte das Essen für sie auf. Keine Droge der Welt hätte ihr so einen Kick verschaffen können wie dieses Spiel. Und vor ihr lag noch eine weitere neue Erfahrung, falls sie sich entschließen sollte, mit Platonow zu schlafen. Auch das konnte sehr interessant werden.

Platonow gefiel ihr, sie war aufrichtig bereit, ihm zu helfen, sie wollte, daß er aus seiner unangenehmen Lage wieder herauskam, sein normales Leben wieder aufnehmen und wieder als Kripobeamter arbeiten konnte. Kira wünschte ihm nichts Böses, sie war ihm dankbar für die Tage und Stunden, die sie mit ihm verbringen durfte, für dieses ungewöhnliche Hochgefühl, das sie empfand, während sie mit ihm, dem Ahnungslosen, ihr abenteuerliches, gefährliches Spiel spielte. Sie bemühte sich, alle seine Anweisungen so gewissenhaft wie möglich auszuführen, und empfand dabei in aller Schärfe, daß er, der Oberstleutnant aus dem Innenministerium, sein Leben in ihre Hand gelegt hatte. Sie lächelte in sich hinein. Unvorstellbar. So etwas konnte sich niemand ausdenken, das war die reinste Phantastik.

Jetzt aber war aus dem Spiel Ernst geworden. Dimas Leben

lag nun wirklich in ihrer Hand, denn sie hatte den Auftrag bekommen, ihn zu töten.

Kira war völlig klar, daß mit der Sache nicht zu scherzen war. Die Leute, zu deren Sphäre sie sich so hartnäckig Zugang verschafft hatte, spielten keine Spiele. Falls sie ihren Auftrag nicht erfüllte, würden sie sie sehr schnell finden und bestrafen. Aber Kira hatte auch nicht vor, ihnen zu gehorchen. Niemals, unter keinen Umständen würde sie Platonow umbringen. Denn während sie auf der Bank auf dem menschenleeren Boulevard saß und sich die kalten Regentropfen von den Lippen leckte, begriff sie plötzlich, daß sie, den Abzugshahn des Revolvers ziehend, mit einer einzigen Fingerbewegung sechs Menschenleben ausgelöscht hatte, ähnlich wie bei einem Kartenspiel, bei dem die Spieler erst die wertlosen Karten ablegen, die Nieten. Man entledigt sich der Nieten, und erst dann beginnt das eigentliche Spiel. Und es war etwas ganz anderes, einen fremden Menschen umzubringen, auf den man schoß wie auf ein bewegliches Ziel, als einen, mit dem man zehn Tage in einer Wohnung zusammengewohnt hatte. Einen Menschen, mit dem man sich unterhalten und für den man gekocht hatte, dem man geholfen und mit dem zusammen man gebangt hatte. Einen Menschen, der einem vertraute. Nein, das war etwas ganz und gar anderes.

Kira mußte etwas einfallen, um Dmitrijs und ihr eigenes Leben zu retten. Dafür hatte sie bis zum Dienstag abend Zeit. Im äußersten Fall bis zum Mittwoch morgen.

ZWÖLFTES KAPITEL

1

Die alten Mütterchen im Haus erwiesen sich als außergewöhnlich gesprächig. Entweder bekamen sie selten Besuch von ihren Kindern und Enkeln, oder sie hatten alle einen besonders offenen, gutmütigen und wißbegierigen Charakter, jedenfalls wußten sie sehr viel über ihre Nachbarn und berichteten mit großer Bereitschaft.

Besonders viel Zeit nahm das Gespräch mit Maria Fjodorowna Kasakowa aus dem Parterre in Anspruch.

»Ach, das arme Mädchen!« jammerte die Alte, während sie ihrem Gast Tee nachschenkte und das Schälchen mit Konfitüre auffüllte. »Es wächst ohne mütterliche Fürsorge auf. Der Vater ist gut, solide, aber er arbeitet Tag und Nacht. Und Vera ist keine Mutter, sondern eine Strafe. Läuft immer nur betrunken herum. Ein Wunder, daß sie das Mädchen noch nicht zugrunde gerichtet hat.«

»Warum macht sie denn keine Entziehungskur?« fragte Nastja, während sie genüßlich den Sirup der Aprikosenkonfitüre vom Löffel leckte.

»Sie will einfach nicht«, seufzte Maria Fjodorowna.

»Vielleicht sollten die Eltern sich scheiden lassen«, schlug Nastja vor.

»Nicht dran zu denken.« Die Alte winkte ab. »Wie oft haben wir ihm schon gesagt, nimm dein Kind, und bring deine Frau vor Gericht, damit ihr geschieden werdet und du das Sorgerecht bekommst.«

»Und was sagt er?«

»Nichts. Er schüttelt nur den Kopf. Ich kann meiner Frau diese Schande nicht antun, sagt er. Und meine Tochter tut mir leid. In der Schule würden sofort alle erfahren, daß ihre Mutter eine Alkoholikerin ist, der man das Sorgerecht für ihr Kind aberkannt hat. Kinder sind grausam, wissen Sie, sagt er, sie würden meinem Mädchen das Leben vergiften. Und auch die Lehrer sind heutzutage nicht mehr sehr gescheit, sie würden das Mädchen nicht in Schutz nehmen vor den andern, sondern selbst noch Öl ins Feuer gießen. Nein, nein, der Mann hat schon recht, er verhält sich sehr edel. Er hat sich die Frau selbst ausgesucht, jetzt muß er sein Kreuz tragen, man kann es nicht auf die Schultern anderer abwälzen.«

»Aber das Kind wird doch älter«, widersprach Nastja. »Wie alt ist es denn? Das Mädchen hat sich die Mutter doch nicht ausgesucht, warum muß es denn leiden?«

»So beißt sich die Katze in den Schwanz.« Die Kasakowa nickte zustimmend. »Das Kind tut einem leid, die Mutter tut einem leid, und der Vater kann nicht gegen sein Gewissen handeln. Sein Gewissen sagt ihm, daß er seine Frau nicht aus dem Haus jagen darf.«

»Tatsächlich?« bemerkte Nastja. »Und sein Gewissen sagt ihm nicht, daß er normale Lebensbedingungen für sein Kind schaffen muß?«

»Ach, mein Töchterchen, das ist alles nicht so einfach. So ist es schlecht und anders auch. Er muß es selbst wissen, wir haben nicht das Recht, ihn zu richten.«

»Aber nicht doch, Maria Fjodorowna, ich bin doch nicht gekommen, um zu richten. Ich helfe dem Bezirksmilizionär, das ist eine Art Praktikum für mich. Er hat mich gebeten, mal durch den Bezirk zu gehen und mit den Leuten zu reden, vielleicht hat jemand streitsüchtige Nachbarn, vielleicht gibt es Kinder, die unter schlechten Bedingungen aufwachsen, Ehezwistigkeiten und alles das. Dank Ihnen weiß ich jetzt, daß man auf das Mädchen achtgeben muß, damit es nicht aus unserem Blickfeld und womöglich in schlechte Gesellschaft gerät. Aber es ist nicht unsere Sache, den Vater zu verurteilen, weil er nicht mit seiner Frau fertig wird, da haben Sie völlig recht.«

»Er erhebt noch nicht einmal seine Stimme gegen Vera, offenbar liebt er sie trotzdem«, bemerkte die Kasakowa.

»Es gibt wirklich nie Streit?« fragte Nastja. »Das kann ich nicht glauben. So etwas gibt es nicht. Vielleicht hören Sie es nicht.«

»Ich höre alles!« sagte Maria Fjodorowna beleidigt. »Es ist doch ein Blockbau aus den siebziger Jahren, bei uns hört man jedes Flüstern hinter der Wand. Und wenn du glaubst, mein Töchterchen, daß ich eine taube alte Frau bin, dann hast du recht, denn Flüstern höre ich tatsächlich nicht mehr, aber wenn sie hinter der Wand etwas lauter sprechen, dann verstehe ich jedes Wort.«

Sie schmatzte mit den Lippen, nahm ein paar Schlucke Tee und demonstrierte mit ihrer ganzen Haltung, daß es eine unverzeihliche Sünde war, einem Menschen in so ehrenwertem Alter nicht zu glauben. Wenn sie gesagt hatte, daß es zwischen Vera und ihrem Mann nie Streit gab, dann war das auch so. Aber plötzlich wandte sie den Blick verwirrt von ihrem Gast ab, sah zum Fenster und hustete.

»Aber du hast recht, Töchterchen, einmal ist es vorgekommen. Da hat er sie angeschrien. Aber nur ein einziges Mal. Das ist sicher.«

»Und was war los?«

»Ich kann es nicht beschwören, aber ich glaube, er hat sie mit einem anderen Mann erwischt. Er war sehr wütend. Ich bekam sogar Angst und dachte, er würde sie schlagen.«

»Ach was, Maria Fjodorowna, danach sieht es hier nicht aus«, stachelte Nastja die Alte erneut an. »Wenn es so ist, wie Sie sagen, und die Frau seit langer Zeit jeden Tag trinkt, dann kann man sie mindestens dreimal die Woche mit einem andern Mann erwischen. Glauben Sie mir, ich weiß es genau. Alle Alkoholikerinnen sind gleich. Es kann nicht sein, daß ihr Mann sie nur dieses eine Mal erwischt hat. Es kann nicht sein, daß er deswegen so wütend gewesen ist. Einer mehr oder einer weniger – was macht das schon aus? Wenn er ihren Suff erträgt, dann erträgt er auch die anderen Männer. Nein, Maria Fjodorowna, da muß etwas anderes gewesen sein. Sie haben sich wahrscheinlich getäuscht.«

»Aber nein, ich habe mich nicht getäuscht«, widersprach die Alte hitzig. »Ich habe doch jedes Wort verstanden. Sie hat mit seinem Freund ... Darum ist er so wütend geworden. Wenn du dich im besoffenen Zustand mit Abschaum von deinesgleichen einläßt, hat er geschrien, dann soll dich der Teufel holen, das ist deine Sache. Ich rühre dich schon lange nicht mehr an, und wenn du dir irgendeine Pest holst, dann ist mir das egal. Aber ihn hättest du nicht reinziehen dürfen in deinen Dreck, er ist ein schwacher Mensch, und das hast du ausgenutzt ... Nun ja, und so weiter.«

»Und was hat sie dazu gesagt?«

»Ach, sie war wahrscheinlich schwer betrunken. Er hat sie gar nicht erwischt, sie hat ihm selbst alles erzählt.«

»Wie das?«

»Er hat irgendeine harmlose Bemerkung gemacht, und sie ist sofort hochgegangen. Du lebst nur für deine Arbeit, sagte sie, sonst interessiert dich überhaupt nichts. Wenn du wenigstens zu den Weibern gingst, dann könnte man dich für einen normalen Mann halten, aber du bist nicht Fisch nicht Fleisch, halb schwul, halb impotent. Schau dir deinen Dima an, der ist ein richtiger Mann, der sieht sofort, was eine Frau will, und er kann eine Frau auch befriedigen. Genau da hat er dann zu schreien angefangen. Das war das allererste Mal, Ehrenwort. Und Vera hört ihm zu und redet irgendein wirres Zeug. Er spricht von seinem Freund und sie von irgendeiner Schwester. Er sagt, daß sie Dima womöglich angesteckt hat, und sie faselt irgend etwas ganz anderes, daß es für ihn ja schon der Weltuntergang sei, wenn seine heißgeliebte Schwester mal niesen würde ... Wahrscheinlich hat sie sich schon um den Verstand gesoffen, begreift überhaupt nichts mehr.«

»Wahrscheinlich«, sagte Nastja, nur um irgend etwas zu sagen.

Dmitrij Platonow hatte also mit Sergej Russanows Frau geschlafen, einer Alkoholikerin. Russanow war nicht im mindesten gekränkt vom Treuebruch seiner Frau und von dem Verhalten seines Freundes, ihn beschäftigte nur eines. Er befürchtete, daß Dmitrij sich bei seiner Frau etwas geholt haben könnte und nun womöglich seine heißgeliebte Schwester Lena anstecken würde (oder inzwischen bereits angesteckt hatte). Offenbar war Russanows Beziehung zu seiner Schwester tatsächlich so außerordentlich eng und intensiv, wie er es selbst geschildert hatte. Selbst in dem Augenblick, in dem er erfuhr, daß seine Frau ihn mit seinem Freund betrogen hatte, dachte er nur an seine Schwester. Und vielleicht hatte er begonnen, Platonow zu hassen, weil er auch Lena betrogen hatte und tief genug gesunken war, um mit der Frau seines Freundes zu schlafen. Wahrscheinlich hatte Russanow die Achtung vor seinem Freund verloren. Ein Schurke, der die Frau seines engsten und ältesten Freundes nicht in Ruhe hatte lassen können. Ein Idiot, der sich mit einer Schlampe einließ, die es vor ihm bereits mit wer weiß wem getrieben hatte. Man konnte in das Bett einer solchen Frau steigen, warum nicht, aber Platonow war danach zu einer wunderbaren jungen Frau gegangen, die ihn liebte und ihm ahnungslos vertraute.

Es war durchaus denkbar, daß Russanow Dmitrij zu hassen begonnen hatte. Und das warf ein ganz neues Licht auf die Dinge …

2

Dmitrij spürte mit jeder Faser seines Körpers, daß die Zeit verging. Ihm war immer noch nichts eingefallen, und es schien, als würde mit jeder Minute ein Stück seines Lebens schwinden. Jeden Moment konnte Kira zurückkommen, und er hatte keine Ahnung, was er tun sollte. Die einzig richtige Taktik schien darin zu bestehen, sich so zu verhalten, als sei nichts passiert. Nur so konnte er versuchen, sich zu retten. Aber diese Taktik konnte nur dann funktionieren, wenn Kira nicht geisteskrank war. Nur dann konnte er ihr Verhalten wenigstens in etwa abschätzen und berechnen. Und wenn sie doch verrückt war? Eine unzurechnungsfähige Geisteskranke, der jeden Augenblick sonst etwas in den Sinn kommen konnte?

Ich muß es tun, sagte sich Platonow, während er kopflos in der Wohnung umherging, ich muß meine ganze Kraft zusammennehmen und es tun. Zumal ich es gestern morgen bereits angedeutet habe. Ich muß genauso weitermachen wie bisher, so, als wüßte ich von nichts, als hätte ich nie einen Revolver entdeckt. Jetzt verstehe ich, warum sie keine Wirkung auf mich hatte, obwohl sie so schön ist. Sie ist anders als andere Frauen. Lieber Gott, wie soll ich es machen? Woher die Manneskraft nehmen? Und wenn ich versage? Dann wird sie gleich wissen, daß ich alles durchschaut habe. Ein normaler Mann kann nicht mit einer Mörderin schlafen. Und wenn es mir nicht gelingt, wenn ich versage, dann wird sie sofort wissen, warum.

Er begriff nicht, warum Kira noch nicht zurück war, und wurde immer nervöser, weil er nicht einschätzen konnte, wann sie auftauchen würde und wieviel Zeit er noch hatte. Endlich gelang es ihm, sich zu konzentrieren und in Gedanken wenigstens das vage Sujet jenes Stücks zu entwerfen, das er nach Kiras Rückkehr würde spielen müssen.

Wenn sie die Wohnung betrat, würde er so tun, als schliefe er. Er würde eine Weile still liegen, lauschen, was sie tat, und dann »aufwachen«. Er würde sie rufen, sie bitten, sich zu ihm aufs Sofa zu setzen, und dann …

Doch nein, das war es wahrscheinlich doch nicht. Er würde in der Küche sitzen und so tun, als sei er in schwerwiegende Gedanken versunken. Er würde ihr nicht entgegengehen, nicht auf den Flur hinaustreten, sondern darauf warten, daß sie zu ihm kam. Dann würde er mit tragischer Stimme etwas Herzzerreißendes von sich geben und versuchen, einen möglichst leidenden Eindruck zu machen. Er würde an ihr Mitleid appellieren und sich darüber beklagen, daß er keine Möglichkeit hatte, sich ihr gegenüber wie ein Kavalier zu verhalten und ihr den Hof zu machen, so, wie eine schöne Frau es verdiente, weil er durch die Intrigen von Bösewichten an diese Wohnung gefesselt war ...

Er konnte sich auch im Flur aufstellen wie ein Götze, sie mit traurigen Augen ansehen und dann kaum hörbar, aber eindringlich sagen: Mein Gott, Kira, meine Liebe, ich hatte solche Angst, ich dachte plötzlich, du kommst nicht wieder, und ich habe verstanden, wieviel du mir bedeutest ...

Dmitrij ging noch einige mögliche Varianten der Annäherung durch und kam am Ende doch zu keinem Schluß. Er wollte es dem Zufall überlassen. Sollte es kommen, wie es kam.

3

Es ging unmerklich auf den Sonntag abend zu, und Nastja kam es vor, als würde dieser Sonntag schon drei Tage dauern. Vielleicht deshalb, weil sie bereits um vier Uhr morgens aufgewacht war, sich um acht mit General Satotschny im Park getroffen und um elf Uhr begonnen hatte, die Wohnungen in dem Haus abzuklappern, in dem Russanow wohnte. Vielleicht kam ihr die Zeit auch deshalb so endlos vor, weil ihre Gedanken an diesem Tag viele Male die Richtung gewechselt hatten und ständig verschiedenen, völlig gegensätzlichen Hypothesen gefolgt waren. Gegen fünf Uhr nachmittags fühlte sie sich plötzlich völlig zerschlagen und krank. Dem nächtlichen Frost war am Tag Regen gefolgt, jetzt kam durch die Wolken, die der Wind über den Himmel jagte, hin und wieder die Sonne hervor, und Nastja reagierte auf den heftigen Witterungsumschwung mit Schwäche und Schwindel, ihre Hände zitterten. Ihr größter Wunsch war es, sich in eine warme Decke einzuwickeln und zu schlafen.

Nachdem sie nach den Gesprächen mit den redseligen Rentnerinnen nach Hause gekommen war, hatte sie Igor Lesnikow angerufen, sich danach an den Computer gesetzt und, um die

Zeit irgendwie totzuschlagen, angefangen, immer wieder die Karte des Moskauer Umlandes mit den markierten Tatorten des unbekannten Scharfschützen zu betrachten. Es befanden sich bereits sechs Markierungen auf der Karte, und Nastja starrte die eingezeichneten Punkte unverwandt an, in der Hoffnung, wenigstens eine vage Gesetzmäßigkeit in ihrer Anordnung zu erkennen.

Gegen sechs rief Ljoscha Tschistjakow an, sie unterhielt sich eine Viertelstunde mit ihm und gab immer wieder falsche Antworten, weil sie nicht aufhören konnte, an den Scharfschützen zu denken, der so weit gegangen war, den Enkel des mächtigen Trofim umzubringen.

»Nastja, komm zu dir!« sagte Ljoscha. »Wo bist du? Ich habe dich gefragt, wie lange du noch am Computer sitzen willst.«

»Vom Zaun bis zum Mittag«, scherzte sie, weil ihr in diesem Moment der Witz vom armenischen Dorfältesten einfiel, dem es gelungen war, Zeit und Raum miteinander zu verbinden.

»Wenn ich nachher vorbeikomme, wirst du mich dann für ein Stündchen an die Maschine lassen? Du hast bestimmt wieder nichts gegessen, ich kaufe unterwegs ein und koche uns was, aber ich werde ein bißchen arbeiten müssen.«

»Was?« fragte sie zerstreut und war plötzlich wie außer sich. »Ljoschenka, du bist ein Genie. Komm schnell! Ich liebe dich.«

»Ist bei dir eine Schraube locker?« fragte Tschistjakow, aber Nastja war sicher, daß er lächelte. »Hast du wenigstens Brot im Haus?«

»Nein, ich habe überhaupt nichts. Sei umarmt, Ljoschenka, ich warte auf dich.«

Sie warf den Hörer auf die Gabel und stürzte wieder zum Computer. Zeit und Raum miteinander verbinden. Natürlich, das war es! Lieber Gott, wie einfach!

Nastja sprang wieder auf, lief zum Telefon und wählte Tschernyschews Nummer.

»Andrjuscha«, rief sie aufgeregt, als sie Andrejs Stimme in der Leitung vernahm, »bitte besorg sofort einen Fahrplan von allen Zügen, die von Moskauer Bahnhöfen aus ins Umland fahren, und komm so schnell wie möglich zu mir!«

»Wozu?«

»Es muß sein. Bitte Andrjuscha, frag nicht, verlier keine Zeit!«

»Ich wollte gerade Kyrill zu Fressen geben und dann ein bißchen rausgehen mit ihm ...«

»Tschernyschew, willst du, daß mich der Schlag trifft?!« schrie sie ins Telefon. »Wir haben bereits sechs Leichen, und woran denkst du? Pack deinen Kyrill ins Auto, nimm sein Fressen mit, und fahr los! Du kannst ihn hier füttern und dann mit ihm spazierengehen.«

»Du bist ein Tyrann im Rock«, murmelte Andrej, mehr pro forma allerdings, weil ihm klar war, daß es wirklich brannte, wenn Nastja Kamenskaja Feuer meldete. Und wenn sie anfing zu schreien, dann mußte höchste Alarmstufe angesagt sein.

4

Die Privatvilla am Standrand von Moskau war von einem schweren, gußeisernen Zaun umgeben, durch den man alles sehen konnte, was nötig war, um ein für allemal den Wunsch zu verlieren, hinter den Zaun des Grundstücks zu gelangen. Das Haus war nach allen Regeln der Kunst gesichert und bewacht, was keinesfalls zu überflüssiger Neugier anregte.

Vitalij Wassiljewitsch Sajnes hielt sich hier nicht gern auf, weil er in diesem Haus seine Nichtigkeit besonders deutlich spürte. Der Hausherr begegnete ihm mit verdeckter Geringschätzung, doch je sorgfältiger er diese Geringschätzung verbarg, desto deutlicher war sie spürbar. Sajnes ertrug es, weil er vom Hausherrn abhängig war.

»Unsere ausländischen Geschäftspartner sind äußerst unzufrieden, weil wir auch die zweite Firma auflösen mußten. Sie mögen keine Verzögerungen in den Geschäftsabläufen, und noch mehr mißfällt ihnen, daß so oft Schwierigkeiten auftreten. Es ist an der Zeit, daß wir etwas unternehmen«, sagte der Hausherr, während er an dem großen, angelaufenen Glas mit kaltem Mineralwasser nippte.

»Aber in Wirklichkeit steht alles gar nicht so schlecht«, widersprach Sajnes zögernd. »In unsere Geschäfte waren nur drei Personen eingeweiht. Zwei von ihnen sind tot, und der dritte wird in den nächsten Tagen ebenfalls verschwinden. Die Unterlagen über die ausgemusterten Geräte und den goldhaltigen Metallverschnitt sind in unserem Besitz. Ich denke, wir haben keinen Grund zur Sorge.«

»Haben Sie vergessen, daß Platonow eine Frau in die Sache eingeweiht hat? Haben Sie auch an diese Frau gedacht?«

»Natürlich. Sie wird ebenfalls verschwinden, zusammen mit Platonow.«

»Und Sie gehen davon aus, daß das genügt, um in Zukunft in Ruhe weiterarbeiten zu können?« fragte der Hausherr gereizt. »Offenbar haben Sie ganz vergessen, Vitalij Wassiljewitsch, daß es noch jemanden gibt, der Bescheid weiß. Und die Originale der Unterlagen befinden sich bei dieser Person, wir besitzen nur die Kopien. Ziehen Sie diese Person nicht in Betracht?«

»Aber das ist doch unser Mann«, sagte Sajnes mit ehrlichem Erstaunen. »Er arbeitet doch für und nicht gegen uns.«

»Das scheint Ihnen nur so«, sagte der Hausherr mit einem giftigen Lächeln. »Wir können niemandem vertrauen. Ein Mensch, der sich einmal verkauft hat, kann es auch ein zweites Mal tun. Dieser Mann wechselt zu schnell die Seiten und gibt zu schnell seine Position auf. Auf ihn kann man sich nicht verlassen.«

»Warum kann man sich nicht auf ihn verlassen?«

»Erinnern Sie sich daran, wie alles angefangen hat. Er hat Platonows Spur aufgenommen, um herauszufinden, was er in Uralsk sucht. Haben Sie einmal darüber nachgedacht, warum er das gemacht hat? Nein? Dann werde ich es Ihnen sagen. Er wollte Platonows Ermittlungen sabotieren und ihm unsere heißgeliebte Justiz auf den Hals hetzen. Glauben Sie etwa, er hat das aus Liebe zu uns gemacht? Oder wegen des Geldes, das wir ihm dafür bezahlen? Gewiß nicht, mein lieber Vitalij Wassiljewitsch. Er hat eine persönliche Rechnung mit Platonow zu begleichen. Unser Freund Russanow wollte ihn hinter Gitter bringen oder ihm zumindest eine Menge Schwierigkeiten bereiten. Nur deshalb hat er sich an die Sache mit Uralsk drangehängt. Und der Kontakt zu ihm ist erst entstanden, nachdem unsere Leute in Uralsk herausgefunden hatten, daß Platonow, der einen Hinweis von diesem Schwachkopf namens Sypko bekommen hatte, als erster in den Unterlagen zu stochern begonnen hatte und ein gewisser Russanow ihm auf den Fersen gefolgt war. Damals haben wir diesen Russanow zu uns kommen lassen, wir haben uns unterhalten und sind zu einem erfreulichen Einvernehmen gekommen. Wir sind ja selbst daran interessiert, daß Platonow abserviert wird, und es kam uns sehr entgegen, daß ein Fachmann diese unangenehme Aufgabe übernommen hat, der zudem ein persönliches Interesse an der Sache hat. Wir bezahlen ihn, und er verbindet das Angenehme mit dem Nützlichen. Aber Sie müssen zugeben, lieber Vitalij Wassiljewitsch, daß persönliche Motive auf einem Blatt stehen und loyale Zusammenarbeit mit uns auf einem ganz anderen. Da besteht zweifellos ein kleiner Unterschied. Russanow hat sich an uns verkauft, aber deshalb gibt es noch lange keine Garantie dafür, daß er nicht gegen uns arbeiten wird. Man kann nie wissen, was ihm in den Kopf kommt. Und Sie müssen bedenken, daß dieser Mann alles weiß und im Besitz der Originalunterlagen ist. Wie können wir da in Ruhe an die Zukunft denken? Erinnern Sie sich an Bulgakows Berlioz, der auch nicht daran geglaubt hat, daß es den Teufel gibt.«

»Wollen Sie damit sagen, daß ...« fragte Sajnes zögernd.

»Genau das, verehrter Vitalij Wassiljewitsch. Wir müssen es tun, und zwar so schnell wie möglich. Erst danach werden wir halbwegs sicher sein.«

»Ich weiß nicht mehr, an wen ich mich noch wenden soll. Dem Mann, der mir geholfen hat, ist ein großes Unglück widerfahren, man hat seinen einzigen Enkel ermordet. An ihn kann ich jetzt nicht herantreten.«

»Das sind Sentimentalitäten!« sagte der Hausherr mit eisiger Stimme. »Weibertränen. Dienst ist Dienst und Schnaps ist Schnaps. Das eine hat nichts mit dem anderen zu tun. Heute haben Sie Mitleid mit ihm, und wer wird morgen Mitleid mit Ihnen haben? Er bestimmt nicht, das garantiere ich Ihnen. In diesem Rudel herrschen Wolfsgesetze. Das war's, Vitalij Wassiljewitsch, das Gespräch ist beendet. Handeln Sie. Und zögern Sie nicht!«

5

Endlich fand Kira die Kraft, um sich von der Bank zu erheben. Sie hatte nicht einmal bemerkt, daß sie fast drei Stunden hier gesessen hatte. Wie schnell ein Tag vergeht, dachte sie wehmütig. Im Nu wird es Mittwoch morgen sein. Ich muß etwas unternehmen. Aber was?

Sie dachte daran, die Kamenskaja oder General Satotschny anzurufen. Sie würden ihr bestimmt helfen können, sie wußten, wie sie aus der Falle herauskommen konnte, in die sie durch eigene Schuld geraten war. Aber sofort wurde Kira klar, daß sie ein so schwerwiegendes und gefährliches Gespräch nicht am Telefon führen konnte, und ein Treffen war riskant. Es blieb nur noch Russanow übrig, der einzige Mensch, den sie nicht fürchtete, weil er Dmitrijs Freund war. Ein Treffen mit ihm würde keine schlimmen Folgen haben, selbst dann, wenn er danach ihre Spur verfolgen und herausfinden würde, wo Platonow sich versteckte. Sie mußte Sergej anrufen. Das war die einzige Möglichkeit.

Sie ging langsam über den Boulevard und überlegte, wie sie das Gespräch beginnen sollte. Schon mehrere Telefonzellen waren am Straßenrand aufgetaucht, aber sie ging weiter. Sie erinnerte sich daran, daß sich zwei Häuserblocks weiter, neben dem Kino, eine Telefonzelle befand, aus der sie Russanow schon einmal angerufen hatte. Vielleicht war das ein gutes Omen. Sie würde von diesem Telefon aus anrufen, vielleicht würde es ihr erneut Glück bringen.

Sie betrat die Telefonzelle, nahm ihre Geldbörse aus der Tasche und begann, eine Telefonmünze zu suchen. Mit einem kurzen Blick streifte sie die mit Telefonnummern vollgeschriebene Zellenwand und lächelte, als sie eine der Kritzeleien wiedererkannte. »Lena, ich sterbe ohne dich, warum gehst du nicht ans Telefon?« stand da in schnörkeliger Schönschrift. Schon beim letzten Mal hatte sie an dieser Stelle gelächelt. Etwas weiter oben mußte die Telefonnummer einer Frau mit einem exotischen Namen stehen. Ja, genau, da war sie. 214 10 30 Saule Muchamedijarowna. Name und Nummer waren mit blauem Filzstift an die helle Kunststoffwand geschrieben.

Ein scharfer Schmerz durchfuhr Kira, es war, als hätte man ihr eine glühende Eisenstange in den Hals und bis in die Lenden gestoßen. Jetzt erinnerte sie sich. Und begriff, warum sie sich nach dem damaligen Anruf bei Russanow so unwohl gefühlt hatte, woher ihre diffuse Unruhe gestammt hatte, die Dima an ihr bemerkt hatte. Sie hatte ihm damals gesagt, sie hätte das Gefühl gehabt, etwas falsch gemacht zu haben, und er hatte sie beruhigt, hatte gemeint, daß so etwas normal sei in der für sie ungewohnten Situation.

Damals hatte sie Russanow sagen müssen, daß er an drei mal dreißig plus zehn denken sollte. Als sie zu sprechen begonnen hatte, war ihr Blick an der mit blauem Filzstift geschriebenen Telefonnummer 214 10 30 hängengeblieben, und mechanisch hatte sie die Ziffern umgedreht. Sie müssen an drei mal zehn plus dreißig denken, hatte sie gesagt. Ihr schien, sie könne jetzt noch ihre Stimme hören, die die falschen Ziffern nannte. Wie war es möglich, daß Russanow die Unterlagen, die sie im Schließfach deponiert hatte, dennoch bekommen hatte? Sie hatte ihm die falsche Nummer gesagt, und dennoch hatte er am Abend desselben Tages bestätigt, daß er die Unterlagen dem Schließfach entnommen hatte.

Es konnte nur so sein, daß er von Anfang an wußte, wo diese Unterlagen deponiert waren. Er mußte jemanden zum Bahnhof geschickt haben, der sie beobachtet hatte, während sie die Papiere ins Schließfach legte. Sie hätte ihm jede beliebige Zahl nennen können, sogar einen falschen Bahnhof, er hätte das Kuvert sowieso bekommen. Weil er diese Unterlagen brauchte. Und weil er mitnichten auf Dmitrijs Seite war. Er war nicht sein Freund, er war sein Feind. Und Dima vertraute ihm ...

Kira verließ rasch die Telefonzelle und ging zur Metro. Sie mußte nach Hause. Sie mußte Dima sehen und ihm alles sagen. Sie mußte ihm sagen, daß er sich in seinem Freund täuschte, daß er ein Verräter war. Alles war sehr viel schlimmer, als sie geglaubt hatten. Ganz offensichtlich hatte man Kira schon damals, vor einer Woche, aufgespürt, man wußte, wo Dmitrij war, und nun wollte man ihm einen Killer auf den Hals hetzen ...

Aber das durfte sie Dima nicht sagen. Von der Sache mit dem Killer konnte sie nichts wissen. Nur von Russanow würde sie ihm erzählen.

Zum ersten Mal seit vielen Jahren stieg in ihr eine Welle des Mitgefühls und der Zärtlichkeit auf. Kira Lewtschenko hatte noch nie jemanden geliebt außer ihrem geschiedenen Mann, dafür war sie zu kalt und leidenschaftslos. Manche Männer weckten Interesse in ihr, sie erlaubte ihnen, sie zu umwerben, sie schlief mit ihnen und verbarg dabei ein aufrichtiges Gefühl von Langeweile. Für keinen von ihnen hatte sie je Wärme empfunden, nach keinem hatte sie sich jemals gesehnt, nie hatte sie mit Ungeduld das nächste Treffen erwartet. Aber heute, nachdem sie begriffen hatte, daß sie Platonow nicht ermorden konnte, wurde ihr plötzlich klar, daß er ihr nicht gleichgültig war, daß sie Zuneigung für ihn empfand. Sie hatte sich ein Spiel ausgedacht, sie hatte Dima benutzt, um sich an dem Gefühl der Gefahr zu berauschen, sich einen ungewöhnlichen Kick zu verschaffen, aber schließlich war sie zur Mutter geworden, die ihr Kind bewachte und beschützte, ihm dabei half, aus einer schwierigen und gefährlichen Situation herauszukommen.

Sie ging schneller und schneller, fast im Laufschritt erreichte sie die Rolltreppe. Wenn ihr nicht einfallen würde, wie sie sich selbst und Dima retten konnte, wenn ihr bis Mittwoch morgen nichts einfallen würde, würden sie beide am Abend desselben Tages tot sein. Beider Namen und die Adresse waren bekannt. Sie hatten noch zweieinhalb Tage zu leben. Leben, leben ...

6

Andrej Tschernyschew erschien mit dem riesigen Kyrill an der Leine, seinem geliebten Schäferhund, in dessen Stammbuch ein langer, kaum auszusprechender Name stand. Tschernyschew hatte ihm nur das K und R entnommen und Kyrill daraus gemacht, so daß sein Hund einen gängigen Menschennamen trug.

»Du machst mir meinen Hund kaputt«, sagte er gleich auf der Türschwelle. »Ein Hund darf nur zu Hause fressen, aus seinem eigenen Napf. Den Napf habe ich mitgebracht.«

»Hast du auch die Fahrpläne mitgebracht?« fragte Nastja und tätschelte Kyrill sanft das Fell. Der Hund war nicht ausgesprochen freundlich, aber er akzeptierte Nastja als alte Bekannte. Einmal, als er sie bei der Jagd auf einen bewaffneten Verbrecher aus dessen Schußlinie brachte, prallte Nastja mit der Schulter gegen eine Eisentür, die nach innen aufging, sie fiel hin, schlug sich das Knie auf und brach sich den Absatz ihres Schuhs ab, wonach Kyrill sich noch lange Zeit schuldig fühlte. Ein anderes Mal, vor anderthalb Jahren, als Nastja von Verbrechern mit der Behauptung bedroht wurde, sie seien im Besitz ihres Wohnungsschlüssels, verbrachte Kyrill eine ganze Nacht mit ihr und beschützte sie nicht nur, sondern tröstete sie sogar.

»Die Fahrpläne habe ich auch mitgebracht. Hier!« Andrej

reichte ihr neun dünne Broschüren. »Kannst du mir erklären, was das alles soll?«

»Kann ich«, sagte Nastja, während sie sich an den Computer setzte. »Komm her! Sieh mal, hier sind die Stellen, an denen die Leichen gefunden wurden. Wir sind davon ausgegangen, daß der Mörder immer in etwa dieselbe Entfernung zum Tatort zurückgelegt hat, und unter dieser Annahme haben wir versucht, seinen Wohnort einzukreisen. Aber vielleicht geht es gar nicht um Entfernung, sondern um Zeit. Vielleicht tötet er an den Orten, die er in einer bestimmten Zeit erreichen kann, zum Beispiel in zwei Stunden. Er rechnet nicht in Kilometern, sondern in Stunden und Minuten. Verstehst du den Unterschied?«

»Mehr oder weniger«, sagte Andrej mit einem vagen Kopfnicken. »Aber was folgt daraus?«

»Daraus folgt, daß alles davon abhängt, wie weit entfernt der Mörder von den einzelnen Bahnhöfen wohnt. Die Züge fahren alle gleich schnell, aber bis zu dem einen Bahnhof braucht er fünf Minuten und bis zu einem anderen eine Stunde. Deshalb fährt er von einem Bahnhof hundert Kilometer aus der Stadt hinaus, und von einem anderen nur zwanzig. Wir beide werden uns jetzt die Fahrpläne vornehmen und ausrechnen, wie lange die Züge bis zu den Bahnhöfen fahren, in deren Umgebung die Leichen gefunden wurden. Dabei werden wir davon ausgehen, daß er zu dem am weitesten entfernten Tatort von dem Bahnhof abgefahren ist, der seinem Wohnort am nächsten liegt. Und so weiter. Hast du meine Idee verstanden?«

»Die Idee als solche schon. Ich verstehe nur nicht, wie du sie umsetzen willst.«

»Was gibt es da nicht zu verstehen?« Nastja wurde ärgerlich. Sie konnte es nicht ausstehen, wenn man sie in ihrem Galopp bremste.

»Wir rechnen die Fahrzeiten aus, das ist klar. Aber wie geht es weiter?«

»Zerbrich dir darüber nicht den Kopf, Andrjuscha«, winkte

Nastja ab. »Ich weiß, wie es weitergeht. Ich bitte dich nur, mir zu helfen.«

»In Ordnung«, seufzte Tschernyschew. »Immer erniedrigst du mich, Anastasija. Denkst dir irgendwelche intellektuellen Finessen aus und läßt mich mit offenem Mund dastehen, anstatt dich hinzusetzen und einem begriffsstutzigen Kollegen geduldig zu erklären, worum es geht.«

»Schämst du dich nicht?« lachte Nastja. »Ein so großer Junge mit solchen Komplexen. Ich kann auch so vieles nicht, ich gehe nicht auf Verbrecherjagd und schieße nicht, ich habe nie Karate gelernt, besitze keine Titel und keine Gürtel, während du das alles mit links machst. Soll ich mich deshalb etwa aufhängen? Soll ich dich deswegen hassen? Du kannst das eine, ich das andere, zum Glück. Hör auf, den Beleidigten zu spielen. Laß uns Freunde sein und zusammenarbeiten!«

Sie öffneten die Fahrpläne, bewaffneten sich mit Bleistiften und begannen, die Fahrzeiten auszurechnen. Dann zeichnete Nastja irgendeine nur ihr selbst verständliche Tabelle, holte den Stadtplan mit den Metroverbindungen auf den Monitor und deutete feierlich mit dem Finger auf einen nördlichen Stadtbezirk.

»Sieh her! Von hier aus kommt man in fünf Minuten zu dem Bahnhof, wo die Züge in Richtung Riga abgehen, in acht Minuten zu dem Bahnhof, von dem man in Richtung Sawel-jowsk fahren kann, und in zehn Minuten zu dem Bahnhof, wo es in Richtung St. Petersburg geht. Und genau auf diesen Strecken wurden die Leichen in der größten Entfernung von Moskau gefunden. Ein Weg von fast zwei Stunden. Und jetzt sieh hierher! In Richtung Kiew ist der Mörder ganze vierundvierzig Minuten gefahren, in Richtung Jaroslawsk und Kasan waren es jeweils achtundfünfzig Minuten. Das heißt, es ist völlig offensichtlich, daß die Strecke vom Wohnort zum Tatort in jedem Fall in etwa in derselben Zeit zurückgelegt wurde. Wenn wir in Kilometern rechnen, kommen wir auf einen westlichen Stadtbezirk, der sich allmählich zum Zentrum hin verschiebt. Aber wenn wir in Minuten rechnen, kommen wir auf den nördlichen Stadtbezirk. Und da auf den Abschnitt, der den Metrostationen am nächsten liegt, von denen aus auch die Züge in Richtung St. Petersburg, Saweljowsk und Riga abgehen.«

»Ich habe nicht verstanden, warum du glaubst, daß sein Wohnort ausgerechnet in der Nähe dieser Metrostationen liegt. Ich sehe, daß es sich in jedem Fall um etwa dieselbe Entfernung handelt, aber warum denkst du, daß es eine kurze Entfernung ist? Du nimmst an, daß er hier, an dieser Stelle wohnt, aber er könnte genausogut hier wohnen.« Tschernyschew deutete auf Nordosten, in die Gegend des Mir-Prospekts. »Hier liegt der Rigaer Bahnhof, bis zum Leningradskij-Bahnhof ist es auch nicht weit, und über den Sustschewskij-Wall kommt man sehr schnell zum Saweljowskij-Bahnhof. Warum hältst du so eine Variante nicht für möglich?«

»Weil ich bis fünf zählen kann, mein Lieber. Die Stelle, auf die du gedeutet hast, gehört zu einem ganz anderen Zweig der Metro, und von da aus sind die Entfernungen zum Kiewer Bahnhof und zum Platz der Komsomolzen, wo der Jaroslawsker und der Kasaner Bahnhof sich befinden, sehr unterschiedlich. Aber wenn unsere Hypothese stimmt und es nicht um Kilometer geht, sondern um Zeit, dann muß die Entfernung vom Wohnort des Mörders zu diesen Bahnhöfen jeweils dieselbe sein. Deshalb muß er an der Metrolinie Serpuchowskaja wohnen.«

Tschernyschew erhob sich von dem niedrigen Sessel, den er an den Schreibtisch herangerückt hatte, streckte seine steifen, knirschenden Glieder, sah Nastja verschmitzt an und schnitt ihr eine Grimasse.

»Und trotzdem schieße ich besser als du.«

Nastja wollte einen Witz machen, aber in diesem Moment läutete es an der Wohnungstür.

»Das ist dein Tschistjakow«, sagte Andrej, »er hat bestimmt Fleisch mitgebracht. Wir werden dir jetzt zeigen, wie man ein Essen zaubert, das du nie im Leben zustande bringen würdest, damit du dir nicht allzuviel einbildetest und dich nicht für die Gescheiteste von allen hältst. Die Männer, die es mit dir zu tun haben, werden zu intellektuellen Krüppeln aus Angst vor deinem Gehirn.«

Doch Andrej irrte sich. Vor der Tür stand nicht Nastjas zukünftiger Ehemann, sondern Igor Lesnikow. Er hielt Nastja wortlos ein Notenheft hin, das er vor einer halben Stunde bei Lena Russanowa entdeckt hatte. Auf einer der Seiten fehlte am Rand ein Streifen Papier, der mit der Schere abgeschnitten worden war.

7

Als Platonow das Geräusch des Schlüssels im Schloß der Wohnungstür hörte, erschrak er. Er hatte gewußt, daß dieser Moment kommen würde, weil Kira früher oder später nach Hause kommen mußte. Aber erst jetzt begriff er, daß er in der Tiefe seiner Seele gehofft hatte, daß er um die Konfrontation mit ihr irgendwie herumkommen würde. Dabei hatte er keine Vorstellung davon gehabt, wie das hätte geschehen können. Dadurch, daß Kira von einem Auto überfahren wurde, daß man sie verhaftet hatte, daß ein Raumschiff mit Außerirdischen in Moskau gelandet war? Was hätte geschehen müssen, damit es ihm erspart blieb, mit einer kaltblütigen, wahrscheinlich geistesgestörten Killerin in einer Wohnung allein zu sein? Die letzte Hoffnung war in ihm erstorben.

Die Wohnungstür ging auf, und Platonow hatte immer noch keine Ahnung, was er tun, wie er sich verhalten sollte, um sein Leben zu retten. Er stand stumm da, angelehnt an den Rahmen der Küchentür, und blickte auf die eintretende Frau. Ihm fiel sofort ihre Blässe auf.

»Dima«, sagte sie mit unerwartet heiserer Stimme.

Er bemerkte, daß ihre Lippen zitterten, daß sie Angst hatte. Er schwieg und suchte fieberhaft nach einer Erklärung für ihre Nervosität.

»Dima«, wiederholte sie und streckte ihre Hände nach ihm

aus. Er hörte in ihrer Stimme nicht nur Angst, sondern auch Verlangen.

Sie fielen einander wortlos und ohne alle Präludien in die Arme. Platonow riß Kira die Jacke herunter und ertastete den Verschluß ihrer Jeans. Nach zwei Minuten, nachdem alle Hindernisse beseitigt waren, bemächtigte er sich ihrer im Flur, stehend, es geschah ohne ein einziges Wort und ohne jeden Laut. Man hörte nur das schwere Atmen der beiden und das Quietschen des Stuhles, auf den Kira sich mit den Händen aufgestützt hatte.

Zum ersten Mal in seinem Leben schlief Dmitrij nicht mit einer Frau, sondern paarte sich mit ihr, um sein Leben zu retten. Ihm schien, daß es quälend lange dauerte, daß es niemals enden würde, daß er dazu verdammt war, für immer so dazustehen und die unvermeidlichen Körperbewegungen auszuführen, da er, wenn er innehalten würde, sofort sterben müßte. Die Frau würde ihn töten. Und die einzige Möglichkeit, das zu verhindern, war die nie endende Paarung mit ihr. Die schreckliche Vision dauerte nur einen Augenblick, aber sie war so deutlich, daß Platonow schwarz vor Augen wurde und ihm schien, daß die Kraft ihn verließ. Zum Glück stöhnte Kira in diesem Moment heiser auf, und er begriff, daß er es geschafft, daß er sich nicht verraten hatte.

Im Flur war es dunkel, Kira war nicht dazu gekommen, das Licht anzuschalten, nachdem sie eingetreten war. Schweigend, ohne einander anzusehen, sammelten sie ihre auf dem Boden verstreuten Kleidungsstücke auf. Platonow ging ins Zimmer, Kira ins Bad. Die Wohnung füllte sich mit einer gespannten, unguten Stille.

Dmitrij zog sich rasch an, fuhr sich mit dem Kamm durchs Haar, stellte den Fernseher an und setzte sich in den Sessel neben dem niedrigen Zeitungstischchen. Er hörte das Rauschen des Wassers im Bad, dann ging die Badezimmertür auf, und er bemerkte, daß diesmal das Geräusch des Türriegels ausgeblieben war. Zum ersten Mal hatte Kira, während sie duschte, die Tür nicht von innen abgeschlossen.

Ich bin ein Idiot, sagte er sich. Ich hätte mit ihr ins Bad gehen müssen, wie es sich für einen anständigen Liebhaber gehört. Es ist ganz offensichtlich, daß sie das erwartet hat. Aber ich habe mich verhalten wie ein Schwein, habe sie benutzt und mich ohne ein Wort vor den Fernseher gesetzt. Doch es war mir unmöglich, sie ins Bad zu begleiten, denn ich bin zwar ein guter Kripobeamter, aber ein schlechter Schauspieler, ich hätte wahrscheinlich meine Augen nicht unter Kontrolle gehabt, sondern ständig auf das Schränkchen gestarrt, in dem der Revolver versteckt ist.

Kira kam nicht ins Zimmer, sondern begann, in der Küche zu hantieren, um das Essen vorzubereiten. Platonow begriff, daß er etwas unternehmen mußte, um die Situation zu retten. Er atmete tief ein, stieß die Luft entschieden wieder aus, stand auf und ging in die Küche.

Kira stand am Fenster und blickte irgendwohin in die Ferne.

»Habe ich dich gekränkt?« fragte Platonow ohne jede Vorrede. »Verzeih mir, Liebste, ich weiß, daß ich grob und unbeherrscht war, das hätte ich nicht tun dürfen ... Verzeih mir, Kira. Ich habe dir gleich am ersten Tag gesagt, daß du mir sehr gefällst, ich habe dir versprochen, mich zu beherrschen, bis du selbst auf mich zukommst, aber ich bin nicht aus Eisen. Ich habe dich sehr gewollt, ich konnte es nicht mehr aushalten. Verzeih mir!«

»Du hast gewollt? Und jetzt willst du nicht mehr?« fragte Kira mit ruhiger Stimme.

»Jetzt will ich noch mehr«, erwiderte er scherzhaft, dankbar für den einzig richtigen Einfall. »Wie kann ich meine Schuld wiedergutmachen?«

»Du mußt Russanow umbringen«, sagte sie in einem Tonfall, als würde sie ihn dazu auffordern, das Geschirr abzuspülen.

Mein Gott, dachte Platonow voller Entsetzen, sie ist also wirklich verrückt. Und das heißt, daß es für mich wahrscheinlich keine Rettung gibt, wenn es mir nicht gelingt, sofort aus dieser so gastlichen Wohnung zu fliehen. Aber wohin?

»Ich glaube, ich habe mich verhört«, sagte er so gelassen wie möglich, »was muß ich tun?«

»Du mußt deinen Freund Sergej Russanow umbringen. Weil er gegen dich ist. Verzeih mir, Dima, ich habe einen Fehler gemacht, aber aufgrund dieses Fehlers habe ich heute verstanden, daß dein wirklicher Feind Russanow ist.«

»Aber was redest du da, Kira«, sagte Dmitrij mit einem leisen Vorwurf in der Stimme, »das ist unmöglich. Sergej ist seit vielen Jahren mein Freund, warum sollte er gegen mich sein?«

Er fuhr fort, mechanisch irgendwelche sinnlosen Worte aneinanderzureihen, um Kira davon zu überzeugen, daß sie im Irrtum war, aber eine innere Stimme wurde immer lauter. Vielleicht doch, sagte sie, vielleicht doch. Denn wenn es tatsächlich so war, dann wurde alles sofort verständlich. Sergej konnte herausgefunden haben, wer Tarassow war, dachte Platonow, weil er erstens ein erfahrener operativer Mitarbeiter ist und weil er zweitens meinen Charakter sehr gut kennt. Sergej kann Agajew umgebracht haben, weil ich mein Treffen mit ihm vor niemandem verborgen habe, ich habe das Fernschreiben nach Uralsk von unserer Dienststelle abgeschickt und mit Agajew zusammen das Gebäude des Ministeriums verlassen. Und dann wird auch klar, warum die Firma Variant sich aufgelöst hat. Ich habe gedacht, daß Russanow irgendeine Unvorsichtigkeit begangen hat, und mich gewundert, daß einem so erfahrenen, qualifizierten Beamten ein solcher Fehler unterlaufen konnte. Aber vielleicht war es gar kein Fehler, vielleicht war es Absicht. Aber warum? Mein Gott, warum hatte er das getan? Warum?

DREIZEHNTES KAPITEL

1

Am Montag morgen erwachte Platonow im Morgengrauen und fragte sich, ob er aufstehen und damit riskieren sollte, Kira aufzuwecken, oder ob er lieber noch eine Weile still liegenbleiben und nachdenken sollte.

Er hatte auch diese Nacht auf der Liege in der Küche verbracht. Am Vortag hatten Kira und er ein schwerwiegendes Gespräch über Sergej Russanow geführt. Kira war davon überzeugt, daß sie recht hatte, Dmitrij verteidigte den Freund so gut er konnte, doch je mehr Argumente er zu seinen Gunsten fand, desto stärker wurde sein Verdacht.

»Hör auf, Dima«, sagte Kira endlich mit müder Stimme. »Du glaubst selbst nicht, was du sagst.«

Platonow wußte, daß sie recht hatte.

Bis zum späten Abend wechselten sie kein einziges Wort über das, was im Flur vorgefallen war. Aber je näher der Moment kam, in dem es Zeit wurde, schlafen zu gehen, desto größer wurde die Verlegenheit zwischen ihnen. Sie tranken lange Tee in der Küche, um den entscheidenden Moment hinauszuzögern, unterhielten sich über dies und das. Endlich erhob sich Platonow.

»Du mußt schlafen, Kira«, sagte er sanft, »geh zu Bett!«

Sie sah ihn mit einem fragenden Blick an. Und du? schienen ihre Augen zu fragen, kommst du mit mir oder wirst du wieder in der Küche schlafen?

»Geh, Liebe«, wiederholte Platonow, »und ich komme dann und sage dir gute Nacht.«

Dmitrij schlug rasch sein Bett auf der Liege auf, zog sein Hemd und die Socken aus und betrat, nur mit Jeans bekleidet, das Zimmer. Kira lag bereits im Bett, sie hielt ein Buch in der Hand, und er bemerkte, daß sie entspannt wirkte, so, als wäre sie schon kurz vor dem Einschlafen. Er setzte sich auf den Rand des Sofas und streichelte sanft ihr Haar. In ihren Augen flammte plötzlich wieder das Feuer auf, das Dima schon so gut bekannt war. Doch dieses Mal blieb ihr Gesicht dabei leblos und blaß, sie preßte die Lippen zusammen, ihr Nacken schien sich zu versteifen. Sie streckte die Arme aus, umfaßte Dima und zog ihn zu sich herab. Er spürte, daß sie zitterte.

Was ist los mit ihr? fragte er sich mit kaltem Erstaunen. Zittert sie etwa vor Leidenschaft? Was für ein Glück ich habe! Eine verrückte Killerin, die mich begehrt.

Mechanisch tat er alles, was zu tun war, er schob seine Hände unter die Decke und streichelte ihre glatte, seidige Haut, berührte mit den Lippen ihr Gesicht, er flüsterte zärtliche Worte und versuchte, an ihrer Reaktion abzulesen, was sie wollte. Ob es ihr nur darum ging, sich von seiner Willigkeit zu überzeugen, oder ob sie alles von ihm erwartete, das ganze Programm. Plötzlich öffnete sie die Augen, und Platonow erblickte darin unverhohlenes Entsetzen, das an Panik grenzte.

»Was ist mit dir, Liebling?« fragte er leise, während er ihren Hals küßte. »Mache ich etwas falsch?«

»Dima, ich will nicht sterben«, flüsterte sie. »Ich will nicht, ich will nicht, ich will nicht. Ich habe Angst. Wenn er uns aufgespürt hat, wird er uns vielleicht umbringen.«

Gott sei Dank, sie ist nicht verrückt, dachte Platonow erleichtert. Der normale Selbsterhaltungsinstinkt zwingt sie, sich als lebendiges Wesen gegen den Tod zu behaupten. Was kann man dem Tod entgegensetzen? Nur den Fortpflanzungstrieb. Deshalb verstärkt sich im Angesicht des Todes das sexuelle Verlangen. Aber irgendwie ist ihre Angst zu mächtig. Es sieht so aus, als wüßte sie mehr als ich. Als würde sie mir etwas verschweigen. Was könnte es sein, das ich nicht weiß und das sie vor Angst zittern läßt?

Er tröstete Kira mit sanften Worten und versicherte ihr, daß nichts Böses geschehen würde, daß es keinen Grund zur Beunruhigung gab, geschickt und beharrlich liebkoste er sie, bis sie die Augen wieder schloß, den Kopf zurückwarf und stoßweise zu atmen begann.

Als es zu Ende war, küßte Dmitrij Kiras Wange und ging in die Küche. Die Stille, die ihn aus dem Zimmer nebenan erreichte, besagte, daß Kira offenbar sofort tief eingeschlafen war, und er beneidete sie ein wenig um ihre Nerven. Er selbst wälzte sich noch lange herum, versuchte zu verstehen, was Kira in diese Panik versetzt hatte, und zugleich zu einem Entschluß zu kommen, wie er sich weiterhin verhalten sollte. Die wichtigste Frage war Kira selbst. Was sollte er mit ihr machen? Ja, sie war eine Mörderin, eine Verbrecherin, sie hatte sechs Menschenleben auf dem Gewissen, und zweifellos mußte sie bestraft werden. Aber sie war auch die Frau, die ihm Zuflucht gewährt hatte, als er nicht wußte, wohin er gehen sollte, als er ein Versteck und ein Nachtlager gebraucht hatte. Sie hatte ihm vertraut und ihm geholfen, ihm ihre eigenen Interessen und Bequemlichkeiten geopfert. Und außerdem war diese Frau in diesem Augenblick ganz offensichtlich verängstigt und bedurfte selbst der Hilfe und des Schutzes.

Was also willst du sein, Platonow, fragte er sich selbst. Ein Bulle oder ein Mann?

Mit dieser Frage im Kopf schlief er endlich ein, mit derselben Frage erwachte er und beschloß, noch ein Weilchen still liegenzubleiben, um Kira nicht aufzuwecken und für sich allein nachdenken zu können.

Als Kira schließlich aufgestanden war, hatte Platonow eine Entscheidung getroffen. Du bist weder ein Bulle noch ein Mann, dachte er finster, du bist einfach ein Schweinehund, Platonow.

2

Kira fuhr erneut ins Stadtzentrum, um Platonows Anweisungen auszuführen. Ihr erster Anruf galt Kasanzew.

»Dima ist immer noch mit Katja aus Omsk beschäftigt«, sagte sie auftragsgemäß. »Er muß wissen, wohin er heute fahren muß.«

»In fünf Minuten kann ich es Ihnen sagen«, versprach Kasanzew. »Bitte rufen Sie mich noch einmal an.«

Nach fünf Minuten wußte Kira bereits, daß das Codewort, das man brauchte, um im Zentralen Adressenbüro eine Auskunft zu bekommen, heute »Woronesh« lautete. Ohne dieses Codewort, hatte Dima ihr erklärt, gab das Adressenbüro an niemanden Auskünfte, außerdem war es möglich, daß man nach dem Namen und nach der Arbeitsstelle gefragt wurde.

»Im Zentralbezirk arbeitet eine Lamara Uschangowna Bizadse, melde dich unter diesem Namen. Kannst du mit georgischem Akzent sprechen?«

Kira sagte lächelnd ein paar Worte, mit denen sie die Aussprache einer bekannten georgischen Sängerin imitierte, die russische Romanzen sang.

»Ausgezeichnet«, lobte sie Dmitrij. »Du rufst also zuerst Kasanzew an, fragst ihn nach dem Codewort, dann rufst du das Adressenbüro an, sagst, daß du Lamara Uschangowna Bizadse aus dem Zentralbezirk bist, und fragst nach deiner eigenen Adresse. Du nennst deinen Vornamen, deinen Vatersnamen, deinen Familiennamen und dein Geburtsjahr und fragst nach der Adresse und Telefonnummer.«

»Wozu sollte das gut sein?« fragte Kira erstaunt.

»Wir müssen versuchen herauszufinden, ob etwas gegen uns läuft, ob es womöglich Anweisungen von oben gibt«, erklärte Platonow und fühlte sich dabei wie ein Vollidiot. »Sergej kann uns nicht einfach einen Killer schicken, er muß zu seinen Chefs gehen und sie davon überzeugen, wie ungemein gefährlich ich bin und so weiter. Kurz, wenn man uns aufgespürt hat und etwas vorhat, hat das Adressenbüro eine Auskunftssperre für unsere Namen bekommen. Hast du verstanden? Wenn man dir also nichts sagt und dich an das Innenministerium verweist, dann bedeutet das, daß du recht hast, und wir beide müssen uns so schnell wie möglich aus dem Staub machen. Wenn man dir die Auskunft gibt, ist höchstwahrscheinlich alles in Ordnung, dann brauchen wir uns keine Sorgen mehr zu machen. Nur vergiß den georgischen Akzent nicht!«

Jetzt stand Kira in der Telefonzelle und gab sich Mühe, mit georgischem Akzent zu sprechen.

»Guten Tag. Wollen wir nach Woronesh fahren?«

»Wie ist Ihr Name?«

»Bizadse aus dem Zentralbezirk.«

»Wen suchen Sie?«

»Lewtschenko.«

»Einen Moment.«

Nach einer halben Minute ertönte in der Leitung eine andere Frauenstimme.

»Lewtschenko. Vorname und Vatersname?«

»Kira Wladimirowna.«

»Geburtsjahr?«

»1965.«

»Geburtsort?«

»Moskau.«

»Iwanowskaja Straße 18, Wohnung Nr. 103, Telefon ...«

Kira hörte sich an, wie ihr ihre eigene Adresse mitgeteilt wurde, bedankte sich und hängte den Hörer wieder ein. Also hatte Russanow es nicht gewagt, über den offiziellen Weg zu gehen. Das hieß, daß im Innenministerium niemand wußte, wo Platonow sich befand. Das war gut.

Kiras dritter Anruf galt der Kamenskaja. Dima hatte sie beauftragt, ihr einen rätselhaften Text durchzugeben. »Der stellvertretende Direktor des Büros für Visa- und Paßangelegenheiten im Zentralbezirk kommt seiner Arbeit nur sehr mangelhaft nach.«

»Was bedeutet das?« fragte Kira erstaunt, nachdem sie Platonows seltsame Anweisung entgegengenommen hatte.

»Belaste dir nicht den Kopf damit!« sagte Dmitrij ausweichend. »Das ist eine Art Parole, ein Polizeijargon. Merke dir den Satz einfach, und gib ihn der Kamenskaja durch.«

»Nein, ich möchte verstehen, was ich sage«, widersprach Kira eigensinnig. »Ich rufe die Kamenskaja nur an, wenn ich weiß, was ich da sage.«

»Verstehst du, den Leuten, die über die Firma Artex und später über Variant ins Ausland gereist sind, wurden die entsprechenden Reisepässe im Büro für Visa- und Paßangelegenheiten im Zentralbezirk ausgestellt. Dort ist einer, der gegen riesige Schmiergelder innerhalb von drei Tagen Reisepässe ausstellt, ohne jede Überprüfung der Personalien und gegen alle Vorschriften. Ich weiß von dieser Geschichte schon lange, habe aber bisher geschwiegen, um nicht die ganze Herde aufzuscheuchen. Aber jetzt, da wir wissen, daß Russanow uns verraten hat und die Unterlagen, um die ich so gebangt habe, sowieso in fremde Hände geraten sind, können wir die Sache auffliegen lassen. Soll die Kamenskaja jemandem flüstern, was dort vor sich geht, damit eine Überprüfung eingeleitet wird. Hast du verstanden?«

»Ja, jetzt habe ich verstanden«, sagte Kira.

3

Als der Anruf der fremden, von Platonow beauftragten Frau kam, saß Nastja in ihrem Büro und bereitete für Gordejew den fälligen Auswertungsbericht vor. Das, was sie vom anderen Ende der Leitung zu hören bekam, brachte sie aus der Fassung.

»Habe ich Sie richtig verstanden?« fragte sie nach. »Der stellvertretende Direktor des Büros für Visa- und Paßangelegenheiten im Zentralbezirk kommt seiner Arbeit nur sehr mangelhaft nach?«

»Ja, Sie haben richtig verstanden.«

»Gut, ich werde das klären«, erwiderte Nastja trocken.

Die Situation gefiel ihr immer weniger. Schon gestern, als Igor Lesnikow bei Lena Russanowa jenes berüchtigte Notenheft gefunden hatte, in dem der Papierstreifen mit der darauf notierten Kontonummer fehlte, hatte sie mit Betrübnis daran gedacht, daß sowohl Russanow als auch Platonow in gleichem Maß Zugang zu diesem Notenheft gehabt hatten. Sowohl der eine als auch der andere besuchte Lena regelmäßig und führte von ihrem Telefon gelegentlich auch dienstliche Gespräche.

Sie dachte eine Weile nach und kam zu dem Schluß, daß Platonow die Kontonummer wohl kaum jemandem zugänglich gemacht hätte, wenn es um Bestechungsgeld für ihn gegangen wäre. Wahrscheinlich war es also doch nicht Platonow, der Agajew den Papierstreifen ausgehändigt hatte. Das graphologische Gutachten würde noch nicht so schnell vorliegen, weil in der entsprechenden Abteilung überhaupt nichts schnell ging. Nicht deshalb, weil die Leute dort Nichtstuer und Faulenzer waren, mitnichten, sie arbeiteten, bis ihnen die Hände abfielen, aber in dieser Abteilung gab es mehr unbesetzte Stellen als besetzte, und die Nachfrage nach Gutachten wuchs entsprechend dem Anstieg der Kriminalität in der Stadt. Als Muster zum Schriftvergleich hatte man den Graphologen Schriftzüge von Platonow, seiner Frau Valentina, von Agajew, Tarassow, Sergej Russanow und noch einigen anderen Leuten vorgelegt.

Doch solange das Gutachten auf sich warten ließ, blieb genug Raum zum Verdacht gegen Platonow. Und jetzt plötzlich dieser seltsame Anruf mit dem Hinweis auf den stellvertretenden Direktor des Büros für Visa- und Paßangelegenheiten. Wollte Platonow sie zum Narren halten?

Nastja öffnete das Telefonbuch und fand die Nummer des Büros für Visa- und Paßangelegenheiten. Die stellvertretende Direktorin war eine Lamara Uschangowna Bizadse. Nastja mußte grinsen. Lamara Bizadse war in ganz Moskau berühmt dafür, daß sie nach dem Antritt ihres Postens im Zentralbezirk sofort damit begonnen hatte, jede Person, die einen

Reisepaß für das Ausland beantragt hatte und bereits überprüft worden war, noch einmal zu überprüfen. Sie hing tagelang am Telefon, fragte den Mädchen im Adressenbüro Löcher in den Bauch, verglich Namen und Zahlen, Geburtsdaten, Adressen und Telefonnummern, und am Ende fischte sie jeden heraus, dem man unter Umgehung der Vorschriften einen Reisepaß ausgestellt hatte und dem ein Visum für das Ausland nicht zustand.

Was sollte die Behauptung bedeuten, daß Lamara Uschangowna ihrer Arbeit nur mangelhaft nachkam? Hatte sie aufgehört, die Leute über das Adressenbüro zu überprüfen? Hatte sie selbst angefangen, Schmiergelder zu nehmen? Oder ...

Nastja wählte die Telefonnummer der Bizadse. Lamara hatte eine tiefe, eindrucksvolle Altstimme, von der, wie es schien, der Telefonhörer zu vibrieren begann. Sie hörte sich schweigend Nastjas seltsame Darlegungen an.

»Ja, ich habe heute Auskünfte im Adressenbüro eingeholt«, sagte sie.

»Wie viele?«

»Sechs oder sieben, genau weiß ich nicht mehr. Aber ich kann nachsehen, wenn es wichtig ist.«

»Lamara Uschangowna, könnten Sie im Adressenbüro anrufen und darum bitten, daß man genau feststellt, welche Auskünfte Sie heute eingeholt haben?«

»Du lieber Himmel, wozu denn?« fragte die Bizadse erstaunt. »Ich kann doch in meinen Akten nachsehen und Ihnen alles selbst sagen.«

»Ich bitte Sie trotzdem, im Adressenbüro anzurufen. Ich habe den Verdacht, daß dort heute jemand unter Ihrem Namen eine Auskunft eingeholt hat.«

»Gut, ich werde anrufen«, seufzte Lamara.

Nach einer halben Stunde läutete bei Nastja das Telefon.

»Offenbar können Sie hellsehen«, sagte die Bizadse mit irgendwie fröhlicher Stimme. »Ich habe sieben Auskünfte eingeholt, und im Adressenbüro liegen auf meinen Namen acht vor. Nach Kira Wladimirowna Lewtschenko, geboren 1965, wohnhaft in der Iwanowskaja Straße 18, Wohnung Nr. 103, habe ich mich nicht erkundigt. Wer ist denn diese Lewtschenko?«

»Das weiß der Teufel!« erwiderte Nastja ärgerlich. Dieser seltsame Platonow hatte offenbar nichts Besseres zu tun, als ihr Rätsel aufzugeben. Als hätte sie nicht genug anderes im Kopf.

Woher konnte Platonow wissen, daß jemand beim Adressenbüro angerufen und unter dem Namen von Lamara Bizadse eine Auskunft eingeholt hatte? Er konnte es von niemandem wissen, es mußte sein eigenes Werk sein. Am ehesten war es so, daß er die Frau, bei der er wohnte, beauftragt hatte, im Adressenbüro anzurufen und sich nach Kira Wladimirowna Lewtschenko zu erkundigen. Aber warum hatte er das getan? Warum dieses Verwirrspiel mit dem stellvertretenden Direktor des Büros für Visa- und Paßangelegenheiten? Warum hatte er Nastja nicht direkt wissen lassen, was sie über diese Kira Lewtschenko wissen mußte? Irgendein Schwachsinn.

Oder hatte das alles doch einen verborgenen Sinn? Hatte Platonow diesen Umweg gewählt, weil der direkte Weg unmöglich war? Sie durfte sich über Platonow nicht ärgern, sondern mußte versuchen, ihn zu verstehen. Schließlich war er kein Dummkopf. Warum der Umweg? Weil das, was er ihr zu sagen hatte, unmittelbar mit der Frau zusammenhing, die in seinem Auftrag anrief? Auf welche Weise konnte es mit ihr zusammenhängen? Er wohnte bei ihr, das war längst klar. Aber warum hatte er ihr, Nastja, auf verschlüsselte Weise seine Adresse mitgeteilt? Warum sollte diese Frau nicht wissen, daß er seinen Unterschlupf preisgab? Weil er aus irgendeinem Grund aufgehört hatte, ihr zu vertrauen? So mußte es sein. Elf Tage lang hatte er ihr vertraut, und von einem Moment auf den anderen hatte es sich geändert. Warum? Was war vorgefallen? Ich könnte ja anrufen und fragen, grinste Nastja in sich hinein, die Telefonnummer habe ich ja jetzt. Dann wurde sie wieder ernst und kehrte in Gedanken zu Sergej Russanow zurück. Alles, was er gesagt hatte, sogar das, womit er seinen

Freund Dmitrij Platonow verteidigte, diente in Wirklichkeit nur einem Zweck: seine Morde an Tarassow und Agajew zu vertuschen.

Er hatte gesagt, daß Platonow einen bordeauxroten Diplomatenkoffer besaß. Das wußte er genau, weil seine Schwester ihnen beiden so einen Koffer geschenkt hatte. B e i d e n. Was das hieß, hatte Nastja damals nicht bemerkt. Sie hatte nicht verstanden, daß also auch Russanow so einen Diplomatenkoffer besaß. Gut, daß sie sich wenigstens jetzt daran erinnerte.

Er hatte gesagt, daß an dem Tag, an dem Tarassow ermordet wurde, Platonow gegen neun Uhr morgens bei ihm zu Hause angerufen hatte. Aber Platonow sagte etwas ganz anderes, er behauptete, daß Russanow bei ihm angerufen hatte. Platonow war zu diesem Zeitpunkt zu Hause gewesen, aber wo war Russanow? Er schuf sich ein Alibi in der Hoffnung, daß niemand ausgerechnet Platonow nach der Wahrheit fragen würde.

Und schließlich das Wichtigste. Er redete ständig davon, wie sehr er seine Schwester liebte, und daß er, wenn mit Dima etwas nicht in Ordnung wäre, die Beziehung zwischen den beiden nie geduldet hätte. Und nun hatte sich herausgestellt, daß mit Dima tatsächlich etwas nicht in Ordnung war. Er war ein geiler Bock, der wegen einer betrunkenen Schlampe Lenas Gesundheit aufs Spiel gesetzt hatte und ihre Liebe zu ihm verhöhnte. Das Ausmaß von Russanows Rache stand zwar in keinem Verhältnis zu Platonows Schuld, aber wer zu starker Liebe fähig war, der war auch fähig zu starkem Haß. Alles war eine Frage der Gefühle. Von sich wußte Nastja, daß sie unfähig war zu so heftigen Emotionen, aber jedem das seine. Bei dem einen hatte die Natur es so eingerichtet, bei dem andern anders.

Sollte Russanow sich nun tatsächlich als das defekte Glied in der Kette erwiesen haben, von dem bei dem Anruf bei General Satotschny die Rede war? Welche verschlüsselte Nachricht hatte Platonow über den General übermitteln wollen? Ach, wenn man es wüßte …

Nur die Gewohnheit, jeder Frage bis zum Ende nachzugehen, bewog Nastja dazu, den Stadtplan von Moskau zu öffnen und nachzusehen, wo sich die Iwanowskaja-Straße befand, in der Kira Lewtschenko wohnte und in der sich in diesem Moment höchstwahrscheinlich auch Dmitrij Platonow befand. Fassungslos starrte sie auf die Karte und spürte, wie ihr eiskalt wurde bei der Vorstellung, sie hätte versäumen oder vergessen können, in den Stadtplan zu sehen.

Nastja löste sich aus der Erstarrung und griff nach dem Telefonhörer, um Andrej Tschernyschew in der Bezirksverwaltung anzurufen.

»Andrjuscha, laß alles stehen und liegen, und hol die Liste der Sportschützen aus deinem Safe!«

Diese Liste war gleich nach dem ersten von dem Scharfschützen verübten Mord angefordert und erstellt worden, seitdem lag sie bei Tschernyschew im Safe, da die Ermittlungsbeamten keinen einzigen Anhaltspunkt hatten, nach wem sie zwischen den zahllosen Namen suchen sollten. Jetzt war ein Anhaltspunkt aufgetaucht. Es gab einen ganz konkreten Namen und eine Adresse.

»Suche nach Lewtschenko, K. W., geboren 1965.«

»So einen gibt es nicht«, antwortete Andrej, mit den Blättern raschelnd.

»Sieh noch einmal nach«, flehte Nastja, »es kann nicht sein.«

»Nein, wirklich nicht, Nastja, so einen habe ich hier nicht.«

»Und wen hast du?«

»Lewitzkij, Lewikow, Lewaschow, Lewanskij, Lewstrojew, Lewtschenko, Boris Sergejewitsch, Lewtschenko, Igor Iwanowitsch. Und wie heißt deiner mit Namen und Vatersnamen?«

»Kira Wladimirowna.«

»Ein Weib?« brummte Tschernyschew und war plötzlich ganz bei der Sache. »Weißt du, ob diese Frau verheiratet war?«

»Ich habe keine Ahnung. Aber du hast recht. Ist die Liste lang?«

»Scheißlang. So, wie du es magst. Etwa anderthalb Kilometer. Ich weiß Bescheid, Kamenskaja. Jetzt wirst du von mir verlangen, daß ich die ganze Liste nach einer Kira Wladimirowna, geboren 1965, durchsehe. Habe ich recht?«

»Hör mal, du lernst in der Zusammenarbeit mit mir unheimlich schnell. Vielleicht lerne ich im Gegenzug dazu das Laufen und das Schießen von dir?«

Andrej vertiefte sich in die endlose Liste der Namen und fand schließlich wirklich eine Kira Wladimirowna, die 1965 geboren war. Sie hatte in der ersten Phase ihrer sportlichen Karriere Berjosuzkaja geheißen, vor zwei Jahren hatte sie sich scheiden lassen und wieder ihren Mädchennamen Lewtschenko angenommen.

4

Es waren genau zwei Tage vergangen, seit Vitalij Nikolajewitsch Kabanow Kira den Auftrag erteilt hatte, den Mann und die Frau in einer Wohnung des Hauses zu beseitigen, in dem sich das Geschäft »Gaben des Meeres« befand. Nach der Erfüllung dieses Auftrags mußte Kabanow Kira umbringen. Natürlich nicht selbst, nicht mit seinen eigenen Händen, aber das änderte nichts an der Tatsache als solcher. Im Lauf dieser zwei Tage war Vitalij Nikolajewitsch zu dem Schluß gekommen, daß er keine Schwierigkeiten gebrauchen konnte und weiß Gott auch nicht im Gefängnis landen wollte. Auch als Zeuge bei Gericht wollte er nicht auftreten. Und dabei hätte überhaupt nichts passieren müssen, wenn dieser Kretin von Gena ihn nicht bei Trofim verpfiffen hätte. Nie hätte er es mit diesem Vitalij Wassiljewitsch und seinem Auftrag zu tun bekommen und nie mit Trofim, der von ihm verlangte, den Mörder seines Enkels vom Angesicht der Erde verschwinden zu lassen.

In den tieferen Gehirnwindungen Kabanows keimte ein Entschluß, der vielleicht nicht der glücklichste war, aber dennoch

Grund zu einer gewissen Hoffnung gab. Am Montag abend war dieser Entschluß ausgereift, und nach einer qualvollen halben Stunde griff er zum Telefonhörer.

»Sei gegrüßt, Viktor«, sagte er vorsichtig, nachdem er am anderen Ende der Leitung den ihm bekannten Bariton vernommen hatte.

»Guten Abend«, antwortete Viktor Alexejewitsch Gordejew, der den Anrufer nicht erkannt hatte.

»Hier spricht Kabanow.«

»Die Lokomotive? Was für eine Überraschung. Du meidest mich in den letzten Jahren«, frotzelte Gordejew. »Habe ich irgendeine Schuld auf mich geladen?«

»Es geht im Moment um etwas anderes, Viktor. Du bist ja bei uns in Moskau bekannt als der, vor dem sich die Mordbuben und Gewalttäter am meisten fürchten, und deine Kollegen haben angefangen, in meinen Angelegenheiten herumzuwühlen. Gib ihnen doch den freundschaftlichen Hinweis, daß sie mit mir ihre Zeit verschwenden. Ich führe ein anständiges Leben und verdiene mein Geld auf ehrliche Art und Weise.«

»Laß gut sein, Lokomotive, über deine Ehrlichkeit kursierten schon Legenden, als wir uns noch als Pioniere und Komsomolzen die Hosenböden durchgewetzt haben.«

»Schäm dich, Viktor, mir alte Sünden vorzuwerfen. Hast du vergessen, wie ich dich damals in Chemie aus dem Sumpf herausgezogen habe und du nur noch Einser geschrieben hast?«

»Dafür bist du ja auch die Lokomotive. Andere hinter dir herzuziehen, ist dein Beruf. Und ich habe dir noch mehr zu verdanken, Vitalij, du hast mich damals mit deiner Idee von der Arbeitsteilung sehr inspiriert. Ich wende sie täglich in meinem Beruf an. Eine sehr fruchtbare Idee. Insofern bin ich in gewisser Weise dein Schuldner.«

»Das ist gut«, erwiderte Kabanow mit unerwartet ernster Stimme. »Ich muß nämlich mit dir reden.«

»Sollen wir uns treffen?« schlug Gordejew vor.

»Ich kann nicht. Ich werde beobachtet.«

»Von wem? Von den unseren?«

»Ach was, von meinem eigenen Mann, der Teufel soll ihn holen. Er schwärzt mich bei Trofim an.«

»Warum bist du denn so unvorsichtig?« fragte Gordejew mitfühlend. »Man muß sich seine Leute sehr sorgfältig aussuchen, das ist doch selbstverständlich.«

»Ich habe erst in diesen Tagen herausbekommen, was für einer er ist. Und das, was ich mit dir besprechen muß, darf ihm auf keinen Fall zu Ohren kommen. Gott bewahre, daß Trofim erfährt, daß ich mich mit dir in Verbindung gesetzt habe.«

»Man sagt, euer Trofim sei ganz schön scharf.«

»Schärfer als ein Schießhund«, bestätigte Kabanow. »Und im übrigen hat er wie jeder Mafioso, der was auf sich hält, auch seine Leute in deiner Behörde.«

»Das ist mir klar, ich bin ja nicht auf den Kopf gefallen. Schreib dir mal eine Telefonnummer auf. Ruf in fünfundzwanzig Minuten noch einmal an, und frage nach mir. Dann unterhalten wir uns.«

Nach fünfundzwanzig Minuten, nachdem Kabanow die ihm durchgegebene Nummer gewählt hatte, läutete das Telefon in der riesigen Gemeinschaftswohnung, in der Stepan Ignatjewitsch Golubowitsch wohnte, der frühere Lehrer und Mentor von Oberst Gordejew. Er hatte ihm seine riesige Erfahrung und sein meisterhaftes Können mit auf den Weg gegeben. Er hatte fast fünfzig Jahre bei der Kripo gearbeitet und war mittlerweile seit zehn Jahren in Pension. Aber in Wirklichkeit gingen Leute wie Golubowitsch nie in Pension. Sie konnten es einfach nicht. Sie wurden als Ermittler geboren und starben als Ermittler, auch wenn sie schon lange nicht mehr im Dienst waren.

5

Gegen Feierabend erreichte Nastja ein Anruf von Gordejew.

»Geh noch nicht nach Hause«, befahl er, »ich bin in einer halben Stunde bei dir.«

Das änderte nichts an Nastjas Plänen, sie mußte ohnehin noch mindestens zwei Stunden im Büro bleiben. Es hatte sich eine Menge Arbeit angesammelt, Schreibkram, Statistiken, sie war so vertieft, daß sie überrascht den Kopf hob, als ihr Chef in der Tür erschien. Ihr war, als hätte er erst vor ein paar Minuten bei ihr angerufen.

»Ist wirklich eine halbe Stunde vergangen?« fragte sie erstaunt.

»Sogar eine Dreiviertelstunde. Ich habe mich, wie immer, verspätet. Sag mir, Nastjenka, kann man Pünktlichkeit lernen? Ich kenne dich schon so viele Jahre, und du hast dich in dieser Zeit kein einziges Mal verspätet. Wie machst du das?«

»Ich mache mich rechtzeitig auf den Weg«, sagte Nastja achselzuckend.

»Auch ich mache mich rechtzeitig auf den Weg. Denkst du, daß ich fünf Minuten vor der vereinbarten Zeit das Haus verlasse? Und trotzdem komme ich immer zu spät. Warum ist das so?«

»Wahrscheinlich können Sie die Zeit nicht richtig berechnen. Dazu braucht man Voraussicht. Man muß damit rechnen, daß man vielleicht eine halbe Stunde auf den Bus warten muß, daß die Metro im Tunnel steckenbleibt, daß die Oberleitung des Trolleybusses abreißt, daß man sich vor Schaufenstern und Verkaufsständen vertrödelt. Wissen Sie, wie mein Ljoscha die Zeit berechnet, wenn er zu mir kommt? Vierzig Minuten mit dem Vorortzug, acht Stationen mit der Metro, das sind noch einmal zwanzig Minuten, danach vier Stationen mit dem Bus, weitere zehn Minuten. Ergibt eine Stunde und zehn Minuten. Sie sollten sehen, wie überrascht er jedes Mal ist, wenn er erst nach zweieinhalb Stunden bei mir ankommt. Er denkt nicht daran, daß der Vorortzug nicht alle drei Minuten fährt, daß er ihn erst zu Fuß erreichen muß, daß der Weg zur Metro erneut Zeit in Anspruch nimmt, daß er anschließend auf den Bus warten muß und so weiter. Viktor Alexejewitsch, ich könnte Ihnen noch lange, unterhaltsame Vorträge über alles mögliche halten, wenn Sie zu mir gekommen sind, um entspannt mit mir zu plaudern. Aber gehe ich recht in der Annahme, daß Sie mich nicht deshalb gebeten haben, auf Sie zu warten?«

»Du hast völlig recht, Kindchen. Ich habe schlechte Nachrichten. Jemand aus Regierungskreisen will einen Mann und eine Frau beseitigen. Die beiden halten sich in einer Einzimmerwohnung auf, in dem Haus, in dem sich das Geschäft ›Gaben des Meeres‹ befindet. Ahnst du, wonach das riecht?«

»Es riecht nach Scheiße«, sagte Nastja zornig.

»Aber Kindchen, du bist doch eine wohlerzogene junge Frau«, sagte Knüppelchen vorwurfsvoll, »achte auf die Wahl deiner Worte.«

»Nein, ich denke nicht daran«, fauchte sie. »Das Haus, in dem sich Platonow und die Lewtschenko befinden, wird bewacht. Man wird die Frau jetzt keine Sekunde aus den Augen lassen, zumal sie für ihre Arbeit ganz offensichtlich das Wochenende bevorzugt. Und die Bande in Uralsk im Verbund mit unserem Freund Russanow fürchtet sich offenbar vor ihnen, sie wissen zuviel. Sie wollen ihnen einen Killer auf den Hals hetzen oder irgendein anderes Feuerwerk veranstalten. Was ist bloß in Dmitrij gefahren, daß er sich mit einer Psychopathin eingelassen hat! Der Killer bringt die Scharfschützin um, und alle sind zufrieden. Nur Platonow tut mir leid.«

»Was faselst du da?« fragte Gordejew erstaunt. »Der Killer bringt die Scharfschützin um ... irgendein Schwachsinn! Was ist los mit dir, Nastjenka? Fehlt dir etwas, Kindchen? Brauchst du Validol? Soll ich dir welches geben?«

Nastja wandte ihren Blick von Gordejew ab und ließ ihn langsam zu seinem Spiegelbild im dunklen Fenster wandern.

»Ich brauche kein Validol, Viktor Alexejewitsch, ich bin völlig in Ordnung«, sagte sie mit hölzerner Stimme.

»Aber du bist kreidebleich.«

»Das sind die Gefäße. Meine Haut ist schlecht durchblutet.« Sie schwieg eine Weile und fuhr fort, das Spiegelbild ihres Chefs in der dunklen Scheibe zu betrachten.

»Sie haben recht«, sagte sie schließlich. »Das ist Schwachsinn. Es gibt keinen Killer, der die Scharfschützin umbringen will.«

»Woher weißt du das?«

»Der Killer und die Scharfschützin sind ein und dieselbe Person. So geht alles auf.«

»Was geht auf?«

»Alles. Eins zu eins. Morgen können wir Russanow verhaften. Am besten wäre es natürlich, wir könnten das heute noch tun, aber dazu sind zu viele Formalitäten nötig, das schaffen wir heute nicht mehr. Viktor Alexejewitsch, die Lewtschenko hat den Auftrag bekommen, sich selbst umzubringen. Was denken Sie, wird sie tun? Platonow umbringen und versuchen unterzutauchen? Oder wird sie nach einer Möglichkeit suchen, damit beide sich retten können?«

»Wie die Lewtschenko sich in dieser Situation verhalten wird, mußt du mir sagen, mein Täubchen. Du bist hier die Frau, nicht ich«, erwiderte Gordejew mit einem Achselzucken.

»Wenn sie so ist, wie ein Scharfschütze sein muß, dann trifft sie keine voreiligen Entscheidungen, dann behält sie die Ruhe. Sie wird eine Lösung suchen, bei der der geringste Aufwand zum optimalen Resultat führt, wie der eine Schuß, mit dem der Scharfschütze tötet. Was muß sie tun, um das Fiasko abzuwenden, das mit dem Auftrag verbunden ist?«

»Was denn?« fragte Gordejew gespannt.

»Sie darf den Auftrag nicht ausführen. Der Auftrag muß annulliert werden. Und wie kann das geschehen? Richtig. Sie muß den Auftraggeber umbringen.«

»Und wie kommst du darauf, daß Russanow der Auftraggeber ist?«

»Der Auftraggeber ist nicht Russanow. Das wissen Sie so

gut wie ich. Russanow ist nur ein Komplize, ein Mittler. Nur Kira Wladimirowna hält ihn sehr wahrscheinlich für den Auftraggeber. Sie hat mit ihm Kontakt gehabt. Sie hat seine Telefonnummer. Ganz offensichtlich ist sie ihm auf die Schliche gekommen und weiß nun, daß er für die andere Seite arbeitet. Deshalb sieht sie vermutlich ihn in der Rolle des Auftraggebers. Wenn sie Platonow fragen würde, würde er ihr erklären, wie die Dinge liegen, aber sie kann ihn nicht fragen, weil sie ihm nicht sagen kann, daß sie weiß, daß sie beide umgebracht werden sollen. Sie wird ihm ja nicht unter die Nase reiben, daß sie eine Auftragskillerin ist. Wir riskieren nichts, Viktor Alexejewitsch. Sie wird sich auf den Weg machen, um Russanow zu töten, und dann fassen wir sie. Anders können wir es nicht machen. Sie muß die Waffe bei sich haben, und noch besser wäre es, wenn wir sie in dem Moment fassen könnten, in dem sie zum Schießen ansetzt. Dann entkommt sie uns nicht mehr.«

»Bist du dir dessen bewußt, daß Platonow mit ihr allein ist? Und wenn sie ihn umbringt?«

»Ja, sie ihn oder er sie. Ein Risiko ist immer dabei, Viktor Alexejewitsch. Auch wenn man auf der Straße spazierengeht, kann man hinfallen und sich ein Bein brechen. Wenn Platonow dieses abenteuerliche Spiel mit den Anrufen im Zentralen Adressenbüro angezettelt hat, dann weiß er, wer seine Freundin ist, er weiß, daß sie der gesuchte Scharfschütze ist, und er hat sie an uns ausgeliefert. Was glauben Sie, wie ist er ihr auf die Schliche gekommen? Nach seinem Verhalten zu urteilen, ist Ihr Platonow ein Mensch mit einer normalen Psyche und einem entwickelten Intellekt, und wenn er beschlossen hat, uns diese Frau auszuliefern, dann muß er stichhaltige Beweise haben. Ein ganzes Kilo an Indizien. Er hat den Revolver gefunden, Viktor Alexejewitsch, er hat diese verdammte Neunmillimeter-Stetschkin gefunden. Und da er ihn gefunden hat, hat er den Schlagbolzen abgesägt, da gehe ich jede Wette mit Ihnen ein. Jeder normale Kripobeamte würde das tun. Und Platonow ist, wie wir beide bereits festgestellt haben, ein normaler Kripobeamter. So daß Madame Lewtschenko aus der Stetschkin keinen Schuß mehr abgeben wird. Natürlich könnte es sein, daß sie noch eine zweite Waffe besitzt. Und natürlich könnte Platonow anders sein, als ich ihn mir vorstelle. Aber ein Risiko bleibt immer ...«

6

In dieser Nacht schliefen sie zusammen in einem Bett. Platonow wollte Kira nicht die ganze Nacht allein im anderen Zimmer lassen, er mußte sie im Auge behalten. So konnte er sicher sein, daß er sofort aufwachen würde, wenn sie versuchen sollte, das Bett zu verlassen.

Nach dem Frühstück ging Kira einkaufen, und etwa zehn Minuten später klingelte es an der Wohnungstür. Platonow schlich auf den Flur hinaus und blieb mit angehaltenem Atem stehen. Es klingelte noch einmal. Dann hörte Platonow eine leise, fremde Stimme.

»Dmitrij, hier ist die Kamenskaja. Können Sie mich hören?«

»Ja«, antwortete er halblaut.

»Ich werde jetzt in die Nachbarwohnung gehen und Sie von dort aus anrufen. Werden Sie abnehmen?«

»Ja.«

Nach ein paar Minuten schnarrte das Telefon.

»Was geht bei Ihnen vor?« fragte die Kamenskaja. »Wohin ist Ihre Freundin gegangen?«

»Zum Einkaufen und zur Telefonzelle.«

»Wen will sie anrufen?«

»Sie und Satotschny, wen denn sonst noch? Ich habe nur noch Sie und Iwan.«

»Heißt das, daß Sie über Russanow Bescheid wissen?«

»Kira hat mich aufgeklärt. Selbst wäre ich niemals auf die Idee gekommen, daß Sergej ...«

»Was hat Kira vor?«

»Sie ist der Meinung, daß ich mit Russanow abrechnen muß.«

»Das ist klar. Aber was haben Sie selbst vor?«

»Ich habe keine Ahnung, Anastasija Pawlowna. Ehrlich gesagt, ich weiß nicht mehr weiter. Ich habe Angst vor ihr.«

»Haben Sie die Waffe gefunden?«

»Ja, eine Neunmillimeter-Stetschkin.«

»Weiß sie es?«

»Ich hoffe nicht. Ich tue alles, damit sie nichts merkt. Aber sie hat vor irgend etwas schreckliche Angst. Und ich weiß nicht, wovor.«

»Aber ich weiß es. Sie muß Sie umbringen. Sie hat einen Auftrag bekommen.«

»Mich umbringen?«

»Ja, Dima. Und sich selbst auch.«

»Ich verstehe nicht ...«

»Sie hat als Scharfschützin den Auftrag erhalten, Dmitrij Platonow und seine Komplizin Kira Lewtschenko umzubringen. Haben Sie jetzt verstanden?«

»Du lieber Gott, das arme Mädchen ... Jetzt verstehe ich, warum sie so außer sich ist. Sagen Sie, wird nach mir immer noch gefahndet?«

»Natürlich. Man wird die Fahndung erst nach Russanows Verhaftung aufheben.«

»Das heißt, ich darf diese Wohnung nicht verlassen?«

»Sie dürfen, aber man wird Sie sofort fassen. Darum lieber nicht.«

»Und wie lange noch?«

»Ich weiß es nicht, Dima. Wollen wir hoffen, daß Sie nicht mehr allzulange warten müssen. Ist der Revolver in Ordnung?«

»Jetzt nicht mehr.«

»Hat sie noch eine zweite Waffe?«

»Ich weiß es nicht. Ich habe die ganze Wohnung abgesucht und nichts gefunden. Aber ich bin nicht sicher.«

»Gut. Ich danke Ihnen, Dima. Der Trick mit der Bizadse hat funktioniert.«

»Zum Glück haben Sie ihn durchschaut. Ich danke Ihnen. Was werden Sie jetzt tun?«

»Ich weiß es noch nicht genau. Aber machen Sie sich keine Sorgen. Ich weiß, daß Sie unschuldig sind. Aber ich werde das vorläufig niemandem sagen, damit Russanow keinen Verdacht schöpft. Wenn Ihre Freundin nicht zu Hause ist, können Sie mich anrufen, ich habe ja jetzt sowieso Ihre Adresse und Telefonnummer. Aber rufen Sie sonst niemanden an, nur mich.«

»Und Satotschny?«

»Lieber nicht.«

»Warum?«

»Ich weiß es nicht. Aber tun Sie es nicht. Rufen Sie nur mich an. Abgemacht?«

»Abgemacht, Anastasija Pawlowna.«

»Sie können einfach Nastja zu mir sagen. Ich bin sieben Jahre jünger als Sie.«

»Wirklich? Hätte ich nie gedacht ... Aus irgendeinem Grund habe ich geglaubt, daß Sie Lamara ähnlich sehen, so eine Frau in den Jahren, mit einer voluminösen Stimme.«

»Dima, ich verstehe, wie schwer Sie es haben. Sowohl in bezug auf Russanow als auch in bezug auf Kira. Aber halten Sie durch! Es wird nicht mehr lange dauern, das verspreche ich Ihnen.«

»Danke. Ich werde durchhalten.«

Platonow legte auf und stürzte zum Fenster. Kurz darauf trat eine große, hagere Blondine in Jeans und Jacke aus dem Haus, ihr langes Haar war am Hinterkopf zu einem Pferdeschwanz zusammengebunden. Dmitrij konnte ihr Gesicht nicht sehen, aber aus irgendeinem Grund war er sicher, daß sie sehr schön war.

7

Die Regionalbehörde und das Hauptamt der Moskauer Kripo hatten sich endlich auf Zusammenarbeit geeinigt, da der Fall des Scharfschützen nicht mehr vom Fall Platonow zu trennen war. Als Kira Lewtschenko am Dienstag abend das Haus verließ, lief die Meldung darüber an mindestens drei Stellen gleichzeitig ein, unter anderem auch bei Gordejew, der sofort Nastja anrief.

»Verlasse dein Büro nicht, bleib, wo du bist. Vielleicht wird Platonow dich anrufen.«

Und er rief tatsächlich an.

»Wohin haben Sie sie geschickt?« fragte Nastja.

»Sie ist Russanow anrufen gegangen. Ich lasse sie ja jeden Tag bei euch allen anrufen. Auch bei Sergej, damit er keinen Verdacht schöpft.«

»Was sagt er ihr denn?«

»Daß es sehr schlecht aussieht, daß der Verdacht gegen mich sich immer mehr verdichtet, daß ständig neue Indizien gegen mich auftauchen. Kurz, daß ich stillhalten und mich nicht von der Stelle rühren soll.«

»Es tauchen tatsächlich immer mehr Indizien gegen Sie auf«, bestätigte Nastja, »Russanow selbst liefert sie uns. Was haben Sie Kira außer dem Anruf bei Russanow noch aufgetragen?«

»Sonst nichts mehr. Sie muß gleich danach nach Hause kommen.«

»Gut, ich weiß Bescheid.«

Nach dem Gespräch mit Platonow verließ Nastja ihr Büro und klopfte bei Gordejew an.

»Viktor Alexejewitsch, sagen Sie den Jungs, daß sie nur Russanow anrufen gegangen ist. Wenn sie anschließend zur Iwanowskaja zurückfährt, dann ist für heute Entwarnung, es geht schon auf zehn zu. Wenn sie in die andere Richtung fährt, dann hat sie sich entschlossen.«

Nach einer halben Stunde ging die Meldung ein, daß das Beschattungsobjekt die Metro bestiegen hatte, aber nicht in

Richtung Iwanowskaja, sondern in die entgegengesetzt Richtung.

»Sie ist zu Russanow gefahren«, sagte Nastja mit einem schweren Seufzer.

Aus irgendeinem Grund wurde sie jedes Mal traurig, wenn sie ein Verbrechen vorhergesehen hatte. Es freute sie nicht einmal, daß sie recht behalten hatte, daß sie den Charakter einer Person erkannt und ihr Verhalten richtig berechnet hatte. Es war einer jener nicht seltenen Momente, in denen sie nicht wußte, was sie sich mehr wünschte: recht zu behalten oder sich lieber getäuscht zu haben.

Die Beamten, die das Haus umstellt hatten, in dem Russanow wohnte, gingen in Stellung. Sie sahen, wie die Frau, deren Foto sie bei sich hatten, aus dem Bus stieg und langsam auf Russanows Haus zuging. Sie setzte sich auf eine Bank und begann zu warten. Nach kurzer Zeit trat ein Mann aus dem Haus, der den Beamten als Oberstleutnant Russanow bekannt war. Er blickte sich um, entdeckte die Frau auf der Bank und ging auf sie zu. Die Frau erhob sich und ging ihm entgegen, die beiden wechselten ein paar Worte miteinander und entfernten sich in die Nebenstraße, in der Russanows Auto parkte.

Sofort setzten sich alle Wagen in Bewegung, die die Straße blockierten. Aber alles das erwies sich als überflüssig. Nachdem Russanow mit der schönen schlanken Frau in sein Auto gestiegen war, die Tür zugeschlagen und den Zündschlüssel im Schloß umgedreht hatte, ertönte der gewaltige Donner einer Explosion. Augenblicklich verwandelte sich das Auto in einen riesigen Feuerball, in dem Sergej Russanow und Kira Lewtschenko ums Leben kamen.

Anastasijas erster Fall!

Alexandra Marinina

Auf fremdem Terrain

Roman

Eigentlich wollte Anastasija Kamenskaja, die erfolgreiche Moskauer Kriminalistin, im Sanatorium ihr verschlepptes Rückenleiden auskurieren und Ordnung in ihr verworrenes Gefühlsleben bringen. Doch in dem trügerischen Idyll der Kleinstadt, fernab der russischen Metropole, gehen seltsame Dinge vor sich... Als schließlich ein Mord geschieht, ist Anastasija mehr als überrascht, daß es nicht die örtliche Polizei ist, die um ihre Mithilfe bei der Aufklärung des Verbrechens bittet, sondern die Mafia, die wahren »Ordnungshüter« der Kleinstadt. Was ist deren Rolle bei dem tödlichen Spiel um Geld und Einfluß, dem Anastasija auf die Spur kommt?

»Die Autorin aus Moskau ist eine faszinierende Krimi-Entdeckung.«
Frankfurter Rundschau

Aus dem Russischen von
Felix Eder und Thomas Wiedling
Gebunden. 288 Seiten